El beso de la realeza

Lindsey Duga

El beso de la realeza

Traducción de Estíbaliz Montero

Plataforma Editorial
neo

Título original: *Kiss of the Royal*, publicado en inglés, en 2018, por Entangled Publishing, LLC

Primera edición en esta colección: octubre de 2020

Plataforma Editorial
c/ Muntaner, 269, entlo. 1ª – 08021 Barcelona
Tel.: (+34) 93 494 79 99
www.plataformaeditorial.com
info@plataformaeditorial.com

Depósito legal: B 17518-2020
ISBN: 978-84-17886-91-2
IBIC: YF

Printed in Spain – Impreso en España

Diseño de cubierta:
Ariadna Oliver

Fotocomposición:
Grafime

El papel que se ha utilizado para imprimir este libro proviene de explotaciones forestales controladas, donde se respetan los valores ecológicos y sociales y el desarrollo sostenible del bosque.

Impresión:
Romanyà Valls
Capellades (Barcelona)

Para Mim y Pap

PRIMERA PARTE

LA PRINCESA
Y EL HEREJE

«Y así, con el Beso sagrado de Myriana,
el nacimiento de una nueva raza de mortales comenzó.
Es por su poder y por el de su hermana, Saevalla, transmitido
de generación en generación, que poseemos
la única arma en la tierra para derrotar al poder
de las Fuerzas de la Oscuridad.»

Fragmento de
El archivo histórico de la Legión Real

«Es con lógica y razón como lideramos los
reinos en un mandato disciplinado.
Hacemos perecer las emociones y derrotamos las dudas,
pues son herramientas de herejes y grietas en nuestra armadura.
Manteneos fuertes, Reales, porque somos la Legión,
y conquistaremos la Oscuridad
y veremos a la Reina Malvada enterrada por fin.»

Fragmento de
La reina Gardenia Myriana

CAPÍTULO UNO

EL REGRESO DE LA PATRULLA

Al séptimo día de agonía constante, deseé no haber matado ya al enano que me había lanzado aquella maldición inmovilizadora. Ansiaba la oportunidad de matarlo de nuevo. Más lentamente esa vez.

Sentada en la cama, estiré las pantorrillas a modo de prueba y el dolor salió disparado a través de ellas. *Santa Reina*. Aferré con fuerza las sábanas hasta que el dolor disminuyó, luego relajé las manos. Todavía me dolían una barbaridad. Pero sonreír a través del dolor significaba que podría escapar de la cama a la que me habían encadenado durante la última semana.

Por desgracia, Ulfia había sido mi enfermera durante el tiempo suficiente para ver a través de mi fachada. Entrecerró los ojos y cruzó los brazos sobre su generoso pecho, mientras se elevaba sobre mí.

—¿Creéis que no sé cuándo estáis fingiendo? —me reprendió.

—*Tú* sabes que puedo apañármelas. He tenido una semana para recuperarme. Es tiempo *más* que suficiente.

Ulfia frunció el ceño, pero no discutió mi afirmación. Había pasado por cosas mucho peores que una maldición inmovilizadora con anterioridad, y mantenerme en la cama otro día más no iba a suponer ninguna diferencia. Necesitaba levantarme, moverme, entrenar, salir de aquella *maldita cama* y ser útil.

—*Yo* decidiré si estáis curada o no, princesa.

Cuando Ulfia intentó guiarme de vuelta a las almohadas, coloqué mis manos sobre las suyas y las aparté de mis hombros.

—Estoy en perfectas condiciones, lo juro. Podría dar vueltas corriendo con los reclutas hasta el anochecer.

—Oh, muy bien, princesa, bromead hasta morir, eso nos ayudará a ganar la guerra. —Ulfia se inclinó sobre mis piernas, sus suaves rizos grises caían en una cortina sobre su cara redonda, y comenzó a masajear mi pantorrilla derecha para hallar zonas en las que perdurara la maldición inmovilizadora.

Observé un punto en la pared, donde los depósitos minerales en las piedras habían creado un interesante patrón que se parecía a las alas de un hada, y apreté los dientes mientras Ulfia sondeaba sin piedad mis músculos. Acababa de ponerme a mirar cómo las motas de polvo flotaban perezosamente a la luz del sol cuando dio con un punto en particular que me hizo sisear una maldición entre dientes.

Odiaba de verdad a los enanos. Y sus furtivas maldiciones.

Ulfia levantó la vista, alzó una ceja y me dirigió su característica mirada de «ya te lo dije». Si por ella fuera, ningún Real vería otra vez una batalla tras haberse hecho ni que fuera un cardenal.

—La patrulla llegará al castillo en cualquier momento —le dije—. Necesito un informe de Kellian antes de ir a los campos de entrenamiento.

Ya era bastante malo haber tenido que perderme la patrulla con mi compañero porque el Beso curativo estaba tardando más de una semana en hacer su trabajo, pero aquella patrulla en particular era fundamental para obtener nueva información sobre el enemigo. Después de que el reino oriental de Raed informara de una horda de duendes que lanzaba nuevas maldiciones, el Consejo había enviado una patrulla de emergencia para recopilar cualquier información sobre cómo se los podría derrotar.

Ulfia me dio un golpe suave en la pantorrilla. Una sensación como de agujas me pinchó la piel y me tensé involuntariamente, de modo que forcé un violento estremecimiento que me atravesó.

—Hoy no entrenaréis —dijo—. ¿No habéis oído nada de lo que he dicho, Ivy Myriana? Aún. No. Estáis. Recuperada. —Me fue dando un golpecito en el pie con cada palabra.

Abrí la boca para protestar de nuevo cuando un paje que me resultaba familiar irrumpió por la puerta como si una bruja le pisara los talones.

—¡Princesa Ivy! ¡Se requiere vuestro Beso, para la patrulla, a las puertas del palacio!

Me puse de pie de inmediato, lo cual fue un error, porque me tambaleé y casi me caí sobre Ulfia. Por suerte, ella era un pájaro viejo y fuerte y me atrapó fácilmente por la cintura mientras chasqueaba la lengua con desaprobación.

Aunque me tenía agarrada con fuerza, traté de liberarme.

—Estoy de camino.

—De camino y una porra —espetó Ulfia—. Ven aquí, chico. —Le hizo un gesto para que ocupara su lugar—. La princesa todavía está recuperándose de una maldición inmovilizadora. Asegúrate de ser su apoyo mientras camina.

Bajo la atenta mirada de Ulfia, el paje corrió hacia mí y me agarró de la cintura con vacilación mientras me apoyaba en su hombro. Su cara pasó del blanco a un rojo feroz.

La triste luz del sol entraba a raudales a través de las vidrieras mientras recorríamos el pasillo hasta las salas de los sirvientes, que nos dejarían cerca de las puertas, con lo que evitaríamos el Salón de los Ancestros, la gran escalera y las puertas dobles, que pesaban una tonelada.

Eché un vistazo a la cara del paje otra vez y advertí las pecas esparcidas por sus mejillas, no muy diferentes de las mías, y su nombre me vino a la mente. Había oído a mi propio paje, Bromley, llamar por su nombre a aquel chico antes.

—Desren, ¿te han dicho algo? ¿Quién necesita mi Beso?

El chico se sonrojó aún más, probablemente sorprendido de que supiera su nombre. Abrió la puerta de los sirvientes y me ayudó a pasar.

—Me temo que no conozco muchos detalles, princesa. Solo que la maldición es mala. El Beso de la princesa Tulia no ha funcionado.

Ante eso, tropecé, y Desren tuvo que sujetarme con más fuerza para evitar que cayera.

—*¿Qué?* Pero Tulia es una Real de sangre pura.

Apretó la mandíbula, pero no dijo nada.

Así que yo era su última esperanza. Puede que Tulia fuera pura, pero no era una descendiente directa como yo.

Los nervios subieron por mi cuerpo como mil burbujas que presionaran contra el corcho de una botella de alcohol después de agitarla. *Oh, divina Reina*, ¿los habían atacado con la misma maldición que habíamos ido a investigar? ¿Cómo de poderosa era?

Salimos a la brillante luz del sol, que se reflejaba en las piedras de color blanco y caramelo que decoraban el camino a las puertas de hierro intrincadamente entrelazadas. Más allá de esas puertas, la hermosa capital del reino de Myria se extendía a lo largo de kilómetros, con tiendas, casas y campanarios que creaban una extensión ondulante de piedra y techos de paja. Algunas estructuras eran tan antiguas como el castillo, otras, tan recientes como el ataque enano de la semana anterior.

El cielo era de un azul brillante, con algunas nubes tenues que se movían lentamente de este a oeste siguiendo el camino del viento. Lo único que estropeaba tanta belleza era un remolino de manchas oscuras en la distancia. Por un momento las consideré tan solo una bandada de cuervos perseguidos por un granjero, pero las manchas revoloteaban, flotando, en lugar de dispersarse por el miedo.

—Desren, ¿qué crees que es eso? —Señalé las manchas oscuras.

—¿Os referís a los cuervos, princesa?

—No, no son… —Me detuve y tragué saliva. Eran arpías de gorrión: carroñeros de sangre parecidos a pájaros del tamaño de hadas, con alas oscuras y coriáceas. Sombras vivientes. Nunca se las veía a la luz del día o sin seguir a algún tipo de horda de monstruos para deleitarse con el rastro de cadáveres.

—Mi señora, la patrulla. —Desren tiró de mí hacia delante con suavidad, rumbo a las puertas.

Aparté los ojos de las arpías de gorrión mientras tomaba nota mental de mencionárselas al mago maestro más tarde. Su extraño comportamiento debía ser investigado.

Justo al otro lado de las puertas, la patrulla subía por la ligera pendiente del camino al castillo. Incluso desde mi posición distinguí la sangre y el fango que cubrían las armaduras de batalla de mis compañeros de armas. A medida que se acercaban, los rasguños y las contusiones se hicieron visibles. Sus exhaustos rostros y sus cansados ojos evidenciaban su viaje nocturno de vuelta a Myria.

Mi mirada saltó de príncipe a princesa mientras buscaba la cara de mi compañero. Me libré del hombro de Desren y cojeé hacia ellos mientras traspasaban las puertas.

Tulia y Minnow, princesas de sangre pura en la Legión Real myriana, me vieron y desmontaron de sus caballos. Sus compañeros, Edric y Roland, hicieron lo mismo.

—Ivy —comenzó Tulia mientras intentaba alcanzar mi brazo, pero sus dedos tan solo me rozaron la manga cuando me metí entre las filas dispersas de la patrulla, agotadas por la batalla. Mientras dejaba atrás con dificultad a los exhaustos caballos, el polvo del camino se me atascó en la garganta y el olor a hierro de la sangre hizo que me picara la nariz. Mis piernas rígidas me gritaron que bajara la velocidad. Unas garras parecían rasgarme los músculos, pero a esas alturas no estaba segura de si eran los restos de la maldición inmovilizadora o el miedo frío y doloroso de la horrible verdad.

No podía verlo.

«No, otro no.»

Otro príncipe no. Otro compañero no.

Por fin encontré el corcel de Kellian. Pero su jinete no lo montaba. En vez de eso, el semental marrón tiraba de un carro que transportaba un cuerpo tendido sobre heno fresco y cubierto con una capa gris oscuro. Una capa de legionario. La capa de Kellian.

Tras reprimir un gemido, mis piernas débiles se rindieron y, justo antes de que el camino empedrado se acercara a mi encuentro, los brazos de Roland me envolvieron la cintura y me levantaron.

Después de mi conmoción inicial, un pequeño alivio se apoderó de mis hombros. Kellian estaba vivo, al menos. Maldito, sí, pero vivo. Incluso si le llevaba meses recuperarse, todavía podía salvarlo. *No* iba a pasar a mi sexto compañero en cuatro años.

—Si aún no estás recuperada —comenzó Roland, y su incipiente barba de cinco días me rozó la oreja—, no deberías probar el Beso.

Entendí la advertencia de Roland, pero no le presté atención. Había realizado docenas de Besos estando drenada y exhausta, y ni uno había sido más débil por ello. La magia que contenía mi Beso era increíblemente fuerte, a pesar de las secuelas de una estúpida maldición.

Mi mano se cerró con fuerza alrededor de su brazo. Sus protectores de cuero estaban cubiertas de mugre.

—Ya me he recuperado lo suficiente.

Aparté su brazo con suavidad y me enfrenté a la figura inmóvil del carro. Con una plegaria rápida, retiré la capa del rostro de Kellian. Su cabello castaño estaba cubierto de sangre seca, pero le habían limpiado la cara, probablemente Tulia o Minnow, y esta mostraba sus pómulos altos y la piel bañada por el sol. Era solo dos años menor que yo, pero tumbado allí, aparentemente dormido, tenía el aspecto de un niño. Con solo quince años, era el príncipe más puro de Myria, el único con la suficiente Magia Real para igualar la mía.

—¿Cómo sucedió? —pregunté mientras me enderezaba y pasaba la mano sobre su cara. Su piel irradiaba frío. No cabía la menor duda, se trataba de una maldición de gran magnitud.

—La horda de duendes nos tendió una emboscada. Fue tal como habían dicho los exploradores de Raed: vinieron a por nosotros con magia que nunca antes habíamos visto. —La voz de Minnow, normalmente ligera, al igual que su apariencia suave y pequeña, sonaba baja y temblorosa—. Apenas tuvimos tiempo de administrar Besos de batalla a cualquiera de los príncipes.

—Es esa la razón…

—No —dijo Minnow rápidamente—. Les di uno tanto a Kellian como a Roland. Tu príncipe estaba protegido, aunque… mi magia no es tan fuerte como la tuya.

Como sabía que me perdería la patrulla por culpa del tiempo de curación del Beso para la maldición inmovilizadora, le había pedido a Minnow que se quedara con mi compañero. Si no podía estar allí, una princesa de sangre pura era lo mejor que la Legión podía ofrecer. Minnow era fuerte y capaz, pero, si yo hubiera estado allí, si Kellian hubiera usado *mi* Beso, ahora estaría agotado, pero despierto. No solo porque los Besos del compañero asignado eran más fuertes por la bendición de la Reina Santa, sino porque *mis* Besos eran los mejores. Pero, debido a nuestros números menguantes, se necesitaban a todos los Reales capaces en patrulla, independientemente de si tenían a su compañero con ellos. Como el rey Randalph me había recordado al solicitar que Kellian fuera eliminado de la patrulla mientras yo estaba indispuesta, había otras princesas perfectamente capaces de otorgar un Beso, y cualquier Beso Real era mejor que ningún Beso.

«Esta vez no, rey Randalph.»

—Entonces... —Miré a Minnow y Roland—. ¿Ha sido la nueva maldición? ¿Cómo es?

—Te lo puedo enseñar. —Minnow extendió dos dedos y los acercó a mi frente.

Estuve a punto de alejarme. No quería que los recuerdos de Minnow se volviesen míos y se uniesen al resto de las pesadillas en las que mis compañeros caían con ojos sin vida y sangre que goteaba de sus labios. Pero tenía que ver esa nueva y misteriosa maldición. Tenía que descubrir a qué se enfrentaba mi Beso.

Asentí y cerré los ojos. Minnow me tocó la frente con los dedos y susurró las palabras de recuerdos compartidos.

—*Don'na illye min'na.*

Mi mente se nubló y apareció un bosque brillante, las formas y las manchas borrosas en el límite de los recuerdos de Minnow. Pero lo que ella quería que yo viera estaba asombrosamente claro: Kellian, cuyo cuerpo brillaba con las llamas de color cobalto de la magia de batalla, enzarzado en una pelea con un duende. Kellian hizo oscilar su espada, cortó la cara del duende y le rasgó un ojo, lo que le dejó un tajo crudo y sangriento. Con un chillido y palabras confusas, el duende comenzó a lanzar una maldición. Justo cuando soltaba la maldición, un vibrante relámpago esmeralda que surgió a través del chasqueo de los largos y espinosos dedos del duende, Kellian lo apuñaló en el pecho. El duende se disolvió en humo, el suelo se incendió con llamas verdes. Su maldición se aferró a la espada de Kellian, se arrastró sobre el metal y llegó a la empuñadura. El rayo verde bailaba sobre sus manos y subía por sus brazos, luego se apoderó de todo su cuerpo y lo sacudió como a una marioneta. La magia de batalla azul que había rodeado a Kellian parpadeó y murió mientras él se estrellaba contra el suelo.

Me alejé de las yemas de los dedos de Minnow. Tanto poder... ¿Una maldición que existía incluso después de la muerte del monstruo? Me incliné sobre mi príncipe y sentí el frío salir de él en oleadas. El tiempo se estaba acabando.

Yo era su única esperanza. La sangre de la gran reina Myriana era su única esperanza. La sangre que corría por mis venas. *Mi* única esperanza. «No perderé a otro compañero ante las Fuerzas de la Oscuridad. No puedo soportar esa vergüenza de nuevo. Ese dolor...»

Me incliné más cerca, mis labios se cernieron sobre los suyos.

«Te salvaré, amigo mío.»

Con una rápida plegaria a mi antepasada, la diosa viviente, la primera Reina (*Oh, Reina Santa, préstame tu fuerza*), preparé las palabras para hechizos más fuertes de mi arsenal para aquel Beso de recuperación.

«Illye Donia.»

Las palabras reverberaron en mi mente cuando presioné mis labios contra los suyos. Incluso en su estado comatoso, la magia Real del interior de Kellian se lanzó hacia delante y reaccionó a la mía. Como el pedernal que golpea el acero, las dos chispas crearon una llama que se alimentó de las palabras del hechizo. La magia me drenó y se introdujo en Kellian, y yo casi me derrumbé. Aturdida, me apoyé en el carro el tiempo suficiente para ver cómo el polvo plateado cubría a Kellian… y luego desaparecía como la niebla después de una fuerte lluvia.

Contemplé con incredulidad el cuerpo inmóvil de Kellian, sin escuchar apenas los susurros sorprendidos detrás de mí.

Mi Beso había fallado.

CAPÍTULO DOS

IGNORANDO EL DOLOR

Me desplomé, mi espalda se deslizó por la pared del carro y mi túnica se enganchó en las astillas. Casi tan pronto como mis piernas tocaron el camino empedrado, Roland me tenía otra vez en pie.

Sus manos agarraron mis brazos lo suficientemente fuerte para sacarme de mi sorpresa.

—Estoy bien —dije rápidamente, pero me negué a mirarlo a los ojos—. Mis piernas todavía están un poco rígidas, eso es todo. —Me aclaré la garganta—. Necesito que alguien me dé un informe completo sobre la patrulla y esta nueva maldición. Y luego…

Con dedos callosos, Roland inclinó mi barbilla hacia arriba para obligarme a mirar sus ojos oscuros y su rostro igualmente oscuro.

—Ve a descansar, Ivy. Nosotros nos encargaremos de él.

Encargarse de él. Se refería a llevarlo a la Sala de Maldiciones para que durmiera el resto de sus días hasta que su cuerpo envejeciera y se convirtiera en polvo.

Tras alejarme de Roland, busqué en la cara, el cuello y los brazos de Kellian para que la menor contracción demostrara que mi Beso estaba funcionando. Por último, mi mirada aterrizó en el dorso de su mano. La marca de Myriana, *mi* marca, un blasón adornado con acebo y hiedra enroscados juntos en una corona, rodeaba el dorso de su mano y viajaba por su muñeca hasta la base de su palma. La marca parecía quemada y difuminada, ya no tenía las líneas claras y definidas que había tenido una vez.

La marca de Kellian residía en el dorso de mi propia mano. El blasón de la Casa Real de Elhein era la garra de un león de montaña con dos espadas cruzadas. Ahora también parecía desvaído y desgastado.

Aferré su mano, cubrí la marca y la apreté. No hubo respuesta.

—Por favor, despierta, Kellian —murmuré.

—¿Qué? —preguntó Roland.

Solté la mano de Kellian.

—Como he dicho, necesitaré un informe completo de esta nueva magia oscura. —Al evocar los recuerdos de Minnow del misterioso rayo verde, mi frenética mente saltó de un pensamiento al siguiente. Si hubiera estado allí, ¿habría podido administrarle a Kellian un Beso que hubiera podido derrotar esa maldición? Minnow no era su compañera, ella no llevaba su marca como lo hacía yo y, por lo tanto, no podía darle Besos de contramaldición, solo los simples, como Besos de magia de batalla o Besos curativos. ¿Era eso, entonces? ¿Simplemente llegaba tarde, o esa maldición era sencillamente demasiado poderosa incluso para la gran magia de Myriana? La idea hizo que se me retorcieran las tripas.

—Y tendrás ese informe —dijo Minnow, que alcanzó mis manos con su gentileza habitual—, pero no hasta después de que descanses.

Casi no dejé que me tocara, no quería que nadie intentara consolarme cuando no necesitaba consuelo, tan solo una explicación.

Pero, al ver a mis compañeros de armas exhaustos por la batalla, supe que ese no era el momento. Allí estaban, preocupándose por mí, cuando eran *ellos* los que necesitaban dormir.

Así que dejé que Minnow me agarrara del brazo. La imagen del cuerpo de Kellian temblando a causa de un rayo verde se reproducía una y otra vez en mi cabeza mientras nos dirigíamos al Salón de los Ancestros detrás de la patrulla. El sonido de los pasos reverberantes de todos y el parloteo en susurros me sacó de mi trance.

—Creo que prefiero quedarme fuera. He estado en la enfermería demasiado tiempo —dije, e imprimí con esfuerzo algo de fuerza en mi voz. Aunque mis piernas todavía estaban doloridas y rígidas, necesitaba un rato a solas. Para detener la afluencia de pensamientos venenosos que ya se filtraban en mi subconsciente: «Soy un fracaso, he perdido a otro compañero porque soy demasiado débil, no puedo defender el linaje de Myriana». Esos pensamientos siempre venían a mí con la misma voz, una que me perseguía desde la infancia.

Los aparté y le di a la mano de Minnow un apretón tranquilizador.

—Me alegra que hayas vuelto a salvo.

Minnow todavía me miraba con preocupación, sus ojos celestes brillaban con lágrimas no derramadas.

No podía dejar que pensara que el estado de Kellian era culpa suya. Esa era una carga que debía soportar yo.

—Lo has hecho lo mejor que has podido. Gracias por cuidar de él.

Ella pestañeó para retener las lágrimas.

—Ivy...

—Eres tú quien necesita descansar. —Señalé con la cabeza a los otros Reales, que ya iban rumbo a sus habitaciones—. Parece que estás a punto de derrumbarte. Infórmame de lo que pudisteis descubrir en la patrulla después de haber dormido.

Minnow me dio un abrazo rápido y luego se alejó, sus pasos resonaron en el enorme salón. Contemplé el alto techo por un momento, mientras buscaba refugiarme de mis pensamientos. Los arcos de mármol del Salón de los Ancestros se expandían y unían en el centro, como dos lados de un arcoíris que se unieran en perfecto unísono. Me tranquilizó admirar las detalladas estatuas de príncipes y princesas de mármol blanco perlado que luchaban contra dragones y grifos, de magos enfrascados en duelos contra brujas y hechiceros. Se decía que las historias de todos los Reales del pasado estaban representadas allí.

¿Acabarían mis historias allí también algún día?

El sentimiento de serenidad no duró. Pronto aquellas esculturas sin rostro se burlaron de mí. «Fracasada. Inútil. Tu servicio en la Legión ha terminado. La guerra contra las Fuerzas de la Oscuridad continuará sin ti.»

Tenía que salir de allí.

Me apresuré a atravesar el salón y me detuve en los escalones que conducían a las puertas. El muro se alzaba sobre la capital del reino de Myria, que rodeaba la ciudad de abajo con sus pasarelas adoquinadas y los hogares de nuestros súbditos.

Sus vidas quedaron expuestas ante mí. Vidas que había jurado proteger.

Con ese peso sobre mis hombros, bajé los escalones tan rápido como me lo permitieron mis doloridas piernas. Me deslicé a través de los huecos entre los manzanos en flor, sus pétalos blancos revoloteaban al viento, llevando el aroma que siempre me recordaba a tartas de manzana especiadas con miel, y me dirigí a los campos de entrenamiento. Después de una semana de inactividad, mis músculos anhelaban trabajar. Y mi alma ansiaba demostrar que yo no era totalmente inútil.

Mi corazón sangraba por Kellian. La imagen de él en el carro, su rostro marcado con rastros de sangre y mugre, me perseguiría siempre. Hasta que mi propia capa de legionaria cubriera mi cadáver sin vida. Había sido tan fuerte, valiente y *bueno*... En cierto modo, sentía que la de ese carro debería haber sido yo y no él. Él había confiado en mí para protegerlo. Para *salvarlo*. Pero, en lugar de eso, le había fallado.

Y ahora estaba sin compañero. De nuevo. Sin un príncipe, estaba condenada a pasar mis días en el campo de entrenamiento o en mis aposentos, estudiando hechizos para mis Besos, pero sin tener nunca la oportunidad de usarlos. Recé para que no sucediera, para que el Consejo Real me encontrara a otro príncipe, para que pudiera continuar luchando en los campos de batalla. El lugar al que pertenecía.

Me detuve frente a una cerca baja construida con madera de brucel y clavos de cobre y pasé por encima con cautela, y usé un árbol jerr cercano para estabilizarme. Por fin llegué al margen de los campos de entrenamiento y distinguí a los jóvenes reclutas, príncipes y princesas, luchando. Un segundo grupo estaba corriendo en círculos y un tercero estaba practicando el tiro con arco. Una brisa se paseaba por el terreno y agitaba la hierba en ondas de color esmeralda.

Las piernas ya me dolían por mi corto recorrido. Traté de ocultar mi cojera mientras me dirigía al grupo de combate. Los chicos se enfrentaban a otros chicos, mientras que las chicas practicaban movimientos defensivos usando escudos. Como siempre. Más tarde, las princesas serían llevadas a un lado para practicar con un arma de largo alcance de su elección, como arcos largos, ballestas o cuchillos arrojadizos. Como *solo* las princesas tenían la habilidad de lanzar hechizos después del Beso, a cada una de nosotras nos asignaban un príncipe que pudiera recibir el hechizo y luchar con una fuerza aumentada por la magia. Según los sacerdotes, el poder de una mujer Real para lanzar hechizos provenía de la reina Myriana, ya que había sido *su* Beso lo que había salvado al rey Raed. Por lo tanto, teníamos que estar bien protegidas y prepararnos aprendiendo hechizos, movimientos defensivos y a manejar armas de largo alcance en lugar de practicar el combate cuerpo a cuerpo.

Aun así, había princesas que practicaban la esgrima implacablemente, simplemente porque no les gustaba quedarse dentro de un círculo protector *Illye*, lejos del calor y la emoción de la batalla. Princesas como yo.

Yo *quería* pelear junto a mi compañero, compartir el sudor y el miedo a un trol que empuñara una maza salpicada de sangre. Aunque entendía que era para mantenerme a salvo, era frustrante quedarse detrás de un círculo *Illye* mientras mis compañeros estaban ahí fuera arriesgándolo todo.

Me dirigí hacia las chicas y le arranqué el escudo a una a la que le había enseñado Besos curativos el mes anterior. No recordaba su nombre, pero sí su cara delgada y su cabello negro como la noche. Le di la vuelta al escudo para que quedara plano contra mi antebrazo y pasé mis dedos sobre el afilado filo metálico.

—Sujétalo así. Recuerda, tu escudo también puede ser un arma. Usa el borde para infligir cualquier daño que puedas. En cuanto dejas de pelear, admites que estás lista para morir.

La chica asintió y recuperó su escudo cuando se lo entregué. Había círculos oscuros debajo de sus ojos y su cuello y sus mejillas estaban resbaladizas por el sudor, pero su ceño fruncido destacaba más. Estaba decidida a aprender más, no solo cómo esconderse detrás de la madera y el metal. En ella vi a una versión más joven de mí misma. Después de ver a mi primer compañero caer con un hacha en el cuello, había jurado que no me encogería simplemente detrás de un escudo, mágico o de madera, cuando podría haber estado allí con él.

Cuando podría haber estado allí con Kellian.

Me aparté de las chicas y me dirigí hacia los chicos, que practicaban con sus espadas de madera. Cuando el príncipe más cercano tropezó después de un ataque particularmente cruel de su compañero, lo sujeté del hombro para estabilizarlo. Levantó la vista, sus ojos se abrieron de par en par por la sorpresa.

—¿Puedo intervenir? —pregunté.

Parpadeó y luego dejó caer la espada en mi mano extendida.

Su compañero de entrenamiento tragó, su nuez se balanceó bajo su cuello.

—¿Princesa Ivy?

—La misma. —Deslicé el arma por el aire en un mandoble de práctica y me puse delante del chico cuya espada había tomado—. Soy tu nueva oponente.

—No creo que sea…

Flexioné las rodillas y me lancé hacia delante para atacar. El joven príncipe solo logró detener mi ataque y saltar hacia atrás. Avancé mientras movía mi espada con una ferocidad que hizo que unos pocos observadores jadearan. Dejaron sus propias peleas y formaron un círculo a nuestro alrededor.

Mis músculos zumbaron de satisfacción. Por fin algo de acción.

Con cada giro y finta, el príncipe se desquiciaba más, desesperado por salvar su dignidad.

Ataqué desde arriba. Él me esquivó y luego apuntó a mis rodillas. Un movimiento de novato. Lo rodeé y su espada de madera falló por centímetros. Un simple codazo en la parte posterior de la cabeza lo hizo caer sobre su estómago.

—Descuidado —dije, la punta de mi espada ahora en mitad de su espalda—. Céntrate en tu defensa. No puedes atacar si estás muerto.

Algunas de las chicas dejaron caer sus escudos y aplaudieron con entusiasmo mientras los chicos se unían a regañadientes.

Mientras me adelantaba, con punzadas en las piernas, y ayudaba al chico a levantarse, mi sentimiento de victoria se desvaneció rápidamente. Aquella no era la forma de sentirme mejor por el fracaso de mi Beso. Ganar contra un chico de trece años no era la manera. Aunque solo era cuatro años mayor que él, con toda mi experiencia en la batalla me sentía más como si tuviera cincuenta. Trece era joven, pero podría ser más joven todavía. Nuestros números estaban disminuyendo contra el poder de las Fuerzas y pronto *tendríamos* que llevar a Reales más jóvenes de trece a la batalla y de patrulla. A los catorce años, yo había visto un trol cuya cabeza había sido cercenada de su cuerpo. Tuve pesadillas durante semanas.

Pero el hecho de que aquellos chicos fueran a conocer la batalla más pronto que tarde no cambiaría, independientemente de si yo los estaba usando para desahogar mis propias frustraciones. Ellos necesitaban que les enseñaran y, ciertamente, no me importaba ser yo quien lo hiciera.

Me dirigí a la audiencia de aprendices. Balanceé la espada de madera sobre mi hombro y grité:

—¿Quién es el siguiente?

Evitaron el contacto visual, ninguno de ellos ansioso por ser derribado y tirado al suelo.

Apunté con mi espada a un príncipe de piel morena y cabello color bronce.

—¿Qué tal tú? —Parecía lo suficientemente mayor.

—¿Y-yo? —El chico miró a su alrededor y luego miró hacia atrás mientras su cara enrojecía—. Solo tengo un octavo de sangre, princesa. Acabo de empezar a entrenar, hace una semana.

Mi estómago se retorció casi tan fuerte como cuando había visto la cara dormida de Kellian. Además de traer a los Reales más jóvenes, también estábamos reclutando a Reales que apenas contaban como tales. Príncipes y princesas que eran Reales incluso en menos de una cuarta parte de su linaje. *Un octavo de sangre*. Aquellos con menos sangre real tenían menos magia, así de simple. Entonces, ¿de qué servían? ¿Mera carne de cañón contra las criaturas de la Reina Malvada?

Pude ver las garras de un grifo cortando sus cuerpos pequeños y las quijadas de hierro de una quimera desgarrando su carne y haciendo crujir sus huesos. Me hizo querer cavar un hoyo en aquella hierba perfectamente verde y vomitar.

—¡Princesa Ivy! ¡Mi señora!

Al reconocer la voz de mi paje, bajé la espada.

Bromley era un chico flaco de catorce años que llevaba el pelo de color miel corto. Me conocía su cara mejor de lo que conocía la mía propia. Así que, cuando se abrió paso entre la multitud de niños, pude leer el enfado en sus ojos marrones entrecerrados y en la mandíbula apretada.

Cuando se detuvo ante mí, respirando con dificultad, fulminó con la mirada la espada de entrenamiento en mi mano.

—No estáis en la cama.

Alcé una ceja.

—Aguda observación, Brom.

Como a todos los Reales de sangre pura, me habían asignado a un asistente a una edad temprana. Me habían adjudicado a Bromley cuando yo tenía ocho años y él solo cinco. En realidad, nunca había querido un sirviente, pero había querido a un amigo.

La comisura de la boca de Brom se torció.

—El maestro Gelloren os ha llamado.

La ansiedad que me había hecho trabajar tan duro para alejarme de ella volvió corriendo. Por supuesto que el maestro Gelloren ya había oído que Kellian había caído a causa de la nueva maldición. Por supuesto que ya había oído que mi Beso había fallado. Y por supuesto que ya querría verme. Porque, cuando llueve, los campos se inundan.

¿Qué diría Gelloren? ¿Qué *haría*?

Puse con brusquedad la espada plana contra el pecho de su dueño y los reclutas se separaron mientras me abría paso entre la pequeña multitud. Ya no podía negar el dolor en mis piernas, de todos modos. Probablemente no habría durado ni un minuto en otra pelea.

Bromley se apresuró para alcanzarme.

—¿Qué ha pasado?

Centré mi mirada en los árboles jerr que había delante mientras caminábamos. Los contornos de las hojas rojas comenzaron a desdibujarse y tragué saliva.

—Kellian, él... no lo ha logrado. Está en coma. Una nueva maldición.

—Lo... lo siento, mi señora. —Hizo una pausa, el ruido distante de las espadas de madera y el viento, que silbaba a través de las hojas, llenaron el silencio—. ¿Quién administró el Beso de recuperación? Tal vez podríais ir y...

Sus palabras me golpearon como un puñetazo en el estómago y casi me caí.

—¡Princesa! —Brom me atrapó, pero no era tan fuerte como Ulfia o Roland, por lo que ambos nos tropezamos un poco y acabamos deteniéndonos bajo la agradable sombra de los árboles jerr.

Brom no sabía que era *mi* Beso de recuperación el que no había funcionado, pero no podría explicar lo que había sucedido sin estallar. La herida aún era demasiado reciente.

—Estoy bien. ¿Te ha dicho el maestro Gelloren lo que quiere?

Brom sacudió la cabeza.

—No. Pero tal vez pueda esperar. Necesitáis descansar. Ulfia me ha dicho…

—Lo único que necesito ahora es volver a salir ahí fuera. Voy a salir con la próxima patrulla, Bromley, con cualquier príncipe que me den. —Me enderecé y comencé a avanzar.

Él intentó sujetarme por el brazo.

—Pero…

Me aparté y levanté briznas de hierba mientras recuperaba mi ritmo.

—Me conformaré con medio príncipe. Un cuarto de príncipe. No me importa. Besaré a quien pueda llevarme de vuelta ahí fuera. Me *necesitan*, Brom.

La Legión me necesitaba, todo Myria lo hacía, especialmente si el joven príncipe con el que acababa de pelear y el príncipe con un octavo de sangre servían de indicación de lo desesperados que estábamos. Con independencia de si mi Beso había funcionado o no contra aquella nueva supermaldición, seguía siendo más fuerte que cualquier otro Real presente. No dejaría que otro príncipe, joven, débil o de cualquier otro tipo, perdiera la vida cuando yo podía estar allí para impedirlo. Los protegería de lo que no había podido proteger a Kellian.

El viento se levantó y arrancó algunas hojas de los árboles jerr. Se arremolinaron junto a mí mientras me dirigía hacia el castillo, y me llamaban de vuelta a su pacífica sombra. El único tipo de sombra y oscuridad que era buena en este mundo.

CAPÍTULO TRES

LA HORRIBLE VERDAD

Los aposentos donde los tres magos maestros vivían y estudiaban estaban ubicados en la torre noroeste del castillo. Brom me dejó en la entrada. Si el maestro Gelloren me había *convocado*, era por un asunto que deseaba tratar en privado.

Me paré frente a su puerta y me concedí solo un instante para disfrutar del sol que entraba a través de las vidrieras de la ventana orientada al oeste.

Meses atrás me habría encantado visitar el despacho del maestro Gelloren. Habríamos jugado a El Basilisco y la Mangosta y él me habría hecho creer que había ganado para luego robarme todas las cartas en la última mano. Y, si no hubiéramos jugado a las cartas, nos habríamos pasado horas estudiando mapas y discutiendo estrategias sobre patrullas y las tropas legionarias. Él siempre había sido muy cálido conmigo, pero en los últimos tiempos nuestras conversaciones se habían vuelto cortas y cansadas. No había cartas. Ni siquiera una taza de té de raíz de *shassa*.

La culpa no era suya, desde luego. Todo era a causa de aquella interminable guerra. Más y más tropas perdidas. Más y más ocasiones en las que Gelloren se marchaba en mitad de la noche a sofocar las llamas de la ciudad con su magia acuática elemental. Más y más reuniones del Consejo con los demás magos maestros para decidir qué hacer a continuación.

No era de extrañar que no tuviera tiempo para el té o para un simple juego de cartas. Especialmente con princesas que seguían perdiendo a compañeros.

Cuando llamé a la puerta, la voz profunda del maestro Gelloren contestó:

—Pasa, Ivy.

Abrí la pesada puerta de madera y dejé que se cerrara tras de mí.

Su despacho estaba igual que siempre. Mapas de los cuatro reinos y diagramas elementales que solo los magos podían comprender decoraban los muros de piedra. Una torre de tazas de té usadas se balanceaba precariamente en el borde del escritorio mientras que pilas de libros cubrían casi todo el suelo y, en alguna parte, en medio de todo aquel desorden, un pájaro piaba sin cesar.

El maestro Gelloren estaba sentado en su escritorio inclinado sobre un montón de cartas. Vestía su habitual túnica esmeralda varias tallas más grande. A juzgar por la mancha en el cuello, las arrugas y las migajas de su tentempié favorito de medianoche, tartaletas de bayas de jengibre, esparcidas por los pliegues de su túnica, probablemente había trabajado toda la noche.

—Toma asiento —indicó sin levantar la vista.

Permanecí de pie y observé cómo su pluma se deslizaba por el pergamino.

Con los ojos todavía en las cartas, dijo:

—Bueno, de acuerdo, quédate de pie.

—Maestro, no es por falta de respeto. Solo quiero que me toméis en serio.

Esta vez levantó la mirada. A pesar de que era uno de los magos maestros más ancianos, el cabello de Gelloren aún no se había vuelto completamente gris. Aún conservaba mechones rubios en su barba bien arreglada y en su trenza.

—Mi querida Ivy, te lo aseguro, siempre te tomo en serio. Tanto si estás sentada lanzándome dagas con la mirada o de pie lanzándome dagas con la mirada. —Sonrió, sumergió la pluma y continuó su carta.

Con las orejas hormigueándome de calor ante su velada regañina, me senté y me concentré en mis rodillas. Finalmente, después de sellar la carta con cera y de colocarla encima de otras cartas que habían de ser enviadas, se enderezó y cruzó las manos por dentro de su túnica.

—Con respecto al príncipe Kellian..., mi más sentido pésame.

Sus palabras hicieron que la escena de los recuerdos de Minnow volviera a la fuerza a mi mente. Vi al duende, con el ojo izquierdo horriblemente mutilado por la espada de Kellian, lanzando su misteriosa maldición y los rayos verdes que habían envuelto a mi príncipe mientras el duende desaparecía entre el humo.

Dirigí la mirada de la pila de cartas en su escritorio a la cara de Gelloren. Me estaba mirando con esos ojos grises que me conocían tan bien. No tenía que fingir con él. Y no tenía que decirle cómo me hacía sentir la pérdida de Kellian. Como si el duende hubiera tallado personalmente un pedazo de mi corazón con sus uñas como garras.

Él lo sabía. Gelloren no necesitaba lágrimas ni quejidos. Necesitaba que yo fuera fuerte. Que estuviera centrada.

—Mi Beso... no... —Me aclaré la garganta—. No ha funcionado, maestro.

Gelloren asintió levemente.

—Y crees que de alguna manera es culpa tuya.

Bajé la vista hacia mis manos, que reposaban sobre mi regazo. Yo sabía que aquella nueva maldición tenía que ser terriblemente poderosa, pero aun así... Mi Beso de recuperación era el mejor en los cuatro reinos. ¿Cómo podía un *duende*, uno de los tipos de criaturas oscuras más débiles, haber sido lo suficientemente fuerte para vencerme?

—Minnow ha compartido sus recuerdos conmigo —dijo Gelloren—. Está claro que ese rayo verde es una nueva maldición de gran magnitud. Por muy fuertes que sean tus dones, Ivy, tu poder no es ilimitado.

Gelloren nunca me consentiría. Siempre me decía la verdad, sin importar lo difícil que fuera. De modo que debería haber sentido algo de alivio, pero sus palabras me hicieron sentir peor. Mi poder era limitado y las Fuerzas se estaban haciendo inimaginablemente más fuertes. ¿Cómo podía eso hacerme sentir mejor?

Tragué y forcé las palabras.

—Sí, bueno... No querría que pensarais que ya no merezco un compañero. —Retorcí el dobladillo de mi túnica, porque necesitaba algo que apretar—. Como Kellian ya no puede pelear... Me gustaría...

«Simplemente dilo, Ivy. Dile que quieres otro compañero, que quieres encontrar a la Reina Malvada tú misma, que es tu deber.»

—No tienes que decirlo, querida.

Contuve el aliento. ¿Sería ese el momento en el que mi carrera en la Legión tocaba a su fin? Sin más príncipes puros en Myria para hacer uso de mi magia, el Consejo podría argumentar que deberían mandarme al castillo meridional de Freida para empezar a producir herederos, igual que le había sucedido a mi hermana, Clover, tres veranos atrás. Ya había tenido a un hijo y estaba intentando tener el segundo.

Gelloren suspiró, agarró otra carta y la desplegó con sus dedos delgados.

¿Podría ser una citación de Freida? «Oh, santas hermanas. ¡Solo tengo diecisiete años!» Si me enviaban allí, ¿cuánto tiempo me obligarían a quedarme? ¿Empeoraría la guerra cada vez más hasta el punto de que volvería para encontrarme con nada más que sangre y cenizas?

Él alisó la carta.

—Necesitas otro compañero. Eso ya lo sé.

Mis hombros se relajaron.

—El estado de Kellian, aunque trágico, no es excusa para que no usemos la marca de Myriana al máximo en la batalla —continuó Gelloren.

Ante la mención de la más importante de mis ancestros y su marca, me senté más erguida.

—Gracias, maestro. Tenía miedo de que me hicierais retirarme a Freida.

El maestro Gelloren colocó la carta boca abajo, se recostó en su silla y me estudió.

—No, necesitamos tu poder, ahora más que nunca. Las Fuerzas de la Oscuridad están aumentando hasta números insuperables. Las brujas están creando más nidos de maldiciones oscuras, generando más y más duendes, troles, grifos…, y ahora con maldiciones que todavía tenemos que identificar.

Asentí, lo sabía demasiado bien. Escucharlo en voz alta me hizo darme cuenta de que no tenía motivos para temer que me enviaran lejos. Incluso si el Consejo presionaba, Gelloren les haría ver la horrible verdad: no podían darse el lujo de esperar hasta que mis hijos crecieran para luchar contra las Fuerzas. ¿De qué servía tener a los descendientes directos de la reina Myriana si no los usábamos? Gracias a un árbol genealógico cuidadosamente construido, era *literalmente* lo que habían nacido para hacer.

El maestro Gelloren miró por la ventana de su estudio.

—Me temo que, si no hacemos algo drástico pronto, no importará cuántos herederos produzcamos. Seremos derrotados.

El pájaro, todavía escondido en algún lugar de su despacho, dejó de cantar, como si sintiera la gravedad de nuestra conversación.

—No lo entiendo, maestro Gelloren. ¿Cómo pueden superarnos tanto en número? Somos mucho más versados y estamos más entrenados que hace quinientos años. Matamos al menos a cincuenta criaturas en cada patrulla, ¡y, aun así, cien más ocupan su lugar! —La cara llena de cicatrices del duende volvió a aparecer como un relámpago en mi mente y apreté la tela de mi túnica hasta que mis nudillos se pusieron blancos.

El maestro Gelloren se levantó y caminó hacia su ventana, desde donde observó el entrenamiento de los Reales que se encontraban abajo. El sol se había ocultado tras una de las pocas nubes del cielo, lo que había hecho cambiar las sombras dentro de la estancia y le había dado al despacho un ambiente más siniestro.

Lo que me recordó...

—Señor, hoy he visto una bandada de arpías de gorrión, a las afueras de los límites de la ciudad.

—Sí, yo también las he visto. He enviado a un equipo a investigar antes.

—¿Qué creéis que significan? —Durante mis estudios, había aprendido que avistar arpías de gorrión durante el día era un mal augurio. A menudo, un presagio de algo malo que estaba por llegar, aunque no podía imaginarme qué. Ya estábamos bajo amenaza constante.

—Tengo una idea que todavía no me siento cómodo compartiendo. Lo haré cuando sea el momento adecuado —dijo, se apartó de la ventana y me dirigió una sonrisa familiar.

No me gustó esa sonrisa. Estaba plagada de la indulgencia que demostraba cuando yo creía llevar la mano ganadora durante una partida de cartas.

—Maestro...

—Debemos continuar luchando, y eso es todo lo que podemos hacer por ahora, querida.

—Entonces dejadme salir ahí fuera. —Yo también me puse de pie—. Por favor, lo que sea que tenga que hacer, lo haré. Iré a la capilla todas las noches y recitaré oraciones sagradas, cualquier cosa. Solo encontradme a *alguien* que sea mi compañero: no me importa quién sea.

Gelloren se acarició la barba veteada de oro y plata y maniobró alrededor de una torre de libros.

—No es tan simple, Ivy. Debemos encontrarte a un compañero que pueda utilizar toda la magnitud de tu poder. Y actualmente no quedan Reales en Myria que yo considere que estén realmente a tu nivel.

—Señor, no *importa*. Incluso si apenas tiene sangre Real, incluso si es un espadachín terrible, puedo compensarlo. —Imprimí en mis palabras toda mi pasión y toda la ira que ver el cuerpo comatoso de mi compañero me había provocado—. Tuve a cuatro príncipes antes de Kellian y todos eran capaces de matar bestias que los triplicaban en tamaño. Telek derribó a un grifo de un solo golpe con el poder de uno de mis Besos y Drake mató a tres trasgos de *un solo golpe*. Maestro, yo fui la niña de nueve años que, con su primer Beso, fue capaz de curar una aldea de una maldición de sequía...

—Es suficiente. —Gelloren agitó la mano, la manga de su túnica se balanceaba bajo su delgada muñeca—. Sé muy bien de lo que eres capaz, Ivy. Por eso —dijo, y recogió la carta que estaba boca abajo sobre su escritorio y luego me la entregó—, no permitiré que *cualquier* príncipe esté a tu lado. Tienes que estar protegida.

«Porque soy un arma poderosa en el Arsenal Real.»

La carta era de un mago maestro del castillo de Saevall, al oeste. Rápidamente, escaneé la letra pequeña y pulcra, y mis rodillas comenzaron a dar brincos. No con ansiedad o nervios, sino con emoción.

—¿Están enviando refuerzos? ¿A Myria?

Gelloren asintió con la cabeza.

—Escribí a Saevall el mes pasado para explicarles que habíamos perdido a algunos de nuestros mejores miembros de la Realeza ante las Fuerzas. Han respondido enviándonos un generoso refuerzo de su propia Legión.

Fruncí el ceño.

—¿Estáis seguro de que pueden permitírselo?

—Estamos mucho peor que ellos.

Eso era cierto. Myria era el reino más septentrional, asentado a las afueras del bosque de Galedral y las montañas Wu-Hyll, que se decía que eran el lugar de nacimiento de algunas de las criaturas más poderosas de las Fuerzas.

—Me han dicho que un príncipe en particular es especialmente prometedor —continuó Gelloren.

Pero dejé de escuchar. Estaba demasiado ocupada leyendo la última línea de la carta.

«Esperad su llegada la mañana del decimoquinto día de primavera.»

Al día siguiente. La ayuda llegaría al día siguiente, junto con un príncipe que podría llevarme de vuelta al campo de batalla.

CAPÍTULO CUATRO

REFUERZOS

Tras tomar una poción analgésica para las piernas que me dio Ulfia, quien no había hecho nada más que fruncir el ceño y murmurar algo sobre idiotas obstinados mientras la preparaba, pasé el resto del día en el campo de entrenamiento. Bromley me siguió para ayudarme a entrenar. Aunque nunca le había pedido que lo hiciera, él asistía con gusto a las clases de lucha y entrenaba a mi lado. A los catorce, su altura y fuerza no estaban plenamente desarrolladas, pero era veloz y aprendía rápido. Desde que lo había amenazado con despedirlo de mi servicio por no darlo todo en nuestras peleas, nuestras sesiones de entrenamiento siempre habían sido interesantes, aunque él rara vez ganaba.

Aquel día no fue diferente. Coloqué mi escudo frente a mi cara cuando la hoja de madera de la espada de prácticas de Brom fue directa a mi cabeza. Empujé contra su espada con mi escudo y la hoja golpeó de lado. Gruñí, me di la vuelta y balanceé la espada hacia el costado de Brom cuando su escudo descendió a mi encuentro. Antes de que pudiera contrarrestar mi ataque, mis piernas cedieron y me encontré tumbada en la hierba, mirando hacia el cielo y haciendo una mueca.

La cabeza de Bromley asomó en una esquina de mi visión.

—¿Mi señora?

—Maldito hijo de un espectro. —Aporreé la hierba con la empuñadura de mi espada.

—La señorita Ulfia dijo que la poción os quitaría el dolor, pero no los efectos de la maldición —dijo Bromley mientras se sentaba a mi lado.

—Lo sé —murmuré mientras soltaba mi espada y alargaba los dedos hacia el sol para liberar la tensión acumulada. La luz alrededor de mi mano hacía difícil ver la marca de mi alianza con Kellian, aunque sabía que estaba allí, grabada en mi piel hasta que se realizara el ritual para desligarnos. Mentalmente no estaba preparada para pasar por eso de nuevo, pero tendría que hacerlo.

Quitarme su marca era como darme por vencida. Renunciar a otro príncipe y a otro amigo y admitir que no había sido lo bastante fuerte para protegerlo. Y que tal vez *nunca* lo sería.

«Para, Ivy.» Doblé el brazo sobre los ojos para bloquear así la luz de sol.

—Quizás deberíamos ir a cenar. He oído que hay faisán asado con gelatina de kasper y menta.

—No tengo hambre —dije, incluso a pesar de que mi estómago gruñó.

Brom se tumbó a mi lado y suspiró.

—¿Acaso el maestro Gelloren os ha dicho que no conseguiríais otro compañero? Porque sabéis... Tal vez este sería un buen momento para descansar. Es decir, acabáis de libraros de la maldición inmovilizadora y...

—No —repuse con brusquedad. Brom siempre intentaba encontrar formas de mantenerme alejada de la batalla. Por lo general, nunca me enfadaba con él porque sabía que lo hacía por preocupación. Pero no era el día de plantearse la idea de descansar. No después de un Beso de recuperación fallido—. Pronto tendré a otro compañero.

Bromley se colocó de lado y yo lo miré desde debajo de mi brazo.

—¿De veras? —preguntó—. ¿Quién? ¿Amias?

Me incorporé sobre los codos y seguí la mirada de Bromley hacia un grupo de príncipes mayores que entrenaban. Amias estaba entre ellos, su cabello negro brillaba bajo el sol de la tarde. Casi podía oler su sudor. Conocía su olor y el calor de su aliento demasiado bien. Nos habíamos besado en numerosas ocasiones durante las prácticas y escaramuzas cuando los dos estábamos sin compañero, pero el Consejo nunca nos había considerado compatibles.

La razón más importante era que Amias era solo medio príncipe. Su madre era una reina, pero su padre era un herrero de la parte baja de la ciudad. Esa sería razón suficiente para que no me emparejaran con él, pero a aquellas alturas los medios príncipes en realidad gozaban de una posición bastante alta en la clasificación en comparación con los que tenían un cuarto, un octavo o incluso un doceavo de sangre Real. Además, tenía un talento natural con la espada (nunca había entrenado muy duro) y, con mi Beso, pronto sería realmente temible. Tampoco era un secreto que Amias quería a una descendiente directa de Myriana a su lado para proporcionarle más poder y prestigio.

Me recosté y volví a taparme los ojos con el brazo.

—No. Amias no. Nunca Amias. —Si fuéramos compañeros, se convertiría en una competición. Los dos intentaríamos usar al otro para nuestro propio beneficio. Éramos demasiado parecidos, y eso era peligroso.

—¿Roland?

—Roland y Minnow llevan tres años siendo compañeros, y su asociación es una de las más fuertes de la Legión. Nunca los separaría. —Los compañeros podían cambiar por diferentes razones: las princesas eran enviadas a Freida o demasiados errores en batalla provocaban que el Consejo se cuestionara su compatibilidad, o compañeros que simplemente nunca más se levantaban…, como el mío. Pero cortar el vínculo entre compañeros era un procedimiento doloroso para ambas partes, por lo que el Consejo lo evitaba en la medida de lo posible.

—El Consejo podría hacerlo para garantizaros un buen compañero —insistió Brom.

Negué con la cabeza.

—No importa, Brom. —Bajé el brazo y le hablé sobre la inminente llegada de los saevallanos.

—¿Os van a asignar un príncipe saevallano? —preguntó Brom con los ojos muy abiertos.

El castillo se extendía sobre nosotros, con sus torres de piedra y almenas y banderas de Myria ondeando al viento. El castillo de Myria era una estructura antigua, pero más fuerte y más formidable que cualquier otro en los cuatro reinos, más incluso que el de Saevall, el reino construido de arenisca dorada.

—Aquí ya no queda nadie.

Brom se calló. Luego tiró de mi manga.

—Hablando de no quedar nada, es posible que ni siquiera lleguemos al postre a estas alturas, y me muero por unas tartaletas de bayas de jengibre.

Sonreí por primera vez en todo el día y agité las manos en dirección a su cara.

—Venga, entonces, ayúdame a levantarme.

Mis aposentos no eran lujosos. Cuando era pequeña y vivía con mi madre y Clover en el reino de Freida, tenía una habitación elegante con cortinas de terciopelo y cojines de seda bordados. Eso había sido antes de comenzar a entrenar en la Legión. Desde entonces, había vivido en una habitación pintoresca con una estantería, un escritorio, una cama individual, una ventana y otra habitación contigua con mi bañera. Los suelos eran de piedra, decorados con alfombras tejidas. La única ornamentación de la pared era un tapiz que representaba las montañas Wu-Hyll, grandes monstruosidades púrpuras y blancas con los hilos verdes del bosque de Galedral en la base. Había una puesta de sol justo detrás de las montañas que hacía que los picos morados destacaran como sombras nítidas contra los colores cálidos del atardecer.

Estaba observando dicho tapiz, que *siempre* me quedaba mirando fijamente, cuando mis dos hermanas pequeñas entraron en mi cuarto.

—¡Ivy! ¿Cómo están tus piernas? ¿Ha desaparecido la maldición ya del todo? —Colette se apresuró y saltó para situarse al pie de mi cama, mientras que Robin se sentó en la silla de mi escritorio.

Sonreí a mis hermanitas y abracé la almohada más fuerte contra mi pecho.

—Ha desaparecido lo suficiente.

—Siento no haber venido a verte antes. La reina Jocelyn me hizo repasar el hechizo para el Beso de congelación.

—Colette era mi hermanastra por parte de madre. Con cabello dorado y ojos azules profundos, se volvía más bonita a medida que crecía, y solo tenía nueve años, por lo que acababa de empezar su entrenamiento en la Legión.

—Esos son básicos. ¿Cómo puedes tardar tanto? —preguntó Robin mientras se retiraba el cabello del hombro.

Colette le sacó la lengua.

—Dice la princesa que no puede romper una simple maldición vinculante con su Beso.

Robin se puso roja y apretó los labios. Robin también era mi hermanastra y la hermana mayor de Colette. Se parecía más a nuestra madre, con su cabello y sus ojos oscuros. A diferencia de Clover y yo, que habíamos salido a nuestro padre. Después de que muriera en combate, poco después de que yo naciera, el Consejo le asignó a nuestra madre una nueva pareja para procrear y nacieron Colette y Robin. No eran descendientes directas, sin embargo, debido al linaje de su padre.

—Es tarde. —Hice un gesto hacia las estrellas y la luna creciente que se veían al otro lado de mi ventana—. ¿Por qué no estáis en la cama?

Robin puso los ojos en blanco.

—Colette quería verte. Le he dicho que estabas bien.

Colette fulminó a su hermana con la mirada.

—¿Qué hay de lo de *ya-sabes-quién*?

Suspiré.

—Se llama Kellian, hermanita. Y, aunque voy a echarlo de menos, perder a un compañero no es ninguna novedad. —Una vez más, el dolor me aguijoneó el pecho. Desde luego que *no* era nuevo.

Cinco compañeros perdidos. La vergüenza y la culpa eran casi demasiado.

Todos habían muerto en combate. Derrotados por bestias, como si hubieran llevado una diana en la espalda. Había sido como si los monstruos supieran que eran los más fuertes y necesitaran derribarlos primero.

Mi Beso era el culpable de aquello.

Después de que mi tercer compañero muriera a causa de las garras de dos grifos, que lo hicieron trizas, me había derrumbado ante el maestro Gelloren y había sollozado en su regazo.

—¿Por qué, maestro? —había preguntado—. ¿Por qué sigue sucediendo?

Él me había acariciado el pelo con suavidad y me dejó llorar, algo que los reyes y las reinas nunca me habrían dejado hacer. Nada de debilidad. Jamás.

—Tu Beso tiene un gran poder, querida. Contiene la marca de Myriana. Los monstruos y las maldiciones siempre se sentirán naturalmente atraídos por su poder e intentarán destruirlo en primer lugar.

No había sentido nada más que desesperación. ¿Era eso, entonces? ¿Era una condena para todos mis compañeros llevar esa marca y su fuerza y sufrirían por ello?

Puede que Kellian hubiera sido lo bastante fuerte, pero ahora ya nunca lo sabría. Él también se había ido. Por mucho que me pesara la culpa de perderlo, sabía que eran las Fuerzas quienes habían destruido a mis príncipes, las Fuerzas que merecían ser masacradas como los monstruos que eran. Y era la Reina Malvada, la madre de todas esas criaturas horribles, quien merecía ser desmenuzada y convertida en polvo, como le habría pasado hacía mucho tiempo si no hubiera sido por su poder oscuro antinatural.

—Nosotras... Solo queríamos ver si estabas bien —dijo Colette, que me sacó de los recuerdos que amenazaban con ahogarme.

—Lo estoy. —Tragué saliva y forcé una sonrisa—. Lo estaré.

Robin sonrió.

—Especialmente ahora que viene carne fresca de camino a Myria.

—Como era de esperar, os habéis enterado. —Puse los ojos en blanco.

—También hemos oído que ya se ha elegido a cierto príncipe *solo* para ti —dijo Robin con voz cantarina.

—Sí, bueno, *necesito* a otro compañero y...

Robin rechazó mis palabras con un movimiento de la mano.

—Lo que quiero decir es ¿no has oído todos esos *rumores* sobre él?

—¿De qué estás hablando? —Jugueteé con un hilo suelto de la almohada.

Ella abandonó su silla y saltó en mi cama al lado de Colette.

—¡El príncipe espadachín!

Me limité a mirarla fijamente.

Robin suspiró exasperada.

—¡Por el viento, hermana! De verdad que necesitas prestar más atención a lo que se habla en las cenas. Hay un nuevo Real entre los saevallanos que se supone que es el mejor luchador que los cuatro reinos han visto en más de medio siglo. Es joven pero muy poderoso. Se dice que ya ha destruido la guarida de un trol, ¡él *solo*!

Me encogí de hombros.

—Eso no es demasiado impresionante.

—No, Ivy, estaba *solo*. No había princesa ni Beso. Se rumorea que nunca antes ha tenido una compañera.

Me reí.

—Eso es lo más absurdo que he oído nunca. No hay forma de que un Real sin Beso pueda derrotar a cinco troles él solo.

Robin se sonrojó, pues sin duda se dio cuenta de lo ridícula que había sonado.

Como no quería herir sus sentimientos, le tomé las manos y les di un apretón.

—Aunque, ¿a que sería increíble si fuera verdad? Imagina a un hombre tan fuerte sin magia. Imagina lo que *podría* hacer con un Beso... —Me abalancé sobre Colette y le hice cosquillas en el costado—. ¡Derribaría a la mismísima Madre Malvada!

Colette chilló y se echó a reír y empujó a Robin entre nosotras.

Robin sonrió.

—No habría nadie como él en todo el reino. Sería un compañero perfecto para ti.

Colette se asomó por detrás de Robin.

—Además, apuesto a que tiene un montón de músculos.

Ante eso, perdí el control y me deshice en un ataque de risa.

—Contigo siempre va todo sobre músculos, Lettie. —Robin atizó a Colette con una almohada—. Probablemente sea alto, si derribó a los troles.

—¿Por qué? ¡Puedes ser bajo y derribar troles!

—Todo el mundo sabe que los cuellos de los troles son su zona más débil, y esa es la mejor manera de matarlos. ¿Cómo puede alguien bajo llegarles al cuello? —le discutió Robin.

—¡Podría saltar! —protestó Colette.

—Ah, ¿todos esos músculos en sus piernas lo ayudarían a saltar?

—¡Chicas! —Logré parar de reír y las envolví a los dos en un abrazo. Era en momentos como ese cuando me sentía agradecida de tenerlas en mi vida. Habían sido capaces de arrancarme una risa en un día como aquel—. Estáis hablando sobre mi futuro compañero. Ahora id a la cama, las dos. Y no os olvidéis de vuestras oraciones.

Me dieron un abrazo de buenas noches y, cuando llegaron a la puerta, Robin se detuvo.

—Tanto si es verdad como mentira lo que la gente dice sobre él, los magos *están* valorando que sea tu nuevo compañero. —Con eso, cerró la puerta detrás de ella y me quedé riéndome entre dientes ante la idea de que mi nuevo compañero pudiera acabar con una guarida de troles «solo» y tener «un montón de músculos». Aunque seguramente fueran exageraciones, los rumores me hacían sentir esperanzada sobre las batallas victoriosas que vendrían…, pero el resto tan solo era producto de la imaginación infantil.

A la mañana siguiente, abrí la puerta al tercer golpe de Bromley, y sus ojos marrones se iluminaron al reconocer mi atuendo.

Había cambiado mi túnica y mis botas por mi uniforme de la Legión Real y la capa gris carbón. El traje estaba hecho de una tela fina de color crema con hilos dorados entrelazados en diseños intrincados a lo largo del dobladillo y las mangas, con un blasón Real dorado sobre mi pecho izquierdo. Cuando conociera a los Reales de Saevallan, debía tener el aspecto de lo mejor de Myria.

—Buenos días, Brom —le dije mientras salía al pasillo. La luz del amanecer que entraba por las ventanas orientales hizo que el ribete dorado brillara.

—Buenos días, princesa. —Echó un vistazo a mi refinada capa y luego observó mis rizos de color marrón rojizo que, como de costumbre, estaban enrollados en un moño apretado—. Tenéis muy buen aspecto, pero os dais cuenta de que todavía no están aquí, ¿verdad?

Le revolví el pelo color miel.

—Cuando lleguen, no quiero tener que cambiarme a toda prisa. ¿Y por qué estás tan gruñón esta mañana?

Brom esquivó mi mano, sus mejillas estaban teñidas de rosa.

—No estoy gruñón. Simplemente no veo por qué estáis tan ansiosa por otro compañero.

Lo acerqué a mí hasta que su mejilla presionó contra mi hombro.

—Ya sabes por qué —le dije suavemente. Cuando estábamos en esa posición era como si fuéramos niños otra vez, ambos ansiosos por algo de comodidad y seguridad, que encontrábamos en los brazos del otro.

Brom no dijo nada mientras se apartaba. Probablemente era la única persona dentro de los muros del castillo, con la excepción del maestro Gelloren, que sabía cuánto anhelaba yo la batalla. Las ganas que tenía de encontrar a la Reina Malvada y de poner fin a esa guerra con *mi* magia.

No sabía si era posible que la magia de dos compañeros Reales derrotara a la legendaria Madre de las Fuerzas, que, de alguna manera, había logrado eludir a nuestra gente durante casi quinientos años, pero era una ambición que había tenido desde que era pequeña. Encontrarla. Derrotarla. Evitar que produjera aquellos monstruos. Evitar tener que mandar a *niños* a la guerra y obligarlos a crecer demasiado rápido. Pero ella tenía poderes oscuros que iban más allá de la imaginación: poderes que la habían mantenido viva mucho más tiempo de lo natural.

Una vez le había dicho a Brom, cuando ambos éramos muy jóvenes, cuál era la razón que había detrás de mi ambición. Nunca me había arrepentido de contárselo, pero era un secreto personal que me hacía sentir vulnerable.

—Sí que lo sé. —Su voz era tan baja que apenas le oí—. Sin embargo, no obtendréis su aprobación. Ni siquiera si ganáis. Esperaba que ya os hubierais dado cuenta vos misma, de que tal vez vuestra razón haya cambiado…

Lo miré con brusquedad.

—Demasiado lejos, amigo mío.

Brom desvió la mirada. Sabía que había cruzado la línea al mencionarla a *ella*.

—Disculpadme, mi señora.

Al otro lado de las gruesas piedras del castillo, sonaron las campanas de Myria. Dos, tres, cuatro, cinco veces. La Realeza de occidente había llegado.

En el desayuno, me encontré con Tulia y Minnow. Mis dos amigas no me dijeron una palabra sobre el estado de Kellian, lo cual aprecié. Sabían lo difícil que era perder a un compañero, especialmente Tulia. El compañero de Tulia, el anterior a Edric, había tropezado con un nido de víboras oscuras mientras patrullaba, y el veneno había sido demasiado fuerte para que su Beso lo salvara.

Tras acabar de diseminar los huevos y las galletas de hierba *shassa* alrededor de mi plato, Tulia, Minnow y yo nos dirigimos al Salón de los Ancestros para saludar a los refuerzos. En los pasillos que conducían al Salón de los Ancestros colgaban guirnaldas de gardenia, lo cual daba al aire un aroma dulce e intoxicante. Rocé con el dedo un pétalo blanco y sonreí con admiración. Era un gesto considerado el tenerlos allí ese día. Gardenia había sido el nombre de la célebre reina Gardenia Myriana de Saevall, que había derrotado a un dragón de cuernos grises con el poder de su Beso y había salvado la capital del reino de Saevall. Los sirvientes debían de haberse pasado toda la noche engalanándolo todo con su tocaya para dar la bienvenida a los Reales del oeste.

Tulia me dio un codazo.

—Parece que a todos les emociona ver a los nuevos saevallanos —dijo mientras seguíamos a un grupo de princesas más jóvenes que susurraban y soltaban risitas y cuyas capas grises más claras indicaban que todavía estaban recibiendo entrenamiento Real.

—Bueno, *lo cierto* es que hace mucho tiempo que no recibimos visitas. —Minnow enroscó con el dedo un largo mechón de su cabello rubio—. Por no mencionar que todos estamos ansiosos por ver…, ya sabéis…, a ese espadachín sobre el que todos hablan.

Ante la mención de mi nuevo compañero en potencia, una emoción vibrante me invadió y recordé los rumores sobre él.

Tenía que haber alguna base verídica en ellos, de lo contrario, ¿cómo habrían comenzado? *Debía* de ser un excelente espadachín. Al mismo tiempo, sin embargo, una pizca de culpabilidad me reconcomía. «¿Cuánto duraría ese compañero?» Retorcí la tela de mi capa en un intento inútil de deshacerme de mi culpa.

Relajé los dedos y enterré la inseguridad a la fuerza. El maestro Gelloren creía en mí. Lo mismo que el resto del Consejo, de lo contrario, no me darían un nuevo compañero. Saber eso debería ser suficiente para aliviar mi conciencia.

Pasamos por los arcos de mármol hacia el Salón de los Ancestros, donde los Reales se alinearon a los lados para formar tres ordenadas filas a lo largo de las paredes. Me sentía perfectamente conforme con estar al lado de mis dos amigas, pero, cuando el maestro Gelloren entró por las puertas principales con los otros magos maestros y su mirada se dirigió hacia mí, supe que me quería al frente, con él.

En su mayor parte, se me trataba como a cualquier otro Real de la Legión. Me habían dado las mismas habitaciones, comía la misma comida, asistía a las mismas clases, arriesgaba mi vida igual que ellos. Excepto por los momentos en los que mi estirpe debía resaltar. Los magos, los miembros del Consejo y los Reales de otros reinos quedaban todos impresionados al ver a una descendiente directa de los primeros Reales auténticos, la reina Myriana y su compañero, el rey Raed.

Les dirigí una sonrisa rápida a Tulia y Minnow y luego rompí filas para seguir a los magos maestros a la parte frontal del Salón. Ocupé mi lugar detrás y a la derecha del maestro Gelloren justo cuando las puertas se abrieron y sonaron unas trompetas lejanas.

El golpeteo de las botas y el tintineo de las armaduras inundaron el Salón de los Ancestros a medida que nuestros visitantes avanzaban. A la cabeza de los Reales de Saevall iba un hombre alto con una armadura brillante y una larga capa escarlata que indicaba su rango de comandante. Aparentaba unos veinticinco y tenía una cicatriz en la mejilla y unos sorprendentes ojos claros.

Tenía que ser él. Tendría sentido que un guerrero con talento ascendiera a comandante tan joven.

El maestro Gelloren dio un paso al frente con los brazos abiertos.

—Bienvenidos, Reales de Saevall, a la capital de Myria. Yo soy el mago maestro Gelloren. Vuestra presencia nos llena de gratitud.

Gelloren hizo una gran reverencia y todos los Reales myrianos lo imitamos. Incluso al agacharme, no pude apartar los ojos del comandante, el legendario espadachín.

¿Cuántas batallas había visto? ¿Cuántas criaturas oscuras había matado? Con el poder de mi Beso, ¿cuántas podría matar? Juntos, ¿cómo de vasto sería nuestro poder?

Con toda certeza, aquel hombre era lo bastante fuerte para merecer mi Beso. Para llevar la marca de Myriana y aceptar la diana en su espalda.

El comandante dio un paso adelante.

—maestro Gelloren, gracias por esta cálida bienvenida. Estamos ansiosos por ayudar a la Legión Real en lo que podamos. Daremos gustosamente nuestras vidas para proteger a los reinos de las Fuerzas. —Su voz era profunda y atronadora. Hizo que una sacudida sobrecogedora se arrastrara por mi piel.

El maestro Gelloren asintió.

—Vuestra ayuda no ha podido llegar en un momento más desesperado. Hace poco perdimos a uno de nuestros Reales puros, el príncipe Kellian de la casa de Elhein, a causa de una maldición irrompible. Ahora, la princesa Ivy de la gran casa de Myriana se halla sin un compañero adecuado.

Di un paso adelante y los murmullos se extendieron por el grupo de los Reales occidentales. Los ojos claros del comandante saltaron hacia mí y luego de vuelta al mago maestro.

—La princesa Ivy es nuestra princesa más poderosa y su compañero debe tener la fuerza de cien hombres. Hemos oído hablar del gran espadachín de vuestro reino, el príncipe Zachariah, y estamos ansiosos por ver si sus dos increíbles poderes podrían combinarse.

Algo parecido a la diversión revoloteó por el rostro del comandante.

—¡Zach! —rugió.

«Qué extraño. ¿Por qué está diciendo su propio nombre? Un momento…, ¿acaso él no es Zachariah?»

Hubo unos pasos apresurados, y los saevallanos se hicieron a un lado para dejar paso a alguien situado en la parte de atrás.

—¡Uy! Te he pisado la capa. Lo siento, Fran. Ay, perdóname.

Tanto el maestro Gelloren como yo levantamos las cejas asombrados.

—Disculpa, Kendra, muévete, por favor.

Al fin, un joven salió de detrás del comandante. Era delgado y más o menos alto, pero no de manera impresionante. Bajo una vieja capa de viaje, su ropa parecía suave y desgastada. Tenía el pelo oscuro, casi negro, pero unos mechones morenos brillaban bajo los rayos del sol. Calculé que debía ser un par de años mayor que yo. Todo en su apariencia, desde su monótona ropa hasta su armadura de cuero, era… común. Todo excepto la fina espada plateada ceñida a su cintura, el tipo de espada que solo un Real poseería.

Levantó la mano en un pequeño saludo, y el caleidoscopio de sus ojos color avellana bailó como si se riera de una broma que solo él encontraba graciosa.

—Encantado de conocerte, soy Zach.

CAPÍTULO CINCO

RUMORES E HISTORIA

Su presentación fue recibida con silencio. Yo no sabía qué decir. Aquello no podía ser cierto. Aquel plebeyo de aspecto simplón no podía ser un *príncipe*. Un tipo tan torpe no podía ser el hábil espadachín que se rumoreaba que había acabado *él solo* con una guarida de troles. ¿Podía siquiera desenvainar su espada sin vacilar, y mucho menos blandirla?

El joven se nos encaró con una gran sonrisa. Luego su mirada aterrizó sobre mí y, por una fracción de segundo, su sonrisa vaciló.

—Bueno, ¿por qué me habéis llamado? —Se rascó la nuca—. Mis disculpas, pero estaba distraído. Collin me ha contado una broma muy graciosa. ¿Queréis oírla? Un enano, un duende y un trol entran en una taberna y...

—Zach —interrumpió el comandante, que rechinó los dientes—, estábamos comentando la posibilidad de que seas el compañero de la princesa Ivy.

—Ah. — Zachariah parpadeó y luego me miró—. *¿Ahora?* ¿Aquí?

El maestro Gelloren, a quien nunca había visto sorprendido, pareció salir de su asombro y parpadeó un par de veces.

—Príncipe Zachar…

—Zach. —Santa Reina, había *interrumpido* a un mago maestro—. Solo Zach.

Gelloren se recuperó y logró devolverle una sonrisa.

—Por supuesto. Zach —dijo mientras se volvía hacia mí y me ofrecía su mano—. Esta es su alteza real, la princesa Ivy Myriana.

Tomé la mano de Gelloren, me acerqué a él y le eché a Zach otra larga mirada. ¿Dónde estaba su «montón de músculos»? Las apariencias podían ser engañosas, supuse, decidida a no perder la esperanza. La mía no era muy regia, según la opinión popular: demasiadas pecas. Y mi cabello, rizado y con bonitas sombras otoñales, se encrespaba muy fácilmente.

—Príncipe Zach. —Incliné la cabeza mientras ofrecía la típica reverencia de una princesa de la Legión, sujetando el dobladillo de mi vestido con la mano derecha y cruzando el puño izquierdo sobre mi pecho—. Gracias por haber viajado hasta aquí.

—Es un placer. —Zach estaba sonriendo de nuevo cuando volví a mirarlo, pero esa vez la sonrisa era mucho más pequeña y, de alguna manera, más suave.

Gelloren me dio un apretón en el hombro y se dirigió a Zach.

—Si vuestras habilidades son dignas del poder de la princesa Ivy, entonces seréis proclamados compañeros Reales.

Pude sentir el orgullo en el ademán y las palabras del maestro, a pesar de todo lo que había sucedido el día anterior. Sostuve la cabeza un poco más alto.

—Eso me han dicho. —Zach frunció el ceño y miró con cautela al comandante—. Me siento honrado de que tengáis tan buena opinión de mí, pero yo…

De repente, el comandante agarró por el cuello a Zach, que se atragantó con sus palabras, y lo empujó hacia atrás.

—Mago maestro, estamos cansados de nuestro viaje. Quizás podamos descansar y comer algo primero y luego hablar sobre el asunto de los compañeros.

Era una petición razonable, pero yo había esperado conseguir algún tipo de acuerdo verbal sobre ser compañeros, como mínimo. Si la interrupción había sorprendido a Gelloren, no dejó que se le notara.

—Sí, por supuesto. —Con un pequeño movimiento de su mano, las trompetas sonaron de nuevo.

Las voces dentro del Salón de los Ancestros resonaron como una sola:

—¡Vivan los Reales! ¡La luz contra la oscuridad! —Entonces los Reales de Myria se deslizaron hacia los pasillos contiguos.

Apenas murmuré las palabras junto a ellos, mis ojos todavía posados en Zach. No parecía en absoluto entusiasmado con lo de ser compañeros.

No es que esperara que los príncipes cayeran rendidos a mis pies, pero sí recibir más que mera curiosidad… O… ¿Se había sentido decepcionado? ¿Tan decepcionado como yo?

La idea de que yo me sintiera insatisfecha con él, pero él no pudiera sentirse así conmigo, me impactó como un golpe físico. No solo era injusto, sino también hipócrita y grosero. Tenía que darle otra oportunidad, al menos conocer algo más sobre él antes de decidir cómo me sentía.

Gelloren se volvió hacia los Reales de Saevallan.

—La princesa Ivy os conducirá al banquete. —Me hizo un gesto con la cabeza y luego se fue con los otros magos maestros, con sus túnicas agitándose a medida que avanzaban.

Extendí el brazo en dirección al corredor noroeste.

—Habéis tenido suerte —dije con una sonrisa—. Las fresas de Myria son las mejores del territorio, y es temporada.

Zach me guiñó un ojo.

—Adoro las fresas. Pastel azucarado de fresas, licor de fresa...

—Vuelve a tu posición. —El comandante señaló hacia la parte de atrás de su compañía.

—Sí, señor, lord comandante —dijo Zach por encima del hombro, todavía sonriendo mientras se dirigía hacia la parte de atrás. Los Reales de Saevallan le hicieron hueco, pero ninguno parecía especialmente complacido de hacerlo. Por el modo en el que ponían los ojos en blanco, parecía casi como si... se sintieran avergonzados de él. Pero ¿acaso no era él su campeón? ¿Su preciado príncipe espadachín?

—Y dile a Collin que, si tiene los malos modales de abrir su obscena bocaza durante una recepción formal —ladró el comandante—, entonces podrá pasarse la próxima limpiando mierda de caballo... —Apretó los labios y se volvió hacia mí—. Perdonad, princesa.

Me reí.

—Todos somos soldados. Estoy segura de que habré dicho cosas mucho peores en un momento u otro. Ahora, por aquí, príncipe...

—Weldan. Príncipe comandante Weldan de la casa de Zale —dijo mientras los guiaba fuera del Salón de los Ancestros—. Debo decir que es todo un honor conocer a alguien de vuestro linaje. Una descendiente pura de los Fundadores Reales.

—Somos nosotros quienes debemos sentirnos honrados, comandante. Nuestros números han disminuido drásticamente. Vuestros refuerzos lo significan todo y más para nosotros.

—Todos estamos en el mismo bando, princesa. No hay necesidad de dar las gracias.

Sonreí. Weldan me gustaba más con cada paso, con cada palabra.

—Aun así, las tenéis.

Asintió, pero su expresión se oscureció.

—Lamenté escuchar lo de vuestro príncipe.

La forma inerte de Kellian después de que mi Beso fallara acudió a mi mente y mi sonrisa se desvaneció. La misma imagen me había mantenido en vela casi toda la noche anterior, junto con recuerdos de Kellian. Mis dedos se enroscaron alrededor de mi capa y la apretaron.

—Sí..., será difícil reemplazarlo.

Weldan suspiró y sacudió la cabeza.

—He oído hablar de vuestras capacidades, princesa, y creo que sería difícil encontrar a cualquiera que encajara con vuestros estándares.

Abrí la boca para responder cuando sonó una gran *colisión* detrás de nosotros.

Todos miraron hacia atrás para ver a Zach tendido en el suelo junto a una antigua armadura cuyos pedazos estaban a su alrededor.

Una chica se paró encima él, con el rostro enrojecido por la ira.

—Mira por dónde vas, pedazo de…

—¡Kendra! —La voz del comandante era aguda, y la chica se puso firme rápidamente.

Zach se levantó a medias sobre sus codos.

—No, adelante. ¿Qué ibas a decir? ¿Algo sobre mi deslumbrante atractivo?

Kendra se volvió hacia él, pero Weldan intervino de nuevo.

—Zach, es suficiente.

Con el ceño fruncido, ella sobrepasó a Zach y le pisó la espalda mientras lo hacía, de modo que lo empujó hacia el suelo.

Zach dejó escapar una bocanada de aire.

—Y ahora, ¿quién no está mirando por dónde va? —le recriminó.

—Levántate y reza para que esa armadura no esté dañada —espetó Weldan.

—No pasa nada —le dije a Weldan, aunque sabía a ciencia cierta que la armadura procedía de la batalla de Galliore durante la gran invasión de los grifos—. Es solo decoración vieja. —¿Cómo se había estrellado con ella caminando por un pasillo tan ancho? ¿Podía alguien ser tan torpe?

Weldan continuó hacia delante sin mirar a Zach. Yo lo seguí y miré a Zach por encima del hombro, que ahora estaba recogiendo las piezas de la armadura. Sus movimientos eran fluidos y elegantes mientras recogía las piezas pesadas y las colocaba aparte; ciertamente, no eran los de alguien que la hubiera derribado en primer lugar.

Llegamos al comedor. Los campos de entrenamiento del exterior eran visibles a través de las altas ventanas abiertas bordeadas de cortinas granates con el emblema de la Legión. Los saevallanos se despojaron de sus pesadas armaduras y capas y se las entregaron a una multitud de sirvientes antes de dirigirse a las largas mesas de madera de brucel. En un instante, Weldan y yo nos quedamos solos y observamos cómo el resto de sus Reales se servían pilas de huevos de codorniz calientes y salchichas sazonadas con brien, pan de hierbas y miel con yogur de menta y fresas frescas cubiertas con nata azucarada.

Hice un gesto hacia el final de una mesa y nos sentamos el uno frente al otro.

—Para ser sincero, princesa, hay pocos en el reino que puedan ser dignos de llevar la marca de Myriana. —Weldan asintió en agradecimiento a un criado que le trajo una copa y un plato de comida humeante—. Pero… —comenzó, e hizo una pausa para dar un sorbo a su taza—, si alguien tiene la destreza necesaria, ese *es* Zach.

Eso había oído yo. Aun así, resultaba difícil reconciliar los increíbles rumores sobre el magnífico guerrero con un hombre que se reía con bromas vulgares y tropezaba con las decoraciones del pasillo.

—¿Os referís al que acaba de desmontar una armadura? —pregunté con una sonrisa burlona.

—Bueno, para ser justos, probablemente lo hayan empujado.

Parpadeé.

—¿Por qué?

—Kendra siempre encuentra una excusa para pelearse con él. Tienen un pasado.

—¿Eran compañeros, entonces?

—Oh, Reina Divina, no. Probablemente se matarían el uno al otro incluso antes de *darse cuenta* de la presencia de monstruos. Además…, Kendra es mi compañera.

Sentí una punzada de decepción. Si Zach resultaba ser un mal partido para mí, me habría gustado tener a Weldan como posible opción. Se parecía mucho más al guerrero que me había imaginado.

—A veces bromeo diciendo que están celosos el uno del otro. Ambos intentan monopolizar mi atención. —Weldan se rio entre dientes—. Pero Kendra tiene problemas con..., bueno, habéis podido ver que Zach es poco ortodoxo.

Vi a Zach entrar en el comedor sosteniendo el casco de la armadura bajo su brazo. Con el sigilo de un ladrón, se hizo con un plato de fruta de la bandeja de un sirviente que pasaba y lo reemplazó con el casco. Agarró una naranja del plato robado y la lanzó al aire, luego la atrapó mientras esquivaba a la gente y agarraba un trozo de pan fermentado de la bandeja de otro criado. Se acercó a una mesa, se sentó solo y comenzó a pelar la naranja.

Me pareció extraño que un joven que había actuado con tanta torpeza antes, que había empujado a sus camaradas y había sido maltratado por su comandante, se moviera ahora con tal elegancia. ¿Era todo una fachada?

—Sí, puedo verlo —dije—. A decir verdad, parece que acaba de salir de las calles.

Weldan tomó un bocado de pan de hierbas tostadas del que goteaba gelatina de morera. Masticó lentamente y tragó.

—En realidad, eso hizo. Vino a nosotros para reclamar su derecho de nacimiento como medio príncipe. Puede ser basto y molesto, pero es un buen hombre y un amigo fiel. Aunque nunca ha respetado a la autoridad, cosa que no me facilita ser su comandante en funciones. —Weldan puso los ojos en blanco—. Pero recordad mis palabras, Zach es el indicado.

Es, de hecho, un espadachín legendario. Todos los rumores que hayáis oído sobre él son dolorosamente ciertos.

Había sido divertido considerar la idea de un guerrero así con mis hermanas, pero ahora se estaba volviendo ridículo. Me incliné hacia delante y levanté una ceja.

—Vamos, príncipe Weldan, ambos sabemos que…

—Disculpad, princesa —comenzó Weldan—. Odio interrumpiros, pero acabo de recordar que debo enviar un pájaro mensajero para informar al Consejo de Saevall de que hemos llegado sanos y salvos.

—Por supuesto. —Hice un gesto a una sirvienta, y la joven se apresuró a acercarse a nuestra mesa—. Por favor, lleva al comandante al aviario y encárgate de que el resto de su comida sea enviada a su habitación.

La criada hizo una reverencia y Weldan me dio las gracias para luego seguir a la criada arrastrando su larga capa escarlata detrás de él.

Suspiré y miré fijamente a la mesa, mis ojos resiguieron los intrincados diseños de remolinos en la madera. El hecho de que Weldan me hubiera garantizado la fuerza de Zach era una buena señal. Sin embargo, su insistencia en que tales rumores eran ciertos lo desacreditaba.

Todavía seguía mirando la madera cuando una única fresa de color rojo brillante apareció en mi campo visual. Miré hacia arriba.

Zach había ocupado el lugar de Weldan con el sigilo y el silencio de un ladrón y me estaba mirando con otra sonrisa y un plato de fruta frente a él.

—Teníais razón. Nunca he probado ninguna tan deliciosa —dijo mientras mordía una fresa.

—Me alegro de que os gusten. —Sentada tan cerca, aprecié detalles que no había notado cuando nos habían presentado. Llevaba el pelo corto (ni un solo mechón caía sobre sus ojos color avellana) y retirado hacia un lado, y era del color de una silla de montar del cuero más oscuro. Lucía los primeros rastros de barba con una extraña franja de piel desnuda sobre la mandíbula. Me pregunté si se debería a alguna cicatriz.

—Bueno, ¿qué estaba diciendo mi comandante Real sobre mí? —preguntó Zach, que alzó una ceja.

Mi boca casi se torció en una sonrisa.

—Me ha dicho que sois... poco ortodoxo.

La sonrisa de Zach se ensanchó.

—Por decirlo suavemente, princesa.

—Pero también que sois un espadachín legendario.

—¿De veras? —Zach se echó hacia atrás y cruzó los brazos. Su sonrisa decayó ligeramente.

Me di cuenta en ese instante de que podía rechazar todos esos rumores. Después de todo, la fuente estaba sentada justo delante de mí. Eché un vistazo alrededor al resto de los Reales del oeste para asegurarme de que aún estuvieran centrados en sus comidas y conversaciones. Quería escuchar aquello directamente de Zach, sin intervenciones de nadie más. Quería la verdad.

—Príncipe Zach...

—Solo Zach.

Hacerme abandonar su título era una indicación definitiva de que no llevaba en la Legión mucho tiempo. Debía de tener su educación de plebeyo profundamente arraigada.

—Zach, corren ciertos... rumores *increíbles* sobre tus habilidades. Me preguntaba si alguno de ellos era cierto.

Zach resopló y sacudió la cabeza.

—Tendrás que ser más específica. ¿Qué rumores? —Mordió otra fresa.

—¿De verdad te encargaste tú solo de una guarida de troles? ¿Sin compañera?

Zach me miró mientras masticaba lentamente. Finalmente tragó y dijo:

—Tú has oído hablar de mí, pero yo no sé casi nada sobre ti.

—¿Nadie te ha hablado de mí? —le pregunté, demasiado sorprendida para sentirme molesta porque hubiera evadido una pregunta que me había invitado a hacerle.

—No he dicho eso. —Dejó el tallo de la fresa en su plato—. Es solo que no doy mucho crédito a los rumores. Prefiero conocer a la persona yo mismo.

Su sonrisa me indicó que no solo se refería a los rumores sobre mí, pero, por supuesto, había despertado mi curiosidad por saber qué había oído. ¿Era esa su forma de decirme que no debería creerme todos los rumores sobre él?

—Mi señora, si no termináis de comer pronto, no llegaréis a tiempo a vuestra clase.

Levanté la vista para ver a Brom de pie junto a la mesa.

—Santas Hermanas —murmuré. Había olvidado que le había cambiado una clase a Tulia para que ella pudiera descansar después de volver de la patrulla. Me puse de pie y le hice una pequeña reverencia a Zach—. Mis disculpas, pri... Zach. Tengo una clase que impartir. Espero verte en la cena.

Zach sonrió y volvió a su comida. Con un último vistazo a mi potencial compañero, que ahora se inclinaba y agarraba un cruasán de chocolate del plato de una desprevenida Kendra, contuve una risita y seguí a Brom fuera del comedor.

En cuanto entré en el aula, me desabroché la capa y la arrojé al respaldo de la silla del profesor. No era frecuente que las princesas o príncipes de la Legión impartieran clases, ya que la mayoría del tiempo estábamos entrenando o en una misión, pero los magos sentían que era importante que los jóvenes reclutas aprendieran de sus superiores y establecieran un vínculo mucho antes del campo de batalla.

Con una mirada a las jóvenes princesas reclutas y a su aspecto de reverencia, descubrí que estaba bastante de acuerdo.

—La princesa Tulia está descansando después de su patrulla, así que me ha pedido que la sustituya. —Escaneé las caras de las estudiantes mientras se sentaban en filas ordenadas detrás de escritorios de madera finamente pulidos. Las chicas de aquella clase tenían todas menos de diez años—. Buenos días, señoritas.

De inmediato, las princesas se pusieron de pie e hicieron una reverencia igual a la que yo le había hecho a Zach.

—Buenos días, princesa Ivy —dijeron al unísono.

—Comencemos con una oración. ¿A alguna valiente princesa le gustaría guiarnos?

Unas pocas manos tímidas se alzaron en el aire, y elegí a la más pequeña. La niña inclinó la cabeza y juntó las manos por encima de su estómago. Todas copiamos su postura de oración.

—Oh, Hermanas Sagradas, hijas del acebo y el cardo. —Sus palabras comenzaron temblorosas, pero se hicieron más fuertes a medida que continuaba—. Ayudadnos a encender la magia de nuestros hermanos y guiadnos a través de la oscuridad con vuestra luz divina. Es por vuestra sangre que nos mantenemos firmes. Y es por vuestra sangre que reinaremos.

—Larga vida a los Reales —dijo la clase al unísono—, la luz contra la oscuridad.

—Gracias, princesa —le dije con una sonrisa—. Podéis sentaros.

Aproximadamente una docena de chicas volvieron a sentarse en sus sillas. Eché un vistazo al plan de estudios que Tulia había dejado en el escritorio para aquella lección.

—¿Esta es la clase de historia? ¿Cuánto tiempo lleváis aquí?

Historia era una asignatura que impartían los magos. Las princesas de la Legión daban lecciones más prácticas, que era lo que yo tenía intención de hacer.

Una princesa con piel de ébano levantó la mano.

—Siete días, su alteza.

Tulia no había mencionado que su clase sería la de las reclutas más nuevas, y me sorprendió no haber reconocido a ninguna de ellas. Por otro lado, una semana atrás había estado de patrulla y un enano me había lanzado la maldición inmovilizadora. Justo en ese momento se me ocurrió que me había perdido la ceremonia de iniciación primaveral. Sin embargo, ya no era tan importante, puesto que una nueva ceremonia tenía lugar al comienzo de cada estación en lugar de anualmente.

Suspiré. Había pasado mucho tiempo desde que había enseñado lo básico.

—De acuerdo. ¿Quién quiere recitar la historia de nuestras fundadoras?

Nadie se movió. Me puse las manos en las caderas.

—No seáis tímidas. Cualquiera que haya estado en una capilla conoce la historia. —Las capillas a lo largo y ancho de los cuatro reinos contenían preciosas vidrieras y pinturas de la historia de Myriana y Saevalla. Incluso aunque las chicas nunca hubieran leído un libro de texto de historia, nuestra educación religiosa se encargaba de que conocieran los orígenes de nuestras reinas santas.

Las chicas intercambiaron miradas antes de que una con el pelo rubio corto se pusiera en pie mientras tiraba de los dobladillos de sus mangas.

—Adelante —dije con una pequeña inclinación del mentón.

—Hace mucho tiempo, antes de que existiera la Legión Real —comenzó—, antes de que reinas, reyes, princesas y príncipes gobernaran los cuatro reinos, vivía una anciana solitaria en el gran bosques del norte. Su cabaña se erguía solitaria en la base de las montañas Wu-Hyll. Era la doncella Freida. Llevaba muchos años viviendo sola y deseaba tener hijos.

La cadencia y la elocuencia con las que la chica hablaba me sorprendieron. Una parte de mí se preguntaba si habría crecido en contacto con el culto de los Románticos y si habría aprendido de ellos esa fascinante manera de contar historias. Esperaba que no. Las enseñanzas heréticas de los Románticos sobre el Amor estaban entretejidas en sus historias, canciones y obras de teatro. Que un niño pequeño se viera rodeado de las influencias de los Románticos, incluso en entornos inocentes como festivales, podría tener efectos perjudiciales duraderos, especialmente para un Real. Cualquier conocimiento o creencia en las formas Románticas debía ser rectificado de inmediato con las lecciones de la Legión.

Por otra parte, podía ser que la niña simplemente tuviese un talento natural para contar historias.

—Una mañana fría —continuó la niña—, mientras la doncella Freida recogía ramas, oyó llorar a un bebé. Luego a dos bebés…

Mis ojos se cerraron mientras escuchaba, transportados de vuelta a un tiempo en el que no tenía más de cinco años y pasaba mis días en una lujosa habitación con almohadas y cortinas de raso. Me sentaba acurrucada en el regazo de mi hermana, Clover, y sus brazos me cubrían los hombros y su mentón descansaba sobre mi cabeza. Su aroma a vainilla y canela me hacía cosquillas en la nariz.

La voz de mi hermana se fusionó con la de la joven princesa y pronto fue Clover la que me contaba la historia otra vez…

—Siguió los gritos hasta que encontró a dos bebés con las mejillas rojas protegidas bajo unos arbustos de acebo y cardo. La doncella Freida las llevó a su cabaña y las crio como si fueran sus propias hijas. Las llamó Myriana Holly y Saevalla Thistle.

Alcé la mano y tiré de uno de los oscuros mechones de Clover.

—Y por eso nosotras también llevamos nombres de plantas.

Los dedos ligeros de Clover bailaron sobre el puente de pecas de mi nariz.

—Así es, pequeña brizna, llevamos su nombre como apellido y, como descendientes directas, llevamos nombres de plantas. Y ahora, ¿me dejas terminar la historia?

Me reí y alejé su mano. Ella atrapó mis deditos y los apretó, luego continuó con la historia que yo ya había escuchado mil veces.

—Un día, Myriana y Saevalla se encontraron con un joven cazador que viajaba por el bosque. Les dijo que se llamaba Raed y que se dirigía a las minas enanas para intercambiar sus finas pieles de animales por joyas que los enanos extraían de las profundidades de las montañas Wu-Hyll. Aunque Myriana y Saevalla rogaron a Raed que no fuera, él les dejó unas coronas de flores para sus melenas y continuó su camino.

Gimoteé en el regazo de Clover y ella se rio con suavidad y me apartó el pelo de la frente.

—¿Quieres que pare? —me preguntó.

—No, sigue —le supliqué.

—Una noche de invierno, una bestia horrible llegó a la cabaña de la doncella Freida. Pero la bestia no tenía intención de hacerles daño y se derrumbó de agotamiento en su puerta. Juntas, las chicas y la doncella Freida metieron a la bestia en la cabaña, la alimentaron y la cuidaron hasta que se recuperó.

»Durante los meses de invierno, la bestia se quedó con ellas y a veces elaboraba coronas de acebo y cardo para sus melenas. Un día, cuando Myriana estaba recogiendo hierbas, encontró la capa destrozada del cazador, Raed, no muy lejos de la entrada a las cuevas de los enanos. Al recordar las coronas de flores que les había hecho, Myriana se dio cuenta de que los enanos debían haber echado una maldición a Raed y lo habían convertido en una bestia.

»Desesperada por salvar a Raed y buscar venganza contra los enanos, Myriana viajó a las minas en el interior de las montañas Wu-Hyll. Su hermana, Saevalla, siempre protectora en lo que a Myriana concernía, fue con ella y...

—Yo iría, Clover —interrumpí, y presioné mi espalda contra el pecho de mi hermana—. Igual que Saevalla, iría contigo.

Clover se inclinó sobre mí y me dio un beso en la frente.

—Lo sé, Ivy. Yo haría lo mismo por ti. Eso es lo que hacen las hermanas.

Eché un vistazo a la puerta cerrada de nuestra habitación. Nuestra madre todavía no había vuelto. Aún estábamos a salvo. Miré a Clover.

—¿Y luego qué pasó?

—Raed las siguió a ambas a las minas y llegó justo cuando un enano estaba a punto de atacarlas con una gran hacha —continuó Clover—. Saltó para salvar a las hermanas y resultó gravemente herido. Fue entonces cuando Myriana le otorgó el primer Beso que…

Las risitas estallaron a mi alrededor y me devolvieron de vuelta al presente, de vuelta al aula llena de princesas.

Me aparté de los restos de mis recuerdos y les sonreí a mis alumnas.

—¿Qué? ¿No creéis que besar el hocico de una bestia sería agradable?

Las risitas se convirtieron en carcajadas y les hice un gesto para que se calmaran. Moví la mano en dirección a la princesa:

—Continúa. Lo estás haciendo muy bien.

La niña sonrió, radiante.

—El Beso sagrado de Myriana tenía un poder diferente al de cualquier cosa que los humanos o los magos hubieran visto alguna vez. Su Beso transformó a la bestia de nuevo en humano y le concedió la fuerza de diez hombres. Con el poder de su Beso, pudo matar al enano.

Hice un gesto a la chica para que se sentara.

—Bien hecho, princesa. —Era una excelente narradora, como Clover, y me sentí culpable por pensar que debía haber crecido cerca de los Románticos. Ni siquiera había mencionado la versión del Beso de Amor Verdadero que a los cultos Románticos les gustaba extender. Por otra parte, incluso los nuevos reclutas tenían que saber que nunca debían pronunciar tal blasfemia—. Y bien, ¿quién puede terminar la historia?

Otra princesa con rizos marrones se puso de pie.

—Myriana, Saevalla y Raed recogieron el tesoro de los enanos, construyeron el reino de Myria y se establecieron como los primeros Reales y fundadores de la Legión. Para pasar la magia a sus descendientes, Myriana y Raed produjeron una heredera.

La niña hizo una pausa, vacilante. Era habitual que todos evitaran la siguiente parte de nuestra historia. No a muchos les gustaba hablar del origen de la Reina Malvada. Pero era importante que nunca olvidáramos el mal al que nos enfrentábamos.

—Continúa —dije.

Envalentonada, la niña echó los hombros hacia atrás.

—Los hermanos del enano al que el rey Raed había matado secuestraron a la primera heredera. Como último acto de venganza, los enanos lanzaron una maldición tan terrible sobre la princesa bebé que se convirtió en una criatura de la oscuridad misma, la Reina Malvada.

Las jóvenes princesas se movieron incómodas en sus asientos.

—Para proteger las tierras contra la Reina Malvada, Myriana y Raed produjeron más herederos con su poder y, para añadir más soldados a la guerra, Raed y Saevalla también produjeron herederos bendecidos con ese mismo poder.

—¿Y las otras tierras?

—Bajo las enseñanzas de Myriana, otras tierras emplearon el Beso para hacer retroceder a las criaturas malvadas y establecer sus propios reinos. —La niña se aclaró la garganta—. Durante cinco siglos, la Legión ha gobernado en todas las tierras, ha mantenido a las Fuerzas de la Oscuridad a raya y ha protegido a las personas y enseñado a sus súbditos a tomar decisiones a través de la lógica y la razón, no de las emociones.

—¿Y cómo les enseñamos?

—Predicamos con el ejemplo.

Indiqué a la niña que podía sentarse de nuevo.

—Correcto. Practicamos lo que predicamos, chicas. Como la reina Gardenia Myriana dijo una vez, cuando las emociones perezcan y las dudas sean derrotadas, expulsaremos a las Fuerzas. Lo que nos lleva de vuelta a por qué estamos todos aquí: monstruos. Nuestra guerra de quinientos años contra la Reina Malvada y sus Fuerzas de la Oscuridad. Ahora todas vosotras sois princesas reclutas, pero un día seréis Reales de pleno derecho en la Legión y seguiréis a vuestros príncipes en la batalla contra duendes, troles, brujas, dragones, fantasmas, grifos… —Me detuve y miré sus caras nerviosas. Una chica de la primera fila parecía tener tan solo siete años. Tenía un gran moretón debajo del ojo, tal vez de su primera clase de entrenamiento. Me acerqué a su mesa, tomé su mano y con suavidad hice que se levantara—. Pero es gracias a *vuestro* poder, *vuestro* Beso, que tenemos alguna oportunidad contra estas criaturas. ¿Cómo te llamas, princesa?

—Gertrude —dijo la niña en voz alta.

—Gertrude, ¿sabes cómo funcionan los Besos?

La niña miró hacia otro lado con las mejillas rojas.

—No pasa absolutamente nada si no lo sabes. Muchos de los habitantes de los pueblos no lo saben. —Guie a Gertrude al frente de la clase, la senté en la mesa del profesor y luego me volví hacia el resto de la clase—. Lo primero que debéis entender sobre los Besos es que solo funcionan entre dos Reales. La Magia Real existe en cada Real, pero yace latente. Un Beso es lo que desbloquea la magia en el Real y permite que uno *u* otro emplee ese poder.

Todas las chicas de la habitación me miraban con gran atención. Recordé mi propio entusiasmo cuando tenía su edad. Mi desesperación por demostrar mi valía... a una persona en particular.

—Actúa como un catalizador que desata la magia —continué—, pero el beso por sí solo no es un Beso Real. Debéis aprender los hechizos para convertirlos en Besos de batalla, en Besos curativos, en Besos de contramaldición, y así sucesivamente. ¿Lo entendéis?

Todas asintieron.

—Ahora bien, recordad, solo las princesas pueden lanzar los hechizos, así que tenemos la placentera tarea de memorizarlos todos mientras los chicos juegan con palos de madera. —Hice un gesto hacia la ventana, donde los campos de entrenamiento se extendían por debajo—. Si bien es cierto que es posible que no *tengamos* que aprender esgrima, debemos ayudar a nuestros príncipes lo mejor que podamos, por eso os insto a todas a aprender no solo a disparar una flecha. Nunca se sabe cuándo dependerá vuestra vida o la vida de vuestro compañero de un combate a corta distancia.

»Pero, dejando eso de lado —me volví hacia Gertrude—, vamos a ver una demostración. Uno de los Besos básicos que una princesa aprende primero es el de cómo curar a su príncipe. Las palabras son *Illye Menda*. —Retiré el cabello de Gertrude de su cara y le besé la mejilla. Mis labios rozaron la zona sensible de su hematoma mientras mi mente decía palabras del hechizo.

Sentí la magia de Gertrude, suave y agitada como un pajarillo, levantarse para encontrarse con la mía, feroz y poderosa como un dragón. Usando solo una pequeña cantidad de mi magia, curé el moretón. Con los ojos de par en par, Gertrude presionó las yemas de los dedos contra la zona bajo su ojo donde había estado el moretón.

Las otras chicas exclamaron admiradas cuando Gertrude se apresuró a volver a su silla.

—Muy bien, pasemos a lo siguiente. Vamos a intentar...

Mis palabras fueron interrumpidas por el sonido de la puerta que se abría al fondo del aula. Era Tulia, que llevaba el vestido arrugado y su pelo castaño corto despeinado, con Bromley, que le pisaba los talones. Caminó rápidamente por el pasillo del aula para encontrarse conmigo; su capa volaba detrás de ella.

Con un bostezo, dijo:

—Voy a tener que impartir la clase, después de todo. Han enviado a *tu* paje a despertarme *a mí* para que *tú* vayas a ver al maestro Gelloren.

Arqueé las cejas.

—¿Tan urgente es?

—Por lo visto, sí. Así que vete.

Recogí mi capa, me despedí de las chicas con un gesto y

seguí a Bromley fuera de la clase. Justo cuando la puerta se cerraba, escuché a Tulia decir:

—Sacad los libros.

Las chicas respondieron con gemidos.

—Lo siento, Tulia —murmuré con una pequeña sonrisa.

Cuando me volví hacia la Torre de los Magos, Bromley me tocó el codo.

—El maestro Gelloren está con el Consejo.

Mi corazón dio un vuelco. Seguramente aquello era por Zach. Pero ¿por qué me necesitarían? Gracias a mi ascendencia pura, tenía poco poder de elección en cuanto a mis compañeros. No como las medias princesas, o incluso Minnow y Tulia, que habían tenido mucho más que decir al elegir a sus príncipes que yo. El Consejo nunca había dudado en asignarme a un compañero sin pedirme mi opinión antes.

Por otra parte, tampoco habíamos tenido nunca antes a un Real como aquel legendario espadachín en Myria.

CAPÍTULO SEIS

EL DEBATE DEL CONSEJO

El Consejo se reunía en una gran sala circular ubicada casi directamente detrás del Salón de los Ancestros. Tapices de Reales del pasado decoraban las paredes y, tras una mesa redonda con sillas de caoba acolchadas, había una gran vidriera que filtraba la luz del sol de color rojo, dorado, verde y azul.

De los tres magos maestros que residían en el castillo de Myria, Gelloren era el más viejo y sabio y, por lo tanto, gozaba de un alto prestigio entre el Consejo. Él había enseñado a casi todos los miembros actuales del Consejo, por lo que no había nadie en quien confiaran más.

Entré por las grandes puertas de brucel, cuya madera estaba tallada con imágenes de Reales sin rostro y de dragones feroces. Toda conversación se detuvo cuando entré y cada una de las miradas se volvió hacia mí.

—Princesa Ivy, adelante —dijo el maestro Gelloren.

La mesa no estaba llena. Faltaban al menos cuatro miembros. El Consejo Real estaba formado por príncipes y princesas a quienes los magos maestros habían designado un asiento en el Consejo del reino. Una vez miembro del Consejo, sus títulos cambiaban a rey o reina. Aunque cada reino tenía su propio Consejo, siempre había sido un símbolo de gran prestigio formar parte del Consejo myriano, ya que este había sido el fundador de la Legión.

—Princesa —dijo el rey Randalph mientras se ponía en pie y la madera de su silla chirriaba sobre el suelo de mármol—, aceptad nuestro más sentido pésame por la pérdida del príncipe Kellian.

Instintivamente, me sujeté la mano derecha, la mano que todavía portaba la marca medio desvanecida de Kellian.

—Gracias, majestad.

—Vuestra ceremonia de separación está programada para esta tarde, ¿no? —preguntó la reina Jocelyn.

Ignoré la punzada de dolor. «Demasiado pronto.»

—Sí, majestad.

—Entonces, ¿estaréis preparada para aceptar la marca de otro en unos días?

Mi pulso se aceleró.

—Por supuesto, mi reina.

—Así pues, ¿qué pensáis *vos* sobre el príncipe Zachariah? —preguntó el rey Randalph.

Me lamí los labios.

—Me es difícil decirlo, majestad. Todavía tengo que ver con mis propios ojos qué puede hacer.

Los miembros del Consejo intercambiaron miradas y un incómodo silencio cayó sobre la sala. Tal gravedad no podía ser simplemente porque habían oído que mi potencial compañero era un poco grosero.

La reina Jocelyn se inclinó hacia delante.

—Debemos ser cautelosos con los prejuicios, Randalph. Debemos pensar en lo que es mejor para la Legión…, para todo el reino.

—Soy muy consciente de eso, Jocelyn. Pero su linaje…

Me acerqué a la mesa y aferré el respaldo de una silla vacía.

—Si se me permite preguntar al Consejo, ¿qué *pasa* con su línea de sangre? El príncipe Weldan me comentó que es medio príncipe. Puede que no sea un Real puro, pero, si sus habilidades son tan buenas como dicen, entonces no debería importar.

El rey Randalph rechazó mis palabras.

—¿Y qué hay de la *otra* mitad de su linaje?

Fruncí el ceño.

—No estoy segura de a qué os referís.

—Su padre era el príncipe Abram de la casa de Jindor y su madre, bueno, no estamos muy seguros de su nombre.

—¿Cómo podéis no saber su nombre?

El rey Randalph se sentó en su silla y cruzó los brazos.

—No fue reconocida por el Consejo Real de Saevall y al príncipe Abram le prohibieron volver a verla nunca.

—Pero ¿por qué?

—Era una Romántica.

Mis manos se resbalaron de la silla en la que me había apoyado y casi me caí hacia delante. Avergonzada, me contuve y me senté con suavidad en la silla frente a mí.

—Una Romántica… —dije la palabra con cuidado. Como si fuera una especie de maldición malvada que no debiera pronunciar.

En cierto modo, *era* como una maldición. El culto Romántico afirmaba que nuestros antepasados, Myriana, Saevalla y Raed, no eran nada especial, que no fueron los primeros de una nueva raza superior con el extraordinario poder de vencer la oscuridad. En cambio, creían que su Beso había nacido del Amor Verdadero, que era una magia en sí misma, una idea absurda. Desde luego, yo no estaba «enamorada» de nadie y, sin embargo, mis Besos eran los más poderosos de Myria.

El culto Romántico también practicaba tradiciones primitivas como el matrimonio y el cortejo. Incluso afirmaban que el sexo era algo más que una simple liberación o una forma de perpetuar un linaje. Al contrario, ellos afirmaban que era el acto definitivo de Amor, cuando en realidad no era nada más que la manifestación de la Lujuria.

La Lujuria era una fuerza poderosa necesaria para perpetuar los linajes Reales y algo mucho más fácil de entender que el Amor de los Románticos. La Lujuria era una reacción humana física, algo real y tangible que no se podía negar. El culto Romántico simplemente confundía Lujuria con Amor.

La verdad era esta: el Amor no era más que una ilusión.

Un absoluto sin sentido.

Retorcí las manos en mi regazo.

—¿Estáis seguro de que él es realmente…?

—Sí, parece que Zachariah fue criado por su madre hasta que fue asesinada por un grifo que atacó su aldea —dijo el rey Randalph—. A una edad temprana, desapareció del pueblo y regresó hace solo un año para reclamar su derecho Real de nacimiento para unirse a la Legión.

—No puedo creer que estemos debatiendo esto. —El rey Krowe se echó hacia atrás con una expresión de disgusto en su rostro—. Es el hijo de una hereje Romántica. ¿Quién puede siquiera afirmar que su lealtad reside en la Legión?

A menudo no estaba de acuerdo con el rey Krowe, pero, en esa ocasión, comprendí su argumento. Los Románticos habían sido una espina clavada en el costado de la Legión demasiadas veces y nos habían hecho malgastar recursos que podríamos haber empleado en luchar contra las Fuerzas. Pueblos Románticos enteros habían declarado su independencia de la Legión, y los Reales habían sido enviados a acabar con las rebeliones. Incluso había habido un caso en el que los extremistas habían intentado secuestrar a los reclutas Reales.

—Si el príncipe Zachariah tuviera la intención de espiar a la Legión, habría tomado medidas para ascender de rango —dijo la reina Kallina—. El príncipe comandante Weldan ha respondido por él y dice que no hay nadie en Saevall que haya matado a tantos monstruos como Zachariah en tan poco tiempo.

—Un grifo *mató* a su madre. Probablemente esté intentando vengarla —señaló la reina Jocelyn.

—E, incluso si ese *no* fuera el caso, está dispuesto a jugarse la vida para luchar contra las Fuerzas. —Kallina colocó los codos sobre la mesa y entrelazó los dedos—. Nunca antes hemos despreciado el estatus del lado no Real del linaje de alguien.

Aquello era verdad. Los Reales siempre se emparejaban con plebeyos para mantener la estirpe fresca. Si no lo hiciéramos, el patrimonio genético Real se reduciría considerablemente.

—Quizás... pero ¿un Romántico? —se burló el rey Krowe—. Yo incluso diría que la sangre hereje anula la sangre Real.

La reina Jocelyn frunció el ceño.

—No funciona de esa manera, y tú lo sabes. Si el padre de Zachariah era un príncipe, entonces él posee el poder. Sin excepciones.

—Aun así, Jocelyn…

—Suficiente. —La voz aguda del rey Helios cortó el aire. Como el miembro más antiguo del Consejo, y el más venerado, cuando hablaba, la gente escuchaba. También era mi abuelo.

—Aquí está el quid de la cuestión —dijo—, estamos *desesperados*. Las Fuerzas Oscuras están creciendo y nuestros números se están reduciendo. Necesitamos a cada Real que podamos conseguir. No podemos rechazar su ayuda e ignorar el hecho de que es conocido por ser un poderoso espadachín, con habilidades que no hemos visto en más de medio siglo, solo porque su madre pertenecía a un culto. Sí, los Románticos han sido nuestros enemigos en el pasado, pero no debemos olvidar el rostro del *verdadero* enemigo. Descartar sus habilidades sería de orgullosos y estúpidos, sabiendo a lo que debemos enfrentarnos.

Completo. Silencio.

Luego todos asintieron, incluso el rey Krowe.

—Mi rey, sé que los tiempos son difíciles —dije—, pero ¿a qué debemos enfrentamos? Siento que me estoy perdiendo algo.

El rey Helios me miró a los ojos.

—Hemos recibido noticias desde más al norte de que hay una alarmante cantidad de oscuridad reuniéndose y enconándose dentro de una cueva en las montañas Wu-Hyll. Creemos que es la manifestación de un huevo.

El miedo rodeó mi corazón y luché por mantener la respiración regular.

—El huevo de un Dragón Negro —prosiguió.

Dejé de sentirme las piernas a pesar de estar sentada.

—¿C-cómo podéis saberlo con seguridad?

—Ha habido muchos signos oscuros —dijo el maestro Gelloren—. Señales que he estado siguiendo de cerca.

—Las arpías de gorrión —murmuré. No me había equivocado, *sí* que eran un presagio.

—Son las mismas señales de hace cien años, cuando nació el último Dragón Negro. Bandadas de arpías de gorrión a plena luz del día —dijo, y asintió—, tormentas eléctricas con relámpagos negros, flores marchitas dentro de la capilla... y, por supuesto, la más obvia: el aumento drástico de los ataques de monstruos. La buena noticia es que todavía es solo un huevo. Nos enteraremos demasiado bien una vez que salga del cascarón.

—¿Cómo de pronto creéis que será? —pregunté.

—No puedo afirmarlo con exactitud, pero, si estoy leyendo los augurios correctamente, yo diría que tenemos poco menos de un mes. Los dragones son vulnerables de bebés, pero alcanzan la edad adulta con rapidez. Y, cuando eso suceda, será casi imparable.

Además de la Reina Malvada, la Madre de las Fuerzas, el Dragón Negro era la criatura malvada más poderosa que jamás había existido. Se decía que su gigantesco cuerpo estaba cubierto de obsidiana y que sus llamas eran... negras. Había oído historias de las épocas en las que un Dragón Negro había aterrorizado al mundo. Muchos muchos Reales y sus súbditos habían perdido la vida. Se decía que toda una Legión había perecido en el tiempo que llevó matar a la bestia, y miles de inocentes más también.

—Por eso debemos enviar a un grupo muy pequeño para matar al dragón antes de que alcance la edad adulta. Preferiblemente antes incluso de que eclosione —dijo el rey Helios, que se inclinó hacia donde la luz multicolor de las vidrieras teñía su cabello blanco de rojo y violeta.

—Pero... ¿no deberíamos enviar a tantos como sea posible? —pregunté.

El maestro Gelloren sacudió la cabeza.

—Incluso un grupo del tamaño de una patrulla atraería a demasiadas criaturas oscuras. Es mejor si solo un par de Reales se cuelan en las montañas, destruyen el huevo antes de que eclosione y salen sin atraer a más bestias. No solo eso, sino que un gran grupo podría alertar a los espías de la Reina Malvada. Con su preciado hijo a punto de salir del cascarón, se asegurará de estar pendiente de cualquier Real que busque destruirlo.

Entonces, cuando la mirada de Gelloren se encontró con la mía, me di cuenta de por qué me lo estaban contando. Se mantenía en secreto para evitar alarmar a toda la Legión y al reino. La única razón por la que *me* lo contaban era porque querían que yo...

Me puse de pie tan violentamente que mi silla se tambaleó.

—Acepto.

Mi abuelo evitó mi mirada.

—Querida princesa, no os hemos pedido nada.

—Todavía —terminé por él—. Y, de todos modos, ya tenéis mi respuesta.

Una bola helada de miedo me pesaba en las entrañas. Era tan fría que creí que me congelaría por dentro. Pero, al mismo tiempo, algo mucho más poderoso ardía dentro de mí. En mi pecho, derritiendo ese bloque de hielo, había llamas alimentadas por la ira y la pasión. Ira contra las Fuerzas Oscuras por herir a Kellian y pasión por proteger mi reino y a su gente.

«Pero ¿puedes hacerlo, Ivy? ¿Tú? ¿Una princesa que ha perdido cinco compañeros?»

Era descendiente directa de Myriana. *Podía* lograrlo. Mi Beso era la marca de Myriana y, por peligroso que fuera, aunque había matado a cuatro de cinco compañeros y dejado al último en coma, también había salvado a *cientos* de vidas con su poder. Ahora tendría que salvar a cientos de miles.

Me aclaré la garganta.

—Iré, mi rey. Haría cualquier cosa por proteger nuestro reino.

—Princesa Ivy, vuestra valentía y lealtad son indudables. Sin duda sois la princesa más poderosa de la Legión, pero necesitáis a un príncipe —dijo el rey Randalph—, y todavía no nos hemos decidido oficialmente por Zachariah. Tampoco sabemos si estaría dispuesto a aceptar esta peligrosa misión.

—El rey Helios ha presentado un argumento lo suficientemente fuerte —dijo la reina Jocelyn—. Necesitamos a este príncipe si sus habilidades son tan portentosas como dicen.

—Entonces debemos ponerlas a prueba. —El rey Krowe hizo tamborilear los dedos sobre la mesa.

—Podría ser complicado —dijo Randalph—. Por mucho que sea vástago de una Romántica, sigue siendo un miembro de los Reales de Saevallan. Sería grosero insultar a nuestros invitados al exigir una prueba.

Krowe sonrió, lo cual hizo temblar su barba oscura.

—Ah, no os preocupéis. Tengo una idea.

No se me permitió escuchar la idea, puesto que me despidieron solo unos segundos después. Me llevaron hasta la puerta y encontré a Bromley esperándome en el pasillo.

Le indiqué que me siguiera y él guardó silencio durante tal vez un minuto antes de empezar a molestarme.

—Venga, ¿qué os han dicho?

—¿Acaso no tenías la oreja puesta contra la puerta, Brom? —bromeé.

Él frunció el ceño.

—La última vez que hice eso el maestro Gelloren me lanzó un hechizo que hizo que me picara tanto la oreja que tuve que cubrírmela con una pasta.

Me reí.

—Entonces, ¿vais a decírmelo?

Esperé hasta que estuvimos fuera del castillo y a medio camino entre los jardines y los campos de entrenamiento antes de tirar de él para situarnos detrás de un árbol de willa en flor y contárselo todo en un susurro bajo.

Bromley retrocedió, con los ojos y la boca abiertos de par en par.

—¿Un Dragón *Negro*?

Puesto que sabía que podía confiar en Bromley con aquella información, asentí. A él le habría confiado mi vida.

—Y dijisteis que iríais, ¿no?

—Es mi *deber*, Bromley.

—Luchar, no *morir* —respondió.

Puse una mano en su mejilla.

—Brom, hoy he dado clase a unas niñas pequeñas. Una de ellas solo tenía *siete* años. ¿Sabes lo que han hecho? Se han reído ante la idea de besar el hocico de una bestia. Eso es lo que deberían estar haciendo: reírse y jugar, no levantar un escudo o aprender hechizos para matar monstruos. Tal vez ir tras este dragón sea dar un paso que nos acerque más a ese futuro.

Bromley suspiró.

—Yo solo... simplemente no quiero que seáis vos. ¿Tenéis que ser vos?

Mi corazón se hinchó y eché los brazos alrededor de sus hombros para apretarlo con fuerza. Por un momento se quedó rígido, pero luego se derritió en el abrazo.

Brom era más que mi paje, incluso más que mi mejor amigo: era mi hermano. Habíamos crecido juntos. Lo que sentía por él era como el vínculo que compartía con mis hermanas. Los Románticos lo llamarían Amor Familiar y, aunque nos negáramos a usar la palabra «Amor», los Reales creían bastante profundamente en el vínculo entre familias. Era ese vínculo lo que nos había permitido unirnos y gobernar: conocer nuestros linajes y de dónde veníamos lo era todo.

A pesar de que no tenía vínculos de sangre con Brom, eso no evitaba que lo tratara y cuidara de él como lo haría una hermana mayor.

—Alguien tiene que ir —susurré—, y quiero ser yo.

Brom se alejó.

—Vuestra ceremonia de separación es en pocas horas. ¿Queréis que esté allí?

—No, yo..., no pasa nada. Estaré bien. —Mi voz temblorosa traicionó mi confianza, pero le ofrecí una sonrisa de todos modos. Él frunció el ceño, pero no insistió más.

Unas horas después, me arrodillé al lado del cuerpo de Kellian y me agarré a su mano, pero era incapaz de mirarlo.

Aferrarse a él era como sostener una estatua de mármol: fría, rígida, sin vida.

Ulfia estaba con otros pacientes y solo el maestro Gelloren estaba sentado junto a mí. Nadie más tenía por qué estar allí. A diferencia de una ceremonia de vinculación, una de separación no era algo que alguien quisiera presenciar.

Gelloren contempló la cara de Kellian. El mago maestro aparentaba doscientos años en ese momento, viejo y cansado. Murmuró una oración a Myriana y Saevalla y luego me miró.

—¿Estás lista, querida?

Apreté la mano helada de Kellian y me la llevé a los labios mientras susurraba:

—Lo siento, amigo mío.

Asentí, aturdida, y el maestro Gelloren comenzó el hechizo. No podía escuchar las palabras, era como si él hablara desde una gran distancia. Pero no importaba lo que estuviera diciendo. Lo único que importaba era que le había fallado a Kellian.

Unas llamas púrpuras se encendieron alrededor de nuestras manos. Quemaron solo lo suficiente para hacerme sufrir por abandonarlo.

Ahora era mi turno. Para romper nuestro vínculo de compañeros, tenía que soltar su mano. *Parecía* fácil, pero la verdad era que el dolor resultaba insoportable. Las gotas de sudor se acumularon en mis sienes mientras apretaba los dientes, gemía y soltaba su mano. Cuando nuestras manos se separaron, las marcas en los dorsos fueron quemadas por el fuego.

El dorso de mi mano ahora estaba en blanco. Me encontraba sin compañero una vez más.

Las llamas se apagaron y jadeé, acuné mi mano quemada contra mi pecho y rodé por el suelo. Durante unos pocos y vertiginosos instantes, esperaba que eso hubiera sido lo peor, pero nunca acababa. Agarré el cubo que tenía a mi lado y vacié mi estómago en él. Tenía arcadas, tosía y me dolía todo.

Gelloren me dio un paño húmedo y me ayudó a tenderme en una cama junto a la de Kellian. Enterré la cara profundamente en las almohadas, con la tela fría contra mi nuca, y dejé que mi cuerpo gritara de dolor.

Los sacerdotes y los magos tenían teorías sobre por qué la ceremonia de separación era tan dolorosa. Algunos decían que el vínculo forjado por la magia era como una extremidad física que estaba siendo cercenada. Otros decían que era simplemente el hecho de liberar la magia lo que hacía que nuestros cuerpos se debilitaran hasta el punto del agotamiento. Yo tenía mi propia teoría. Creía que era un castigo. Como si Myriana nos castigara por haber sobrevivido o por no ser lo suficientemente fuertes para protegernos el uno al otro, o simplemente... por rendirse.

El maestro Gelloren colocó la mano sobre mi espalda con gentileza.

—Es lo que la Reina Santa querría, princesa Ivy. Ella puede ver que estáis decidida a avanzar.

Intentaba consolarme, pero no me gustó la idea de que la reina Myriana dejara morir a Kellian simplemente porque yo estaba decidida a seguir adelante. La sola idea me hizo querer llorar y gritar y apuñalar cosas.

Me di la vuelta para alejarme de Kellian y contemplé mi mano en blanco. El dolor ya estaba remitiendo, y pronto portaría otra marca. Una que esperaba mantener durante mucho más tiempo, si no para siempre.

¿Cómo sería la marca de Zach?

Los Reales de Saevallan habían viajado toda la noche para llegar por la mañana, así que habían desayunado y luego dormido la mitad del día, y ahora estábamos de vuelta en el comedor para cenar.

Mientras dormían, el castillo había estallado con los chismorreos. Y todos tenían que ver con el príncipe Zachariah. O Zach, como todos habían comenzado a llamarlo. La mayoría de las princesas parecían embelesadas con él, por lo visto, su aspecto robusto y su sonrisa traviesa lo hacían atrevido y... enigmático.

Casi me hizo preguntarme si había dos Zachs. ¿Cómo podía una persona ser tantas cosas diferentes?

Después de dormir el resto de la tarde en la enfermería, me las arreglé para librarme de Ulfia, que quería examinarme de pies a cabeza, y bajé a cenar. Me senté con Tulia y Minnow, nuestras miradas ocasionalmente revoloteaban hacia la mesa donde Zachariah, el príncipe Weldan y algunos otros saevallanos se habían sentado.

—Y, entonces, ¿qué opinas, Ivy? —preguntó Tulia—. ¿Tiene madera de compañero?

—Yo creo que es guapísimo. —Robin se deslizó a mi lado en el banco, sus ojos pegados a Zach.

—¿Te llamas Ivy? —Le di un codazo a mi hermana, luego me encogí de hombros y dije—: Apenas he hablado con él, pero parece... —Nuestra breve interacción, la forma en la que me había sonreído desde el otro lado de un plato de fresas, me vinieron a la mente—. Engañoso.

Robin, Tulia y Minnow me miraron.

—¿Engañoso? —Tulia levantó una ceja.

—Es solo... que hay más de lo que parece. No puedo leerlo.

Estaba su linaje Romántico, pero no estaba segura de si tenía permitido contárselo a otros todavía. Y no añadiría leña al fuego de todos esos cotilleos.

—Estoy de acuerdo. Es misterioso y bastante intimidante, ¿no? —dijo Minnow.

—No sé yo si intimidante es la palabra —murmuré al pensar en el incidente de la armadura.

—Bueno, me refiero a que nunca haya tenido una princesa y, aun así, sea tan poderoso. Tan legendario. Si eso no es intimidante, ¿qué lo es?

—¡Exactamente! —Robin se inclinó hacia delante—. Incluso corre el rumor de que una vez derrotó a una quimera, ¡sin magia de batalla en absoluto!

Al recordar las palabras de Zach sobre los rumores, fruncí el ceño.

—Robin, no dejo de repetirte...

Fui interrumpida por el golpe de una pesada puerta de madera. Amias irrumpió por las puertas con una espada pendiendo de su cintura, sus hombros anchos hacia atrás y más imponente que nunca. El pelo negro que caía sobre sus ojos hacía su apariencia aún más llamativa.

—¡Fuera de mi camino! —les rugió a unos Reales más jóvenes. Amias irrumpió en la mesa junto a la nuestra, donde Zachariah estaba sentado tranquilamente comiéndose su cena.

—¡Eh! —gritó mientras colocaba su bota sobre la mesa y rebosaba desprecio—. Eres el espadachín *legendario*, ¿verdad? —Los otros saevallanos se alejaron de la mesa y pusieron los ojos en blanco, como si ese tipo de cosas pasaran todo el tiempo con Zach.

Zach ni levantó la vista.

—Eh. ¡Eh! Levanta, bastardo.

—¡Príncipe Amias! —grité mientras me ponía de pie—. ¡Tratarás a nuestros invitados con respeto!

—¿Respeto? ¡Ja! No me hagas reír, Ivy. ¿Respeto por este hereje? ¿Por este hijo de una bruja Romántica?

Todo el comedor contuvo el aliento y a continuación hubo un silencio aturdido. Como sospechaba, que fuera un Romántico no había sido uno de esos rumores que revoloteaban por ahí. Era más que probable que los saevallanos no mantuvieran a la madre de Zach en secreto a propósito, pero seguramente tampoco era algo por lo que abogaran. De modo que, suponiendo que ningún Real saevallano se lo hubiera contado a Amias, entonces, ¿quién había sido?

Cuando todos los ojos se clavaron en él, Zach simplemente siguió masticando su pato especiado con tarrow.

—Así es. —Amias levantó la voz todavía más—. El elegido por el Consejo para ser el compañero de la princesa Ivy Myriana, descendiente directa de la reina Myriana, es un *Romántico*.

Ante eso, hubo más jadeos.

Apreté la mandíbula con fuerza y curvé los dedos contra mi palma. Cómo se atrevía Amias a usarme como excusa para su indignación cuando se trataba claramente de envidia mezquina. Aquella no era la primera vez que Amias intentaba interferir en mi asignación de compañeros. Había acudido a su tío, el rey Krowe, y le había contado una elaborada historia sobre cómo Kellian había consumido demasiado licor enano cuando Kellian solo tenía una intoxicación alimentaria y la causa de lo mal que había tenido el estómago era un «misterio».

Por eso la Legión enseñaba que la lógica y la razón, no las emociones, debían gobernar nuestras acciones. Deberíamos liderar con el ejemplo. Siempre.

Y, sin embargo, no pude evitar sentir curiosidad por ver cómo se desarrollarían los acontecimientos. ¿Qué haría Zach cuando despreciaran su linaje? ¿Estaba avergonzado de haber nacido de una hereje? Me preguntaba si por eso era tan hábil, si por eso entrenaba tan duro para sobreponerse a su parentesco y a los prejuicios que venían con él.

Zach tomó un sorbo de su copa, luego levantó la vista y le sonrió a Amias.

—No pretendo ofender, pero ¿hay algo que necesites de mí? Me estás estropeando la cena.

Amias se inclinó hacia delante.

—¿Por qué? ¿No quieres que todos se enteren de que tu madre era una hereje?

—Ah, no, no es eso. —Zach tomó un pedazo de pan—. Es solo tu mal aliento. Está haciendo que sea difícil retener esta deliciosa comida.

Silencio.

Entonces Amias rugió, agarró la mesa y la volcó.

Zach fue rápido. Levantó su plato y su copa y se deslizó hacia atrás cuando la mesa y todos los demás platos cayeron al suelo.

Me tapé la boca. Aquello iba más allá de los celos. Nunca había visto a Amias actuar así.

Se volvió hacia Zach.

—¡Escoria Romántica! ¡No te la mereces!

Zach inclinó la cabeza.

—¿A quién no me merezco?

La irritación, y tal vez un poco de decepción, cosquilleó bajo mi piel. ¿No recordaba haberme conocido en absoluto?

Entonces la cara de Zach se iluminó.

—¡Oh! ¡La princesa de las pecas a quien le gustan las fresas! Te refieres a ella, ¿verdad?

Mis mejillas se calentaron. ¿Era *eso* lo que recordaba? Por los mares de Glyll, ¿*tenía* que recordar mis pecas?

Amias soltó otro rugido, pero esa vez corrí a detenerlo.

—¡*Aléjate*, Amias! —ordené, y me planté entre ellos. Zach iba a seguir hostigándolo hasta que uno de ellos lanzara una mesa a través de una ventana. Casi podía oír cómo se rompía el cristal y la madera se estrellaba contra el suelo.

—¡Te ha insultado, Ivy! —Amias fue a desenvainar su espada.

—Yo no he escuchado ningún insulto. Y nos insultas a todos si sacas tu espada frente a nuestros invitados. Ahora, retrocede.

Amias no avanzó, pero tampoco retrocedió.

—Entonces el problema es... —Detrás de mí, Zach colocó sus platos en la mesa más cercana y se puso de pie—. Que no soy digno de ella. ¿Es correcto? —preguntó mientras me señalaba con el pulgar.

Amias entrecerró sus ojos grises.

Zach me miró de arriba abajo y sentí que me sonrojaba de nuevo.

—Eso bien podría ser cierto.

Amias aflojó la mano sobre su espada, solo un poco.

—Pero —continuó el príncipe espadachín con una sonrisa— creo que lo importante aquí es que soy más digno que *tú*.

Ni siquiera mis palabras podrían detener a Amias ahora. Se lanzó a por Zach, olvidando la espada, olvidándolo todo, por lo visto.

—¡Amias! —Una voz retumbó por todo el comedor e hizo eco en las paredes. Era una voz que hizo que Amias se detuviera, y muy pocos podían hacerlo. Amias se giró para mirar al rey Krowe, quien ahora se encontraba en los escalones del pasillo con un aspecto imponente con su corona de oro y su capa de color zafiro.

—Cálmate, sobrino —ordenó.

Amias se enderezó y apretó los puños a los lados.

—Tío, este hereje no puede ser el compañero de la princesa Ivy. Ni siquiera debería estar comiendo en nuestras mesas.

—No te corresponde a ti decidirlo —dijo el rey Krowe—. Es decisión del Consejo. Como sucede con todas las uniones de compañeros, debemos tomarlo *todo* en consideración. —Krowe fulminó con la mirada a su sobrino de una manera que me hizo concluir que Amias debía haber acudido al Consejo para pedir ser mi compañero *otra vez*. A pesar de que él ya tenía a Matilda, una media princesa, como compañera, y que el Consejo ya se había negado a emparejarnos dos veces en el pasado.

—Por el bien del reino —continuó Krowe—, el príncipe con la mayor habilidad debería ser emparejado con la descendiente directa de la reina Myriana. Y como él es el mejor espadachín que hay aquí…

—¡*Yo* soy el mejor espadachín que hay aquí! —gritó Amias.

—Quizás lo *fueras* —dijo Zach con calma.

La ira se hizo palpable en la cara de Amias como nunca antes. Creí que explotaría. Desenvainó su espada y apuntó directamente al pecho de Zach.

—Podría matarte.

—Podrías intentarlo. —Los ojos de Zach se entrecerraron, fríos y mordaces, y por fin parecía el guerrero despiadado que se rumoreaba que era.

Aquella nueva persona me dio escalofríos, ya fueran de miedo o de emoción. Era imposible discernirlo.

—Déjame intentarlo, entonces. —Amias presionó la punta de su espada contra el pecho de Zach—. Veamos quién es mejor. Quién es realmente digno.

Zach miró fijamente la punta de la espada por un momento antes de acercar dos dedos al lateral de la hoja y alejarla de su pecho, como si no fuera más letal que una espada hecha de hierba.

—De acuerdo, acepto tu desafío.

El rey Krowe aplaudió.

—¡Estupendo! Tendremos un duelo. ¡Mañana al alba!

En ese momento fue obvio que había sido el titiritero que tiraba de las cuerdas de Amias. Él había sido quien había revelado la ascendencia de Zach. Así que *aquella* era su brillante idea.

Amias bajó lentamente su espada, todavía furioso, y Zach simplemente se dio la vuelta, se sentó a la mesa donde estaba su comida y siguió comiendo.

Me quedé allí, retorciendo mi servilleta entre las manos, molesta, pero no sorprendida. Un duelo era la manera perfecta de comprobar la fuerza de Zach sin ofender a nuestros invitados saevallanos. Lógicamente, sabía que era un buen plan, pero no *parecía* una evaluación o una prueba. Parecía una competición por *mí*. Y no me gustaba ser vista como un premio que ganar.

Pero, si tenía que soportar aquello para conseguir al legendario espadachín como compañero, para ir tras el huevo de Dragón Negro y un día encontrar y derrotar a la Reina Malvada, entonces me sentaría y sería considerada un premio. Y, en cuanto al vencedor, lo recompensaría con mi Beso.

CAPÍTULO SIETE

UN DUELO FEROZ

Al día siguiente, todos dieron la bienvenida al amanecer en la arena de los campos de entrenamiento. Dudaba de que una sola persona dentro del castillo *no* estuviera sentada en las laderas de la colina que conducía al castillo o debajo de las hojas rojas de los árboles jerr.

El murmullo de la multitud era suave, como si estuvieran hablando en voz baja por miedo a despertar al sol aún dormido mientras sus lenguas pronunciaban las apuestas. ¿Quién ganaría? ¿Un príncipe en toda regla que era grande, fuerte y tenía talento natural con la espada? ¿O el espadachín legendario con sangre de hereje? Había hogueras que brillaban alrededor de los límites para iluminar los terrenos. Era tan temprano que las campanas de Myria ni siquiera habían repicado todavía.

El Consejo y los Magos se sentaron en sillas dentro de la delimitación tallada en la colina. Cuando pasé por su lado para llegar junto a Tulia y Minnow, escuché a algunos felicitar discretamente al rey Krowe por la manera brillante en la que había manipulado a su sobrino.

—Es mejor aprovechar la indignación de mi sobrino en nuestro beneficio —murmuró a la reina Jocelyn.

A pesar de lo mucho que me molestaba ser un premio, no podía estar más de acuerdo. Estaba ansiosa por ver las habilidades de Zach en acción. Para ver por mí misma si era digno de la marca de Myriana.

Como el aire de la mañana era tan frío, me había envuelto en mi capa gris con un bonito vestido azul marino debajo. Mi pelo estaba recogido en un moño, como siempre, excepto por unos mechones rizados que siempre se escapaban si había brisa.

—Veo que Amias está más preparado que nunca —susurró Minnow, que se inclinó para acercarse mí. Ella también vestía su capa gris y llevaba la melena rubia recogida en trenzas.

Amias estaba de pie en la base de la colina, se abrochaba la armadura y hacía movimientos de prueba con el brazo con el que blandía la espada.

—La pregunta es —dijo Tulia al otro lado de Minnow—, ¿dónde está su oponente?

Ya casi había amanecido y no se veía a Zach por ninguna parte. Hacía unos minutos, el maestro Gelloren había enviado a un paje a buscarlo a su habitación.

—¿Suele Zach llegar tarde? —le pregunté al príncipe Weldan, quien estaba de pie a mi lado con su capa escarlata.

Weldan se encogió de hombros.

—Por lo general es el primero en llegar a los entrenamientos y a las misiones. Pero, a pesar de que ha estado en multitud de peleas, nunca antes había sido desafiado así. Lo más probable es que no se lo haya tomado demasiado en serio.

—¿Demasiado en serio? —Tulia se inclinó—. Amias es el mejor espadachín que tenemos. Es mejor que Zach se lo tome en serio o terminará con la cabeza en la hierba y ningún cuerpo enganchado a ella.

Los labios de Weldan se curvaron hacia arriba.

—Ya veremos.

Tulia hizo un sonido burlón justo cuando todas las cabezas se volvieron hacia los escalones del castillo, por donde descendía un joven paje al que seguía un Zachariah que bostezaba. Zach llevaba solo una túnica y pantalones, sin armadura, excepto muñequeras, y la espada en la cadera. Cuando llegó al centro del terreno, exclamó:

—¡Mis disculpas! No me había dado cuenta de que al alba significaba *al alba*.

El maestro Gelloren sonrió.

—Me alegro de que os unáis a nosotros, Zach. ¿Queréis un momento para calentar?

Zach comenzó a estirar, primero el cuello, luego los brazos y las piernas.

—No es necesario —dijo.

Probablemente acababa de salir de la cama. ¿Todo lo que había hecho eran unos estiramientos y ya estaba listo para un duelo?

El maestro Gelloren asintió hacia mí y bajé la colina. Mi capa y el dobladillo de mi vestido hacían crujir la hierba y recogían el rocío de la mañana.

—Buenos días —dijo Zach alegremente cuando llegué hasta donde estaban él y Amias.

Aunque lo había visto sonreír antes, después de presenciar esa manera tan fría con la que se había enfrentado a Amias y aceptado su desafío, su sonrisa parecía diferente ahora. Era mucho más consciente de ello.

—Buenos días —le respondí cortésmente—. ¿Necesitas oír las reglas del duelo?

—Me temo que sí. Nunca antes he participado en uno tan formal como este —dijo Zach.

Amias desenvainó su espada.

—Son simples. Cada uno recibirá un Beso de batalla que aumentará vuestra velocidad, fuerza y habilidad. El príncipe que ceda primero, pierde. ¿Estáis listos los dos?

Zach asintió. Amias balanceó la espada, luego se la volvió a colocar en el cinturón. Extendió la mano. Mi último Beso con un príncipe había sido el Beso de recuperación fallido de Kellian, y una breve punzada de miedo de que ese tampoco funcionara me pinchó por dentro.

Lo tomé de la mano y, con unos pocos pasos, cerré la distancia entre nosotros. Agachó la cabeza y me besó. Cuando sus labios tocaron los míos, las palabras del hechizo de batalla *Silen proderr Natalya* resonaron en mi mente y sentí que mi magia, atraída por su Beso, tiraba de mi pecho y me abandonaba y se elevaba para encontrarse con Amias. Su magia, áspera e inflexible, como acero sin refinar, se apoderó de la mía y la familiar sensación de debilitamiento me atravesó. Si hubiera sido un hechizo más fuerte, me habría costado más, porque Amias siempre absorbía así gran parte de mi magia. Mis otros compañeros nunca habían sido tan codiciosos. Pero al menos ahora sabía que mi Beso seguía siendo tan poderoso como siempre.

Cuando Amias me liberó, su cuerpo entero brillaba del color azul de la magia de batalla, que pulsaba a su alrededor con suavidad, fortalecía su cuerpo y lo preparaba para la pelea.

—Como esperaba de tus labios, Ivy, soy invencible. Imagina lo que podríamos producir en el dormitorio. —Amias me dedicó una sonrisa voraz.

La repulsión aumentó en mí y se convirtió en náuseas. Odiaba la forma en la que Amias me miraba como si fuera solo un arsenal de poder, pero sus insinuaciones sexuales eran las peores. Como si de verdad fuera a acceder a acostarme con él. Recé para que, cuando finalmente me enviaran a Freida, él no se convirtiera en el padre de ninguno de mis hijos.

A partir de ese pensamiento me di cuenta de que estaba apoyando a Zach, un completo desconocido e hijo de una hereje. El menor de dos males, supuse.

Me volví hacia Zach y lo estudié por segunda vez. Recordé las palabras de mi hermana, «creo que es guapísimo». Yo no habría dicho «guapísimo», pero no era feo. En un principio me había parecido larguirucho, pero en realidad era ágil y fuerte, tonificado, pero no cargado de músculos enormes que lo frenasen. Su cara, sin su sonrisa tonta, era delgada, todo ángulos, atractiva, pero no de una forma obvia de chico guapísimo.

Antes de acercarme, me agarró del hombro.

—No necesito ayuda, pero gracias.

Parpadeé.

—¿Qué?

Zach contempló el amanecer. El alba se vertía sobre la tierra como miel derramada, lenta, dulce y brillante. En la distancia, las campanas de Myria comenzaron a repicar.

—No voy a necesitar tu Beso, princesa.

—No seas tonto. —Me incliné hacia delante.

Él se inclinó hacia atrás.

—De nuevo, no pretendo ofenderte, pero puedo vencerlo sin tu magia.

—Hablas en serio, ¿verdad?

Zach solo me sonrió.

La ira explotó dentro de mí como cuando se arroja licor enano al fuego. ¡Cuánta arrogancia! ¿De verdad se creía lo suficientemente bueno para hacerle frente a *mi* magia? ¿Sin ayuda?

Crucé los brazos y retrocedí un paso.

—Podrías morir fácilmente. Entonces no nos servirás de nada.

Zach se rio entre dientes.

—Me halaga tu preocupación, princesa, pero estaré bien.

Cuando volví adonde estaban los miembros del Consejo, se escuchó un murmullo a través de la multitud.

—Ivy, ¿qué significa esto? —preguntó mi abuelo desde su silla.

—Él no desea un Beso, majestad —le respondí.

—No quiere… ¡Eso es ridículo!

—No ha querido aceptarlo. —Por el rabillo del ojo, noté que Weldan levantaba los ojos hacia el cielo, como si hubiera esperado aquello.

Amias, aún palpitando de azul con mi magia, observó al Consejo para esperar su aprobación. ¿Estaba aquello permitido?

—No podemos obligarlo —dijo el rey Helios, luego hizo un gesto al trompetista. El chico tocó la trompa y señaló así el comienzo del duelo.

Amias retiró su espada y la sostuvo en alto frente a él. La neblina azul de mi magia que lo envolvía se tragó también la hoja.

Eché un vistazo a Zach. Había sacado su espada, pero la sostenía de forma casual junto a su cuerpo.

Amias no lo mataría, ¿verdad? No, el maestro Gelloren lo detendría antes de que eso sucediera. Pero sí sabía una cosa: no había forma de que pudiera ganar. Nuestra asociación se habría acabado antes de que comenzara.

Amias fue a por él, corrió por la hierba y dejó un rastro de niebla azul. Con mi magia era rápido de una forma inhumana. Y fuerte, también, como un toro que cargara contra su enemigo.

Zach no se movió. Incluso cuando Amias estaba tan solo a un metro y medio de distancia, Zach se quedó quieto. Segundos antes de que Amias hiciera descender su espada, Zach giró bruscamente y golpeó con el pomo de su espada la nuca de Amias. Derribó a Amias, cuya cara se zambulló en la tierra.

La multitud jadeó y muchos gritaron. Apreté los puños y mis labios se separaron con asombro.

Cualquier persona normal que sufriera un golpe como ese no sería capaz de levantarse, al menos no de inmediato, pero Amias estaba protegido por mi magia. Se levantó, escupió hierba y se dio la vuelta para encarar a Zach. Incluso desde aquella distancia pude escuchar el gruñido que rasgaba su garganta como el de un animal salvaje. Fue a por Zach de nuevo, el aura a su alrededor brillaba todavía más.

Le lanzó un tajo hacia arriba. Zach lo esquivó. Un giro lateral y una arremetida y entonces Zach finalmente dejó que su espada se encontrara con la de Amias. El peso tenía que ser importante. Con la fuerza mágica que poseía Amias, debía de ser como enfrentarse al peso de un grifo. Sorprendentemente, Zach mantuvo su posición. Luego subió la rodilla y golpeó el estómago de su oponente. Amias se atragantó y se dobló en dos. Zach golpeó con la empuñadura de su espada la cabeza de Amias y este cayó de nuevo al suelo.

Lejos de estar derrotado, Amias se puso de pie y arremetió contra las espinillas de Zach. Zach, con una mano sobre el hombro de Amias, saltó y giró sobre la espalda de su enemigo, aterrizó detrás y le asestó a Amias una patada que lo mandó de vuelta a la hierba. Con su bota en la espalda de Amias y su espada apuntándole a la garganta, dijo:

—Ríndete.

Amias dejó escapar un rugido y la brillante niebla se convirtió en furiosas llamas azules. Se levantó del suelo e hizo que Zach se tambaleara y perdiera el equilibrio. Amias lanzó un tajo hacia delante y Zach solo tuvo tiempo de alzar su propia espada para defenderse. Pero la fuerza de mi magia era demasiada y mandó a Zach volando hacia atrás para acabar en el suelo.

La multitud rugió su aprobación. Traté de ocultar una sonrisa. «No estás luchando contra la magia normal, espadachín, estás luchando contra la de la gran Myriana.»

Zach se levantó, cuadró los hombros y flexionó las rodillas. A continuación, Amias, que usó todo el potencial de mi poder, fue a por él de nuevo. Zach apenas pudo mantener el ritmo contra la fuerza y la velocidad del príncipe con ayudas mágicas. El choque de metal contra metal resonó a través de la pista. Los dos jóvenes luchaban como bestias con velocidad inhumana.

Entonces Amias cometió un error fatal, y uno estúpido, además. Zach se agachó para escapar de un mandoble hacia arriba y Amias alzó los brazos para dar un golpe, de modo que dejó el pecho completamente desprotegido. Zach se abalanzó hacia delante, agarró la parte frontal de la armadura de Amias y presionó el filo de su espada contra el cuello de su oponente.

—¡Ríndete! —Esa vez fue un grito. Una exigencia.

Amias se quedó paralizado y luego dejó caer su espada. Un silencio mortal cayó entre los espectadores. Zach mantuvo su espada en la garganta de Amias unos pocos segundos más antes de bajarla. Luego se dio la vuelta.

Pero Amias no había terminado. Le dio una patada a Zach en toda la espalda y, con la magia de batalla que aún mejoraba su fuerza, envió a Zach volando hacia una antorcha encendida al borde de la pista de entrenamiento. La antorcha cayó y rodó por la hierba. Las llamas se extendieron mientras Zach se levantaba.

Antes de poder detenerme, ya estaba corriendo por las escaleras y dirigiéndome a la pista.

Zach también corría, y con su espada apuntaba a Amias como si se tratara de una lanza de justas.

Las llamas treparon por la corteza blanca de los árboles jerr.

Zach se encontró con la espada de Amias con el estruendo de un rayo. Amias se tambaleó y Zach retrocedió, luego estrelló el pomo de su espada en la parte vulnerable de la sien de Amias. Este se dobló en dos, la magia azul que lo envolvía extinguida como la de una vela.

Cuando por fin llegué adonde estaban, respiraba con dificultad mientras el fuego trepaba con rapidez por las hojas rojas de los árboles y Amias estaba inconsciente.

Zach me miró por encima del hombro.

—Odio a los malos perdedores.

No pude hacer nada más que quedarme contemplando al espadachín.

Había ganado.

No solo había ganado a Amias, sino que me había ganado a mí. Se había enfrentado a mi magia absolutamente *indefenso* y había ganado.

CAPÍTULO OCHO

EN LA MURALLA

—Tú… Acabas de…

Zach se fijó en las llamas que se alzaban.

—Oh, no. —Se rascó la nuca—. El puñetero idiota se ha cargado esos preciosos árboles.

—¡El fuego no! —Me miró sorprendido e intenté calmarme—. ¿Cómo has…?

El maestro Gelloren se acercó a mí, su túnica ondeaba al viento. Con un movimiento de su muñeca, el fuego se extinguió y el humo inundó el aire.

—Zach, tu reputación te precede —dijo mientras volvía a meter las manos dentro de las mangas de su túnica—. Eso ha sido bastante impresionante.

—Me alegro de que hayáis disfrutado del espectáculo. Supongo que el desayuno no estará preparado, ¿no? —Zach balanceó su espada sobre su hombro—. Esto me ha abierto el apetito de verdad.

—Por supuesto. Haré que un paje te muestre el camino.

—En realidad, maestro, no me importa acompañarlo —intervine, y forcé a mis labios a mostrar una agradable sonrisa.

—De acuerdo, entonces —dijo Gelloren a la vez que me dirigía esa mirada inquisitiva que a menudo me lanzaba durante nuestras partidas de cartas. Sin duda él había tenido la impresión de que yo estaría furiosa, ya que Zach había logrado derrotar a mi Beso con mucha facilidad, y ciertamente lo estaba, pero al ver la habilidad de Zach... Tendría que dejar de lado mi orgullo. Lo necesitábamos.

Ignoré la mirada de Gelloren y le hice un gesto a Zach para que me siguiera. Él hizo una pausa antes de que me lo llevara de allí y se giró para contemplar de nuevo los árboles.

—Eso sí, lamento lo de los árboles.

El humo se elevaba de las hojas quemadas que una vez habían sido rojas y llenas de vida y ahora eran negras y estaban a una brisa de convertirse en cenizas.

—Volverán a crecer. Esa es la belleza de los árboles.

Zach me miró de nuevo.

—Bien dicho, princesa.

Subimos las escaleras hacia el castillo, dejamos atrás a Reales y criados boquiabiertos y atravesamos las puertas dobles gigantes hacia el comedor mientras seguíamos las preciosas y dulces guirnaldas de gardenia. Zach arrastró las yemas de los dedos por los pétalos de color blanco cremoso, como yo había hecho, y dijo:

—El de esta mañana ha sido un amanecer precioso.

—He oído que en el oeste se dan las puestas de sol más increíbles de todas. ¿Es cierto que el reino de Saevall parece estar envuelto por las llamas del sol?

Zach se encogió de hombros.

—Como he dicho, los rumores siempre son un poco exagerados, pero supongo que, en el momento justo, sí.

—Los rumores no siempre son exagerados. —Aunque no iría tan lejos para decir que creía que había acabado con una guarida de troles solo y sin un Beso, sí que *podía* creerme que hubiera sido capaz de sobrevivir sin pareja hasta entonces.

Hubo una pausa.

—Ah, supongo que te refieres a los rumores que me rodean, ¿no?

—Después de una pelea como esta, no puedes negar la habilidad que tienes.

—No iba a hacerlo.

Ante aquello, me di la vuelta. Casi se chocó conmigo, mi cara por poco rozó su clavícula. Di un paso atrás.

—Quiero que seas mi compañero.

No tenía pensado decirlo de aquella manera, ni tampoco así de pronto, pero esa había sido la razón por la que me había ofrecido a llevarlo a desayunar: pedírselo con mis *propias* palabras, no con las de Gelloren o el Consejo. Con su talento innato y mi poder, podríamos derrotar al Dragón Negro. En mi mente ya no cabía ninguna duda. Aunque todavía estaba enfadada porque había derrotado a mi Beso casi sin esfuerzo, mi entusiasmo ante la perspectiva de lo que podríamos hacer superaba todo lo demás.

Las cejas de Zach se alzaron hasta tocar su cabello castaño oscuro. Luego se recuperó y sonrió levemente.

—Creía que ya estaba decidido.

—Tu pelea con Amias era una prueba orquestada por el Consejo. La has pasado. Pero, además de eso, *tú* tienes que dar tu consentimiento.

—¿Ah, sí?

Alcé una ceja.

—Sí, claro. Ser el compañero de alguien significa vincular tu reserva mágica a la suya. Eso requiere un gran compromiso y, una vez hecho, no puede deshacerse con facilidad. No es algo que tomarse a la ligera. No podemos forzar a nadie a hacerlo, y tampoco debemos.

Zach ladeó la cabeza, como si considerara la idea.

—Más bien suena a matrimonio.

Retrocedí, horrorizada por su comparación con aquella tradición Romántica arcaica. Pero lo había criado su madre Romántica... Tal vez no conocía otra cosa.

—No es en absoluto como el matrimonio —afirmé rotundamente.

—De cualquier manera, no, gracias. —Zach me rodeó y siguió caminando.

Por un momento, permanecí allí, congelada a causa de la incredulidad. Luego me di la vuelta y corrí tras él.

—*¿Disculpa?* —Lo agarré del brazo e hice que se detuviera.

Zach cubrió mi mano con la suya, justo donde había estado la marca de Kellian. Sentí la necesidad de apartarlo al instante, pero no lo hice.

Los dedos de Zach eran callosos, pero, aun así, gentiles en cierta forma.

—Aprecio la oferta, pero me va mejor por mi cuenta.

No supe qué decir. Ni siquiera había considerado que él pudiera decir que no.

Él apartó mi mano de su brazo y echó a andar de nuevo. Al instante me lancé frente a él para obligarlo a detenerse una vez más.

—A nadie le va mejor por su cuenta —le espeté—. Piensa en lo poderoso que podrías ser con mi magia, a cuántas criaturas oscuras más podrías matar.

Él bajó la mirada hacia mí.

—Ya puedo matar a muchas ahora, gracias. —Intentó dejarme atrás otra vez, pero puse la mano sobre su pecho y apliqué la suficiente presión para retenerlo.

—¿Por qué has venido aquí, entonces?

—Contrariamente a lo que crees, el mundo no gira en torno a ti, princesa. He venido a Myria para ayudar con la guerra, *no* para ser tu compañero. Ya estábamos a dos días de distancia cuando el pájaro de Gelloren llegó con el mensaje de que quería que fuéramos compañeros. Yo estaría aquí incluso si tu pareja todavía estuviera consciente.

—¿De verdad que no entiendes lo que significa ser mi compañero? —Le hinqué la mano con fuerza en el pecho—. Si fuéramos compañeros, se te otorgarían más que simples Besos de batalla. La combinación de nuestra magia podría desbloquear hechizos complicados y poderosos. Con mi ayuda, salvarías miles de vidas.

Zach suspiró.

—Por favor, apártate para que pueda desayunar, princesa. Hoy ya me las he visto con un myriano testarudo.

—No actúes como si fueras muy fuerte y poderoso solo porque has derrotado a Amias. Eres un arrogante si crees que puedes sobrevivir en las tierras del norte sin el Beso. Hay criaturas oscuras que nunca antes has visto. *Tú* eres el terco. Aquí, eso hará que te maten.

Zach me miró mientras inhalaba y exhalaba pesadamente, mis manos cerradas en puños. Luego se acercó, puso la mano debajo mi barbilla y acercó mi rostro al suyo. No tuve tiempo de reaccionar.

—Parece que tienes muchas ganas de besarme, Ivy. ¿Por qué no vamos directos al grano?

Antes de poder detenerme, levanté el puño. Zach lo atrapó igual que hacía todo lo demás, sin esfuerzo. Su mano se cerró alrededor de mi puño.

—Tengo que admitir que estoy impresionado.

Lo fulminé con la mirada, sus dedos presionaban la parte donde había estado la marca de Kellian. Una cosa era lidiar con las insinuaciones de Amias, pero otra muy distinta era intentar dar un beso no mágico a una princesa. Era una acción dominada por la Lujuria, y era insultante.

Era común que los príncipes y las princesas apaciguaran sus apetitos impulsados por la Lujuria, pero yo nunca había estado en una relación de compañeros que no fuera completamente profesional.

No tenía paciencia para nada más que para entrenar. Que otros sucumbieran al poder de la Lujuria. Para mí era una distracción que conducía a emociones vulnerables. En función de lo afectada que estuviera una persona, a menudo era tan terrible como los monstruos contra los que luchábamos.

Al final me soltó el puño y yo me aparté. Él parecía completamente imperturbable.

—¿Era eso realmente necesario? Venga, mi aliento tiene que ser mejor que el de Amias.

Me había tomado el pelo. No había tenido la intención de besarme de verdad.

Su comportamiento ahora era frío, confiado, incluso… cortés. ¿Qué había pasado con el tipo torpe y de trato fácil? ¿Con el príncipe que me había halagado por mis pecas? ¿Cómo podía esa misma persona intentar besarme fuera del campo de batalla? ¿Quién era aquel hombre que podía ser dos personas a la vez, primero el bufón torpe y luego el guerrero cortés y elegante?

Quizás eso era exactamente lo que él quería. La gente lo subestimaría, por lo que sería más fácil para él atacar. Como una cría de basilisco. Pequeña e inocua, pero con un veneno mortal.

O tal vez quería alejarme con sus burlas. Odié lo bien que le había funcionado.

—Creo que puedo encontrar yo solo el camino hasta el desayuno —dijo Zach.

Me pasó rozando y lo dejé ir, pues temía que, si pasaba con él más tiempo, querría apuñalarlo con su propia y estúpida espada.

Durante la mayor parte del día, me quedé en mi habitación, enfurruñada. Para empezar, Zachariah había derrotado mi poder en un simple duelo. Eso hacía que mi estómago se revolviera de ira y vergüenza. A continuación, había rechazado mi propuesta para ser compañeros. Para rematarlo, me había tomado el pelo al sugerir un beso *fuera* del campo de batalla y había insinuado que era *yo* quien lo quería.

Quizás esa fuera la cosa más insultante de todas.

Lancé mi almohada contra el tapiz, enviando ondulaciones a través de la tela, y luego me tiré de nuevo en la cama e hice una mueca. Todavía llevaba el pelo recogido en un moño y me dolía el cuello. Irritada, saqué mis rizos de su nido y los dejé caer sobre mis hombros.

Amias se había rendido una vez a la Lujuria y me había

besado en el límite de los terrenos del castillo, de noche, con las antorchas encendidas a nuestro alrededor. Todavía recordaba el olor de su aliento empapado en vino. Había inclinado mi cabeza hacia atrás y agarrado mi boca bruscamente con sus labios. Había sido muy similar a sus Besos de batalla, casi no había distinguido la diferencia. Pero *había* una diferencia. Un ligero zumbido en su garganta, un cambio en su respiración, un cambio en la mía. La magia que generalmente se elevaba en mi pecho después de encontrarme con los labios de otro Real había yacido dormida. Pero otro sentimiento había viajado por mi columna vertebral, mis extremidades, mis caderas y piernas, y me había dejado clavada en mi sitio.

Luego él había abierto la boca y había exigido más.

Codicioso. Siempre era muy codicioso. No soportaba la sensación de su lengua sobre la mía. Odiaba el vacío que sentía dentro, la ausencia de magia en ese tipo de beso.

Lo había apartado de un empujón. Y le había dicho que, si alguna vez volvía a intentarlo, le clavaría una flecha en el ojo.

Casi había pegado a Zach, y él ni siquiera me había besado, solo había jugado con la idea.

Había muchas cosas que hacía la Legión que me habría gustado poder cambiar. Por un lado, deseaba que las princesas fueran tratadas menos como arsenales y más como las soldados que nos entrenábamos para ser. Y, por el otro, ojalá pudiéramos tener más voz respecto a cuándo nos enviarían a Freida para producir herederos. Pero podía hacer las paces con ambas cosas porque era por el bien de la Legión, los reinos y la gente.

Pero me negaba a ser utilizada como un juguete para satisfacer la Lujuria de un príncipe.

Apreté los puños, me levanté de la cama y me dirigí a la puerta. Aquel era tan buen momento como cualquier otro para investigar al Dragón Negro. Con Zach o sin él, iba a ir a por ese huevo.

La biblioteca de Myria olía a madera y cuero. Aunque todos los libros eran antiguos, los bibliotecarios volvían a copiar los cincuenta libros más antiguos en nuevos libros encuadernados en cuero cada año. Los textos en sí mismos podían ser viejos, pero la sala cavernosa nunca olía así.

—Pared trasera norte, detrás de la columnata —murmuré para mí misma mientras caminaba entre las pilas de libros. Estaba bastante segura de que esa era la sección que estaba buscando. La biblioteca era enorme, y yo pasaba la mayor parte de mi tiempo libre en los campos de entrenamiento. No tenía paciencia para estudiar los textos antiguos más de lo necesario.

Pensando que había encontrado el libro correcto, hojeé las páginas. No fue hasta que vi un gran esquema de los tres encantamientos implicados en maldecir un amuleto cuando me di cuenta de que estaba en la sección equivocada.

—Amuletos malditos. Inútil. —Devolví el libro a su sitio y probé con la siguiente pila. Al final recordé que la sección sobre criaturas oscuras estaba a la *izquierda* de la columnata y encontré el libro en un instante.

Mientras retiraba el libro del estante, descubrí la cara de Zach mirándome desde el otro lado.

Pegué un grito y dejé caer el pesado libro, cuyo lomo me golpeó el pie. Solté una serie de insultos por lo bajo.

—Maldices como un cantinero en una taberna de poca monta —dijo Zach, que intentaba no reírse.

—Ha sido tu culpa. ¿Quién se esconde detrás de una estantería? ¿Qué eres, un niño?

Zach solo sonrió, con las manos en los bolsillos.

—¿Cómo me has encontrado?

Él se encogió de hombros.

—He sobornado a un sirviente.

Esperé a que dijera algo más y, cuando no lo hizo, solté un suspiro frustrado.

—Y bien, ¿por qué has sobornado a un sirviente?

—Para que me dijeran dónde estabas.

Comencé a empujarlo, pero él plantó su brazo sobre el estante para detenerme.

—Aliento de trol, no puedes aceptar una broma, ¿verdad? Quería disculparme.

—¿Por?

—Insinuar que te iba a besar. Supongo que ha estado fuera de lugar.

—¿Supones?

—No quería decir nada malo.

—Ha sido ofensivo.

—¿No sabes cómo funcionan las disculpas?

Me di cuenta de que se había afeitado desde la mañana, y eso le hacía parecer más joven. Me recordó que, aunque ciertamente no había encontrado divertido lo que había hecho, probablemente él sí que pensaba que había sido inofensivo. De la misma manera que yo había bromeado con mis hermanas al imaginar al príncipe espadachín perfecto.

—Muy bien, acepto tus disculpas. Aunque no estoy segura de por qué te disculpas, ya que dudo que hayas acudido a mí con un repentino cambio de opinión acerca de ser mi compañero.

Zach rompió el contacto visual, sus ojos color avellana revolotearon hacia el libro que aún estaba a mis pies.

—Incluso aunque no vayamos a ser compañeros, no significa que quiera que me odies.

Sus palabras me pillaron por sorpresa y busqué una respuesta. Por supuesto que no lo odiaba, era una palabra demasiado fuerte. Pero sí que me había enfadado.

Él se agachó para recoger el libro del suelo y leer el título.

—*Los vástagos más oscuros de las Fuerzas*.

Fui a recogerlo, pero él dio un paso atrás, lejos de mi alcance.

—¿Por qué has escogido esto?

—No es de tu incumbencia. —Hice una pausa—. ¿Por qué? ¿Lo has leído?

—He leído mucho sobre monstruos. Se supone que este libro contiene lo peor de lo peor. ¿Qué estás buscando?

Él comenzó a pasar las páginas y yo se lo arrebaté de las manos

—Zachariah, ¿creías que te quería como mi compañero para cualquier batalla? Te aseguro que, si me enfrentara solo a la próxima patrulla, podría arreglármelas con Amias.

Zach entrecerró los ojos.

—Ya veo —dijo lentamente, luego se giró y se fue sin ni siquiera un adiós.

Me quedé allí parada, con el libro en las manos, mirándolo. ¿Acaso se había enfadado *él conmigo* ahora? No estaba segura de lo que podría haber dicho para ofenderlo, pero también sabía que la tensión entre nosotros era muy precaria, incluso mi tono de arrogancia podía ser lo que le había hecho irse.

Bueno, no podía preocuparme por eso en ese momento. Tenía una investigación que llevar a cabo.

Encontré asiento bajo las vidrieras del muro norte y levanté las piernas para que el libro descansara contra mis muslos. Pasé la sección de espectros y me detuve en la de dragones. El último dragón del libro era el Dragón Negro. Había poca información sobre él. Se decía que había matado a las personas que más sabían al respecto y la información registrada eran solo historias transmitidas y no testimonios reales.

Sin embargo, si quería derrotarlo, tenía que comenzar por alguna parte. Mis manos aferraron con fuerza los bordes del libro y empecé a leer.

> «El Dragón Negro nace del mal: las sombras, la oscuridad, la maldad en los corazones de los hombres.»

Pasé a toda prisa los detalles sobre cómo se acumulaba la oscuridad y los diferentes augurios asociados con él, todos ellos signos que Gelloren había mencionado. Cuando llegué a la sección sobre su caparazón y su piel, reduje la velocidad en busca de debilidades.

> «El caparazón está hecho de la sustancia más dura conocida sobre la faz la Tierra. Ninguna hoja puede perforarlo. En el momento de la eclosión, el dragón es más vulnerable. Según el rey Yolan, descendiente del Segundo Rey, el dragón está hecho de obsidiana y es capaz de producir llamas negras. Las llamas queman el hielo

más frío, y todo mientras la víctima es torturada por cada horrible emoción y sentimiento que plaga este mundo. Para inducir aún más sufrimiento en sus víctimas, las llamas arden mucho más lentamente que el fuego normal. Su único punto vulnerable es su boca, donde se producen las mismas llamas.»

El texto era aterrador, pero nada que no hubiera esperado. Yo sabía de otros dos Dragones Negros que habían precedido a este. Y, aunque ese huevo no significaba necesariamente que el dragón, si llegaba a eclosionar, sería peor que los otros dos, todavía podría significar el fin de la Legión. Éramos más débiles que la Legión que había derrotado a los otros dragones doscientos, incluso cien, años atrás. El estado en el que se encontraba la Legión ahora no haría posible que resistiéramos contra un monstruo como un Dragón Negro. Por esa razón, *tenía* que llegar a ese dragón antes de que naciera.

—También necesitaréis esto.

Aparté mi atención del texto y miré hacia arriba.

Bañado en azul y morado por la luz que brillaba a través de las vidrieras, Bromley estaba de pie junto a mí y me tendía otro libro. *Besos de cazadores de dragones: volumen nueve*.

Había leído los volúmenes del uno al siete un par de años atrás, antes de mi primera misión para matar a un Dragón de Bronce, pero el maestro Gelloren me había dicho que no debía molestarme con los últimos dos volúmenes, ya que contenían hechizos para matar a dragones que llevaban largo tiempo extinguidos.

Agarré el libro y pasé las páginas hasta llegar a las últimas.

—Un sirviente me ha dicho que podría encontraros aquí —dijo Brom.

—Nueva regla: ningún sirviente tiene permitido decirle a nadie dónde estoy —murmuré mientras pasaba otra página.

—No estabais en la comida ni en la cena, así que pensé que querríais tomar la delantera después de ver pelear al príncipe Zach.

No respondí. Bromley asumía que iría con Zach a matar al Dragón Negro. Bueno, en parte estaba en lo cierto. Iba a ir, solo que no con Zach. Encontraría a otro compañero. Tal vez otro saevallano. O, y esperaba que la divina Reina Celestial no lo quisiera, incluso me llevaría a Amias si estuviera tan desesperada. Tal vez el Consejo hiciera una excepción debido a la ajustada fecha límite. Quienquiera que fuera, estaba segura de que mi poder podría vencer al dragón por sí mismo.

Encontré el hechizo. Era largo e intrincado. Más de cinco docenas de sílabas, todas con una pronunciación y un ritmo únicos. *Por supuesto* que tenía que ser complicado. Cuanto mayor era el riesgo, mayor era el precio.

—¿Creéis que *ella* mató alguna vez a un dragón? —preguntó Brom mientras contemplaba las vidrieras.

Me puse de pie, con ambos libros en mis brazos, y me di la vuelta para contemplar yo también la vidriera.

Era de la reina Myriana.

Su imagen medía al menos cuatro metros de alto, con el cabello de color índigo, la piel blanca y un precioso vestido azul. Llevaba rosas, espinas y hiedra entrelazadas en su cabellera y alrededor de su vestido y sus brazos. Sostenía una espada mientras estaba espalda contra espalda con la Reina Malvada, que estaba envuelta en una capa violeta y sostenía un báculo de madera nudosa. Era una bonita yuxtaposición. Como las dos caras de la luna, una oscurecida por las sombras, la otra iluminada por el sol. Ambas eran también madres. Myriana, madre de la primera generación de Reales, y la Reina Malvada, madre de las Fuerzas de la Oscuridad.

Por lo general, cada vez que admiraba aquellas vidrieras, me centraba en Myriana, pero aquel día el sol parecía estar brillando directamente por detrás de la Reina Malvada, bañándonos en violeta. El báculo tenía un diseño precioso, con remolinos de antiguos símbolos oscuros, pero yo sabía que era simplemente la elección de un artista. La verdad era que ni siquiera sabíamos si ella había *poseído* un báculo, mucho menos su aspecto.

Los textos históricos siempre habían sido crípticos en lo que se refería a la Reina Malvada y su pasado. También era extremadamente molesto encontrarse con páginas arrancadas o con trozos rotos en los libros de historia cada vez que el texto se acercaba a sus orígenes.

Incluso la versión que la joven princesa había contado en el aula se decía que había sido fabricada principalmente con pedacitos de rumores de hacía más de cinco siglos. Los Reales habían aceptado que eran madre e hija, que la primogénita de Myriana había sido secuestrada y maldecida, relegada a un olvido infernal. ¿Cómo podía cualquier cosa, o cualquiera, llevarse a un bebé inocente y convertirlo en algo tan perverso y retorcido…, tan terriblemente malvado que nuevos monstruos y maldiciones habían nacido a partir de nada más que de sus pensamientos o pesadillas?

Desvié la mirada de la Reina con capa y redirigí mi atención a la pregunta de Brom.

—Ah, estoy segura de que luchó contra muchos dragones. Tal vez no uno negro...

Mis palabras fueron ahogadas por el repicar de las campanas de Myria, luego tres agudos toques de cuerno, uno tras otro.

Una brecha.

Puse los libros en los brazos de Brom con brusquedad.

—Copia la página 354 del volumen de los cazadores de dragones para el hechizo. ¡Tengo que irme!

Los bibliotecarios no dijeron una palabra mientras corría entre sus apreciadas pilas de libros. Sabían que estaba corriendo para unirme a la lucha. Incluso sin un compañero, tenía que ayudar a detener a cualquiera que fuera el monstruo que había atravesado nuestras murallas.

Abajo, en la armería, todo era orden, tranquilidad..., rutina. Los Reales más jóvenes ayudaban con sus armaduras a los Reales más experimentados. Las princesas se colgaban carcajes de flechas de la espalda y se abrochaban las muñequeras mientras permanecían bajo estantes y bastidores repletos de armas. Espadas, escudos, estoques, dagas, bastones, arcos largos, ballestas, mazas y hachas colgaban en perfecto orden de las paredes de piedra gris que se unían en lo alto con vigas de madera oscura de brucel.

Tulia y Minnow ya estaban pertrechadas con escudos y sus armas preferidas: Tulia con una colección de dagas arrojadizas, Minnow con una ballesta. Me di prisa en llegar hasta mis amigas y me hice con una espada y un escudo más pequeño y fácil de mover.

—¿Hay algún informe ya? —pregunté mientras me ataba el escudo al brazo izquierdo.

Tulia sacudió la cabeza.

—Solo los tres cuernos. Es probable que sea una horda. Ahora estamos esperando a los exploradores y luego tendremos que salir.

Hice una mueca ante la palabra «horda». Probablemente tenía razón, puesto que ningún monstruo era lo suficientemente estúpido para atacar los muros de Myria, pero ganaban coraje en grupo.

Las puertas dobles de madera se abrieron con brusquedad y dos exploradores entraron corriendo y se detuvieron para informar a Roland y Edric. Entonces Roland señaló a seis parejas de medio príncipes y princesas y les indicó que se fueran. Estaban fuera antes incluso de que Edric se acercara adonde estábamos Tulia, Minnow y yo.

Su cara ya no parecía tan tensa, pero todavía había signos de fatiga en sus andares. Al igual que Minnow y Tulia, seguía cansado por la patrulla que había durado una semana.

—La buena noticia es que la brecha está contenida. Los Reales que estaban en la muralla fueron los primeros en responder, por lo que está bastante controlado. —Edric asintió en dirección a Tulia—. Pero debemos darnos prisa, por si acaso.

Minnow y Tulia empezaron a marcharse con sus compañeros, pero yo agarré del brazo a Edric.

—¿Y qué pasa conmigo? No me digas que esperas que me quede atrás.

Edric se encogió de hombros.

—Todavía no tienes compañero.

Hice una mueca ante su tono. Tan objetivo.

—¿Y qué hay de los saevallanos?

Roland dio un tirón al cinturón donde llevaba atada la espada.

—Muchos de ellos están ya en la muralla.

—Entonces yo también voy. —No podía soportar la idea de que me dejaran atrás, especialmente cuando nuestros refuerzos estaban arriesgando sus vidas por una ciudad a la que no llamaban hogar.

—No seas tonta, Ivy. Nadie podrá protegerte allí fuera.

Él estaba en lo cierto. Era una acción estúpida y descerebrada. Pero no podía simplemente sentarme a esperar a que mis camaradas volvieran a casa. No podía ver a Minnow o Tulia en la Sala de Maldiciones junto a Kellian. *Necesitaba* salir allí fuera. Con príncipe o sin él.

—No necesito protección. Puedo quedarme en el círculo *Illye*.

—No puedes quedarte ahí a menos que te hayan besado. Ya lo sabes —espetó Edric.

—Entonces bésame. —Quise agarrarlo del cuello, pero él retrocedió.

—No, Ivy. No voy a ayudarte a que te maten. —Con eso, apartó mis brazos y salió de la armería con paso firme.

Cinco Reales me dejaron atrás antes de que estallara.

Agarré a Matilda, la compañera de Amias, y le apreté el brazo.

—Necesito un favor.

Matilda parpadeó. No le caía especialmente bien, sobre todo porque su pareja siempre intentaba dejarla por mí, pero tampoco iba a rechazar a la descendiente directa de Myriana.

—¿Sí, alteza?

—Necesito un Beso de batalla. —Si quería salir y *luchar* de verdad, para ver si todas esas lecciones de espada valían para algo, necesitaba a una princesa que me lanzara el hechizo de batalla. El Beso de un príncipe no funcionaría esa vez, ya que los príncipes no podían lanzar hechizos.

Matilda miró hacia las puertas, al sonido atronador de los cascos que se alejaban.

—No creo…

—No se lo diré a nadie. Pase lo que pase, nadie te culpará.

Aun así, ella dudó.

—O podría quitarte a Amias y te dejarían con un compañero más débil o te mandarían a Freida. —Odiaba amenazarla, pero estaba desesperada.

Matilda no se lo pensó esa vez. Me agarró por los hombros y me besó. Su magia era como las patas de un gato, pequeños puntos de presión. Me di cuenta de cuando pronunció las palabras de batalla, *Silen proderr Natalya*, porque entonces pude extraer su magia, como Amias me había hecho por la mañana. Yo solo tomé una pizca de la suya, porque ahora podía acceder a mi propia magia. Llamas azules bailaban sobre mi piel, aunque no sentí nada más que una sensación suave y cálida.

Cuando nuestros labios se separaron, ella me fulminó con la mirada.

—Espero que mi hechizo sea lo suficientemente bueno para la gran Ivy Myriana —me gruñó.

Me levanté, flexioné los músculos de los brazos y sentí el poder y la fuerza a través de mí.

—Lo será.

El crepúsculo acababa de comenzar a asomar en el horizonte, en la dirección de la muralla que había sufrido la brecha. No era casualidad. Los monstruos preferían atacar al amparo de las sombras y la oscuridad. Quizás creían que, si nos atacaban al atardecer, nos sorprenderían.

Pero nunca podrían pillarnos completamente desprevenidos gracias a nuestro Sentido. Los Reales podíamos *sentir* el poder de la oscuridad acercándose. Una sensación glacial, como una sombra espesa, se asentaba en nuestros pechos a medida que las criaturas malvadas se acercaban. Durante la ceremonia de vinculación, cuando se intercambiaban las marcas, el mago realizaba un hechizo que permitía a las princesas tomar el Sentido del príncipe. De esa manera el príncipe podría luchar libremente, sin el peso de la oscuridad presionando contra él como una segunda y más pesada gravedad.

El hecho de que las princesas tuvieran que ser las que soportaran la carga del peso del Sentido no era necesariamente justo, pero, como todo lo demás, era lógico. La Legión argumentaba que las princesas no eran las que estaban fuera del círculo protector *Illye*, enfrentándose a los monstruos en combate cuerpo a cuerpo. Y la Legión gobernaba con la lógica.

Había ahogado esa sensación dentro de mí, como me habían enseñado a hacer. Pero, cuando me senté a horcajadas sobre mi yegua, Lorena, solté la sombra. Se instaló en mi pecho como un peto, cargada de frío y miedo. Su intensidad me indicó que era realmente una horda de criaturas. No eran monstruos particularmente fuertes, pero había muchos.

Tragué saliva y reprimí la sensación en mi pecho para sofocarla. No me servía de nada en ese momento. Sabía dónde estaba el enemigo y conocía el alcance de su poder. No podía dejar que la oscuridad se apoderara de mí o nunca podría moverme. En vez de eso, me concentré en la fuerza de la palpitante magia azul que me rodeaba. Había pasado mucho tiempo desde que había sentido la magia de batalla en mis carnes, solo en el marco de los entrenamientos, nunca en un campo de batalla real. Aquello iba a ser interesante.

Insté a Lorena a que avanzara.

Los escombros yacían a casi un kilómetro de la muralla de doce metros. Algo grande debía de haberse abierto paso si había enviado escombros hasta tan lejos. Mi yegua se abrió paso a través de las rocas y, cuando pude ir más rápido a pie, desmonté y corrí hacia la batalla, mis piernas más fuertes ahora que mi magia de batalla había sido mejorada. Me hizo sentir agradecida por que la maldición inmovilizadora hubiera desaparecido hacía ya mucho. Delante de mí, los edificios de madera estaban en llamas y todo un tejado había sido derrumbado por una gran roca.

«Oh, Hermanas Sagradas —recé—, por favor, que no se pierdan más vidas inocentes. Por favor, reina Myriana, protege a mi pueblo.»

Los Reales ayudaban a los aldeanos heridos a salir de debajo de los troncos quemados. Dos niños, con la ropa cubierta de hollín y ceniza, se acurrucaban detrás de una roca mientras un príncipe los protegía con su espada.

La batalla estaba en su apogeo. Los príncipes, iluminados con las llamas azules de la magia de batalla, luchaban contra enanos con hachas. Las princesas se apiñaban juntas en una cúpula plateada de magia protectora mientras disparaban flechas con arcos largos y ballestas.

Los saevallanos también estaban tomando parte en la refriega y luchaban como lo hacían los perros rabiosos contra los lobos. Su armadura de bronce brillaba con la luz de la puesta de sol. Weldan estaba entre ellos, también resplandecía con magia azul.

Su capa escarlata volaba detrás de él mientras saltaba sobre una pila de escombros y clavaba su espada en el cuello de un trol. El trol cayó con la fuerza de un brucel derribado y sacudió el suelo bajo mis pies. Su cuerpo gigante se desintegró en un humo negro y el suelo donde había caído se incendió con llamas verdes que hicieron arder toda la hierba y convirtieron la tierra en algo que la muerte misma había tocado.

—¡Ivy!

El sonido de mi nombre vino del círculo *Illye* y miré hacia atrás para ver a Minnow de pie en el borde, con su ballesta, saludándome. Pero la ignoré. Ella me diría que entrara en el círculo para mantenerme a salvo. Esa vez no. No cuando los aldeanos todavía podían resultar heridos y no cuando podía hacer algo de verdad al respecto. Tras semanas de guardar cama mientras mi compañero se iba sin mí, por fin podía volver a pelear, ahora tenía magia de batalla. El fuego azul latía a mi alrededor y la fuerza y el poder surgieron a través de mí como un rayo.

Tenía que hacerlo. No, *quería* hacerlo.

Desenvainé la espada y me interné en el humo.

Lo primero que me encontré fue un duende. Su cabeza calva y sus grandes orejas se giraron hacia mí y, a continuación, unos brazos grises y escamosos con un gran martillo de púas en las manos.

—¡*Yek ut Mukk*!

«Muere, escoria real.»

Reaccioné con desprecio a sus palabras:

—¡*Out Nerak*!

«Hoy no.»

Me agaché para evitar su ataque y le clavé la espada en los pies desprotegidos. La criatura retrocedió y gritó, la mitad de su grito quedó ahogado por el resto de los sonidos de la batalla. Mientras estaba distraído por el dolor, le clavé el hombro en el estómago y lo tiré al suelo. Con un salvaje sentimiento de victoria, apuñalé al duende en el pecho. La criatura se convirtió en un humo negro que se elevó y chamuscó la tierra con una oleada de llamas verdes.

Mis nervios volaron como cenizas en el viento. Había matado a un monstruo sin esconderme detrás de un compañero. Con el hechizo de Matilda y mi propia reserva de magia, yo solita era lo suficientemente poderosa.

—¡Ivy!

Esa vez era Edric, sin duda furioso por que hubiera actuado en contra de su orden. Apenas miré en su dirección. En vez de eso, corrí en la dirección opuesta, hacia las columnas de humo.

Contuve el aliento cuando el humo a mi alrededor se disipó. Había fuego y escombros por todas partes y un agujero enorme en la muralla revelaba los terrenos ondulantes y ensombrecidos por el crepúsculo. Envié otra plegaria al viento y me estremecí ante la idea de sufrir otra brecha mientras los civiles yacían en sus camas, débiles y vulnerables.

Afortunadamente, estábamos ganando. Mucho más rápido de lo habitual.

Y era por una razón.

Zach.

El príncipe mitad Real, mitad hereje esquivaba y cortaba a enanos, duendes y troles como si no fueran nada. Se movía como algo salido de las puertas de la otra vida. ¿Y lo más impactante?

No lo rodeaban llamas azules. Nadie lo había besado.

Quizás no había habido tiempo para administrarle uno o quería demostrar que no lo necesitaba…, pero ahí estaba, matando monstruos de un solo mandoble.

Después de verlo pelear aquella mañana, no debería haberme sorprendido, pero, en el fondo, no me lo creía de verdad. Porque había supuesto que, como yo había hecho, al menos habría aceptado un simple Beso de batalla contra *toda* una horda de monstruos.

Sin embargo, claramente, le iba bien sin él.

Su juego de pies era rápido y ligero, sus mandobles, certeros y despiadados, y la forma en que rodaba y esquivaba era como si hubiera sido entrenado por bárbaros. Su estilo era indisciplinado y salvaje, pero absolutamente efectivo.

A pesar de que estaba tan ansiosa por observar más su estilo de lucha como por matar a otro monstruo, corrí hasta un establo en llamas y crucé mi espada con la de un enano.

Saborearía las llamas azules de mi espada, igual que había hecho el duende.

La barba del enano era negra y estaba grasienta, su piel era gris y sus ojos, del color del ámbar líquido. Él gruñó y lanzó un tajo hacia abajo con su espada. Fui lenta con mi escudo y su hoja me cortó el hombro y empapé la cuchilla de sangre carmesí. Él se llevó la espada a la boca y la lamió.

Respiré a través del ardiente dolor de mi hombro y retrocedí mientras el enano aullaba de alegría.

—La heredera pura de Myriana. Mi noche de suerte. —Con los ojos enloquecidos, bajó la espada y cargó contra mí otra vez.

Levanté mi escudo e intenté detener su golpe, pero él había probado mi sangre y le enloquecía la idea de matar a la descendiente directa de Myriana Holly. Aun así, no era la princesa más hábil con la espada de toda la Legión por nada, y tenía mi magia de batalla. Con mi escudo levantado para detener más golpes que vinieran desde arriba, me tiré al suelo, me escabullí entre las piernas del enano y me incorporé desde detrás. Ataqué su espalda indefensa justo cuando se giraba y levantaba el brazo para detener mi espada.

La espada se hundió hasta la mitad de su brazo. Si hubiera sido un duende, la cuchilla lo habría atravesado limpiamente, pero la piel de los enanos era mucho más dura, más gruesa.

Extraje mi espada de su carne y me moví para apuñalarlo en el corazón, pero el suelo retumbó bajo mis pies. Con horror, miré la sangre negra derramada en el suelo, luego retrocedí.

La barba del enano se retorció mientras sonreía.

Magia de sangre enana. «Santa Reina, no.»

La tierra se movió y los escombros se levantaron alrededor de mis tobillos, las rocas se me clavaron en las espinillas y me inmovilizaron en el sitio. Por las Hermanas, no podía mover las piernas.

Quería que mi muerte fuera lenta y agonizante. Lanzó un tajo salvaje en dirección a mi muslo.

El corte era profundo, la sangre brotaba de la herida y me empapaba los pantalones. Con la pérdida de sangre, llegó la pérdida de la magia de batalla. Parpadeó y se extinguió.

El enano, al ver el flujo de sangre y mi cuerpo sin su escudo protector, se pasó la lengua gris sobre sus bigotes superiores.

Yo temblaba. Sin mi magia, ¿cómo podría ganar? Levanté mi escudo y apreté los dientes, mi corazón martilleaba mientras bombeaba la sangre de manera dolorosa.

Mientras el enano arrojaba mi escudo a un lado y me hacía otra herida en las costillas antes de hacerme caer de espaldas, recé a las Hermanas para que me salvaran de mi propia estupidez.

Me di cuenta de que la confianza que había sentido al matar a ese duende había sido una tontería. ¿Cómo podía haber sido tan arrogante para creer que mi Beso valía por dos? La Legión nos asignaba a compañeros por una razón: para que pudiéramos protegernos el uno al otro, guardarnos las espaldas. Kellian ya no estaba porque yo, su compañera, no había estado allí.

Y, por mucho que él me hubiera necesitado entonces, yo lo necesitaba a él ahora.

El enano alzó su espada por encima de su cabeza y la hizo descender. La hoja se detuvo a un suspiro de mí mientras la punta de una espada emergía en un agujero sangriento abierto en el amplio pecho del enano.

Su cuerpo se desmoronó y se convirtió en polvo.

Zach se alzaba sobre mí, su espada bañada en lo que parecía tinta. Su expresión no estaba endurecida por la batalla ni por la ira, como yo habría esperado que estuviera. Me miró con diversión, tal vez incluso con un poco de curiosidad.

Dijo lo mismo que había dicho en el pasillo.

—Tengo que admitir que estoy impresionado.

CAPÍTULO NUEVE

LAS ASTAS DEL CIERVO

Le había dicho a Zach que no buscaba impresionar a nadie, pero, cuando me ofreció su brazo, lo acepté. Me ayudó a llegar a un emplazamiento más seguro y me dejó sobre una gran viga de madera, luego se arrodilló e inspeccionó la herida de mi muslo.

La batalla ya casi había concluido. El humo se elevaba hasta llegar a los primeros signos de estrellas y el círculo *Illye* se vació a medida que las princesas emergían de su protección.

Zach arrancó un pedazo de mi vestido y lo presionó contra la herida para detener el flujo de sangre. Apreté los dientes e hice una mueca.

—Lo siento —suspiró mientras me tocaba con suavidad la rodilla—. Hay que limpiarte la herida. Es bastante profunda. También necesitarás puntos.

—¿Eres tonto? —Me sujeté la cabeza, mareada por la pérdida de sangre—. Bésame y ya está.

Zach se echó hacia atrás y frunció el ceño.

—De verdad que deberías limpiar la herida primero, princesa.

Era solo un simple Beso curativo, pero no estaba de humor para discutir con él, así que, cuando pasó un príncipe, lo detuve.

—¿Christopher? —dije.

Él se detuvo.

—Princesa Ivy.

A su lado había una mujer joven con el vientre hinchado. Sus mejillas estaban cubiertas de manchas, sus lágrimas habían dejado regueros limpios a través del hollín y la ceniza. Seguramente había sido una víctima del ataque, pero parecía haber escapado casi ilesa, salvo por un corte en el brazo y, dado que obviamente estaba embarazada, era un milagro doble.

Le hice señas a Christopher para que se acercara y, sin dudar, presionó sus labios contra los míos. Su magia se elevó, fuerte y estable, como el galope de un caballo, y se encontró con la mía. Pronuncié el hechizo de curación en mi cabeza y la herida en mi muslo, y los cortes en mi brazo, hombro y costillas sanaron limpiamente. Aunque me sentí mucho mejor, deseé que el Beso curativo también repusiera la sangre, pero tendría que esperar a que mi cuerpo la produjera.

Con los últimos rescoldos del hechizo, tomé el brazo de la mujer, coloqué mis labios sobre su herida y esta se curó al instante.

—Gracias, princesa —dijo.

—De nada. Has tenido mucha suerte de salir viva con solo un rasguño.

Christopher se inclinó para susurrarme al oído:

—Ha sido un puñetero milagro. La encontramos bajo los escombros de una casa que se derrumbó, con los cadáveres del resto de su familia. *Debería* estar muerta.

Cuando se fueron, le recé una rápida plegaria a Myriana para que la pobre chica no tuviera que criar sola a su bebé.

Volví a mirar a Zach, que estaba observando cómo Christopher y la chica embarazada se alejaban con las cejas arqueadas y la mandíbula tensa, una expresión que contenía tanta ira como de alguna manera... ¿arrepentimiento?

Antes de que pudiera preguntarle por ello, ya había desaparecido en los últimos vestigios de humo.

Después de asegurarme de que *todas* las criaturas habían sido asesinadas y de que Tulia prometiera llevar a Lorena de vuelta a los establos, me llevaron al castillo a lomos del caballo de Edric. Oleadas de furia emanaban de él mientras cabalgábamos, pero estaba demasiado débil para preocuparme. Apoyé la cabeza contra su espalda, contenta de estar lejos del humo que hacía que me picaran los ojos y me quemaba la garganta.

Edric tuvo que bajarme de su caballo y Brom me ayudó a subir los escalones de piedra del Salón de los Ancestros con el resto de los Reales, que se dirigían hacia allí sin parar. La mayoría se desvió hacia los pasillos occidentales, donde se limpiaban, trataban sus heridas y descansaban antes del banquete de celebración. Cualquier victoria era motivo suficiente para celebrar en aquellos días.

Yo anhelaba con todas mis fuerzas seguirlos, pero, cuando noté que Brom me guiaba hacia el centro de la sala, adopté una postura más erguida y dejé de apoyarme tanto en él para prepararme para un sermón de los magos maestros. Lo más seguro era que mi actuación en solitario y el rescate de Zach hubieran llegado a sus oídos.

Sin embargo, lo que vi en la plataforma elevada al fondo del salón me dio ganas de dar la vuelta y enfrentarme a una *docena* enanos en su lugar.

En medio del Consejo, Weldan, Kendra, Zach y el mago maestro, había una mujer con cabello largo y oscuro y un vestido granate. Dejó de hablar con el maestro Gelloren en cuanto me vio y sus ojos se entrecerraron.

Los huesos bajo de mi piel se congelaron como si acabara de tragar carámbanos de hielo.

«Ay, Reina mía, ¿por qué está aquí? ¿Precisamente ahora? ¿Cuándo ha abandonado Freida?»

El reino del sur estaba prácticamente a un mes de viaje. Debían de haber recibido una carta que anunciara su llegada. ¿Por qué nadie me lo había dicho? ¿Disfrutaba el Consejo al verme sudar?

Por mucho que cada fibra de mi ser quisiera dar la vuelta y correr, solté a Bromley y subí a la plataforma. El Consejo y los Magos dejaron de hablar cuando me paré frente a la mujer del vestido granate.

—Madre —saludé en voz baja—. Me alegro de verte.

La reina Dahlia Myriana echó un vistazo a mi vestido tiznado de humo, la suciedad en mi cara y brazos y la sangre seca, y sus labios rojos perfectos se torcieron en una mueca. Levantó el brazo y me dio una bofetada.

Mi cabeza giró hacia un lado, pero, gracias a algún milagro, no me tambaleé. Me quedé de pie y saboreé la sangre de mi boca. Los oídos comenzaron a pitarme.

Miré de reojo a los saevallanos, al Consejo y a los magos por pura vergüenza. Ninguno de ellos parecía especialmente sorprendido, excepto Zach. Su boca estaba abierta por la impresión y solo tuve tiempo de advertir que Weldan le puso una mano en el brazo antes de bajar la cabeza, avergonzada.

—Me gustaría poder decir lo mismo, niña. —La voz fría de mi madre rezumaba desdén—. Imagina mi disgusto cuando, apenas transcurrida una hora desde mi llegada, se me informa de que la sangre de mi sangre no me ha avergonzado una vez, sino dos.

Estaba acostumbrada a aquellas palabras, pero su tono era peor que normalmente. La había avergonzado con mi imprudencia y se estaba asegurando de que pagara por ello... delante de todos.

—Primero pierdes a *otro* compañero y luego ¿arriesgas la magia de Myriana al lanzar tu vida a los vientos del destino? Preguntaría en qué estabas pensando, pero, obviamente, no lo estabas haciendo en absoluto. Entrar en el campo de batalla sin un escudo *Illye*..., sin un compañero que te protegiera. Dime, niña, ¿acaso quieres mancillar el nombre de Myriana? ¿O el mío?

—No, mi reina. —Bajé la cabeza aún más.

Hubo un revuelo a mi lado, pero no me atreví a levantar la mirada para ver de dónde procedía.

Sentía los fríos ojos de mi madre posados sobre mí mientras su voz resonaba por el pasillo.

—Regreso con noticias del paradero de la Reina Malvada para encontrarme con que mi Legión está sufriendo por culpa del egoísmo y el descuido de mi propia hija. ¿Cuántos van con Kellian? ¿Cinco? ¿Seis?

Ladeé la cabeza con brusquedad, como si me hubiera pegado de nuevo. Bien podría haberlo hecho. Por el rabillo del ojo, noté que Zach cerraba las manos en puños a cada lado de su cuerpo.

—¿Murió como Telek? —preguntó ella.

Se me partió el corazón. Mientras luchaba por contener las lágrimas, le rogué en silencio que parara.

—¿Una espada le atravesó el pecho porque su magia de batalla se había agotado y tú estabas luchando contra una criatura menor en lugar de quedarte a su lado?

El dolor rasgó todas las terminaciones nerviosas de mi cuerpo. La muerte de Telek seguía persiguiéndome hasta la fecha. El maestro Gelloren se pasó los meses posteriores persuadiéndome para que volviera a pelear, diciéndome que no había sido mi culpa. Había elegido proteger a Minnow, que había caído ante un trol, en lugar de vigilar a Telek. Su sangre manchaba mis manos. «Hermanas, perdonadme.»

—Puede que por fin estés lista para unirte a las otras princesas en Freida. Tal vez podamos encontrar la única cosa en la que eres realmente buena.

Cerré los ojos y respiré lenta y profundamente mientras el mundo se oscurecía a mi alrededor.

Por muy dolorosas y duras que fueran las palabras de mi madre, decían la verdad. En mi orgullo, había pensado que podría enfrentarme a un ataque de aquella horda sin compañero. Una y otra vez afrontaba la caída de otro compañero y las partes más oscuras de mi corazón, las partes que sonaban con la voz de mi madre, me decían que no había sido culpa de la marca de Myriana, sino mía. Siempre había sido mía.

No merecía a otro compañero, y mucho menos la oportunidad de ir tras el Dragón Negro.

Por un momento, no pude respirar. La inseguridad me ahogaba, me arañaba la garganta...

—Me temo que todavía no puede unirse a ellas.

Alcé la cabeza. Zach se puso a mi lado, un paso por delante de mí. Era un pensamiento estúpido, pero casi parecía que estuviera tratando de protegerme.

La reina Dahlia levantó una ceja.

—Ah, el legendario espadachín del que *tanto* he oído hablar. ¿Y por qué no puede, príncipe Zachariah?

—Porque la princesa Ivy ha aceptado ser mi compañera.

Si el salón había estado tranquilo, en aquel momento se hizo un silencio sepulcral. Luché por mantener mi expresión neutral, aunque por dentro estaba tirándome del pelo por la confusión.

«Por la Reina Santa, ¿qué está pasando?»

Mi madre se cruzó de brazos.

—Estabais en la batalla y la rescatasteis de su estupidez, ¿y aun así aceptaríais a mi hija como vuestra princesa?

Traté de no hacer una mueca y me salió como una contracción.

—Por supuesto. Si ella todavía quiere aceptarme. —Me echó una mirada y el fantasma de una sonrisa viajó por sus labios.

Abrí y cerré la boca como una idiota, completamente aturdida. ¿Qué era más sorprendente? El cambio de idea repentino de Zach no era lo que me dejaba sin palabras. Había tirado de mí para sacarme del oscuro pozo sin fondo de odio hacia mí misma y soledad al que las palabras de mi madre siempre me arrojaban.

Nunca antes alguien se había enfrentado a la reina Dahlia,

que era la reina heredera de Myriana. Simplemente no se hacía. Y nadie se había enfrentado a ella, especialmente, en mi nombre. Pero aquel príncipe lo había hecho, y no podía entender por qué a partir de nuestras interacciones pasadas.

—Propongo que discutamos esto después del banquete —intervino el maestro Gelloren, que interrumpió por fin un incómodo silencio.

—Una idea excelente —dijo el rey Helios, luego hizo un gesto hacia mi madre, su hija, para que fuera con él. Dahlia me dirigió otra mirada de disgusto y siguió a su padre.

Como Zach había dado su consentimiento para que fuéramos compañeros, ahora solo se necesitaba la aprobación del Consejo. ¿Acaso el Consejo me quería con Zach después de todo lo que mi madre había dicho? Odiaba admitirlo, pero Zach, con toda su sangre hereje, no suponía un riesgo tan alto como una princesa que no defendía a su príncipe.

Con el espectáculo terminado, el resto del Consejo y los saevallanos comenzaron a salir del salón. Pero Zach no se fue. Se quedó a mi lado y en voz baja me dijo:

—¿Puedo acompañarte a tu habitación? —Tragué saliva, la vergüenza aún ardía sobre mi piel.

—Puedo apañármelas, pero gracias.

—Me gustaría hablar contigo.

—De acuerdo, entonces. —Me permití tomar el brazo que Zach me tendía. En parte porque lo necesitaba y en parte porque mi madre seguía mirando y tenía que ver que Zach y yo íbamos en serio acerca de lo de ser compañeros.

Caminamos por los pasillos en silencio. Bromley nos siguió un rato, pero, cuando me di cuenta de que Zach no hablaría con Brom delante, despedí a mi paje. Con el ceño fruncido, se desvaneció por la entrada de un pasillo de la servidumbre oculto tras un tapiz.

—¿Quieres decirme por qué de repente has cambiado de opinión? —acabé por preguntar. Cuando se quedó en silencio unos cuantos pasos más, dije las palabras que hicieron que mi voz se rompiera—. Por favor, dime que no estabas tratando de ser caballeroso al protegerme de mi madre. No necesito que nadie me proteja de ella. —«No importa lo bien que me haya hecho sentir.»

Zach se detuvo en medio de un paso, con el codo en tensión, apretando mi brazo contra sus costillas. Sus ojos de color avellana se clavaron en mí, una mirada tan intensa que me resultó difícil tragar. Me resultó difícil cualquier cosa menos devolverle la mirada.

—Ya sé que no lo necesitas.

Sus palabras se asentaron sobre mí como una manta. Eran genuinas. Sinceras. Las palabras más sinceras que me había dirigido, o eso me parecieron.

—Gelloren me habló del Dragón Negro.

Bajé la mirada y rodeé la tela de su manga con los dedos. Así que por eso se había marchado a todo correr de repente mientras estábamos en la biblioteca. Había visto el libro y había sacado conclusiones de mis palabras anteriores. «¿Creías que te quería como mi compañero para cualquier batalla?»

Lo miré.

—Y quieres ir.

Lentamente, su sonrisa reapareció y yo no podía creerme que aquel fuera el hombre que luchaba como un dios y al que había visto empapado en sangre en medio del humo y los incendios hacía menos de una hora.

—Suena a la mayor aventura de mi vida —dijo.

Dejé caer su brazo y me apoyé contra la pared. Nos observamos el uno al otro cuidadosamente, escudriñando. Yo, con el ceño fruncido, y Zach, con una sonrisa.

—Me estás usando —le dije—. Quieres ir tras el dragón y sabes que soy tu billete.

Zach inclinó la cabeza, la sonrisa seguía allí.

—Dime, princesa, ¿en qué se diferencia eso de que tú quisieras ser mi compañera por tu propio beneficio?

No me gustó su manera de expresarlo, pero era totalmente cierto. Yo lo quería a él. Tenía una habilidad sin precedentes.

Una relación mutuamente beneficiosa.

Entonces, ¿por qué estaba siendo tan cautelosa? ¿Por qué no confiaba en esa encantadora sonrisa?

No tenía otra opción. Si me quitaran la misión, especialmente después del azote verbal que mi madre me había propinado, porque todavía tenía que encontrar a un compañero, nunca me lo perdonaría a mí misma. E incluso si tuviera a alguien más a quien llevar, nadie podía compararse con el príncipe que estaba ante mí.

Y, aunque me hizo sentir débil y vulnerable, lo recordé de pie frente a mí, enfrentándose a mi madre. Un escudo humano contra el veneno de sus palabras que se filtraba a través de mi piel y se acurrucaba en mi corazón y en mi mente.

—Muy bien. Si el Consejo está de acuerdo, seamos compañeros.

Sin otra palabra, Zach volvió a tomar mi brazo y continuó con su gesto de apoyo. Ya estaba tratándome como un compañero debía hacerlo.

Recorrimos el resto del camino hasta mi habitación en silencio y, tan pronto como estuve detrás de la seguridad de mi puerta, me deslicé hacia el suelo y tiré de mis rodillas hacia mi pecho y dejé que los sollozos acudieran.

Lloré por Kellian y Telek. Lloré por *todos* mis compañeros. Y lloré por mí misma.

Mi madre me odiaba con cada fibra de su ser.

Con su voz resonando en mis oídos, me quedé en el suelo y sollocé hasta que Bromley vino a buscarme para llevarme a la reunión del Consejo.

Incluso después del discurso hiriente de mi madre, el Consejo acordó que Zach sería mi compañero. Afortunadamente, seguía siendo la princesa más pura de la Legión con el único Beso lo suficientemente poderoso para derrotar al Dragón Negro. Y, después de ver a Zach derrotar a Amias y al enterarse de las habilidades que había exhibido en la muralla, estaban más que satisfechos con lo buen partido que era. De hecho, no hubo ni una sola mención a su sangre de hereje.

El maestro Gelloren tomó la mano de Zach y la mía y luego las juntó y las envolvió en una guirnalda de hiedra. Durante la ceremonia de vinculación, los magos tenían una variedad de plantas sagradas entre las que elegir, pero, como yo era una descendiente pura, usaron la flor de la que provenía mi nombre. Ellos creían que invocaba un vínculo más profundo entre nuestra magia y nuestros Besos.

—Con esta planta sagrada, ato a la princesa Ivy de la Gran Casa de Myriana y al príncipe Zachariah de la Casa de Jindor juntos como Compañeros Reales que sirven en nombre de las

Hermanas Santas. Con este contrato, los compañeros aceptan las cargas del otro y comparten su magia, cada vez más fuerte y más poderosa con cada Beso compartido. —El maestro Gelloren apretó la hiedra alrededor de nuestras manos y los dedos de Zach se sacudieron contra los míos.

Mi madre se sentó en la mesa del Consejo y observó la íntima ceremonia con ojos entrecerrados y labios fruncidos.

—*Illye holiend miyan oshantu.* —Al pronunciar las palabras del hechizo de compañeros, la hiedra estalló en llamas moradas y chamuscó nuestras manos y muñecas.

En medio de las llamas púrpuras, sentía como si una pluma invisible fuera a grabar las marcas del otro en nuestra piel. Quemaba y picaba, pero, aun así, no nos soltamos. En todo caso, nos aferramos más el uno al otro mientras las líneas claras del hechizo se dibujaban en nuestra piel.

Una corona de acebo y guirnaldas de hiedra se enroscaron mágicamente alrededor del dorso de la mano de Zach y bajaron por su muñeca. Acababa en la base de su palma, como todas las otras marcas de Myriana. La marca de Zach era un brazalete de ramas que terminaba en la parte posterior de mi mano en unas elegantes astas de ciervo.

Zach arrancó su mano de la mía tan pronto como las llamas desaparecieron con la cara sonrojada.

Sin embargo, deseé que no lo hubiera hecho. Los príncipes que habían tenido compañeras con anterioridad sabían que, una vez que la ceremonia de vinculación se hubiera completado, la princesa quedaría debilitada al asumir el Sentido del príncipe, como si un espectro estuviera de pie sobre sus hombros. Las palabras «Los compañeros aceptan las cargas del otro» eran bastante literales en el caso de las princesas.

Quizás, si no hubiera sufrido tal pérdida de sangre antes, habría podido sostenerme. Sin embargo, la carga del Sentido de Zach me golpeó con toda su fuerza y caí al suelo.

—Ey. —Zach se arrodilló y me sujetó por los hombros—. Ivy, ¿estás bien?

Avergonzada, traté de alejarme, pero él se mantuvo firme.

—Estoy bien, esto es normal.

Zach frunció el ceño.

—¿Normal? ¿Por qué no lo siento yo también?

Miré más allá de la cara de preocupación de Zach, hacia Gelloren. El mago maestro acaba de levantar las cejas.

—Nunca ha tenido compañera, no hay duda —murmuró.

—He tomado tu Sentido —le expliqué—. Así no tienes que preocuparte por él mientras luchas.

Zach me apretó los hombros.

—¿Qué? —siseó con los dientes apretados.

Me sorprendió su intensidad y puse mi mano sobre su rodilla.

—No pasa nada. Eso es lo que hacen las princesas por sus príncipes.

Zach miró mi mano, que llevaba su marca, y se puso en pie con rapidez.

—No me he apuntado para eso —dijo, miró al Consejo, luego a Weldan, quizás enfadado con su amigo por no haberle explicado completamente los términos del vínculo de compañeros.

El comandante miró por la ventana para evitar la mirada iracunda de Zach.

Zach caminó hacia un candelabro junto a la puerta y le asestó una patada rápida. El metal chocó contra el suelo y las velas rodaron por el suelo, ahora desprovistas de llamas.

—¡Nadie me dijo que darle la marca significaría que me *robaría* mi Sentido! —gritó. Luego abrió la puerta y se fue.

El silencio siguió a su salida. Los miembros del Consejo buscaron a Weldan, como si esperaran una explicación. Weldan mantuvo la mirada al otro lado de la ventana.

Me puse de pie, ahora estable, y asentí hacia Gelloren, una indicación de que podíamos proceder. Aunque estaba más que un poco sorprendida por el estallido de Zach, también podía entenderlo, acababa de perder una parte natural de sí mismo sin su consentimiento. Pero había poco que yo pudiera hacer al respecto ahora que no había forma de devolverle su Sentido, no hasta que nuestro vínculo de compañeros fuera cortado a través de la ceremonia o la muerte.

El carácter definitivo de ese pensamiento me golpeó de una manera que no había anticipado. Ahora éramos compañeros. Zach era mi sexto príncipe. A pesar de que me sentía emocionada ante la perspectiva de tener a un poderoso guerrero como compañero, también estaba completamente aterrorizada. ¿Y si también lo perdía? No me creía capaz de superarlo. Y, lo que era más, ¿qué pasaba si volvía a Myria tras haber fracasado? Sin príncipe y con el dragón habiendo eclosionado y viniendo a destruirnos a todos.

Entonces no importaría si no volvía con Zach. Todos moriríamos pronto, de todos modos. Manchas en un mar de cenizas.

Gelloren se volvió hacia mi madre, se sacudió las mangas y las dejó caer sobre sus manos.

—Reina Dahlia, ¿qué noticias nos traéis?

Mi madre apartó la mirada de mí.

—El reino oriental de Raed solicita una investigación en sus bosques. Han avistado a la Reina Malvada.

¿Cuándo le había dado el Consejo de Freida su aprobación a la reina Dahlia para buscar a la Reina Malvada? También debía de haber sido hacía algo más que unos pocos meses, cuando ella había estado en Raed.

Por otra parte, no debería haberme sorprendido. Los pensamientos de Dahlia siempre se habían consumido con la leyenda sobre la Madre de las Fuerzas. Estaba obsesionada con ella por razones que mis hermanas y yo nunca tratamos de entender. Eran las únicas conversaciones reales: «Algún día, niña, encontraré a esa vieja bruja sin alma. La encontraré y la destrozaré. Veré de dónde procede su poder y por fin terminaremos con esta miserable guerra».

Mi madre a menudo me miraba con menosprecio a través de la cortina de su cabello oscuro si fallaba en un hechizo o movimiento de combate y susurraba palabras que rezumaban desdén. «Niña inútil. Reza para que los enanos no te secuestren. Aunque podría ahorrarme la molestia de preocuparme por si vivirás o morirás.» A veces eran solo reflexiones que ella expresaba en voz alta. «Me pregunto si la Reina Sagrada alguna vez se sintió responsable de dar a luz a una hija tan débil que se permitió a sí misma convertirse en un demonio andante.» Pero a menudo la hacían sonar un poco desquiciada.

Era difícil diferenciar mis recuerdos de infancia de ella de mis pesadillas.

Verla allí sentada entre el Consejo, al lado de su padre, hablando de la Reina Malvada, hizo que me acordara de las palabras de Brom del día anterior. ¿Iba a ir tras el dragón solo para demostrarle mi valía a mi madre?

La reunión terminó y apenas me di cuenta. Gelloren nos detuvo tanto a Weldan como a mí mientras salíamos y nos pidió que nos reuniéramos con Zach para revisar los detalles del viaje para destruir el huevo. Weldan prometió arrastrar a Zach a la sala de estrategia al día siguiente después del desayuno, ya que se suponía que partiríamos justo el día de después.

Mi madre no volvió a mirar en mi dirección. Esa vez, recibí con agrado su rechazo. Tenía a un nuevo compañero, más hábil que los anteriores a él. Era hora de sacudirme las dudas que ella me hacía acumular y demostrarle de una vez por todas que estaba equivocada.

A la mañana siguiente, Brom me informó de que se había marchado al amanecer.

Abrí más la puerta y Brom entró en mi habitación y cerró la puerta silenciosamente detrás de él. Caminé hacia la pared de donde colgaba mi tapiz y me senté en el suelo abrazándome las rodillas.

En el exterior, se desencadenó una tormenta. Un relámpago brilló al otro lado de mi ventana y los truenos sacudieron el castillo como un terremoto.

No me molestaba el sonido de la lluvia. Tenía un efecto calmante. Una parte de mí se sintió aliviada de que ella se hubiera marchado, pero a la mayor parte todavía le dolía saber lo poco que le importaba. Qué pocas ganas tenía siquiera de verme.

Brom se sentó a mi lado y yo apoyé mi cabeza en la delgadez de su hombro.

Era nuestro ritual de niños. Cada vez que mi madre me dejaba hecha pedazos, Brom estaba ahí para ofrecerme su silenciosa y alentadora presencia. Cada vez que Brom sentía nostalgia por sus padres, que habían muerto el día antes de que él se convirtiera en mi paje, yo estaba ahí para ofrecerle una mano cálida y amable.

—Voy con vos —dijo.

Sonreí contra su hombro. No tenía que preguntar a qué se refería.

Lo sabía, y él sabía que yo lo sabía.

CAPÍTULO DIEZ

PREPARATIVOS

—Vuestras heridas han sanado bien después de la batalla, mi señora —dijo Ulfia mientras pasaba los dedos por la piel rosada de mi muslo, donde había estado la herida—. Como se esperaba de vuestro Beso.

Tan solo asentí, no podía sentir nada más que nervios a causa de nuestra partida del día siguiente. Después de terminar de preparar mis cosas para el viaje, me quedé en mi habitación hasta que Brom me persuadió, más bien obligó, a visitar a Ulfia para que les echara un ojo a mis heridas por si acaso.

—Tengo un ungüento para ese moretón —dijo Ulfia mientras examinaba la marca morada de mi mejilla, cortesía de mi madre.

—Está bien. No te molestes —traté de protestar mientras ella se deslizaba hacia el armario.

Los ungüentos de Ulfia hacían maravillas, pero siempre emitían un olor nauseabundo. Nueve de cada diez veces, los Besos curaban la mayoría de las heridas, pero la magia no siempre era perfecta. A veces requería un poco de ayuda y un poco de tiempo. Como la maldición inmovilizadora que me había atormentado, podía llevar semanas, a veces meses, que desaparecieran por completo.

—Tonterías. —Rebuscó en el armario durante un rato mientras yo miraba por la ventana e intentaba no pensar en Kellian, que se encontraba en la Sala de Maldiciones, justo al lado.

—¡Lo tengo!

—Yo me encargaré de eso —interrumpió alguien.

Ante la nueva voz, aparté la mirada de la ventana. Zach estaba de pie en la puerta y sostenía el frasco de ungüento. Mis nervios se retorcieron ante su repentina aparición y me bajé el dobladillo del vestido para cubrir mi muslo expuesto.

—Ah, pero... —comenzó Ulfia, y Zach le dirigió una de esas sonrisas que te desarmaban.

—Ahora soy su compañero. Tengo que acostumbrarme a hacer estas cosas, ¿verdad?

Mientras yo miraba a Zach, Ulfia frunció los labios y abandonó la habitación, a pesar de que nadie se lo había pedido.

—¿Cómo me has encontrado? ¿Has sobornado a otro sirviente?

Zach me ignoró, desenroscó la tapa del tarro y a continuación sumergió sus dedos en el ungüento de menta y raíz de *shassa*.

—Inclina la cabeza.

No lo hice. Solo lo miré fijamente.

—Puedo ponerme yo sola el ungüento.

—Es difícil de hacer sin un espejo. Apártate el pelo. —Como seguía sin moverme, añadió—: Por favor.

Suspirando, aparté los mechones rizados de mi mejilla. Ante el contacto de sus dedos cubiertos de ungüento, casi me estremecí, porque este estaba frío.

Así de cerca, pude ver mi marca en su mano. Su manga cubría la mayor parte, pero el patrón de hiedra asomaba por su muñeca. Me aplicó el ungüento con más suavidad de la que yo creía posible, dado lo reciente que era el hematoma. Pensé brevemente en pedirle un Beso para curarlo, pero el día anterior se había negado a darme un Beso para curar una herida sangrienta, así que dudé que fuera a dármelo ahora para curar un cardenal.

—Deberías habérmelo dicho.

—¿El qué? —Por fin lo miré a la cara. Había estado en lo cierto: bajo la barba tenía una leve cicatriz en la mandíbula y otra en la mejilla. Mil colores manchaban sus ojos color avellana.

—Que te quedarías mi Sentido —aclaró mientras depositaba con cuidado el ungüento en la mesita de noche—. Nunca habría... No es justo que tú...

—¿Es mi responsabilidad decirte cosas que ya deberías saber?

Él chasqueó la lengua.

—Es lo que se hace —dije—. Ya me lo agradecerás más adelante.

—No lo haré.

Zach colocó ambas manos a cada lado de mí. Con él tan cerca tuve que inclinarme hacia atrás para evitar que su frente me tocara. Bajó la mirada hacia mis piernas y su mano se cernió sobre mi muslo, justo donde había estado la herida. El aire estaba tenso entre nosotros mientras su mirada abandonaba mis piernas para centrarse en mi cara y se demoraba en el moretón que aún me manchaba la mejilla.

—Estoy preocupado. —Levantó mi mano, la que llevaba

su marca, y trazó las astas del ciervo con el pulgar—. Sin mi Sentido, pelearé a ciegas.

El latido de mi corazón se aceleró y temí que él pudiera oírlo o que sintiera mi pulso en la muñeca que sostenía.

—Ahora me tienes a mí para eso —dije con suavidad.

—¡Cielos! ¿Interrumpimos algo?

Miré por encima del hombro de Zach para encontrarme al maestro Gelloren y a Amias, de entre todas las personas, ahí parados.

Zach se alejó rápidamente y en tres zancadas salió de la habitación. Amias me fulminó con la mirada y luego a Zach, que se alejaba por el pasillo. Su rostro enrojeció y él también se marchó.

Gelloren inclinó la cabeza, con una pequeña sonrisa casi oculta debajo de su bigote.

—Qué popular eres hoy, ¿no?

—¿Qué quería Amias? —pregunté.

—Creo que ha oído lo de que Zach es tu compañero. Pero tal vez quisiera apelar a tu..., esto..., lado no guerrero.

Me crucé de brazos y fruncí el ceño.

—Estoy bastante segura de que no tengo uno.

Gelloren, sabiamente, no hizo comentarios. Avanzó e inspeccionó el cardenal en el que Zach me acababa de frotar el ungüento.

—Acerca de tu madre... Es dura solo porque se preocupa.

«No —dijo una pequeña voz dentro de mí—, ella nunca se preocupa. Nunca por mí.»

—¿Sabes, Ivy?, no te habríamos contado lo del dragón si no pensáramos que puedes vencerlo.

Observé la cara tranquila y familiar del maestro Gelloren. En muchos sentidos, sentía que era más mi abuelo que el rey Helios.

—Lo sé.

—Y ahora con Zach... Bueno, digamos que, después de verlo pelear, me siento mucho mejor dejándote ir.

Asentí.

El maestro Gelloren buscó en los pliegues de su túnica y sacó una pequeña polvera plateada, con intrincados diseños de flores y hiedra, muy apropiada. Al tocarla me hormiguearon los dedos. La abrí y jadeé.

—Un espejo mágico.

Los espejos mágicos eran raros y poderosos. Llevaba mucho trabajo y esfuerzo que un mago fabricara uno, pero, una vez hecho, podía ser utilizado para muchas cosas. Podía mostrarle a tu corazón cualquier cosa que quisiera ver, actuar como un portal de comunicación, mostrar escenas y recuerdos del pasado y, a veces, las brujas y los magos atrapaban espíritus y criaturas mágicas dentro del cristal.

—Es para que no perdamos el contacto —dijo el maestro Gelloren—. Puedes hablar conmigo en cualquier momento.

—Gracias, maestro. —Cerré el espejo, y los surcos de hiedra plateada presionaron contra mi palma.

Después de comer, me reuní con Weldan en una de las salas de estrategia. La utilizábamos para planificar la guerra. Tenía todo lo que necesitábamos, a saber, mapas. Mapas de todos los caminos a lo largo y ancho de Myria, hasta el bosque de Galedral, mapas de los campos de Galliore y de las islas en los mares de Glyll, y las mejores rutas que tomar para llegar a Raed, Freida y Saevall.

Zach llegaba tarde. Parecía ser un hábito en él.

Mientras me inclinaba sobre un mapa del bosque de Galedral, lancé una mirada asesina a la puerta.

—¿Va a venir siquiera?

—Vendrá —me aseguró Weldan, y me pasó una piedra pulida para mantener presionada la otra esquina del papel, que seguía curvándose sobre mis dedos—. Pero escuchad, Ivy, hay algo que he tenido la intención de hablar con vos. Zach puede ser irresponsable y obstinado y más bien... sin tacto, pero es un buen hombre.

Recordé una conversación similar del día en que nos habíamos conocido, durante el desayuno.

—Ya me lo habíais dicho.

—Sí, bueno...

La puerta se abrió de golpe y Zach entró.

—No podía encontrar la maldita sala —dijo antes de que Weldan o yo tuviéramos oportunidad de interrogarlo.

Zach estudió el mapa que yo estaba mirando por encima de mi hombro.

—¿Por qué tenemos que hacer esto, de todos modos? ¿No te sabes el camino, Ivy?

—No de memoria —dije con el ceño fruncido—. Necesitaré un mapa hasta que lleguemos a las montañas. Entonces estaré lo suficientemente cerca para usar mi Sentido para guiarnos hasta el huevo.

El mapa fue arrancado repentinamente de debajo de mi nariz.

—¿Estás diciendo que si todavía tuviera mi Sentido podría encontrar a este dragón yo mismo? —La voz de Zach era peligrosamente baja.

Weldan suspiró.

—Zach…

Él levantó una mano para silenciar al comandante y luego me fulminó con la mirada y aguardó mi respuesta.

Aún recordaba su reacción al enterarse de que le había robado su Sentido, así que elegí mis palabras con sumo cuidado.

—Podrías haberlo hecho. Pero te habría llevado mucho más tiempo. Ahora que he absorbido el tuyo, seré más sensible y encontraremos el huevo de dragón con más rapidez.

Zach arrojó el mapa sobre la mesa mientras refunfuñaba para él mismo.

—Ya lo habrías sabido si hubieras tenido compañera alguna vez —dije en voz baja.

Zach caminó hacia el otro lado de la mesa y se sentó en uno de los grandes sillones.

—En realidad, nunca he necesitado a una.

—*Cuánta* arrogancia.

—Apártate, que me tiznas, le dijo la sartén al cazo, alteza.

No le tiré un pisapapeles a la cabeza por poco.

—Al menos yo no intento pelear sin un Beso. —En ese momento me asaltó un pensamiento, uno tan ridículo que no se me había ocurrido hasta entonces—. ¿Eso significa que nunca te han besado?

Zach se rio entre dientes y colocó las botas sobre la mesa.

—Eh, yo no he dicho eso.

—Suficiente —soltó Weldan mientras sacaba otro mapa de los pueblos de los alrededores—. Vamos a centrarnos, ¿de acuerdo?

Le fruncí el ceño a Zach y él sonrió a su vez.

«Sí, príncipe Weldan, sin tacto, no hay duda.»

Aunque estábamos a finales de primavera, la mañana oscura era lo suficientemente fría para ver nuestro aliento mientras ensillábamos a los caballos. Los establos olían a heno fresco y naranjas.

Zach ya estaba preparado. Tenía a su corcel, un caballo de un profundo color chocolate al que lo oí llamar Vel, ensillado, alimentado y cargado con paquetes de los cocineros. Weldan estaba con él y hablaban en voz baja. Aunque quería desesperadamente escuchar qué decían, me ocupé de revisar mi equipo y de preparar a mi propia y valiosa yegua, Lorena.

Después de frotar su pelaje gris moteado, me volví hacia Bromley.

—¿Listo?

—Sí, mi señora —dijo Bromley, vestido finamente con la capa verde oscuro que le había regalado por su decimocuarto cumpleaños.

Agarramos a nuestros caballos por las riendas y los llevamos a la parte delantera de los establos, donde nos unimos a Zach y Weldan.

—Buenos días, princesa Ivy —saludó Weldan amigablemente.

—Buenos días, comandante Weldan. Gracias por venir a despedirnos.

Él asintió.

—Por supuesto. Os deseo la mejor de las suertes y, por favor, tened cuidado.

—Gracias, comandante. Tendremos cuidado.

Entonces Zach se percató de la presencia de Bromley y sonrió ampliamente.

—¿El paje de Ivy también se nos une? ¿Cómo te llamas?

—Bromley, señor.

—Veamos tu arma, Bromley.

Mientras Zach inspeccionaba la ballesta de Bromley, Weldan me apartó a un lado.

—Recordad lo que os dije. Zach es un buen hombre. Nunca dejará que os pase nada. Tenéis que creerme.

La forma en la que Weldan se centró en mí hizo que sus ojos claros parecieran haber sido tallados en piedra.

Yo fruncí el ceño.

—No estoy realmente preocupada por mí. Tenemos una misión...

—Ivy. —Una mano me agarró la parte superior del brazo y tiró de mí hacia atrás.

Miré hacia arriba.

—¿Amias? ¿Qué estás haciendo aquí?

Él lucía la expresión más seria que le había visto.

—Tengo que hablar contigo.

—Estoy hablando con el comandante.

—No, hemos terminado —dijo Weldan con brusquedad, con la mirada fija en Zach, quien estaba sentado a horcajadas sobre su caballo y nos miraba a los tres.

—Comandante... —comencé, pero se fue rápidamente de los establos, siguiendo a Zach y Brom. Sentí como si me hubieran abandonado y me volví hacia Amias mientras trataba de mantener mi molestia a raya.

—¿Qué pasa, Amias?

—No vayas con él. —La mano que rodeaba mi brazo me apretó todavía más.

Parpadeé.

—Tengo que hacerlo.

—Eres Ivy Myriana, puedes hacer lo que quieras.

Ojalá eso fuera cierto. Levanté la mano y mostré la marca de Zach grabada en mi piel.

—Es mi compañero.

—Pero no tiene que ser así. Puedes apelar al Consejo. Podríamos ser *nosotros* los que se fueran de... —su cara se torció en una mueca— misión secreta.

Así que su tío no le había contado adónde íbamos Zach y yo. Bien.

—Ya hemos pasado por esto. —Despegué sus dedos de mi brazo—. Y te has hecho a un lado con otros compañeros que he tenido antes. ¿Por qué eres tan inflexible ahora?

—No confío en él.

Suspiré.

—Por supuesto que no.

—Lo digo en serio. Hay algo raro en él.

—No vuelvas a jugar la carta Romántica. No te ayudó la última vez. Esta vez tampoco te ayudará. Tengo que irme.

—Ivy... —Los dedos de Amias rozaron mi mejilla.

—Pongámonos en marcha —interrumpió la voz de Zach—. Ya casi ha amanecido.

Dirigí la mirada a la entrada de los establos para ver a Zach a horcajadas sobre su caballo, con la expresión en blanco.

—Adiós, Amias —me despedí.

Él dejó caer su mano cuando me di la vuelta y me subí a Lorena.

Dejamos a Amias dentro de los establos mientras los cascos de nuestros caballos repicaban sobre las piedras al pasar por delante de la escalinata principal del castillo de Myria. Una pequeña multitud estaba de pie en los escalones y observaba nuestra partida. Allí no había trompetas ni saludos de manos, solo un adiós solemne y una despedida, como era habitual en la mayoría de las misiones.

Colette y Robin estaban con Minnow y Tulia y lucían sendas sonrisas valientes. La noche anterior les había dicho a mis hermanas menores que me iba con Zach, pero no les había hablado de mi verdadera misión. No había querido preocuparlas. Tampoco les había dicho que nuestra madre había estado allí y ni siquiera había querido verlas.

Nos abrimos paso a través de las puertas hacia las calles adoquinadas de la ciudad con el dulce aroma de la flor de los árboles de willa transportado por la brisa de la mañana.

CAPÍTULO ONCE

EL TEMA PROHIBIDO

Habíamos llegado a las puertas exteriores de la capital con la primera luz y ahora, casi al final del primer día, ya habíamos pasado por dos de los pueblos más grandes de Myria.

—Tu reino es bastante vasto, princesa —comentó Zach cuando pasamos otra granja más.

—¿Es Saevall mucho más pequeño?

—¿En población? Más o menos la misma, supongo. Pero nos quedamos cortos de tierra. Eso tengo que concedéroslo a los myrianos. Es posible que necesitéis refuerzos, pero no es de extrañar, con toda esta tierra que protegéis.

—Bueno, no podemos pedir a nuestros súbditos que abandonen sus hogares o medios de vida.

—Tu Legión tiene mi respeto —dijo mientras levantaba la cara hacia el cielo para observar un círculo de halcones sobre nosotros.

Alcé una ceja.

—¿No lo teníamos antes?

—El idiota que me interrumpió mientras cenaba me dejó un mal sabor de boca.

Al recordar las palabras groseras de Amias, dije:

—Sobre eso, lo siento. No debería haber actuado como lo hizo ni… decir lo que dijo.

Zach se encogió de hombros.

—Estoy acostumbrado a que digan esas cosas.

—¿No te molesta?

Zach acarició el cuello de su caballo.

—Antes me molestaba. Pero ya no. Además, parecía más celoso que cualquier otra cosa.

Eso era verdad.

—Amias siempre ha querido ser mi compañero. Anhela el poder que mi Beso le concede.

Zach se inclinó para acercarse más a mí desde su caballo. Olía a heno fresco y té de raíz de *shassa*.

—¿Seguro que eso es lo único que ansía?

Mis músculos se pusieron rígidos al recordar aquella noche en los campos de entrenamiento, con las antorchas y el cambio en la respiración de Amias al besarme.

—¿A qué te refieres?

Zach sonrió de lado.

—Que los dos estabais terriblemente cerca en los establos, eso es todo.

La ira me atravesó, furia contra Amias por hacer creer a Zach que habíamos estado compartiendo cualquier acción Lujuriosa y furia contra Zach por pensar que me distraería en la mañana de mi misión más importante hasta el momento. Agarré con más fuerza las riendas de Lorena y le di una patada que la envió a toda velocidad frente al caballo de Zach.

—Alto, Vel —ordenó Zach mientras su caballo me esquivaba y luego se detenía. Brom, que iba por delante de nosotros, se detuvo.

—No aprecio tu tono *ni* tu insinuación.

—¿Y qué insinuación es esa?

—Que Amias busca un tipo *diferente* de compañera. Que él y yo somos... —El calor reptó por mi cuello. Me aclaré la garganta—. Compañeros *sexuales*.

Zach simplemente me miró, puede que se diera cuenta del rubor que se arrastraba desde mi cuello hasta mi cara.

—Mis disculpas. No es asunto mío.

—No, no lo es. Y, de todos modos, estás equivocado —le espeté—. No tengo tiempo para deseos nimios.

—¿Nimios? Mi querida princesa, es solo la naturaleza humana. Pero incluso si *fuerais*... «compañeros sexuales», ¿por qué es tan posesivo contigo? El tipo estaba listo para atravesarme.

—¿Cómo voy a saberlo? Los hombres son territoriales con las mujeres con las que... —me detuve. La intensa mirada de Zach hizo que el calor de mis mejillas empeorara.

—Los hombres no son territoriales con cada mujer con la que se acuestan. Solamente algunos —presionó Zach.

—*Nunca* me he acostado con Amias —siseé, y casi me levanté de la espalda de Lorena—. Sus celos no tienen nada que ver con la Lujuria. *Te lo he dicho*, él...

—Quería tu magia, sí. —Zach hizo maniobrar a su caballo para rodear a Lorena—. Estoy de acuerdo en estar en desacuerdo, supongo.

—No me insultes. —Apreté los dientes—. Sé lo que estás insinuando. Si Amias alberga intenciones lujuriosas hacia mí, lo cual no digo que haga, eso es todo. Lo que estás insinuando que Amias podría sentir por mí es...

Zach me miró y me retó en silencio a decir la palabra que flotaba en el aire.

Así que lo hice.

—Blasfemo.

—¿Eso es lo que piensas de verdad? —Había algo en la forma en la que sus ojos me sostenían la mirada, inquebrantables, y su mandíbula estaba tan tensa que producía escalofríos. Estaba aceptando el desafío de Amias otra vez.

No dejé que esa mirada me intimidara. Aquel era el discurso de un Romántico. No debería haberme sorprendido, considerando lo que su madre había sido, pero *él* no era un Romántico. Él se había unido a la Legión, se había comprometido con nuestras creencias y nuestras leyes. Él era un Real.

—Es lo que *sé*.

Zach me miró durante un momento más y luego sonrió.

—Sí, por supuesto. Blasfemia. Ha valido la pena ver tu cara, princesa. Podrías freír un huevo en esas mejillas.

Me había estado tomando el pelo otra vez. No estaba segura de si me sentía aliviada o más enfadada incluso.

—Por supuesto, si *fuera* cierto —añadió—, entonces siento pena por Amias.

Cuando llegamos a un bosque, uno minúsculo según la mayoría de los estándares del norte, acampamos. El sol se estaba poniendo y Zach y yo estábamos de acuerdo en que era mejor no viajar de noche. De hecho, fue prácticamente lo único en lo que estuvimos de acuerdo en todo el día.

Una vez que nuestro fuego fue decente y cenamos, me ofrecí a hacer la primera guardia, lo cual Zach y Brom aceptaron agradecidos. Se durmieron con facilidad. Cuando el fuego estuvo a punto de extinguirse, le eché más madera, pero me costaba mantener los ojos abiertos, así que me acerqué a Zach para despertarlo.

Estudié su cara dormida por un momento. Era muy diferente de Kellian. Sus rasgos eran más nítidos, menos redondeados por la juventud, y ásperos, como si hubiera visto y experimentado cosas que lo habían envejecido. Aun así, *sí* tenía un poco de aspecto de niño. Por otra parte, la mayoría de las personas parecían más jóvenes mientras dormían.

Coloqué la mano sobre su brazo y estaba a punto de zarandearlo cuando sus ojos se abrieron de golpe. Se movió en un acto reflejo y, antes de que pudiera detenerlo, su mano estaba en mi garganta. No apretó, solo la agarró. Tragué saliva y no me atreví a moverme.

Cuando sus ojos se centraron en los míos y el reconocimiento revoloteó a través de ellos, retiró la mano.

—Lo siento.

—No era mi intención asustarte. —Instintivamente me toqué la garganta, aunque sabía que no habría moretones.

Zach se sentó junto al fuego y dejó caer otro tronco en las llamas.

—No es nada por lo que debas disculparte, solo es una reacción entrenada.

Volví a mi lugar junto a Bromley y me acosté en mi saco de dormir usando mi brazo como almohada.

—¿Dónde entrenaste? He oído que no fue en la Legión de Saevall.

—No, no lo fue.

Esperé a que continuara, pero no lo hizo. De acuerdo. Lo

averiguaría más adelante, de una forma u otra. Pasaríamos mucho tiempo viajando juntos. Me aparté del fuego para ponerme de cara a la oscuridad del bosque y cerré los ojos.

—Los Reales os creéis que sois los únicos guerreros sobre la faz de la Tierra. Los únicos dispuestos a sacrificar vuestras vidas —dijo suavemente.

Quise responder que, dado que los civiles no tenían magia, no tenían por qué malgastar sus vidas cuando podíamos protegerlos, pero el sueño me reclamó y no me quedaban fuerzas para resistirme a él.

El segundo día de nuestro viaje no fue muy diferente del primero. Recorrimos el camino sin incidentes, hacia el norte, hacia las grandes montañas de Wu-Hyll. Aunque, cuanto más lejos nos aventurábamos de los muros de Myria, menos probable era que nuestra suerte durara. Como las criaturas de las Fuerzas tenían la capacidad de oler nuestra sangre Real mágica, era bueno que hubiéramos formado un grupo tan pequeño; incluso si tan solo lleváramos un Real más, para entonces ya habríamos sido atacados.

Peor aún, el cielo oscuro hacía más fácil para los monstruos aventurarse a salir de día.

Esa idea me tenía con el alma en vilo. Zach, sin embargo, parecía perfectamente a gusto. Cabalgaba junto a Bromley mientras le daba consejos para montar, para manejar la espada, incluso para cazar. Pero sus conversaciones conmigo no progresaron mucho. Siempre terminaban en algún tipo de desacuerdo. A medida que avanzaba el día, acabamos por llegar a un punto en el que no nos dirigíamos más de una o dos frases. No estaba segura de qué era peor, una discusión acalorada como la del día anterior o ninguna conversación en absoluto.

Esa noche se ofreció a hacer la primera guardia y Bromley y yo nos jugamos a quién le tocaría la segunda.

Era un juego de niños antiguo que Brom me había enseñado tras convertirse en mi paje. Nunca había conocido muchos juegos mientras crecía, incluso Gelloren había tenido que enseñarme cómo jugar a las cartas, así que apreciaba los pocos que Brom había traído a mi vida.

El juego, llamado Bac-Chat, comenzaba con nosotros dos agarrados de la mano tan fuerte como podíamos y entonces contábamos hasta cinco. A la de cinco, nos soltábamos y hacíamos símbolos con nuestras manos que representan una de las cinco estructuras del juego: una forja de herrero, una botica, un castillo, una capilla y una taberna. La persona que terminaba su estructura y agarraba las manos del otro primero ganaba.

Intenté un castillo (índice, meñique y pulgares presionados juntos con los nudillos de los dos dedos del medio tocándose), pero Brom me agarró las yemas de los dedos después de hacer de modo brillante la forja de herrero.

—¡Ja! ¡Bac-Chat! —dijo Brom mientras me apretaba las manos.

Gruñí.

Zach nos miró y su mirada afilada me resultó casi demasiado familiar, pero permaneció en silencio y se contentó con observar. En el fondo de mi mente, no pude evitar preguntarme qué pensaba de Brom y de mí, ya que no teníamos una relación típica entre sirviente y Real.

—¿Al mejor de tres? —sugerí.

—De ninguna manera. Rendíos. Habéis perdido. —Brom sonrió y se acomodó boca abajo en su saco de dormir.

Odiaba tener la segunda guardia, ya que significaba dos cabezadas de dos horas en lugar de una agradable y larga cabezada de cuatro. Pero me quedé dormida rápidamente y, antes de darme cuenta, había una mano en mi brazo que me zarandeaba.

—Ivy —susurró la voz de Zach en la oscuridad—. Ivy.

Abrí un ojo y su rostro apareció en mi campo visual.

—¿Ya me toca? —pregunté con cansancio.

—No, es que… Estabas hablando en sueños.

Me senté, mi trenza cayó sobre mi hombro.

—¿Qué he dicho?

Tenía la mala costumbre de hablar mientras dormía, pero en general no lo hacía a menos que estuviera sometida a mucho estrés. No es que un viaje para evitar que un temible dragón naciera y quemara el mundo no fuera estresante.

Zach miró hacia otro lado.

—Era… esto… no he podido entenderte. Estabas murmurando.

Fruncí el ceño ante su incomodidad. Una vez, Brom me había dicho que había llamado a mi madre. En otra ocasión había llamado a Clover. Parecía que siempre estaba llamando a alguien.

Entonces recordé mi sueño. El duende con el corte en el ojo. Un rayo verde que sacudía el cuerpo de Kellian como una marioneta. Mis labios sobre otros fríos…

—¿Estaba llamando a Kellian? —pregunté, y arrojé mi capa a un lado, en la que de alguna manera me había envuelto.

Zach se pasó una mano por el pelo.

—Creo que sí. Y... a alguien más llamado Telek.

¿A Telek también? Debía de haber sido porque mi madre lo había mencionado. Su muerte nunca dejaría de afectarme.

—Ambos eran mis compañeros.

—Sí, lo oí, cuando tu madre... —Se detuvo, y su mirada fue a la deriva hasta llegar al fuego. Su voz era baja, solemne. Pero no tenía que compadecerme, solo eran sueños, pesadillas que a menudo ni recordaba.

Se puso a estudiar mi marca en su mano, el acebo y la hiedra entrelazados y envolviéndole.

—Debe de haber sido difícil... perder a esos compañeros. Debiste de preocuparte mucho por ellos.

Fruncí el ceño. Basándome en nuestra conversación previa, en la que él había sugerido que Amias albergaba *sentimientos* por mí, me pregunté si insinuaba lo mismo sobre los demás.

—No más que por un amigo o un compañero de armas —dije.

Sacudió la cabeza.

—Me hablas como si no estuviera al tanto de las leyes contra el Amor.

—No existen tales leyes.

—¿Ah, no? —Se puso de pie, la luz del fuego a su espalda ensombrecía su rostro y lo volvía ilegible.

Tal vez aquello era lo que parecía a los ojos de un Romántico. Especialmente debido a que la Legión a veces los perseguía por prácticas tan primitivas como el cortejo y el matrimonio.

—No puede haber leyes contra algo que no existe —le respondí con serenidad.

—No importa, Ivy, vuelve a dormir.

Yo también me puse de pie.

—No, no vas a ignorarme esta vez. ¿Qué estás intentando decir, o *no* decir?

—Vale, me voy *yo* a dormir.

—Zach. —Fui a agarrarlo del brazo, pero tropecé con algo y me caí hacia delante. Zach me atrapó y me envolvió la cintura con su brazo, y me sostuvo en pie mientras yo me inclinaba hacia delante sobre su brazo. Bajé la mirada hacia lo que me había hecho tropezar: su capa. No era la mía. No me había percatado antes, pero debía de habérmela echado por encima a modo de manta extra mientras dormía.

—¿Todo bien? —Su voz vino desde arriba y yo desenredé la capa que había a mis pies y me di la vuelta en sus brazos. Nos quedamos paralizados durante unos segundos antes de separarnos apresuradamente el uno del otro. Fue un momento tan incómodo que ninguno de nosotros se atrevió a decir nada.

Mientras el silencio se prolongaba, una risita nerviosa escapó de mis labios. Al ver que me miraba, la risita se convirtió en una risa en toda regla. Pronto ambos nos encontramos sofocando la risa para no despertar a Brom.

—Por el viento —suspiré, me enderecé y me pasé una mano a través de los rizos, ahora desordenados—, nunca me había sentido tan torpe. ¿Es así como te sientes todo el tiempo?

Zach sonrió.

—Sabía que en algún momento acabarías por echarme en cara aquel incidente con la armadura. ¿Me creerías si te dijera que me empujaron?

Tal como había dicho Weldan. Estaba empezando a identificar ciertas verdades de entre todos los misterios de Zach y, definitivamente, no era un torpe.

—Rotundamente no —bromeé—. Especialmente ahora que sé que tienes una capa extralarga para tropezar. —La recogí del suelo y se la tendí—. Gracias por... prestármela. Y por impedir que me cayera.

Zach agarró su capa y me miró a los ojos.

—No tienes que hacer eso.

—¿Hacer qué?

—Darme las gracias. Eso es lo que hacen los compañeros, ¿verdad?

Algo extraño se removió en mi interior. Casi como si mi magia se agitara. No se elevaba como solía hacer, sino que se movía hacia abajo y hacía crecer una presión incómoda dentro de mí.

—Te relevo de la guardia —dije. De todas formas, no podría dormir.

CAPÍTULO DOCE

UN LEVE PROBLEMA

Me desperté con las sacudidas de Bromley, porque no había luz matutina que alertara a mi mente de que la noche había llegado a su fin. Las nubes eran oscuras y pesadas y bloqueaban por completo el sol.

El fuego ya se había extinguido y Zach estaba con los caballos, ajustaba sus bridas y ataba nuestro equipaje a sus sillas de montar. Nuestra conversación de la noche anterior no nos había hecho necesariamente más cercanos. En todo caso, me había confundido incluso más. Por la forma en que hablaba, era como si de verdad fuera un Romántico y no solo el hijo de una. Pero él era un Real de la Legión. Se había unido a los saevallanos voluntariamente. Había venido a Myria para ayudarnos a luchar.

Puede que solo estuviera paranoica.

Me entregó un pedazo de pan y queso envueltos en una servilleta.

—¿Puedes desayunar en el camino? Deberíamos ponernos en marcha.

Me coloqué el paquete entre los dientes y me subí a mi yegua.

—¿Hasta dónde crees que podremos llegar hoy? ¿Hasta el próximo pueblo?

—Si el clima lo permite, eso espero. —Zach frunció el ceño—. Nos estamos moviendo demasiado lentos para mi gusto —murmuró por lo bajo.

—¿Qué quieres decir con eso exactamente?

Él evitó mi mirada.

—Nada.

—¿Estás insinuando que te estamos retrasando? —espeté.

—¿Qué pasa contigo? ¿Por qué te lo tomas todo como un ataque personal?

—No tendría que hacerlo si no sonara a uno de manera tan obvia.

—Por amor de…, no te estaba atacando. Solo quería decir que iría mucho más rápido por mi cuenta.

—Disculpad… —trató de interrumpir Brom.

—Y ahí está de nuevo —dije, haciendo caso omiso de Brom—. Estoy muy harta de tu arrogancia.

Zach se subió a su corcel.

—¿*Yo* soy arrogante? ¿Te has mirado en algún espejo mágico últimamente?

Apreté mi desayuno tan fuerte que el pan se hizo migajas.

—También hay algo llamado respeto que intentamos poner en práctica. Tal vez deberías aprender un poco.

—¿Y quién me enseñará? Ciertamente, tú no —se burló Zach—. Creía que se suponía que los Reales erais buenos en eso…, en predicar con el ejemplo.

—¡Basta ya! —acabó por gritar Brom, y lanzó una piña a la espalda de Zach—. Ambos.

Aquello nos calló. No hay nada peor que el hecho de que te llame la atención alguien más joven que tú.

Zach y yo intercambiamos miradas incómodas, pero mantuvimos nuestras conversaciones y actitudes civiles hasta bien entrada la tarde. El paisaje por el que viajábamos había cambiado en los últimos dos días. Aunque la tierra todavía estaba formada en su mayoría por campos y llanuras, pude distinguir que nos estábamos acercando a otro bosque debido a los pequeños cadáveres de árboles. Fiel a como había estado por la mañana, el cielo permaneció nublado, y eso me ponía nerviosa. Eso, y estar a dos días de distancia de los muros de la capital. En lo más profundo de mi pecho sentía cómo aumentaba el poder de las Fuerzas cuanto más nos alejábamos del castillo.

Al mediodía llegamos a un campo arado cerca de un pueblo. A lo lejos oímos el chillido de un cuervo. Lorena avanzó en un trote nervioso.

Yo también lo sentía. Las sombras se extendían sobre mi pecho como un apretado e incómodo corsé. Me coloqué la mano sobre el corazón y dije:

—Hay algo cerca.

Al ver mi rostro pálido, Zach soltó un improperio.

—Esto es de verdad como ser ciego.

Elegí no hacer comentarios. Aquel no era el momento de discutir sobre que le hubiera «robado» su Sentido.

Zach hizo girar a su caballo, sus cascos removían la tierra. Buscó por todas partes: los campos al sudoeste y los árboles al nordeste.

Fue Bromley quien lo vio primero.

—En el cielo.

Sus palabras fueron interrumpidas por un grito. Lo que al principio creí que era un cuervo debía de haber sido el chillido lejano de un grifo. Se lo veía pequeño en el cielo, pero se lanzó en picado hacia nosotros a una velocidad imposible, y se hacía más grande por segundos. Con el poderoso y delgado cuerpo de un gato montés y la cabeza y las alas de un águila, el grifo era una criatura mortal tanto en tierra como en el aire.

—¡Dispersaos! —gritó Zach mientras blandía su espada.

Bromley salió corriendo hacia la izquierda y yo hacia la derecha. Desenvainé mi espada y la alcé, lista para defenderme. Mientras el caballo de Brom galopaba, él levantó su ballesta y apuntó.

Pero la bestia todavía descendía demasiado rápido, y fue directa hacia Zach. Este instó a su caballo a ir hacia el sur, probablemente en un intento de ponerse bajo el grifo en lugar de huir de él. El grifo se detuvo en el último momento, gritando y levantando sus garras gigantes. Con un poderoso aleteo de sus alas negras, se lanzó de nuevo a por Zach. Solo que el monstruo había perdido casi todo el impulso, lo que le facilitó a Zach atrapar sus garras delanteras con la espada. A centímetros del rostro de Zach, el pico del monstruo se rompió y emitió un chasquido, lo cual lo hizo graznar con un sonido ensordecedor.

Me volví hacia Brom.

—Si ves un punto flaco, dispara.

A continuación golpeé a Lorena en el flanco para ponerla a todo galope y corrí hacia mi compañero y el monstruo. «Tengo que acercarme más.»

Vel relinchó y resopló cuando el grifo atacó a su jinete. Entonces Zach retrocedió y golpeó con la cabeza al grifo. Este dejó escapar un chillido de dolor que perforaba los oídos, sacudió el pico y batió las alas mientras Zach intentaba obtener ventaja sobre él.

Un grifo no era tan fácil de matar como los enanos, los troles y los duendes. La bestia tenía una ventaja muy importante: las alas. Por eso se necesitaban cuatro o cinco Reales para derribar a uno. Eran fuertes, agresivos y podían atacar desde arriba y dejar incluso a un guerrero tan hábil como Zach siempre a la defensiva.

La flecha de Brom estuvo a punto de darle en el flanco. Yo gané terreno y desenganché mi escudo de la silla de Lorena mientras galopaba hacia ellos, luego apunté y tiré el escudo. Giró por el aire como un disco y a continuación golpeó el ala de la bestia y la desequilibró. Zach aprovechó la abertura y fue a por su cuello, pero el grifo batió las alas y volvió al cielo.

—¡Zach! —Lo alcancé, mi mano extendida y esperando. Había un Beso simple que podía otorgarle que inutilizaría las alas del grifo durante unos minutos y nos permitiría atacar en el suelo.

Zach alcanzó mi mano, desconcertado, la mitad de su atención en la bestia y la otra mitad en mí. Cuando nuestros caballos se acercaron, mi mano encontró la suya y me acerqué a él, el hechizo se formaba ya en mi mente y la magia me recorría, lista para ser empleada.

Zach se echó hacia atrás.

—No, Ivy, no lo hagas.

—¿Qué…?

Los dos nos giramos al oír el sonido de las alas del grifo cuando se abalanzó sobre Bromley. Otra de las flechas de

Brom zumbó a través del aire. Zach me soltó la mano, hizo girar a su caballo y se dirigió hacia el grifo. La mano de Zach, que había sostenido la mía segundos antes, portaba ahora tres cuchillos. Tres, dos, luego uno. Los cuchillos atravesaron el cielo y se clavaron en el flanco peludo del grifo. Con otro chillido penetrante, la bestia se elevó hacia las nubes.

Yo me quedé mirando con la espada floja en mi mano y mi mente trabajando a toda velocidad.

«Por los campos de Galliore, ¿en qué está pensando?»

Tal vez... tal vez no estaba listo. Tal vez estaba decidido a seguir presumiendo para demostrar que nunca había necesitado a una compañera. Hundí mis talones en el flanco de Lorena y ella avanzó en pos de Zach, que se había parado junto a Brom y estaba desmontando.

Me detuve junto a ellos y salté de Lorena mientras Zach le entregaba las riendas de Vel a Brom.

—Cuida de él —dijo.

—¿Qué estás haciendo? —le pregunté, mis ojos posados en el grifo, que daba vueltas por encima.

Zach levantó su escudo con el brazo.

—Protege a los caballos con Brom. No queremos que el grifo hiera a alguno.

Lo agarré del brazo.

—No me refiero a los caballos. Hay un Beso que podemos...

Zach se apartó de mí con brusquedad y corrió por los campos, levantando con sus botas pedazos de hierba y tierra.

Maldije y entregué las riendas de Lorena a Brom.

—Esto es una locura.

Luego agarré la ballesta de Brom.

El grifo se elevó más alto y luego se inclinó hacia abajo, con el pico por delante, y salió disparado hacia la figura solitaria de Zach como un meteorito a punto de colisionar contra la tierra.

Zach se mantuvo firme, con el escudo en alto, y se preparó para el impacto.

No me lo podía creer. ¿Iba a intentar resistir el ataque del grifo?

No. Unas manos frías, frías como las de Kellian, agarraron mi corazón y lo estrujaron. «Acabamos de empezar y lo voy a perder.»

El grifo ya estaba cerca, con las garras extendidas. No podía ver a otro compañero caer. Alcé la ballesta a la altura de los ojos, apunté a su ala y disparé la flecha. El grifo profirió un chillido agónico. Descendió y se dejó caer, luego se estabilizó y voló más y más alto, hacia las nubes oscuras, luego hacia el norte, lejos de nosotros.

Cuando el grifo se convirtió en una mota en el cielo, Zach se giró hacia mí, la furia oscurecía sus ojos y juntaba sus cejas. Envainó su espada y se me acercó con fuertes pisotones mientras gritaba:

—¿Por qué has apuntado al ala?

Estaba enfadado por una buena razón. Cuando hieres el ala de un grifo, el monstruo se retira para recuperarse, luego regresa para aterrorizar a los aldeanos después de un par de días, más mortífero que nunca.

Pero yo también estaba furiosa.

—¡Porque de todos modos no podríamos haberlo matado!

—¡Eso no lo sabes!

—Sí que lo sé. —Tiré la ballesta al suelo—. Era mejor

dejar que escapara antes de que nos matara, y todo por tu estúpido orgullo.

—¿Orgullo? —Zach se detuvo—. ¿Crees que no he usado el Beso Real por mi *orgullo*?

—Querías demostrar que podías vencer al grifo sin ayuda. —El viento soplaba sobre mi capa y los mechones de mi pelo. Apartó el flequillo de Zach de su frente y reveló una débil cicatriz blanca cerca del nacimiento del pelo.

—No tiene nada que ver con que quiera demostrar algo —dijo con la mandíbula apretada y los ojos fijos en los míos—. *Nunca* te besaré.

Las palabras resonaron dentro de mi pecho como las campanas de Myria. Él ya había rechazado mi Beso antes, una vez, al comienzo del duelo con Amias, y luego el Beso curativo después de la batalla por la brecha de la muralla. Pero... pero ahora éramos compañeros. No había razón para que me siguiera rechazando.

El propósito de ser compañeros era usar nuestro Beso para derrotar al dragón. Él tenía que saberlo. Tenía que entenderlo. No lo había oído bien. Era por el viento.

—¿Qué... qué has dicho?

—Nunca usaré el Beso Real, Ivy. Vosotros, los Reales, habéis olvidado su verdadera magia.

Una conmoción física me atravesó y casi me cedieron las piernas.

Era de verdad un Romántico.

Un hereje.

Y yo estaba atada a él.

A pesar de todo lo demás, lo primero en lo que pensé fue en mi madre. *Santas Hermanas*, ¿qué diría si supiera que tenía a un hereje como compañero? «Como era de esperar por lo poco que vales.»

Bromley se acercó a nosotros guiando a los otros caballos. Nos miraba a mí y a Zach alternativamente, confundido.

—Seguro... *seguro* que solo estás bromeando —le dije con un susurro ronco.

—*Aliento de trol.* —Zach sacudió la cabeza—. Sí, Ivy, no te he besado para derrotar al grifo todo por una *broma.* Me gusta reírme de la muerte.

—No puedes... no puedes ser de verdad un...

—No me mires así. Sabías muy bien lo que era. Todos lo sabíais. No he ocultado mi linaje —gruñó.

—Nacer de uno y elegir seguir su camino son dos cosas diferentes. Hasta este momento, nos has hecho creer a todos que eras un *Real.* Te alistaste en la Legión de Saevall. Nos dijiste que querías proteger las Tierras. —Mi voz tembló. ¿Cómo podíamos haber sido tan ingenuos para creer que un Romántico nunca intentaría disfrazarse de Real?

—*Sí* que quiero proteger las Tierras, luchar contra las Fuerzas. —Zach se aproximó a su caballo, le arrebató las riendas a Brom y montó sobre Vel. Se inclinó para mirarme, con los ojos entrecerrados—. Mataron a mi madre. No hay nada que desee más. Pero no estoy dispuesto a renunciar a mi moral para...

—¿Moral? —grité, mi voz ahora aguda. Sentí la mano de Brom sobre mi hombro, sin duda trataba de calmarme, pero me la sacudí de encima—. El culto Romántico no es más que un grupo de tontos con creencias equivocadas e ideas sin sentido.

—¡No están equivocados! —rugió Zach—. Y ayúdame, princesa, porque si te refieres al Amor como una tontería una sola vez más...

—¿Qué harás? —lo reté—. Este no es el momento de creer en mitos, príncipe Zachariah. Somos miembros de la Legión en una misión para derrotar a la amenaza más oscura que el mundo ha afrontado en un siglo. El *Beso de Amor Verdadero* es un cuento que explican los que creen en el culto, no los Reales, ¡porque es un puñetero cuento de hadas!

Zach asestó un puñetazo al cuerno de su silla de montar, lo que hizo que su caballo sacudiera la cabeza.

—No me importa lo que creas, o lo que creas que *yo* creo, pero me niego a usar un Beso como arma.

—¡*Es* un arma! Se ha utilizado como tal durante casi quinientos años. Así es como derrotamos a las criaturas oscuras. Es un catalizador: ¡el toque final de un hechizo!

—Entonces os habéis equivocado durante quinientos años. —Zach hizo que su caballo girara y se dirigió hacia el norte, hacia el pueblo que se distinguía en la distancia.

Yo recogí la ballesta del suelo, monté a Lorena y cabalgué a su encuentro para detenerme frente a él.

—Ser compañeros es inútil si te niegas a besarme.

Zach se rio sin humor.

—¿Y qué vas a hacer? ¿Dar la vuelta y viajar dos días para encontrar a otro compañero? El Dragón Negro podría estar completamente desarrollado para cuando por fin lo encuentres.

—No he dicho que buscaría a un nuevo compañero. Estoy diciendo que eres tan inútil sin mí como yo sin ti porque no sabemos cómo cortar nuestro vínculo. Mientras sigas llevando mi marca, tu Sentido es mío. Buena suerte intentando encontrar al dragón sin él.

Los ojos de Zach se entrecerraron.

—Vagaré por toda la cordillera si tengo que hacerlo.

—¿Ahora quién está perdiendo el tiempo? —repliqué—. Si tanto querías ir tras ese dragón tú solo, entonces, ¿por qué no te marchaste sin mí? ¿Por qué molestarse en ser mi compañero?

—Porque no podía dejar que… —La cara de Zach se tiñó de repente de rojo. Dio la vuelta a su caballo—. Creía que duraría más con tu ayuda, especialmente después de que me *robaras* el Sentido, pero ahora estoy dispuesto a poner a prueba mi suerte. —Luego miró por encima del hombro—. Acéptalo, Ivy. Incluso sin tu Beso, sigo siendo un compañero más fuerte que cualquier otro príncipe que pudieras elegir. Pero, si prefieres tener a alguien a quien besar, entonces encontraré a este dragón yo solo. Con Sentido o sin él.

CAPÍTULO TRECE

LA DECISIÓN

Zachariah no era Real. Era un mentiroso y un fraude. Desde el principio, nunca había tenido la intención de besarme. Y, sin embargo, había aceptado ser mi compañero para perseguir al Dragón Negro. Ahora todo estaba muy claro. Por qué nunca había tenido una compañera. Por qué nunca me había dado un Beso.

Zach continuó avanzando por el campo y nos dejó a Bromley y a mí atrás. Brom me miró con una pregunta en los ojos: «¿Ahora qué?»

No tenía ni idea.

Una gran parte de mí quería hacer lo mismo que Zach me había dicho que era imposible: volver a Myria, encontrar a un nuevo príncipe y empezar de cero. Pero el maestro Gelloren había dicho que probablemente no teníamos más de un mes, y ya había pasado una semana desde entonces. Para cuando deshiciera el camino, encontrara a un compañero y llegara hasta el huevo, podría ser demasiado tarde. Incluso si me pusiera en contacto con Gelloren a través del espejo mágico y le hiciera enviar a Amias, o a cualquier otro, necesitaríamos a un mago para llevar a cabo la ceremonia de separación entre

Zach y yo *y* la de vinculación entre un nuevo príncipe y yo, lo que llevaría aún más tiempo. Lo *peor*, sin embargo, era que Zach tenía razón: no había nadie tan bueno como él. ¿Mi única opción era entonces continuar con Zach y esperar que acabara por ceder y me besara?

Cuanto más nos acercábamos a las montañas Wu-Hyll, más seguro era que habría más peligros a los que enfrentarnos. Un par de días atrás lo habría descartado por pura confianza en mis habilidades para protegerme. Pero la única razón por la que seguía viva era porque Zach me había salvado del enano, y todavía tenía rastros del cardenal, cortesía de mi madre, para recordarme mi error de cálculo. No, tenía algo más que un cardenal. También tenía el recuerdo de mis otros compañeros. No importaba lo que Gelloren dijera, no importaba si tenían la marca de Myriana, yo había sido su compañera, había jurado guardar sus espaldas y tenía su destino, su sangre, en mis manos.

Tragué y me froté los ojos.

¿Podía confiar de verdad en que nuestro pequeño grupo derrotara a todas las criaturas de las Fuerzas y saliera ileso sin la ayuda de la magia?

No, no podía. Pero era eso o volver a casa habiendo fracasado.

Tal como había predicho mi madre. Ella me había dicho una y otra vez que le había fallado. Había fallado en perpetuar la firma de Myriana, la piel blanca impecable y el cabello oscuro y lustroso, puesto que con mis pecas y rizos rojizos no podía resultar más distinta de mi gran antepasada. Y había fallado en llevar a mis compañeros a casa vivos y a salvo. Nunca me dejaba olvidarlo.

Zach se alejó aún más. Bromley se aclaró la garganta.

No podía volver a casa sin el huevo del dragón destruido. No podía dejar que mi madre tuviera razón otra vez. No esa vez.

Más que eso, si existía la más mínima posibilidad de que yo pudiera proteger a los jóvenes reclutas para que no vieran ni una sola batalla, la aprovecharía.

Agarré las riendas con fuerza y el cuero emitió un sonido rechinante en mis palmas. Él iba a besarme, de una forma u otra. Lo convencería. Le haría ver que sus creencias no eran nada más que ridículos ideales de cuentos de hadas.

Indiqué a Lorena que trotara rápidamente en pos de Zach. Bromley me siguió.

Cuando lo alcanzamos, acerqué mi montura a la de Zach. Me miró de reojo, pero no dijo nada.

—Podemos llegar al pueblo al anochecer —le dije, y señalé hacia las casas y los graneros distantes, mi voz lo más áspera posible para ocultar cualquier emoción. No quería que pensara que su traición me había herido. Incluso si lo *había* hecho, esa no era la razón por la que sentía que mi garganta se contraía. Era por una repentina oleada de culpabilidad aplastante. Ahora que la escaramuza había terminado y podía pensar con claridad, lamenté mi decisión impulsiva de disparar al grifo en el ala. Todos sabían que herirlo en las alas era la forma más fácil de obligar a un grifo a retirarse, pero también era la forma más segura de garantizar la muerte de inocentes dos días después. Tal vez Zach podría haberlo matado sin Beso alguno. Pero yo estaba demasiado nerviosa. Demasiado asustada por él. Asustada y sin fe en lo que parecía imposible.

Los hombros de Zach se relajaron ligeramente.

—Eso parece.

—Nos quedaremos a pasar la noche.

—Lo había supuesto.

—Porque tenemos que matar a ese grifo. —No quería que pensara que me arrepentía de mi decisión, porque eso me haría sentir vulnerable, como si su ira hacia mí estuviera más justificada que la mía. Sin embargo, al mismo tiempo, no quería que pensara que era lo suficientemente egoísta como para no preocuparme por los aldeanos cuyas vidas acabábamos de condenar. Cuyas vidas *yo* acababa de condenar.

Hubo una breve pausa, luego:

—Por fin algo en lo que estamos de acuerdo.

El pueblo era pequeño, con casas, establos y tiendas que abarcaban tan solo un radio de menos de un kilómetro. Cuando nos acercamos al camino polvoriento, pavimentado con varias losas de roca desgastadas por los pies y el tiempo, dos guardias se nos acercaron. Llevaban cotas de malla oxidadas y escudos verdes oscuros colgados de sus espaldas. Ambos eran hombres de mediana edad. Ambos parecían exhaustos y derrotados.

—Así que habéis visto el grifo, ¿verdad?

No fue un gran saludo, pero, a juzgar por el aspecto de sus caras, no podía culparlos. Asentí y desmonté de mi yegua.

—Sí, lamento decir que no lo hemos matado. Pero lo haremos.

El guardia, el que había hablado, me interrumpió con un gesto.

—Reconozco a dos Reales en una misión cuando los veo. Estoy seguro de que tenéis que proseguir vuestro camino. —Hizo una mueca—. Podemos encargarnos de un grifo.

Sacudí la cabeza cuando Zach y Brom desmontaron.

—Estamos aquí para ayudar. Es mi culpa que se haya alejado volando. Mi tiro fue torpe.

Capté la mirada de Zach. Había algo diferente en ella, pero no podía distinguir de qué se trataba.

Los guardias se inclinaron, sus cotas de malla tintinearon.

—Gracias, mi señora. Mi nombre es Lynel y este es Toreck.

El otro guardia, el más joven, volvió a inclinarse y dijo:

—Nos sentimos muy honrados de recibir a los Reales en nuestra humilde aldea.

Bajé la cabeza.

—Mi nombre es Ivy Myriana. Este es mi paje, Bromley, y mi compañero, el príncipe Zachariah.

Zach extendió su mano hacia Lynel y sonrió.

—Zach, si no te importa.

Lynel se la estrechó con aspecto de estar un poco confundido, probablemente porque los Reales nunca estrechaban la mano de los civiles. Luego se volvió hacia Toreck.

—¿Por qué no le muestras a Bromley los establos? Encárgate de que estos caballos reciban alimento y agua.

Toreck asintió y le tomó las riendas de Vel a Zach. Bromley llevó a Lorena y a su caballo y siguió a Toreck hacia un establo ubicado al final del camino polvoriento.

—De verdad que nos sentimos honrados de tenerlos a ambos aquí —dijo Lynel con una sonrisa cansada—. Síganme, me aseguraré de que tengan comida y camas agradables y cálidas donde pasar la noche.

Cuando Lynel nos condujo a una de las casas más grandes, Zach se inclinó sobre mi hombro y me habló en voz baja.

—De modo que un tiro torpe, ¿eh?

Giré la cabeza y me di cuenta de lo cerca que estaba. Podía ver claramente las motas de esmeralda y ámbar de sus ojos.

—¿Preferirías que dijera la verdad? ¿Que te negaste a usar un Beso Real y tuve que obligarlo a alejarse?

—Eso depende de ti, pero lo que ellos crean no me hará cambiar de opinión.

—Si creyera que lo haría, lo habría dicho.

—¿Sabes, Ivy…? —La mano de Zach rozó la mía y no supe identificar si había sido a propósito o no—. Creo que me entiendes más de lo que te gustaría dejar ver.

Mis orejas se calentaron.

—Te halagas a ti mismo. Solo significa que no me son desconocidos los hombres más tontos que un trol de puente.

La risa de Zach fue tan sonora que no pude evitar sonreír con él, incluso cuando Lynel nos miró con una ceja levantada.

Puesto que el pueblo no tenía posada, Lynel nos llevó a su casa. Sus antepasados habían sido los fundadores del pueblo, por lo que su casa era la más grande. Tenía dos pisos y una chimenea de ladrillos y el techo alto estaba hecho de madera de brucel. Una de sus parejas, Patrice, nos mostró dos habitaciones que mantenían ordenadas y vacías para los viajeros y nos dijo que prepararía baños y una comida caliente.

—De verdad que no tienes que tomarte tantas molestias —insistí, de pie en la puerta de mi habitación mientras Patrice enfilaba el pequeño pasillo con uno de sus pequeños aferrado a su delantal y mirándome con asombro.

Patrice, con su cara redonda y sus preciosos ojos azules, meneó la cabeza y agitó las manos.

—No escucharé ni una palabra más sobre el tema, princesa. Sois bienvenidos. Tenemos el honor de ser anfitriones de los Reales en nuestra casa.

La desesperación reptó por mis entrañas. *Iba* a proteger a aquella gente del grifo. *A toda costa.*

—Os estamos muy agradecidos, señora —dijo Zach detrás de ella.

Patrice sonrió.

—La cena estará lista pronto. Vendré a buscaros.

—Ayudaré a prepararla —dije mientras me quitaba la capa y me arremangaba.

—Eso no será necesario, princesa —se apresuró a responder Patrice.

—Tonterías. No me importa. —Comencé a seguirla cuando Zach me agarró del brazo desnudo.

Acercó su rostro a mi oído y murmuró:

—Voy a echar un vistazo alrededor del pueblo y ver si puedo conseguir alguna información sobre los ataques del grifo. Puede que sepan dónde se encuentra el nido.

—Buena idea. Tenemos menos de cuarenta horas antes de que el ala del grifo se cure y pueda atacar, así que, cuanto más rápido encontremos su nido, mejor —dije suavemente. Sin mencionar nuestra propia fecha límite para encontrar al dragón—. Pero ¿por qué susurras?

—Solo quería ver esas pecas más de cerca. —Me guiñó un ojo.

Solté mi brazo de su agarre con brusquedad y giré sobre mis talones, prácticamente corrí tras Patrice.

Una hora y media después, Patrice le puso una tapa al guiso, que hervía a fuego lento, y a continuación me desterró de la cocina. Estaba a punto de ir a ver a Brom a los establos cuando unas manos pequeñas atraparon los bordes de mi túnica. Los niños se habían reunido a mi alrededor. Eran tan silenciosos como las patas de un gatito, ni siquiera los había escuchado entrar en la cocina.

—Hola —dije mientras me arrodillaba para sonreír a cada uno de ellos.

—Jordan, Colleen, Priscilla, dejad tranquila a la princesa Ivy. Tiene cosas que hacer —los reprendió Patrice.

—No me importa. Me encantan los niños —dije con una sonrisa mientras el más joven me tiraba del pelo y me lo sacaba de la trenza—. Debe de estar bien tener todos estos ayudantes. ¿Las otras parejas de Lynel también viven aquí? —Era común que los fundadores de las aldeas tuvieran varias parejas para producir herederos que tomaran las riendas del lugar más tarde, así que lo que dijo Patrice a continuación me sorprendió.

—Ah, yo soy la única. Estos pequeños son todos míos. —Su voz denotaba orgullo.

—Eso es... poco común —dije, sin querer ofenderla por lo extraño que lo encontré. El niño ahora jugaba con mi trenza y estaba comenzando a deshacerla con sus pequeñas manos.

Patrice sonrió.

—Puede pareceros extraño, pero estamos bastante lejos de la capital, y aquí, en las afueras de Myria, vivimos vidas mucho más simples. A menudo tu primera pareja es todo lo que necesitas. Además, cuantos más niños, más bocas hay que alimentar.

Eso no podía discutírselo.

—Tengo a otro bebé durmiendo arriba, de solo un mes de edad. Mi hija mayor lo está cuidando —dijo Patrice con orgullo mientras acariciaba el pelo de la niña más pequeña.

—Felicidades —le dije.

—Gracias. Es todo un milagro.

La elección de las palabras me pareció extraña, pero no seguí preguntando. Después de jugar con los niños durante otra media hora, fui a comprobar qué tal estaba Brom. Aún no había salido de los establos.

El sol acababa de sumergirse más allá el horizonte y los últimos rastros de rojo, violeta y naranja apenas eran visibles sobre los campos ondulados enmarcados por las casas de los aldeanos. Me alegraba ver que las nubes habían desaparecido, al menos por el momento. Me tomé un instante para admirar los colores antes de dejar atrás algunas tiendas y encontrar los establos del pueblo.

Ante la llegada de la noche, la gente estaba recogiendo, guardando las herramientas en sus cobertizos, metiendo leña en casa para la cena, cerrando tiendas y barriendo escaparates. Era un pueblo amable y tranquilo y, una vez más, sentí una punzada de miedo por ellos. «No. Encontraremos al grifo y lo mataremos. Todavía tenemos tiempo. No hay por qué entrar en pánico.»

En los establos, Brom estaba llenando de paja los compartimentos de nuestros caballos.

Me apoyé contra una viga de madera y acerqué mi mano a la nariz de la preciosa yegua negra, y le pregunté:

—¿Te lo puedes creer?

Bromley se detuvo y se encogió de hombros, luego volvió al trabajo.

—¿Eso es todo? ¿Esa es tu respuesta? —dije con incredulidad.

La yegua me dio un golpecito en la palma de la mano y le acaricié su suave hocico.

Él se detuvo y apoyó la horqueta sobre su hombro.

—Coincido en que no es lo ideal…

—¿Ideal? —me burlé—. Prueba con catastrófico. Brom, nos ha engañado. Aceptó ser mi compañero, sabiendo lo que se esperaba que hiciera, y luego se ha echado para atrás.

Brom me dirigió una mirada tímida.

—Técnicamente no se ha echado atrás. Todavía sigue *aquí*. Todavía va a ir a por el dragón.

—¿De qué servirá? Moriremos antes de llegar allí si no usamos el poder del Beso. El propósito de ser compañeros es usar la magia Real. Uno no puede trabajar sin el otro, ya lo sabes.

Era como si Kellian estuviera solo otra vez. Como si yo fuera a la batalla sin un compañero, con el enano de pie sobre mí a punto de atravesarme con su espada…

Actuar en solitario no funcionaba. Tenía pruebas suficientes.

—Lo sé, pero ¿qué podemos hacer? ¿Regresar?

Palmeé el cuello de la yegua. Ella parpadeó con sus grandes ojos marrones y resopló.

—No, seguiremos adelante. Tenemos que hacerlo. Pero no voy a rendirme. Me besará. Y compartiremos los Besos más poderosos que las Fuerzas hayan visto nunca.

CAPÍTULO CATORCE

EL NIDO DEL GRIFO

El estofado olía a gloria. Acompañado de pan con mantequilla y canela, fue la comida perfecta después de tres días de carne seca en salazón y queso. Una vez que hubimos comido, Patrice y los hijos de Lynel limpiaron la mesa y nos dejaron para que compartiéramos una bebida.

Zach tenía su taza llena de cerveza, pero aún no había probado ni una gota.

—Y bien, ¿cuánto hace que empezaron los ataques del grifo? —preguntó mientras partía otro trozo de pan con canela.

Un pesado silencio cayó sobre la mesa y Zach y yo intercambiamos miradas de preocupación. Patrice se acercó y le dio la mano a su pareja. Lynel colocó su otra mano sobre la de ella.

—Hace más o menos un mes. Apareció en el granero al borde del pueblo, de la nada. Mató a mi hermano y a mis sobrinos. Patrice fue la única superviviente.

La devastación y el miedo en el rostro de Patrice me hicieron sentir como si el grifo tuviera sus garras en mi corazón, lo atravesara y lo hiciera sangrar.

—Todavía no puedo creerme que me dejara solo a mí. Creo que la Reina Santa debía de estar cuidando de mí. Ella quería que nuestro bebé naciera. —Patrice colocó una mano sobre su vientre.

Sus palabras anteriores cobraron sentido en aquel momento. Por eso había llamado a su bebé un milagro. Porque ambos habían sobrevivido a la ira del grifo.

Lynel tomó otro trago de cerveza antes de responder.

—Después de ese ataque, quemó nuestros cultivos occidentales y persiguió a todas las presas del bosque. Creemos que hizo su nido allí, aunque, para ser sincero, no lo hemos investigado. —Bajó a la mesa una mirada llena de culpabilidad.

No era nada de lo que avergonzarse: el grifo era una poderosa criatura oscura, tan peligrosa como sedienta de sangre. Los civiles no tenían ninguna posibilidad contra sus enormes garras y su pico.

Zach asintió en mi dirección, sutilmente, para confirmar lo que me había dicho justo antes de la cena. Después de preguntar, todos los aldeanos habían dicho algo similar: que el grifo siempre se retiraba en dirección al bosque del nordeste. También discutimos los beneficios de acudir al nido directamente, con suerte para atrapar al pájaro en medio del proceso de curación, en lugar de esperar a que atacara el pueblo, para que no se perdieran vidas inocentes.

—Saldremos hacia el bosque con la primera luz —le dije mientras me inclinaba para tocar el hombro de Lynel.

Lynel sonrió.

—Gracias, mi señora. Vuestra amabilidad no conoce límites.

Le devolví la sonrisa y mi mirada se cruzó con la de Zach sobre la mesa, pero él miró hacia otro lado rápidamente.

Ya en mi habitación, me acurruqué en la fresca comodidad de las sábanas limpias. Después de dormir tapada con capas en el bosque, me sentía más que agradecida por la cama. Aun así, el sueño no acudió a mí con facilidad. Acostarse en una habitación desconocida, a solas, era más difícil que en el frondoso bosque bajo un mar de estrellas junto a Brom.

Esa noche, estaba más incómoda de lo habitual. Zach y Brom estaban en la habitación de al lado. Lo sabía y, sin embargo, no podía deshacerme del eco del chillido del grifo. Había sido una tontería por mi parte disparar aquella flecha. Había estado tragándome la culpabilidad durante toda la noche, pero en aquel momento dejé que se asentara sobre mí como una segunda colcha. No solo había puesto vidas en peligro, sino que, además, tendríamos que desperdiciar un día entero rastreando el nido y matando a la criatura. Había entrado en pánico, aterrorizada de que no pudiéramos derrotarla sin mi magia. ¿Era demasiado arrogante al pensar de esa manera?

«No. Por una vez, no soy yo la engreída.»

Era Zach. Por pensar que podría matar a la bestia sin mi ayuda. No me importaba lo que dijeran las historias: ningún hombre tenía la fuerza o la destreza para acabar con la guarida de un trol él solo. Con ese grifo, que iba hacia él a la velocidad del rayo, habría acabado en el suelo.

Y, sin embargo, recordé cómo había luchado junto a la brecha de la muralla. La sangre que goteaba de su espada.

Tal vez debería haber confiado en él para matar al grifo. Era capaz, desde luego, lo había querido como mi compañero por ese motivo. Pero había una diferencia entre confiar en alguien y tener fe ciega en esa persona. Froté la mejilla contra la almohada y sentí el dolor del cardenal que me había dejado mi madre y también el terror que había sentido cuando la magia del enano me había inmovilizado, a la espera de probar el sabor de su espada. Qué tonta había sido.

No iba a sucederme de nuevo. No podía cometer con Zach los mismos errores que con mis otros compañeros. Yo cuidaría sus espaldas y él haría lo mismo por mí, unidos por el poder de nuestro Beso.

Me froté los ojos con las manos. Mientras rodaba en la cama para colocarme mirando hacia la puerta, noté una luz ámbar que emanaba de dentro de mi mochila. Salí de la cama y caminé sin hacer ruido por el suelo de madera, me agaché y abrí la bolsa. La luz se convirtió en un brillo suave cuando mis dedos se cerraron alrededor del espejo mágico. Presioné el cierre y se abrió. Parpadeé a causa del ataque de luz ámbar y escuché mi nombre.

—¿Ivy? —La voz del mago maestro era suave y me proporcionó consuelo.

Mis ojos, acostumbrados ya a la luz, pudieron ver el rostro de Gelloren dentro del cristal.

—Aquí estoy.

Él sonrió, lo cual hizo que su barba temblara.

—¿Cómo ha ido el viaje? ¿Dónde estás?

—En un pueblo entre bosques. Nos han proporcionado comida y alojamiento para pasar la noche.

Gelloren asintió con la cabeza.

—¿A cuántos días de viaje estáis de las montañas?

—No puedo saberlo con certeza. ¿Cinco? Quizás más.

—¿Cómo está tu nuevo compañero? Estoy seguro de que da la talla, ¿no?

Mis dedos aferraron con más fuerza el espejo y el grabado de la hiedra se me clavó con tanta fuerza contra las palmas que supe que el patrón se me había quedado impreso en la piel. Aquel era el momento de decirle que Zach se negaba a besarme. Que la misión era tan desesperada como imposible. Pero ¿luego qué? Como Zach me había recordado, ya habíamos llegado muy lejos, y volver ahora sería una pérdida de tiempo. E, incluso si lo hiciera, ¿quién más era tan hábil como Zachariah?

—Sí, maestro Gelloren, es bastante fuerte.

—Ah, ¿de modo que habéis necesitado el Beso?

Me maldije por haber entrado en eso. Procuré mantener una expresión neutral.

—Tuvimos un encuentro con un grifo, eso es todo.

—¿Cómo le afectó tu magia? —El entusiasmo y la curiosidad eran palpables en la voz del mago.

Jugueteé con el dobladillo de mi camiseta interior.

—El Beso no fue necesario. Conseguimos alejarlo con flechas. Pero, maestro, ya es tarde. Debería…

—Sí, sí, duerme un poco. Contactaré de nuevo dentro de dos noches. Espero que para entonces hayas hecho más progresos, Ivy. Las señales cada vez son más alarmantes. Hemos tenido otra tormenta más: el hielo ha congelado un campo entero de cultivos y otra bandada de arpías de gorrión ha sido vista un poco más allá de la muralla. El destino de Myria y el de los otros reinos descansa en tus manos y en las de Zach.

Me despertaron unos suaves golpes en mi puerta. Salí a trompicones de la cama y eché un rápido vistazo a través de la ventana. Todavía estaba oscuro en el exterior, pero un pálido rastro del amanecer asomaba por el horizonte. Gemí a la vez que me masajeaba las sienes. «Qué mal, Ivy.» Qué poco propio de mí dormir hasta tarde en plena misión.

Al creer que se trataba de Brom, abrí la puerta sin echarme ni siquiera una capa por encima. Era Zach el que estaba en la puerta, vestido y preparado, con el cabello húmedo.

—Buenos días —dijo con una sonrisa, y se fijó en mi larga camiseta interior y en mis piernas desnudas.

Resistí el impulso de cubrirme. Era culpa mía por abrir la puerta sin estar decentemente vestida.

—Ya voy —dije con brusquedad.

—No hay prisa. Brom ha ido a buscar los caballos.

Me acerqué más la puerta y casi se la cerré.

—Llámalo Bromley. No lo conoces lo suficientemente bien para ser tan familiar.

Zach me dedicó otra de sus sonrisas divertidas.

—Discrepo. Hemos compartido una habitación. Estamos muy familiarizados el uno con el otro.

Apreté los labios para evitar sonreír.

—Además, no le importa.

—Solo está siendo educado.

—No te preocupes, princesa, estoy seguro de que todavía te quiere más a ti.

—Voy a vestirme —declaré, y le cerré la puerta en las narices.

—Una pena —lo escuché decir a través de la madera.

Estuve a punto de abrir la puerta y golpearle en la nuca

con mi escudo, pero decidí que lo necesitaba consciente. Así que, en vez de eso, me puse la túnica y los pantalones y luego me até el chaleco y las botas. Después de arreglarme el pelo en un moño trenzado, cargué con mi mochila, me abrí paso a través del silencio de la casa y salí a la fría mañana.

Brom tenía a nuestros caballos a la espera. Zach ya había montado en el suyo y estaba revisando los cuchillos encajados en la silla de montar. Lynel y su familia estaban fuera, junto con Toreck y otros dos hombres. Yo le tomé las manos a Patrice y le di las gracias, pero ella insistió en un fuerte abrazo. Los brazos de Patrice resultaban cálidos y ella olía a pan recién horneado y a hierbas. Me di cuenta de que ser abrazada por una madre debía de ser así. Seguro y reconfortante. Me deleité en ello durante unos preciosos momentos.

Luego Patrice retrocedió, le arrancó un paquete de comida a uno de sus hijos y me lo entregó.

—No es mucho, pero…

—Es más que suficiente —dije, acepté el paquete y lo metí en mi alforja. Luego me volví hacia Lynel, Toreck y los otros dos hombres.

Antes de que pudiera decir algo, Toreck dijo:

—No os preocupéis. Os acompañaremos solo hasta el borde del bosque. Vuestro compañero ha dejado claro que no nos quiere allí durante la pelea.

Zach evitó mis ojos mientras continuaba revisando sus dagas.

La mandíbula de Toreck estaba apretada y su ceño, fruncido. Yo tampoco quería a ningún civil con nosotros. Si las cosas salían mal, nuestras manos estarían manchadas con su sangre. Pero me preguntaba qué había dicho Zach para ofenderlo tanto.

—Os estamos muy agradecidos por vuestra valentía —le dije mientras también señalaba con la cabeza a los otros hombres—, pero queremos que todos volváis con vuestros hijos.

Toreck descruzó los brazos y enganchó los pulgares en su cinturón.

—Sí, bueno, será mejor partir ya.

Mientras los hombres nos guiaban sobre sus monturas, hice que Lorena se colocara junto a Zach.

—¿Qué les has dicho?

Zach frunció el ceño.

—Nada que no fuera cierto.

—Ah, por supuesto. Los has insultado diciendo que estorbarían.

Su silencio era todo lo que yo necesitaba.

—Sagradas Hermanas, podrías haber sido un poco más amable. ¿Has sido tan ofensivo como lo fuiste ayer conmigo? —Me froté la frente y suspiré—. ¿Qué problema tienes con lo de aceptar ayuda?

Zach se retorció en su silla y levantó las cejas.

—No eres nadie para hablar, princesa. ¿Quién fue la que se adentró en el campo de batalla *a solas* hace unos días?

—Eso no es lo mismo. No aceptar ayuda cuando se te da y que no te *ofrezcan* ayuda es completamente diferente. —Le di un golpecito en el brazo—. Además, recuerdo haberte pedido que fueras mi compañero esa mañana, y tú te negaste.

Eso lo hizo callar. Durante todo el camino hacia el bosque, los dos estuvimos dándole vueltas.

Cuando alcanzamos la línea de árboles, desmontamos, y Lynel y sus amigos prometieron que vigilarían a los caballos. Les dimos las gracias y luego Bromley, Zach y yo comenzamos a adentrarnos en el bosque. El camino era estrecho y estaba despejado y, a medida que pasaban los minutos, los árboles eran cada vez más gruesos. El sol salió, pero, en lugar de haber más luz, oscureció, y no había sonido alguno de animales despertándose. Nos estábamos acercando al corazón del bosque.

Zach maldijo y murmuró algo por lo bajo, algo que sonó como:

—Nada, no hay nada. ¿Por qué los príncipes se apuntan voluntariamente a esto?

Por un momento pensé que su comentario se refería a la cada vez mayor oscuridad, pero luego me di cuenta de que se refería a su Sentido. No podría percibir nada relacionado con el grifo o su nido.

Pero yo sí que podía sentirlo. Lo sentía por partida doble.

Las náuseas que solo la proximidad de las Fuerzas Oscuras podía provocar hicieron que me temblaran las rodillas y la cabeza me diera vueltas, pero mis extremidades me resultaban pesadas, como si las sombras se arrastraran por mi sangre y me asfixiaran. Por lo general, escondía esa reacción bastante bien, pero debía de tener peor aspecto del que me imaginaba, porque Zach me agarró la parte superior del brazo.

Su mejilla estaba al lado de mi oreja y su mano, en mi brazo. Parecía más grande de lo que había imaginado. No es que me lo hubiera imaginado mucho.

—¿Estamos cerca?

En lugar de asentir, porque el gesto me provocaría dolor de cabeza, dije:

—Sí.

—¿Por qué no te sentiste así de mal cuando apareció el grifo ayer? ¿Es por *mi* Sentido? —Había una punzada de ira en su voz, realmente no iba a dejarlo pasar.

—En parte. Pero el nido de un monstruo es la fuente de la Oscuridad que se acumuló allí para crearlo. Es más fuerte y más pesado que la propia bestia. Es el origen de la maldición de la que nació. —Mis cejas se juntaron una con otra a causa de la confusión mientras lo miraba—. ¿Cómo es que no lo sabes? Todo Real lo sabe.

Zach se encogió de hombros mientras me apartaba una rama de delante; con la otra mano todavía me sujetaba el brazo.

—No pasaba el rato en el aula, aprendiendo como todos los demás. Cada segundo que pasaba despierto lo empleaba en entrenar para la batalla. ¿Crees que nací blandiendo una espada? Practiqué, Ivy.

—Nunca he dicho que no lo hicieras. —Pasé por encima de una rama caída para evitar el crujido al romper madera.

Zach sonrió.

—Entonces, ¿no crees que sea un talento innato?

—Tampoco he dicho eso nunca.

—Entonces, *¿qué* es lo que crees?

—Creo que tienes un talento natural innato y que has practicado día tras día para poder derrotar mi magia.

—Te crees muy poderosa, ¿verdad?

—Tú también lo creerías si…

Zach me apretó el brazo y se detuvo, lo que me obligó a detenerme a mi vez.

—Tu cara se ha puesto cinco veces más pálida. Ya casi hemos llegado.

Estaba en lo cierto. Era una sensación horrible, como si necesitara toser cualquier sombra oscura que se hubiera posado en mis pulmones.

Brom se desenganchó la ballesta de la espalda y yo seguí su ejemplo y me ajusté los protectores de las muñecas antes de desenvainar mi espada.

Zach desenvainó la suya mientras escaneaba el dosel del bosque.

—¿Qué sientes? ¿Dónde está?

Respiré de manera suave pero trabajosa y levanté el brazo hacia el norte.

—En esa dirección... Más arriba... Más sombras.

—¿Cuánto tiempo dirías que tenemos antes de que se dé cuenta de que estamos aquí?

—Estoy segura de que ya sabe que estamos cerca. —Señalé a Zach y luego a mí misma—. Puede oler nuestra sangre Real. Ninguno tiene ventaja.

Zach esbozó media sonrisa.

—Bien. Me gusta estar en igualdad de condiciones. —Se giró para mirar a Brom—. ¿Cómo de bien se te da trepar a los árboles?

Brom se cuadró de hombros.

—Me las puedo apañar.

Le levanté una ceja a mi paje, pero él solo asintió. No había muchos árboles en los terrenos del castillo para practicar la escalada, pero, si Brom decía que podía hacerlo, confiaba en él.

—Muévete de árbol en árbol, disparando flechas. Quiero ver si podemos obtener alguna pista de dónde podría estar el grifo —dijo Zach, que fruncía el ceño ante el denso dosel vegetal. El follaje era tan espeso que solamente algunos retazos de sol lo traspasaban y brillaban como pequeñas estrellas—. Ivy y yo seguiremos moviéndonos a ras de suelo, tal vez lo atraigamos de alguna manera. Lo que está claro es que no podremos atacarlo *en* su nido.

Sin otra palabra, aceptando ya el liderazgo de Zach, Brom se dirigió al árbol más cercano. Lo observé desalentada hasta que estuvo a medio camino antes de volverme hacia Zach. Justo cuando comenzó a moverse hacia el norte, lo agarré del brazo.

—Zach, deberíamos Be...

—*He dicho* que no. Tengo un plan.

Luché por no levantar la voz. Por mantener la calma, negociar.

—Estás corriendo riesgos innecesarios. Podríamos matar a ese grifo fácilmente, y tú lo sabes. Esto es una tontería.

Era obvio que apelar a su lado lógico no había funcionado. Puede que necesitara probar una táctica diferente. Tal vez apelar a una parte diferente de él. Una parte en la que el razonamiento no tuviera nada que ver porque se basaba en el contacto.

Deslicé mi mano por su brazo, hasta su hombro, y me incliné hacia él.

Se puso rígido bajo mi caricia.

—No quiero fallar antes de destruir el huevo. Hay demasiadas personas que dependen de esta misión. De nosotros. —Con la última palabra, me acerqué, mis labios rozaron su oreja. Si girara la cabeza ni que fuera un poco, nuestras bocas se encontrarían.

Se apartó, pero no antes de que notara que un escalofrío lo recorría.

«Hijo de bruja.»

—Zach, por favor. Necesito que te quedes conmigo. Soy demasiado... —La palabra *débil* se quedó atrapada en mi garganta. Era algo que no estaba acostumbrada a admitir.

—Quédate atrás y ya está. —Su voz era baja, peligrosa y casi tan oscura como la criatura a la que estábamos a punto de enfrentarnos.

Luego desapareció en los densos matorrales.

Me quedé allí por un momento y luego corrí tras él, mi voz más alta de lo que debería haber sido.

—Zach, al menos déjame ayudar. Podemos...

El dolor me atravesó el abdomen y me obligué a tropezar y a agarrarme a mí misma.

Tosí y contuve el aliento. El aroma del bosque desapareció, reemplazado por el olor a muerte y descomposición. Por encima, hubo un estallido que sonó como el trueno amortiguado de una tormenta distante. Contenía poder y energía pesada y concentrada.

Miré hacia arriba y allí estaba. El nido era una espesa masa de remolinos y oscuridad humeante. Ramas y vides negras podridas se enroscaban para formar una bola deforme.

Hubo un sonido de arrastre allí arriba. Un susurro de hojas secas, el chasquido de la corteza podrida, el aleteo de unas plumas. En ese momento, Brom disparó una flecha. El proyectil atravesó los enredos en el grueso follaje y se alojó en el nido.

El grifo saltó del nido en un remolino de humo negro como la tinta y las plumas de color cobrizo. Unas ramas ennegrecidas cayeron al suelo del bosque mientras la bestia se lanzaba en picado y se dirigía hacia mí como una estrella fugaz a través de un cielo cubierto de hojas. Aquel día parecía más grande, con las alas relucientes y el pelaje negro y cobrizo, brillantes ojos rojos y un pico de bronce abierto de par en par a través del cual emitía su horrible grito.

Apenas tuve tiempo de soltar mi espada y levantar mi escudo con ambos brazos antes de que las garras del grifo se clavaran profundamente en mi protección. Astillas de madera, plumas y hojas se arremolinaban en un minúsculo huracán a mi alrededor. Estaba segura de que mi brazo acabaría destrozado si el pico no me perforaba el cuello primero. Todo lo que podía hacer eran maniobras defensivas, esquivar y alejarme del pico y las garras en forma de daga.

Quizás si el grifo hubiera sido más como un león y menos como un pájaro que no dejaba de graznar, habría tenido más posibilidades en un lugar cerrado. Pero había poco que yo pudiera hacer mientras sus alas batían a cada uno de mis lados y sus garras me desgarraban. Y el olor… Hedía como un cadáver podrido.

El grifo chilló y, con un apretón final de sus garras, rompió mi escudo. La madera voló por todas partes y yo luché por respirar a pesar del pánico y la oscuridad en mis pulmones. Había estado en docenas de nidos antes, había notado lo mucho que me pesaba el Sentido, pero esa vez fue diferente: estaba sola, sin rastro de mi pareja. Ni siquiera tenía la fuerza o los reflejos suficientes para lanzar un contraataque. Solo pude arrojarme hacia atrás, hasta chocar contra el tronco de un roble muerto.

El grifo soltó otro graznido y se lanzó hacia delante, su pico fue directamente hacia mi pecho, y a mí no me quedaba energía para detenerlo. En el último momento posible, Zach emergió de entre el follaje y bloqueó el pico del grifo con su espada. Hubo un choque de bronce contra metal, y el sonido resonó a través del bosque.

En su prisa por llegar a mí, Zach se había deslizado por el suelo sobre una rodilla y ahora estaba luchando contra el grifo en un ángulo incómodo. El monstruo atacó a Zach con sus garras y le hizo unos rasguños nuevos y profundos en el brazo. Zach dejó escapar un rugido cuando el pájaro echó la cabeza hacia atrás y le arrancó la espada de la mano.

El arma se deslizó sobre las hojas muertas. Me recuperé, desenvainé una daga que llevaba atada al muslo y salté hacia delante para clavársela profundamente en uno de los ojos rojos del grifo. El monstruo gritó de rabia y se alzó sobre sus patas traseras. Demasiado tarde, me di cuenta de que sus garras bajaban hacia mi garganta.

Antes de que me rajara el cuello, Zach se aupó del suelo en un torbellino de hojas y plumas y me empujó hacia atrás contra el árbol, con fuerza. Las garras... las garras encontraron el pecho de Zach en lugar de a mí.

Las garras de bronce le desgarraron el pecho y yo grité.

—¡NO!

Salté hacia arriba y clavé la daga en el tórax del pájaro, y atrapé el cuerpo de Zach cuando comenzó a caer hacia atrás. Aquello no mataría al grifo, pero tal vez me conseguiría algo de tiempo.

Mis brazos ya estaban resbaladizos a causa de la sangre que brotaba de las heridas de Zach y cada centímetro de mí gritaba de dolor y con una desesperación profunda y abrumadora. Su sangre estaba demasiado caliente. Demasiado llena de vida. Eso no podía estar sucediendo. Otro no.

Solo que esa vez no era por mi culpa. Era *por* mí.

Su cuerpo se desplomó contra el mío y su cabeza cayó hacia atrás sobre mi brazo, sus ojos de color avellana se oscurecían por segundos.

—No, no, no —susurré mientras acunaba su rostro con manos temblorosas.

Con los labios cubiertos de sangre, Zach intentó abrir la boca, pero no podía abrirla más allá de una rendija. Sus ojos se centraron en los míos durante un único instante antes de que se cerraran.

No podía respirar, no podía pensar.

—*Zach, Zach, Zach.*

A medida que mi cuerpo se movía solo y lo colocaba lentamente sobre mi regazo, el grifo y su nido estallaron en orbes de luz dorada. Como una estrella que hubiera explotado en el bosque iluminara las grietas oscuras e hiciera huir a las sombras.

Grité y enterré mi rostro en el hombro de Zach ante aquel brillo repentino.

Cuando levanté la cabeza, el brillo dorado que desprendía el cuerpo del grifo había descendido sobre el pecho destrozado de Zach y lo había cubierto como si se tratara de un ungüento de oro líquido. Brillaba con el resplandor cegador del sol. Me protegí los ojos del ataque de luz y luché por parpadear a pesar de aquella supernova en miniatura.

Zach se estremeció y rodó hacia un lado, se puso a gatas y respiró con dificultad mientras los orbes dorados se elevaban hacia los árboles.

Gateé hacia delante y presioné la mano sobre su pecho desnudo.

Su pecho, que estaba completamente curado.

Me miró, pálido y sin aliento, pero vivo.

Imposiblemente vivo.

Por el amor de las Hermanas Reales, ¿qué acababa de pasar?

CAPÍTULO QUINCE

EL NACIMIENTO DE UN HEREJE

Cuando la luz dorada se disolvió y reveló las sombras habituales de un bosque espeso, nos miramos el uno al otro en estado de *shock*. Levanté una mano para tocarle la cara, sentí su aliento en mi palma y la barba incipiente en su mandíbula, luego dejé que mis dedos acariciaran su cuello para notar su pulso fuerte y palpitante.

Vivo. Estaba completamente vivo. Aliviada al saber la verdad, respiré temblorosamente y luego aferré su andrajosa camisa entre mis puños.

—¿*Qué* ha sido eso? ¿Te había pasado alguna vez?

Mi movimiento hizo que Zach volviera a caerse sobre los codos y me arrastrara a mí con él.

—¡No…, nunca…, no!

Medio encima de él, un millón de ideas me pasaban por la cabeza. Había sido magia, pero ¿qué la había causado? No había habido mago. Ni Beso. Yo ni siquiera había *pensado* en un hechizo.

—¿Nunca lo has visto antes? Reina misericordiosa, ¿qué has *hecho*?

La cara de sorpresa de Zach se transformó de repente en una expresión dura. Me agarró de los hombros y me alejó de él.

—Te he salvado la vida.

—Sí, pero...

—¿No me merezco un «gracias»? —Se incorporó mientras se sacudía las hojas de los pantalones.

—¡Eh! —Me puse en pie de un salto—. No habría necesitado que me salvaras si no me hubieras abandonado, o si, al menos, me hubieras incluido en tu plan, si es que tenías uno. Soy tu *compañera*, no puedes...

Justo entonces, Brom se estrelló contra las ramas y se dobló sobre sí mismo, descansando sus manos sobre las rodillas y jadeando.

—Ahí... estáis..., oro..., explosión.

Le agarré del hombro.

—Eso ha sido el grifo. —Entonces me lancé a explicárselo.

Con cada palabra, los ojos de Brom se abrían más, pero, tan pronto como hube terminado, Zach nos empujó a los dos hacia delante.

—Vamos, ya tendremos tiempo para hablarlo más tarde. Salgamos de este puñetero bosque.

Brom me echó una mirada y yo simplemente sacudí la cabeza. Si a Zach le importaba tan poco la misteriosa magia dorada, hablaría de ello con Bromley más tarde.

Escapar de las sombras del bosque y sentir el sol y el viento sobre mi piel húmeda me sentó bien. Cuando llegamos a donde estaban Lynel y sus camaradas con nuestros caballos, de inmediato comenzaron a hacer preguntas sobre la misteriosa luz dorada.

Por lo visto, había sido tan brillante, tan poderosa, que la habían visto incluso desde el límite del bosque. En lugar de admitir que no teníamos ni idea de lo que lo había causado, terminé diciéndoles que era una forma de magia poco común que había destruido al grifo, lo cual no era *mentira*.

Todos los hombres se inclinaron, rebosando alegría, y me besaron las manos con gratitud. Zach solo asintió y les estrechó la mano.

Una vez que se fueron, Zach sacó una túnica de repuesto de su equipaje, lo que me recordó que yo también debería cambiarme mi camisa ensangrentada. Saqué una limpia de mi bolsa y me puse detrás de Lorena para cambiarme. Mientras me quitaba la túnica destrozada, le pregunté a Zach:

—¿De verdad que estás bien? Las garras... han hecho una herida profunda.

—Ven a verlo por ti misma.

Eché un vistazo por encima de mi yegua y vi a Zach quitarse la camisa hecha trizas por la cabeza, lo que me dejó ver su pecho desnudo y unos abdominales definidos.

Fue como si toda mi cara se incendiara. Por suerte, su camisa le cubría la cara, así que no vio lo roja que me había puesto. Aparte de su musculoso torso, no pude evitar notar que los restos de sangre seca de su pecho no se habían desprendido cuando la magia, hubiera salido de donde hubiera salido, lo había curado. Lo recordé de pie, mientras interceptaba las garras que iban dirigidas a mí...

Olvidando que estaba a medio vestir, que solo llevaba una camisa fina, me acerqué a él, sostenía la túnica limpia contra mi pecho mientras mi otra mano trazaba el rastro de la sangre seca sobre su pecho desnudo. Aunque había habido príncipes que me habían salvado antes, siempre habían usado mi magia, que actuaba como escudo protector. Ninguno había sacrificado su *vida* por mí.

La sola idea era abrumadora. Había muchas cicatrices debajo de la sangre seca. Cicatrices que podrían haber sido fácilmente prevenidas con Besos. Sin embargo, había elegido soportar el largo y doloroso proceso de curación natural. ¿Por qué? ¿Para qué? ¿Su creencia en algo que no existía?

Zach se quitó la camisa por completo.

Le eché un vistazo a su cara. Estaba mirando mis hombros desnudos, luego bajó la mirada hacia mi mano sobre su pecho, la mano que llevaba su marca.

Al darme cuenta de lo inapropiado que era, tragué saliva y comencé a retirar la mano.

Me agarró los dedos y los envolvió con su mano.

—Para.

Ahora incluso mis orejas estaban calientes.

—¿Que pare de qué?

—De pensar lo que estás pensando.

—No sabes lo que estoy pensando.

—¿No? Tomé una decisión y no me arrepiento.

Levanté la mirada con brusquedad.

—Sí, porque por algún milagro sigues vivo.

—Entonces sintámonos agradecidos por ese milagro.

—Lo que has hecho ha sido estúpido e imprudente —murmuré mientras le daba un apretón en la mano con la que envolvía la mía—. Pero gracias. Por salvarme la vida.

Zach sacudió la cabeza con una sonrisa triste.

—No te preocupes, no volverá a suceder.

—¿El qué? —pregunté—. ¿Salvarme la vida?

—No. —Los músculos de su mandíbula se tensaron y su mano me apretó un poco más fuerte—. Ponerte en una posición donde tenga que hacer eso en primer lugar.

Bajé la mirada hacia su clavícula y encontré otra cicatriz. Era larga, de casi seis pulgadas.

—¿Y qué posición era esa?

—Tú. Sola. No volveré a hacerlo.

Una sensación extraña se extendió desde mi estómago hacia mis extremidades. Era como un centenar de jirones de viento atrapados dentro de mí, revoloteaban y brincaban, cabalgaban las corrientes de mi sangre.

Todavía sosteniendo mi mano contra su pecho, trazó el oscuro hematoma de mi muñeca provocado por el escudo roto.

—No es que crea que eres débil. Eres la princesa más fuerte que he conocido nunca. Pero no estoy acostumbrado a que nadie sufra las consecuencias de mis decisiones. Yo... siempre he peleado solo.

Qué irónico que yo nunca lo hubiera hecho. Excepto hacía tan solo unos días, junto a la brecha de la muralla. Aun así, considerando mi pasado, no era la más indicada para enseñarle cómo funcionaba el vínculo de compañeros.

—Esto..., odio interrumpir —dijo Brom después de haber terminado de colocar su ballesta en sus alforjas—, pero ¿no deberíamos movernos?

Aparté mis dedos de la mano de Zach y me retiré detrás de Lorena. Antes de terminar de vestirme, le tiré un trapo.

—Límpiate la sangre. No querrás estropear otra túnica.

—Con mucho gusto —dijo Zach, y se frotó el pecho. Se pasó una nueva camisa por la cabeza, luego saltó sobre su caballo y puso a Vel a un galope constante.

Brom se quedó conmigo mientras montábamos e instamos a nuestros caballos a ir al trote.

Él me miró.

—¿Sabéis…?

—No sigas.

—Nunca os había visto tan roja. Y no es la primera vez que habéis visto a un hombre sin camisa.

Hice una mueca.

—Me ha sorprendido. Eso es todo.

Bromley sonrió, pero no dijo nada más.

Acertaba al no presionarme, porque esos pensamientos eran peligrosos. Si me admitía a mí misma que encontraba a Zach atractivo y que había disfrutado de la sensación de sus brazos en el bosque, sería como admitir que sentía… Lujuria.

Ese tipo de distracción era inexcusable durante una misión importante como esa. *Tal vez* si no tuviéramos un Dragón Negro que destruir, y *tal vez* si Zach no fuera un Romántico que creía que los sentimientos de Lujuria eran solo un precursor del *Amor*, entonces…

Sacudí la cabeza.

Era posible que hubiera experimentado la sensación de la Lujuria cuando Amias me había besado esa noche… Pero la sensación de perder el control, de sucumbir a algo, me había aterrorizado.

Lo que tenía claro era que no me iba a permitir sentir nada como eso por Zach.

Amias siempre era muy rudo, me agarraba de un modo exigente e incontenible, mientras que Zach… Casi podía sentirlo trazando el hematoma de mi muñeca unos momentos antes, y otra vez el que me había dejado mi madre en la mejilla. Había sido tierno y cálido…, dos cosas que eran aún más peligrosas.

Cabalgamos sin descanso todo el día en un intento de recuperar el tiempo perdido. También fue una buena excusa para evitar a Zach y la tensión que aún chisporroteaba entre nosotros.

Al anochecer, el terreno había cambiado y pasado de colinas onduladas a frondosos árboles diseminados lejos unos de otros sobre el terreno plano. Desmontamos para que nuestras monturas descansaran y continuamos a pie, y esperábamos llegar a las afueras del siguiente bosque antes de parar para pasar la noche.

Cuando entramos en el bosque, con sus senderos anchos y fáciles de transitar y enormes árboles ancianos, me maravillé ante el sol, que se ponía mientras brillaba a través de las ramas destrozadas. Me recordó a las motas de oro en que se habían convertido los restos finales del grifo.

Brom y yo habíamos barajado ideas de lo que podría haber sido, pero ninguna parecía plausible.

Yo estaba perpleja. Sin embargo, era más que eso…, me perturbaba. Por un lado, nunca había visto a un monstruo hacer eso, ni una sola vez a pesar de las muchas criaturas a las que me había enfrentado y las batallas en las que había peleado. Todas se habían disuelto en humo negro mientras el suelo ardía a sus pies o se habían desmoronado como arcilla seca. No podía ser por el tipo de monstruo, porque ya había ayudado a acabar con un montón de grifos, y ninguno de ellos había hecho eso.

Atrapada en mis pensamientos, no noté que mi ritmo era lento. Pronto estaba caminando justo al lado de Zach, con Bromley a una cierta distancia por delante.

Quería evitar un silencio incómodo mientras caminábamos el uno junto al otro, pero sentí que acelerar de repente sería demasiado obvio.

También era la salida fácil. Si quería derrotar a aquel dragón con su ayuda, con nuestro Beso, necesitaba que fuéramos compañeros *de verdad*.

Me aclaré la garganta.

—Y bien, ¿vamos a hablar sobre qué ha pasado en el bosque?

—Ya te lo he dicho: no sé qué eran las motas dor…

—Eso no. Bueno, sí, pero también… te ha ido de un pelo. Podrías haber muerto. *Casi* mueres. Si hubieras…

—*No* voy a besarte, Ivy —espetó Zach.

—Hermanas Sagradas —solté entre dientes—. Sí, lo has dejado muy claro, gracias. Estaba hablando de que te fueras solo y me dejaras atrás.

—Te he dicho que no volverá a suceder. Pero, además de eso…, tenía un plan.

—En el que deberías haberme incluido.

—Iba a hacerlo, pero no dejabas de hablar del Beso.

—Solo quería que entendieras que estábamos corriendo un riesgo innecesario.

Zach se puso rígido, sus dedos se tensaron sobre la brida de su caballo.

—Ah, ¿te refieres a cuando intentabas manipularme? En realidad, creo que la palabra correcta es *seducirme* para que te besara.

Se me aceleró el pulso, ya fuera por el enfado o la vergüenza, no estaba segura, pero no podía dejarlo pasar.

—He hecho lo que creía que nos salvaría. Y nos habría salvado, por cierto.

Zach dejó escapar una risa seca y sacudió la cabeza.

—Qué típico de los Reales. Incluso usáis la *Lujuria* como arma. ¿Cómo dormís por la noche, sabiendo que jugáis con las emociones de la gente?

—Y qué típico de los Románticos. Corriendo cuando la gente os necesita —espeté—. Tu velocidad es legendaria, ¿podría ser porque te has pasado la mayor parte de tu vida corriendo?

Las palabras ya habían salido de mi boca menos de un segundo antes de darme cuenta de que había dicho algo terrible. Zach se detuvo de repente. Cada músculo de su cuerpo estaba rígido y sus ojos estaban muy abiertos por el horror. Al menos pensé que se trataba de eso, pero la emoción desapareció demasiado rápido para estar segura y fue reemplazada por una mirada que había visto en mi propio reflejo infinidad de veces: arrepentimiento.

Alargué la mano hacia él, pues quería corregir lo que fuera que había dicho que había estado tan mal.

—Zach…

—No.

Era una sola palabra, pero decía mucho. Era un no a mi disculpa. Un no a nada más que pudiera decir. Era un no a mí.

Retiré la mano y disminuí la velocidad, su rechazo formaba una barrera sólida entre nosotros.

Durante la siguiente hora o dos, hasta que el sol se puso y no pudimos aventurarnos más en el bosque sin la ayuda de una antorcha, viajamos en completo silencio. Bromley, el muy bendito, pareció notar que se habían intercambiado algunas palabras agrias y que por eso Zach estaba de mal humor, un humor por el que Brom entendió que no debía importunarlo.

Yo sabía que era mejor no hablar con él, sobre todo porque supuse que no estaba listo para escuchar ninguna disculpa. Además, mencionarlo con Bromley cerca nos haría sentir incómodos. Lo cierto es que, durante esos dolorosamente largos minutos de viaje silencioso, me atormentaba lo que había dicho. ¿Qué sabía yo sobre su pasado? ¿Qué sabía sobre todas esas cicatrices? No tenía la intención de que mis palabras se volvieran tan personales.

Cuando encontramos un buen lugar para acampar, comenzamos nuestra rutina habitual de alimentar a los caballos, encender el fuego y sacar las provisiones, todo sin que apenas una palabra se pronunciara entre los tres. A todo lo que necesitara ser discutido, las respuestas de Zach fueron cortas, y para todo lo que él necesitaba decir, se dirigió a Bromley y ni siquiera me miró. Ni una sola vez.

Mi estómago se revolvió y se llenó de culpa mientras le daba de comer a Lorena su cena. Ella masticó la avena de mi mano y pareció contenta de encontrar trozos de cáscaras de naranja secas mezcladas, lo que más le gustaba. Pero ni siquiera la nariz delicada de Lorena mientras buscaba más cítricos me hizo sonreír.

Después de haber comido, Bromley se puso en pie de un salto en su sitio junto al fuego.

—Creo que iré a buscar más leña.

Era dolorosamente obvio que se moría por escapar de aquella tensión. Eso, o quería darnos una excusa para hablar y solucionar las cosas. Yo tenía mis dudas sobre si era una buena idea.

—Tenemos madera de sobra. —Hice un gesto hacia la pila de madera seca apilada cerca.

—Entonces iré a buscar una corriente de agua dulce. —Se fue sin llevarse siquiera una botella. No podía culparlo.

Zach estaba sentado frente al fuego y afilaba uno de sus muchos cuchillos. Se detuvo para inspeccionarlo, mientras las llamas naranjas y rojas se reflejaban en la hoja de plata.

Levantarme me llevó varios minutos y algunos ejercicios de respiraciones profundas. Rodeé la fogata y me senté a su lado, lo cual hizo que Zach se crispara y se cortara el dedo con el filo del cuchillo.

Tras maldecir suavemente, se metió el pulgar en la boca. Luego lo sacó para examinarlo, pero la sangre salió a la superficie de inmediato. Cuando fue a chupárselo de nuevo, instintivamente le tomé la mano y acerqué su dedo a mis labios.

Entonces me detuve. Curar sus heridas con un Beso no era lo que él quería. Le solté la mano, rasgué una pequeña tira de tela del final de mi manga y envolví con ella el extremo de su dedo. Apreté y apliqué presión sobre la herida.

Durante todo el proceso, Zach no se movió ni dijo una sola palabra, pero sentía sus ojos sobre mí.

—¿No hay Beso?

—Has dicho que no —susurré, apenas audible por encima del crepitar de las llamas.

Él no respondió. Creí que alejaría el dedo de mi mano, pero lo dejó allí.

Le eché un vistazo rápido a su cara. Su boca formaba una línea delgada, pero su ceño ya no estaba fruncido, lo cual le aportaba un aspecto de fría indiferencia en lugar de ira o dolor.

—Lo siento, Zach, sé que lo que he dicho te ha molestado.

Aun así, permaneció en silencio.

—Solo quería que supieras cuánto lo siento. Todo lo que he visto de ti dice que correr es lo último que harías. Cualquiera que sea la situación, si tienes la posibilidad, sé que lo que harías sería quedarte y luchar. Te quedarías para proteger a las personas a las que... quieres.

«O que crees que quieres.»

Zach hizo tamborilear sus otros dedos sobre su rodilla.

Bueno, era inútil. Quizás al día siguiente estaría de mejor humor. Comencé a soltarle el dedo cuando Zach atrapó mi palma con toda su mano y la apretó. Desconcertada, lo miré, con miedo de apartar los ojos, pues esperaba a que ofreciera algún tipo de pista sobre lo que pensaba.

—¿Sabes por qué nací? —preguntó.

Abrí la boca y luego volví a cerrarla, completamente en blanco y sin saber qué responder. Lo cierto era que Zach era una especie rara. Románticos y Reales nunca se cruzaban a menos que fuera para sofocar una rebelión y, aun así, un Real, por lo general, no se acercaría a un Romántico por temor a ser tachado de hereje y despojado de su título Real.

Creí que continuaría, como si fuera una pregunta retórica, pero esperó a que yo respondiera.

—Fue... ¿un accidente, supongo?

—Eso es lo que la mayoría de la gente sospecha. Pero eso no es lo que mi madre me contó. —Zach se echó hacia atrás y miró hacia el cielo. No se veían estrellas ni luna, solo las sombras de los árboles y, más allá de eso, negrura—. ¿Has estado alguna vez en un teatro, princesa?

Sacudí la cabeza. Sin embargo, había oído hablar de ellos. Por lo visto, eran una tradición Romántica, una casa donde contaban historias y cantaban baladas, casi siempre sobre el Amor.

—Ah, son increíbles. Tal vez después de que todo esto termine, te lleve a uno. —Luego cerró brevemente los ojos, como si se estuviera armando de valor—. Mi madre trabajaba en uno. Cantaba maravillosamente y contaba historias de una manera que te hacía sentir como si estuvieras de verdad dentro de ellas. Pero su mejor talento era simplemente sentarse con los invitados y… hablar. Te hacía sentir como si fueras la persona más importante del mundo, como si solo estuvieras tú y tus sueños y nada más importara.

»Mi padre era un príncipe que pasaba por la ciudad con su patrulla. Él y algunos otros visitaron el teatro, donde conoció a mi madre. Su propia madre había muerto el día anterior, pero ella trató de ser ella misma de todos modos, de ocultar su dolor detrás de una bonita sonrisa mientras servía comida y bebida.

»Pero mi padre… de alguna manera se dio cuenta. La llevó a un lado y le preguntó qué iba mal. La había visto la noche anterior y esa noche ella estaba… diferente. El hecho de que un completo desconocido viera a través de su máscara hizo que mi madre le abriera su corazón. Una vez que lo hizo, no tardó mucho en enamorarse de él. En cuanto a mi padre, al principio afirmó que no la quería, pero volvía con ella casi todas las noches para estar juntos. No fue hasta que descubrió que estaba embarazada cuando finalmente se dio cuenta…

Me hallaba absorta en las palabras de Zach, no podía apartar la mirada de su rostro.

Su boca se torció en una pequeña sonrisa.

—Mi padre también se convirtió en un hereje. Se casó con ella en secreto y, cuando la Legión lo descubrió, lo enviaron a una misión suicida en solitario. Pero mi madre hablaba de él todo el tiempo. Decía que cada día que pasaba lejos de él era doloroso. —Zach se quedó callado un largo rato y luego me miró—. Tal desesperación… ¿Alguna vez la has sentido, Ivy?

De nuevo, mi voz se quedó atrapada en mi garganta. No, jamás había sentido algo semejante. Era absurdo y, sin embargo, no pude decirlo en voz alta. Quizás fuera por la intensidad con la que sus ojos sostenían los míos, y *sentía* la desesperación en ellos.

Era inaudito. Un Real que deseaba casarse con una Romántica. ¿Era cierto siquiera? ¿O se trataba de una mentira contada por la madre de Zach para aliviar el dolor de la desaparición de su padre?

Zach pareció leerme la mente.

—No soy ingenuo. Podría ser una mentira para ayudarme a pensar mejor de un padre al que nunca conocí. Pero, incluso si lo fuera, ¿eso no significa algo? ¿Que mi madre todavía lo quería tanto como para mentir por él? ¿Incluso por mí? Tal vez no fuera mutuo, pero eso no significa que no fuera real.

—Nunca he visto algo así —dije al fin. Tenía la garganta seca después de haber permanecido en silencio.

Zach colocó algo más de leña en el fuego y las chispas volaron hacia arriba.

—No, supongo que no. A vosotros os crían, ¿no?

Aunque no estaba contenta con el término, no podía negar que era verdad. Yo era producto de una cría intrincada, de cuidadosos cálculos y manipulación de genes para producir los Besos más poderosos de la Legión. Era una Real de raza pura. Era probable que mis padres ni siquiera hubieran sentido Lujuria el uno por el otro. Habían entrado en el dormitorio con un objetivo, un propósito.

Pero uno noble: producir un heredero capaz de luchar contra las Fuerzas Oscuras y defender los cuatro reinos. En cuanto a mi madre, veía a cada uno de sus hijos como soldados, engendrados para ayudarla a encontrar y destruir a la Reina Malvada. Y era lo que yo quería también. Luchaba para terminar con aquella guerra. Para mantener a aquellas niñas de la clase de Tulia alejadas de duendes y grifos.

Zach sonrió y dijo:

—Pero parece que el resultado final valió la pena. —Hizo una pausa—. Eres una princesa inteligente, ingeniosa y preciosa. Eso no puedo negarlo.

La hoguera que había entre nosotros desprendía demasiado calor. Incluso hacía que me sudaran las palmas de las manos.

—No olvides «irritante» —añadí.

Zach se echó a reír y me di cuenta de que había echado de menos su risa y su sonrisa fácil en ese poco tiempo.

—También.

—Zach, lo que he dicho... lo he dicho porque estaba enfadada y asustada. He tenido miedo cuando te has ido. —Me había quedado sola sin un compañero, como en la muralla, con el enano a punto de matarme y Kellian fuera de combate, sin nadie cubriéndome la espalda.

—Ivy...

—Incluso si no me besas, tienes que aprender a confiar en mí. Seguimos siendo compañeros.

—Y *tú* tienes que confiar en *mí*. Confía en mí cuando digo que puedo protegerte sin el Beso, que podemos vencer al dragón sin él.

Abrí la boca, pero Zach levantó la mano para pararme.

—No puedes cambiar lo que creo, no importa lo que digas o hagas. Siempre creeré que los besos no son armas. *Nunca* tuvieron el propósito de ser armas.

—La seguridad del reino debe tener prioridad sobre las creencias personales de cualquiera —respondí.

—Dame una oportunidad.

—No me sirves de nada muerto, Zach.

—No planeo morir, Ivy.

—Casi lo haces hoy.

—Pero no lo he hecho.

Aquello era inútil. Estábamos dando vueltas en círculos. Pero habíamos logrado algo bueno: Zach volvía a hablarme, y no solo eso. Me había contado algo muy personal. Si continuaba abriéndose a mí, tal vez podría convencerlo de que viera las cosas a mi manera.

Levanté el dedo índice.

—Una oportunidad —concedí, con un pequeño asomo de sonrisa.

—Parece justo. —Zach alargó el brazo y me tomó la mano. Entrelazó nuestros dedos, se los llevó a los labios y me besó el dorso de la mano, donde descansaba su marca.

Sus labios eran cálidos y suaves. En medio de mi sorpresa, recé para que no notara mi temblor. Una parte de mí quería apartar la mano al recordar los comentarios de Brom de antes sobre el pecho desnudo de Zach.

—Hueles a cítricos.

Traté de reprimir el escalofrío que me causaron sus palabras, pero no pude. Tuvo que notarlo.

—Es por Lorena. A ella... le gustan las cáscaras de naranja.

Él sonrió contra mi piel.

—Ella y yo tenemos algo en común, entonces.

Bajó nuestras manos de sus labios, pero no me soltó. Cuando su mirada se alzó hacia mi cara, los árboles y la fogata se convirtieron en borrones de color: tonos de naranja, rojo, verde, violeta y marrón a nuestro alrededor. Y, mientras los detalles del resto del mundo se difuminaron, su cara parecía extrañamente enfocada, clara, cristalina.

—Eso no es..., no hace... —balbuceé, incapaz de formar una frase entera. Por suerte, me ahorré más esfuerzos cuando el sonido de pasos que crujían nos alertó de que Bromley se acercaba y Zach me soltó la mano. Me aparté con rapidez e inmediatamente me sentí tonta. ¿Por qué estaba actuando como si estuvieran a punto de pillarnos haciendo algo que no deberíamos?

Zach se puso de pie cuando Bromley entró en nuestro pequeño campamento.

—Por los mares de Glyll, eres muy ruidoso, Brom. Tengo que enseñarte a moverte por el bosque sin despertar a todas las criaturas en un kilómetro a la redonda.

Bromley se fijó en mí y sonrió.

—Esa podría ser una buena idea.

Zach le dio una palmada en el hombro a Brom.

—Haré la primera guardia. Vosotros dos descansad un poco.

Después de despejar mi cabeza de cualquier desenfoque residual, me instalé en mi saco y me alejé del fuego, busqué en los bolsillos de mi capa y saqué un trozo de papel doblado con el hechizo que Brom me había copiado. Releí el conjuro una y otra vez porque, a pesar de nuestra conversación, sabía que no había forma de que pudiéramos destruir al dragón sin el Beso. Confiaba en él para proteger a una princesa, pero ¿cómo podría proteger a todos los reinos del monstruo más grande que el mundo había visto nunca?

CAPÍTULO DIECISÉIS

UNA HEROÍNA INESPERADA

Me desperté entre toses. Una sombra había caído sobre mis pulmones, mi Sentido ardía con la amenaza de otra criatura oscura. Pero esa sensación… se parecía más a una niebla que a una fuerte lluvia. Lo había sentido muchas veces cuando patrullaba, sabía lo que era.

Mi tos despertó a Zach y se incorporó con una mano en su espada. Cuando se dio cuenta de que no había una amenaza inmediata, se agachó a mi lado.

—¿Qué pasa? ¿Se acerca algo?

—Solo unas arpías de gorrión. Toda una bandada. Deben de estar cerca.

Ante mis palabras, Brom, que había estado vigilando, hizo una mueca de asco.

—Odio a esos bichos. ¿Hay alguna manera de que podamos evitarlos?

Yo fruncí el ceño.

—No deberíamos perder el tiempo intentando esquivar a la bandada con mi Sentido.

Zach me miró a mí y luego a Brom.

—¿Arpías de gorrión? Creía que solo salían de noche.

Asentí.

—Por lo general sí, pero las arpías de gorrión a plena luz del día es una señal de que una poderosa fuerza oscura se está acumulando, como…

—Como un huevo de Dragón Negro. Lo pillo. —Zach suspiró. Me tendió las manos y se las agarré y dejé que me ayudara a ponerme de pie.

—¿Estás bien para…?

—Por supuesto que lo estoy. Solo son arpías de gorrión. —Me pregunté si dejarme a solas con el grifo le había afectado de verdad.

—¿Estás segura? Podría…

—Zach, no es que no aprecie toda esta atención, pero estoy acostumbrada a llevar esta carga, ¿recuerdas? Eres mi *sexto* compañero.

Ante eso, me soltó las manos, las puntas de sus orejas se pusieron rosas.

—Cierto. Por supuesto.

Enseguida estuvimos de nuevo de camino a través del bosque. Aunque Zach no hizo ningún movimiento para tocarme, sentí que su mirada se centraba en mí de vez en cuando. Me sentía un poco avergonzada de la forma en que los nervios de mi estómago revoloteaban cuando lo pillaba mirándome o de la forma en que seguía volviendo mentalmente al momento en el que mis manos habían estado en las suyas. Pero entonces una saludable dosis de miedo me invadía, miedo a perder el control, y me sentía yo misma otra vez.

Dos horas después, oímos el aleteo de las alas. Cientos de ellas, si no miles. De hecho, sonaba más como un zumbido.

Los tres desmontamos a la vez. Avanzamos unos pasos más a pie, luego Zach se detuvo.

—¿Deberíamos atar a los caballos?

Yo dudé.

—Las arpías de gorrión no tocan a los vivos. A los caballos no les gustarán, pero, si las arpías están devorando algo, no podemos esperar.

—¿No hay forma de echarlas?

—Ninguna con la que vayas a estar de acuerdo —murmuré.

—Está bien, entonces los caballos vienen con nosotros.

Zach empezó a avanzar. Yo fruncí el ceño, pero no protesté.

El zumbido se volvió imposiblemente fuerte. Me aporreaba las orejas, resonaba en mi cerebro y hacía que los dientes me castañearan.

El cielo estaba plagado de arpías. Grandes enjambres de criaturas negras con alas de murciélago del tamaño de gorriones, si los gorriones fueran toscos y grotescos. Tenían cabezas diminutas y brazos y piernas endebles, sus alas negras y coriáceas soportaban su peso, que en su mayoría provenía de sus gigantescos estómagos. Algunas planeaban, otras se lanzaban hacia abajo y otras volaban por el aire como moscas. Sus alas eran un borrón.

En medio del bosque había una gran pradera y a lo largo de ella podía verse… una masacre.

Los cadáveres cubrían la hierba alta y aplastaban todo lo que crecía con sangre y más sangre. No se trataba de personas, gracias a la Reina, sino de una manada de ciervos rojos. Las majestuosas criaturas habían sido asesinadas por una bestia oscura, pero era difícil saber cómo habían sido asesinadas, ya que las arpías de gorrión habían picoteado sus cadáveres hasta llegar a los huesos plateados. Cualquiera que fuese la criatura que los había matado tenía que ser rápida para capturarlos, posiblemente grifos del aire o serpientes de hierba alta.

Las arpías bajaban en picado y zumbaban y hurgaban en la carne del venado, pero no nos prestaron atención. Las arpías de gorrión vivían solo para el aroma de la muerte y la sangre fresca, no para el de los sanos ni los vivos. Eran carroñeras.

Las lágrimas brotaron de mis ojos. El olor metálico de la sangre y la carne en descomposición flotaba en el aire. Pero la vista era lo peor. Los ciervos rojos serbales eran criaturas sagradas, por lo que rara vez se los cazaba y, cuando se hacía, se utilizaban todas las partes de sus cuerpos: su pelaje, carne, astas de plata y huesos, que se convertían en grandes armas para la Legión. Pero, más que nada, eran criaturas dulces y gentiles. Se decía que su aliento en el frío aire invernal formaba las ráfagas de viento que viajaban hasta los mares de Glyll.

Era una tragedia para la que no había palabras. Me cubrí los ojos con las palmas, las lágrimas se aferraron a mis manos y tragué unas pocas veces más. Brom se volvió y le entraron arcadas. Zach estaba de pie algo más adelante, aferraba las riendas de Vel y contemplaba la masacre con la mandíbula apretada y un ligero brillo en su pálida piel. Después de un momento de silencio, dijo:

—Vámonos.

Me detuve en mitad del prado, con las botas cubiertas de sangre y lodo, y las arpías de gorrión zumbando implacablemente, bajé la cabeza y ofrecí una oración silenciosa a las Reinas Santas. El viento se llevó mis palabras susurradas por encima de las praderas y lejos de los presagios oscuros sobre el Dragón Negro.

Dos horas después, el bosque se había vuelto tan espeso que la luz había desaparecido y otra sombra había caído sobre mis pulmones y mi corazón. Luchando contra una oleada de náuseas, bajé la cabeza y aspiré en la melena de Lorena, que todavía olía a los establos de casa, y observé el follaje verde oscuro del suelo pasar a un trote lento. A medida que las náuseas retrocedieron, la sombra sobre mis pulmones se tensó y exprimió el aire de mi pecho.

—Hay algo cerca —susurré.

Zach se giró en su silla de montar.

—¿En qué dirección?

—Sudeste, creo.

—¿Cuántos? —Sus manos se tensaron y se aflojaron sobre sus riendas. No por primera vez, me pregunté si estaba enfadado porque ya no tenía el Sentido o porque *yo* lo sentía *doble*.

—O muchas criaturas pequeñas o una muy grande, y se acerca con rapidez.

Zach sacó una daga de su cinturón.

—Desmontad.

Brom y yo obedecimos. Brom agarró su escudo y recuperó su ballesta de su alforja. Yo agarré la empuñadura de mi espada, había perdido mi propio escudo en la pelea con el grifo y me sentía desnuda sin él.

Nos movimos lo más silenciosamente posible por el bosque. Escuché con atención, pero, más que nada, sentí. Me sumergí hondo en las reservas de mi magia Real e hice aflorar mi Sentido, que se estiró como si tuviera brazos hacia los árboles que nos rodeaban. En el aire no había nada siniestro, pero tal vez... empujé mi Sentido hacia abajo, hacia el suelo del bosque, y entonces, hacia el este y moviéndose constantemente, sentí una presencia oscura.

—Está en el suelo. —Toqué el codo de Zach—. En la hierba.

Zach maldijo.

—Volved a montar.

Esa vez no obedecí porque Zach no se había movido.

Por un segundo, me sentí tentada de mencionar el Beso, pero a esas alturas ya sabía que ni la lógica ni la seducción funcionaban con él. Sin embargo, en lugar de discutir, necesitaba que confiara más en mí. Pero ¿cómo?

Al hacerlo a su manera. Solo esperaba que no nos mataran.

—¿Y tú? —pregunté.

—No puedo matar a lo que sea esta *cosa* desde mi caballo, ¿verdad? —espetó.

—¿Por qué crees que la responsabilidad recae solo en ti? —Le apunté al pecho con un dedo—. Nosotros también estamos aquí. —Hice un gesto hacia Brom, que se había quedado en el suelo conmigo.

La mirada de Zach pasó de mí a Brom, como si estuviera considerando nuestra valía.

—Déjanos ayudar en la pelea. ¿O prefieres repetir el incidente con el grifo?

Por fin me miró a los ojos y pude ver que lo había atrapado.

Antes de que Zach pudiera aceptar, el sonido de algo que se arrastraba entre las hojas y la maleza llegó a mis oídos. No, más suave que algo que se arrastrara. Como si se deslizara.

—Serpientes —susurré. Probablemente las mismas que habían acabado con la manada de ciervos rojos y ahora andaban en busca de más sangre.

Ante eso, Zach me subió a mi silla más rápido de lo que yo hubiera creído posible y sacó una segunda daga de su cinturón.

El deslizamiento se hizo más fuerte, y cada vez me costaba más respirar. Antes de que pudiera gritar una advertencia, algo saltó de entre la maleza y atravesó el aire.

La serpiente prácticamente voló e impulsó su largo cuerpo hacia mí. Era una víbora basilisco, conocida por su patrón ramificado de escamas grises y verdes y sus ojos amarillos sin pupilas.

Zach ya estaba allí, giraba como una serpiente él mismo, movía su daga en un corte rápido hacia arriba y cercenó limpiamente la cabeza de la víbora. Esta cayó al suelo y se convirtió en polvo mientras más movimientos deslizantes susurraban a través del bosque.

Nuestros caballos sacudieron las cabezas, sus cascos bailaban con pánico.

—¿Alguna idea? —grité. Por el sonido, debía de haber cerca de veinte víboras.

—Limitaos a cubrirme. Brom, dale a Ivy tu escudo y dispara a cualquier cosa en la hierba que se mueva.

Cuando Brom me arrojó su escudo y cargó su ballesta, le imploré a Zach.

—Por favor, necesitas…

—Lo que *necesito* —lanzó otra daga contra el suelo del bosque a unos metros de distancia y oímos un silbido— es una forma de deshacerme de toda esta hierba.

Los reptiles se acercaban cada vez más, silbaban y se deslizaban a un volumen imposible ya. Brom disparaba flechas a cualquier susurro mientras Zach y yo lanzábamos dagas, pero era imposible saber si le acertábamos a algo.

Otro basilisco salió disparado por el aire y Zach lanzó su daga, que clavó la serpiente a un árbol. Justo cuando yo lanzaba otra daga, Lorena relinchó y se levantó sobre las patas traseras. Todo lo que pude hacer fue agarrarme a sus costados con la suficiente fuerza para no caerme de su espalda. Las serpientes estaban ahora bajo sus cascos.

O, al menos, eso creía yo. Pero no eran serpientes, sino llamas, lo que mordisqueaba sus pezuñas. Zach y Brom soltaron sendos gritos de sorpresa y saltaron de un pie al otro. El fuego ahora se extendía desde sus pies y reducía la maleza a cenizas. Se extendió rápidamente en un círculo perfecto y destruyó toda forma de vida vegetal a su paso y dejó solo la tierra desnuda. Y a veinte víboras basilisco que parecían muy cabreadas.

Aquello no podía ser un incendio natural.

Me di la vuelta en mi silla de montar para buscar la fuente de la magia. No podía ser Zach. Parecía igual de sorprendido por las llamas. ¿Podría provenir de la misma fuente que la desaparición dorada del grifo?

Con toda la hierba y la maleza quemadas, Zach se lanzó hacia delante como una hoja al viento, cortando y lanzando. Observé, con la boca abierta, mientras trozos de serpiente volaban por los aires. Brom y yo ayudamos, pero no fue nada comparado con la intensa matanza de Zach. En un par de ocasiones las serpientes estuvieron a punto de llegar a mí, pero Zach las cortó en pedazos.

Una vez que el polvo de los cadáveres de las víboras se asentó y la oscuridad se evaporó de mis pulmones, el bosque se quedó en silencio, que tan solo era interrumpido por un ligero susurro. ¿De dónde venía? El terreno había sido chamuscado en un círculo perfecto a nuestro alrededor.

Zach levantó la vista y yo hice lo mismo.

Al este, en un alto árbol brucel, había una mujer joven. Estaba agachada en una rama ancha y de aspecto robusto, la mitad de su cuerpo quedaba protegido por hojas y ramas. Estaba bien escondida, pero su túnica azul vibrante la delató.

Durante unos instantes, nadie se movió ni habló. Zach me miró y yo gesticulé con la boca:

—*Maga.*

Tenía que serlo. Con una magia elemental como esa, tan controlada y precisa.

—Saludos, señorita —saludó Zach con una mano ahuecada sobre la boca—. ¿Debemos agradeceros a vos esa magia?

Ella se enderezó, el dobladillo de su túnica azul cubrió las hojas y la corteza. Su cabello, tan negro como el ala de un cuervo, le caía en preciosas ondas hasta los codos y su piel era blanca como la nieve.

Sentí una punzada de envidia. Incluso estando ella en un árbol vi lo perfecta que era su piel. «A diferencia de la mía», pensé con irritación, siempre consciente de mis pecas, una burla eterna a la preciosa piel de mi gran antepasada. Algo que mi madre nunca me dejaba olvidar.

Verla allí, con la luz a sus espaldas y su oscuro cabello marcando un fuerte contraste contra las hojas de un verde brillante, me recordó a la vidriera de la reina Myriana de la biblioteca. Se parecían mucho.

—Fantástica deducción, príncipe —dijo la maga—. ¿También has resuelto el misterio de por qué el mundo se oscurece cuando el sol se pone?

Zach echó la cabeza hacia atrás y rio. Era la misma risa fácil que me había dedicado en el pueblo. Todavía riendo, Zach se colocó las dagas en el cinturón.

—Bien jugado, maga.

Ante su despreocupada risa, la irritación me atenazó los nervios del cuello e hizo que mis hombros se encorvaran. No era solo que se riera tan fácilmente con aquella mujer guapísima, sino que también era irritación hacia mí misma por sentirme molesta por ello.

—¿Quién eres? —preguntó la mujer.

Desmonté a Lorena.

—Mi nombre es Ivy Myriana, descendiente directa de la reina Myriana y Princesa Real de la Legión de Myria.

—No hablaba *contigo*, princesa —dijo con brusquedad, y su cabeza giró de vuelta a Zach—. Estaba hablando con el fantasma disfrazado de espadachín.

Zach alzó las cejas.

—Conque un espectro, ¿eh? ¿Eso es un cumplido?

Ignorando su comentario, le puse una mano sobre el hombro.

—Este es mi compañero, el príncipe Zachariah del reino de…

La maga saltó del árbol y aterrizó grácilmente con una lluvia de hojas a su alrededor. Colocó las manos sobre las caderas y miró de reojo a Zach.

—¿*Tú* eres el príncipe espadachín del oeste?

Zach se encogió de hombros.

—Te esperabas a alguien más alto, ¿verdad?

Puse los ojos en blanco.

—No le hagas caso. Un trol le pisó la cabeza cuando era un bebé.

La maga simplemente nos ignoró.

—Eso no puede ser —dijo—. He oído que no acepta a compañeras. Que es un príncipe sin princesa.

—Ah, bueno, este es un acuerdo *especial*. —Los ojos de Zach permanecieron sobre mí.

Especial. Aparté la vista rápidamente.

—Mmm —fue la única respuesta de ella.

Hubo una pausa incómoda entre los cuatro, y entonces, cuando miré a mi alrededor, me di cuenta de que faltaba algo.

La mano de Zach me rodeó la cintura, y me sorprendió tanto por lo inesperado como por lo íntimo del gesto.

—¿Ivy? ¿Qué pasa? ¿Te encuentras bien?

No debería haberme complacido la gentileza de su voz o la ternura con la que me tocaba, pero no pude detener mi sonrisa.

Coloqué mi mano sobre la suya y le di un apretón.

—Estoy bien. Lo prometo. —Volví la mirada a la maga mientras Zach retiraba su brazo—. Me preguntaba... ¿Dónde está tu maestro?

La maga me miró con un gesto contemplativo.

—¿Mi maestro?

Me crucé de brazos.

—Eres muy joven para viajar sola y usar tu magia sin un maestro que te ayude.

A los magos jóvenes les llevaba muchos años controlar completamente sus poderes elementales, y aquella chica no podía ser más que unos pocos años mayor que yo.

La maga sonrió mientras enrollaba en un ondulado rizo que yacía sobre su hombro dos dedos pálidos.

—No debes preocuparte, princesa.

Mientras hablaba, habría jurado que sus ojos se ensombrecieron, pero pudo haber sido una nube al pasar por delante del sol.

—Mi maestra está muy cerca.

Miré de nuevo hacia los árboles, pero me sentí tonta. Allí no había nadie.

—¿Qué estáis haciendo tú y tu maestra tan al norte?

La maga llevaba una bolsa liviana, que solo me di cuenta de que llevaba en ese momento.

—Nos llegó el rumor de que una bruja pasaba por esta zona.

Alcé las cejas.

—¿Y no se lo habéis dicho a la Legión para que puedan investigar?

—¿De qué sirve poseer estos poderes si no es para ayudar a aquellos que lo necesitan? —Giró sobre sus talones—. Ahora, creo que ya he respondido a suficientes de vuestras preguntas, mientras que vosotros apenas habéis respondido a las mías. Me voy.

Ofendida, casi señalé que todo lo que realmente había preguntado era por qué Zach me había elegido como compañera y nada más, lo que ahora parecía bastante personal, pero no lo hice. Ella *acababa* de salvarnos.

—Espera —le dije—. Si tú…, si no te importa, tengo un favor que pedirte.

Ella se giró solo a medias, su mirada parpadeó hacia Brom, quien la miraba fascinado, luego de vuelta a Zach y a mí.

—Entonces pídelo.

Ignoré su tono altivo y señalé en la dirección de la que habíamos venido.

—Una manada de ciervos rojos ha sido masacrada por estas víboras basilisco y ahora sus cuerpos están siendo devorados por arpías de gorrión. Me preguntaba si podrías… ayudar a sus almas a encontrar la paz.

La maga me miró, sus ojos azules fijos en los míos.

Antes de que pudiera decir otra palabra, ella asintió y luego levantó la mano por encima de su cabeza y la bajó en un rápido movimiento de corte.

El viento rasgó los árboles con la fuerza de un vendaval sobre los mares. Zach, Brom y yo levantamos los brazos contra el viento y la embestida de miles de hojas. Cuando levantamos la mirada, se había ido.

—Presumida —murmuré.

Recogimos nuestras dagas y flechas caídas y nos pusimos en camino una vez más por el bosque. No mucho después, la brisa nos trajo olor a humo. Nos dimos la vuelta y miramos hacia atrás. Efectivamente, un espeso humo negro se elevaba sobre las copas de los árboles en la dirección del prado. Las arpías de gorrión se dispersaron como cenizas al viento y dejaron que las almas de los grandes ciervos encontraran la paz en las llamas mágicas.

CAPÍTULO DIECISIETE

TORMENTA INMINENTE

Avanzamos por el bosque a un ritmo constante, incluso a pesar de que el terreno cambiaba progresivamente y que cada vez había más colinas. Dirigiéndonos al norte hacia las montañas y virando en algunas ocasiones hacia el este cuando podíamos orientarnos por la posición del sol a través de los árboles, cubrimos mucho terreno. Luego comenzaron los truenos.

Llegaron rápidos, graves y amenazadores, como un segundo dosel sobre nuestras cabezas y se cernieron sobre las hojas y ramas del bosque.

Maldije y detuve a Lorena y le acaricié el hocico mientras el tercer trueno retumbaba a nuestro alrededor.

—No es una tormenta normal.

Zach frunció el ceño mientras miraba por encima de su hombro.

—No me lo digas..., ¿otra puñetera señal?

Asentí.

—Tenemos que encontrar refugio. Rápido.

—Puedo ir a explorar y buscar una cueva —se ofreció Bromley, que ya estaba desmontando.

Sabía que Brom era un buen explorador (los otros príncipes y los miembros de los grupos de caza a menudo se jactaban de sus habilidades), pero, aun así, mi estómago se encogió ante la idea. No solo era la tormenta mágica peligrosa en sí misma, sino que también interfería con mi Sentido, lo cual me impedía percibir si había alguna una criatura oscura vagando por allí cerca.

Me mordí el labio inferior para evitar prohibírselo.

Zach me miró y luego desmontó de su caballo.

—Sin ofender, Brom, pero tengo las piernas más largas, y por eso estoy bastante seguro de que puedo moverme más rápido.

Cuando me entregó las riendas de Vel, le dediqué una sonrisa de agradecimiento y le apreté brevemente las yemas de los dedos. Zach me devolvió la sonrisa, luego se echó la capucha sobre su pelo castaño corto y se adentró deprisa en el bosque mientras arremetía contra los árboles con una daga que llevaba en la mano para marcar el camino.

Brom y yo seguimos adelante, pero a un ritmo mucho más lento, escuchando los sonidos del bosque y la tormenta inminente. La avalancha de lluvia estaba a tan solo unos minutos. Yo solo rezaba para que el rayo negro esperara hasta que encontráramos refugio. A diferencia de los rayos normales, que causaban incendios, los rayos negros provocaban temperaturas bajo cero, congelaban a todos los seres vivos y abrían grietas en la tierra. Toda la cosecha de la temporada quedaba arruinada y la gente se moría de hambre. Las grietas que se abrían en la tierra por el hielo causaban terremotos y, cuando el hielo se descongelaba, había inundaciones. Era una desolación tras otra.

Por eso necesitábamos encontrar una cueva pronto. Un rayo negro nunca caía sobre la piedra. Ahí no había nada que matar.

—Yo debería estar buscando, no él —dijo Brom después de un trueno particularmente potente—. Él debería estar *aquí* con *vos*, princesa. Para protegeros.

—Puedo cuidar de mí misma, Bromley —le dije con delicadeza.

Me miró a los ojos. Era la misma mirada que me había echado cuando de pequeños lo había chinchado con haber metido un duende en su armario. Una de puro miedo. ¿Lo habían aterrorizado esas víboras más de lo que había dejado ver? ¿O había sido el grifo? Había estado tan preocupada con los truenos que no había notado lo callado que había estado después del ataque.

Desmontamos para poder avanzar uno junto al otro.

—Esas serpientes —dijo— casi os hieren. Varias veces. Pero él os ha salvado... sin esfuerzo. Del grifo también. Yo no estaba allí, pero vi las manchas de sangre de Zach: él os salvó. ¿Qué pasa si nos atacan de nuevo? No puedo protegeros como él.

Detuve a los caballos y le eché una ojeada al cielo.

—No es tu trabajo protegerme, Brom.

—¡Y por eso debería ser yo el que explorara! —chilló Bromley.

Di un paso hacia atrás, sorprendida. Bromley nunca antes me había gritado tan enérgicamente.

El color desapareció de su rostro y de repente se echó a mis pies.

—Lo siento mucho, mi señora. Por favor, perdonadme.

«Oh, Brom.» Apreciaba mucho a mis hermanas, pero Brom era mi familia más que cualquier otra persona y sabía que él sentía lo mismo por mí. Nos preocupábamos el uno por el otro.

Caí de rodillas y le rodeé los hombros con los brazos para acercarlo a mí.

—Zach se ha ofrecido a ir porque ha visto que yo te quería aquí conmigo. Tenía miedo por ti, Brom. No te quiero solo en el bosque.

Bromley no dijo nada, pero hundió profundamente las manos en la tierra.

Apoyé la mejilla contra su coronilla.

—Sé que es egoísta, pero no podría soportarlo si te pasara algo.

Bromley movió la cabeza hacia arriba, lo que hizo que apartara la mejilla, y me miró a los ojos.

—Yo tampoco. No podría soportar ver que… Sois… sois la única familia que tengo.

Sonreí y deposité un beso en su frente.

—Tú también eres mi familia.

Él se borró mi beso como un hermano pequeño avergonzado.

—¿Qué pasó entre vos y Zach? Anoche, quiero decir, cuando me fui.

La pregunta fue tan repentina que me pilló por sorpresa.

—Bueno, yo… le había dicho algo increíblemente grosero, así que me disculpé y llegamos a una especie de… acuerdo.

Los labios de Brom se ladearon en una media sonrisa.

—Me di cuenta de que había pasado algo. Parecíais…

Un rayo de luz ahogó su voz. Venas negras rasgaron el cielo gris y a varios metros de distancia un grupo de árboles se quedó blanco con hielo, el suelo temblaba bajo nuestros pies a medida que las raíces de los árboles también se congelaban. Nos pusimos de pie rápidamente y aferramos las bridas de los caballos mientras les acariciábamos la nariz para mantenerlos calmados. Como si el rayo negro hubiera actuado de desencadenante, la lluvia cayó en grandes goterones. Nos colocamos las capuchas y seguimos moviéndonos en la dirección de las huellas de Zach. Justo cuando estábamos congelados y calados hasta los huesos, una figura envuelta en una capa emergió de la lluvia. Esperaba que fuera Zach, pero desenvainé mi espada por si acaso.

La figura nos hizo una señal y mi corazón latió aliviado. No solo Zach estaba a salvo: había encontrado refugio.

Tuvimos que atravesar una cascada para llegar a la pequeña cueva, pero no importaba, ya que estábamos empapados de todos modos. El acantilado del que caía la cascada no era muy alto, pero igualmente me provocó cierta ansiedad. Las montañas Wu-Hyll cada vez estaban más cerca, lo que significaba que el huevo también lo estaba.

Zach ya había explorado la mayor parte de la cueva, pero se quedó cerca de mí, listo para actuar si yo sentía la presencia de las Fuerzas. Pero no sentí nada, solo la humedad y el frío de la lluvia helada.

Después de encender un fuego, nos turnamos para usar la profundidad oscura de la cueva para cambiarnos la ropa empapada por la semiseca de nuestro equipaje. Luego comimos y nos instalamos junto a las llamas. Me ofrecí a hacer la primera guardia y, en cuanto nuestros turnos estuvieron decididos, Bromley se durmió.

Esa vez fue Zach quien se sentó a mi lado, ambos mirábamos hacia la entrada de la cueva, donde los caballos estaban acurrucados, lejos de la cascada. Yo era mucho más consciente de su presencia que las últimas veces que nos habíamos sentado alrededor del fuego. No, más bien era igual de consciente que antes, pero la sensación era diferente. Estaba… ¿nerviosa? ¿Inquieta? No, no era nada de eso, aunque era similar. Era algo a lo que no podía poner nombre o explicar.

—Gracias —dije al fin.

—¿Por qué? —preguntó mientras sacaba sus cuchillos y les limpiaba la sangre de las víboras.

—Por explorar en lugar de Bromley.

Él se encogió de hombros.

—Yo tampoco lo quería ahí fuera solo.

Suspiré.

—Se ha enfadado conmigo. Ha dicho que *tú* deberías haberte quedado conmigo, que tú puedes protegerme y él no.

—Ivy, no hagas esto. Bromley estaba un poco alterado por el ataque, eso es todo. Está preocupado por ti.

—Sí, las víboras lo han asustado y, sin esa maga, las cosas podrían haber acabado mucho peor.

Zach dejó de limpiar su daga y se concentró en el fuego.

—¿Quién era?

—Ni idea. Nunca antes había estado en Myria, estoy segura.

—Parece hábil.

—Sobre todo para alguien tan joven. —Mis nervios remitieron a medida que nuestra conversación caía en un ritmo fácil—. Por lo general se necesitan muchos muchos años para que los magos perfeccionen la magia elemental de esa manera. Y, lo que es más extraño, estaba deambulando sin un maestro.

Zach volvió a la limpieza de sus armas.

—Ha dicho que su maestra estaba cerca.

—Incluso si eso fuera cierto, de lo cual no estoy convencida, todavía está el tema de que no debería tener ese nivel de control sobre su magia.

—¿Por qué no?

—Los magos son diferentes de los Reales en que no necesitan un desencadenante para su magia. Y, también a diferencia de los Reales, su magia no repele específicamente a la Oscuridad. Nacen solo con la capacidad de controlar los elementos.

—Ya lo sabía —murmuró.

—Hay tres magos maestros por cada reino, y ellos asesoran al Consejo Real de reyes y reinas —continué, ignorando su interrupción—. Cada mago maestro toma al menos a un aprendiz de mago cada cinco años. Como es difícil que controlen su propio poder, necesitan a un maestro para aprender y para mantener sus habilidades bajo control. Pero ella ha sido capaz de conjurar esa magia de fuego por su cuenta, sin ningún maestro a la vista.

Zach frunció el ceño.

—Entonces, ¿crees que es peligrosa?

—No necesariamente. Debe de ser muy hábil para controlar el fuego de ese modo, para quemar un círculo perfecto. Así que dudo que vaya a quemar pueblos por accidente a corto plazo.

Zach chasqueó los dedos.

—Por eso le has pedido que incinerara a los ciervos serbales. Porque sabías que tenía el control suficiente para que el fuego no se extienda.

—Por eso y porque no podía soportar la idea de que a esas pobres criaturas se las… —Mi voz se apagó, perdida en los sonidos del golpeteo del agua y el crepitar del fuego.

—Lo entiendo. —La voz de Zach era baja, sombría, pero, aun así, reconfortante de alguna manera. Se guardó las dagas y a continuación agarró su espada.

Me acordé del grifo al arrebatarle esa misma espada de la mano y cómo, sin arma, Zach se había enfrentado a las garras del grifo para salvarme. Luego, la luz dorada…

—¿Crees que esa maga nos ha estado siguiendo?

Zach paró de limpiar y frunció los labios.

—Quizás fuera ella quien mató al grifo. Tuvo que derrotarlo la magia. No hay otra explicación.

Él frunció el ceño mientras miraba su espada y permaneció en silencio.

—Pero, de nuevo, estoy segura de que eso no era magia elemental. Nunca había…

—Acabas de decir que es extraño que una maga tan joven como ella sea tan poderosa —dijo—. Puede que también tenga un tipo diferente de magia.

Me escurrí el pelo mojado.

—Tal vez.

Pero ni siquiera eso cuadraba. La magia de los magos era elemental. Siempre había sido así. También estaba el hecho de que la maga había estado en el bosque con nosotros y ninguno de nosotros había percibido su presencia. Sí, había sido sigilosa sobre los árboles durante el ataque de las víboras, pero, aun así, parecía improbable.

Estudié a Zach. La tensión de su mandíbula dejaba claro que ya no estaba deseoso de hablar de ello, así que cambié de tema.

—Mira, ahí con las víboras…

Suspiró y la tensión en la cueva aumentó. Sospechaba que iba a decirle que no habríamos necesitado la ayuda de la maga si me hubiera besado.

Recordé lo que había dicho Brom sobre que Zach y yo parecíamos diferentes el uno alrededor del otro ese día. Más civilizados. Más cercanos, incluso. No podía estropearlo.

—¿Sí? —preguntó Zach.

Sorprendiéndome incluso a mí misma, extendí la mano y toqué la suya y mis dedos rozaron el interior de su muñeca. Habría jurado que sentí cómo se le aceleraba el pulso, pero no estaba segura.

—Me has salvado varias veces antes. Gracias.

Sentía nuestras manos demasiado calientes y no estaba segura de que tuviera algo que ver con la proximidad del fuego. Era un tipo diferente de calor.

Zach giró su muñeca, atrapó mis dedos en su palma y los sujetó con fuerza.

—De nada.

No fui capaz de retirar mi mano, y no fue porque me la sostuviera con fuerza. Después de unos momentos, me soltó y comenzó a pasar las yemas de sus dedos a lo largo de mi palma. La sensación me fascinó. Sus dedos, aunque callosos, resultaban muy gentiles contra mi piel mientras los arrastraba por mi muñeca y de vuelta hasta mis nudillos. Las guirnaldas de mi marca se doblaron y se retorcieron con el movimiento de su mano mientras un hormigueo se extendía por mi brazo, pasaba por mi garganta y bajaba por mi pecho. No estaba segura de qué estaba haciendo o cuál era su propósito, pero no quería que detuviera la extraña sensación en cadena que fluía a través de mí. Su dedo índice se detuvo sobre mi pulso y sus ojos se encontraron con los míos.

Sus dedos me presionaron un poco más fuerte la piel, como si me estuviera atrayendo hacia él. Me acerqué, curiosa ante la sensación que se extendía desde mi brazo a todo mi cuerpo.

Entonces, un fuerte ronquido resonó en las paredes de la cueva y Zach y yo pegamos un bote. Nuestras manos se separaron, nuestras respiraciones se volvieron agitadas y aceleradas.

Miramos hacia atrás para descubrir a Brom roncando, con más suavidad ahora.

Pero la..., lo que fuera..., se había ido, y Zach recogió sus cuchillos y envainó su espada sin decir una palabra más, luego se preparó para dormir.

Mi curiosidad huyó, reemplazada por una lógica familiar. Aquella sensación entre nosotros era demasiado embriagadora, demasiado adictiva. Peligrosa. Sentí la repentina urgencia de meter el brazo en la gélida cascada con la esperanza de deshacerme del calor ardiente que había dejado Zach en mi mano.

SEGUNDA PARTE

LA REINA Y SUS DESCENDIENTES

Nacida bajo el acebo,
nacida bajo el cardo,
acurrucadas en mantas de nieve.

Una niña de la luna,
una niña del sol,
juntas juegan y crecen.

En lo profundo de los bosques
y en los campos dorados
un joven y valiente cazador encuentran.

Una doncella de amor,
una doncella de odio,
tres nunca pueden cantar un dueto.

Extracto de una balada Romántica

CAPÍTULO DIECIOCHO

EL CUENTO DE LOS ROMÁNTICOS

Cuando por fin se dispersaron las nubes a media tarde del día siguiente, partimos hacia el oeste para volver a nuestra ruta principal. Zach nos condujo a través de los árboles y la maleza con facilidad, sin mirar apenas las marcas que había hecho. Era como si ya se conociera aquel bosque como la palma de su mano.

Mientras viajábamos vimos la devastación que había provocado la tormenta de la noche anterior. El hielo, en una forma u otra, parecía estar en todas partes: láminas sobre la corteza, carámbanos que colgaban de las ramas, y se habían abierto enormes grietas donde el suelo se había resquebrajado que mostraban raíces congeladas, así que tuvimos que desviarnos varias veces. Yo solo esperaba que la tormenta se hubiera quedado en el bosque y no se hubiera movido hacia cualquier pueblo cercano.

—La verdad es que me estoy cansando de estos árboles —murmuré, y aparté a un lado una rama—. ¿Cuánto más crees que tardaremos en salir de este bosque?

Brom sacó nuestro mapa de una de sus alforjas. Lo desplegó y suspiró.

—Al menos otro día más.

—Si tenemos suerte, llegaremos a alguna de las áreas despejadas al anochecer —dijo Zach sin mirar atrás.

Brom me entregó el mapa para que lo verificara por mí misma y, con un rápido vistazo, vi que tenía razón. El bosque en el que estábamos ocupaba gran parte del centro del mapa, se alargaba de este a oeste con dibujos pulcros de árboles que señalaban las zonas boscosas. Había pequeños parches de bosque sin árboles dibujados. Pequeños, pero definitivamente estaban ahí.

—Sí, hay algunos más adelante. —Pasé el dedo por el mapa y me detuve en un pequeño grupo de casas—. Deben de ser las áreas de las que este pueblo obtiene la madera.

Mientras me inclinaba para meter el mapa en la alforja de Brom, le dije:

—Me sorprende que recuerde eso de nuestra reunión con el comandante Weldan. Apenas prestó atención.

—Lo he oído —respondió.

Brom y yo nos reímos.

Zach echó atrás la cabeza y contempló el cielo.

—Sin árboles por encima, parece que esta noche podremos ver las estrellas.

El cielo por fin estaba despejado, quizás incluso se veía una rendija de la luna nueva. Aunque en realidad mi entusiasmo por el vasto cielo nocturno provocaba que el día y nuestros viajes solo se me hicieran más largos. Noté que mi mente divagaba varias veces a medida que dejábamos atrás árbol tras árbol.

—¿De dónde crees que viene? Me refiero a de qué reino —le pregunté a Brom cuando nos detuvimos para que los caballos tuvieran oportunidad de abrevar en un arroyo cercano. Era la hora del ocaso y los árboles por fin empezaban a ser más delgados.

—¿La maga? Nunca la he visto en Myria. —Brom se encogió de hombros—. Tampoco he oído rumores sobre una maga joven.

—Lo que es seguro es que ha estado en el oeste —dijo Zach, que se lavaba las manos en la corriente y se salpicaba agua en la cara. Hizo una mueca—. Está congelada.

—Los arroyos provienen de las montañas, por lo que son prácticamente todo nieve derretida. —Me acerqué a él con un paño limpio y se lo pasé por la cara justo cuando él iba a agarrármelo. Nuestras manos se rozaron y los dos nos estremecimos, el recuerdo de la noche anterior en *mi* cabeza, al menos.

—¿Por qué crees que es de Saevall? —pregunté, en un esfuerzo por dejar atrás el momento incómodo.

—No he dicho que sea de allí. Si tuviera que apostar, diría que es de Raed.

Mi madre acababa de llegar de Raed con noticias de que la Reina Malvada había sido vista por última vez allí. Quizás la maga sabía algo sobre el Dragón Negro y por eso estaba tan al norte. Pero era poco probable. Pocas personas podían descifrar los presagios de la actividad oscura normal, y mucho menos entender lo que significaban esos signos.

—Ha estado en el oeste, como mínimo, porque ha oído hablar de mí —dijo Zach.

Brom llenó su bota y ladeó la barbilla, pensativo.

—Pero mucha gente de todos los reinos ha oído hablar del príncipe espadachín.

—Sí, pero pocos *saben* que lucho sin una compañera. Ese es un detalle raro que a menudo se rumorea, pero nunca se confirma.

—¿Por qué? ¿No quieres que la gente sepa de tu cruzada de un solo hombre por el Amor Verdadero?

Se rio entre dientes.

—No fue idea mía. Fue de Weldan. —Zach me devolvió la tela, ahora húmeda—. Weldan luchó por mí ante el Consejo de Saevallan para que me permitieran formar parte de su Legión. No les gustó la idea, especialmente cuando supieron que era el hijo de una Romántica. No confiaban en mí, pero Weldan me defendió.

—¿Sabía que eras...? —le pregunté.

—¿Un Romántico? Nunca se lo dije directamente, pero creo que lo sospechaba. Aun así... Weldan se preocupa más por matar monstruos que por el linaje. Él vio que podía pelear y me quería en la Legión. En algún momento, creo que nos hicimos amigos. Es difícil de creer, ¿verdad? —dijo mientras esbozaba media sonrisa.

Recordé la forma contradictoria en que Weldan trataba a Zach: delante de sus hombres, con aspereza e irritación, pero, a solas conmigo, había hablado de Zach con reverencia y confianza. Yo podía simpatizar con la difícil situación de Weldan. No podía mostrar favoritismo por sus amigos, especialmente si esos amigos sobresalían por encima de todos los demás y eran herejes.

—No es tan difícil de creer —le dije con un guiño.

Zach levantó las cejas y miró hacia otro lado mientras se frotaba la nuca.

—De todos modos, una vez que me vieron en el campo de batalla, el Consejo no necesitó más persuasión. Por supuesto, cuando descubrieron que no aceptaría a una compañera, por poco me echaron. Pero Weldan dijo que al menos debería tener permitido el acceso a la información sobre las Fuerzas que proporcionaban las fuentes de la Legión, con la condición de que me callara mi... *opinión*.

—¿Weldan comparte tu opinión?

Zach contempló los árboles con aire pensativo.

—No, pero la respeta.

Unos pocos días antes, la pulla me habría ofendido, pero a esas alturas sabía ver que él no había pretendido que fuera ofensivo. Era extraño que pudiéramos hablar sobre ese tema sin que ninguno de los dos se enfadara irracionalmente.

Él, porque creía que había ganado la discusión.

Y yo, porque sabía que era solo una tregua temporal. Todavía tenía pensado conseguir su Beso.

Al anochecer nos encontramos con varios tocones, los cuales demostraban la cercanía de algún pueblo. Aquello nos hizo acelerar el ritmo, pero más que nada era un alivio viajar sin ramas que me rozaran brazos, piernas y cabeza.

No fue hasta que los últimos rayos del sol por fin brillaron, grandes rayas de amarillo y naranja en el cielo, cuando Zach se detuvo, levantó el brazo y señaló hacia el horizonte.

—Humo. Allí. ¿Lo ves?

Era tenue. Una sutil bruma blanca flotaba sobre los árboles. Tampoco estaba muy lejos, quizás a un poco más de un kilómetro.

—¿Un pueblo? —pregunté.

Él entrecerró los ojos mientras observaba el humo.

—Parece que viene de un fuego en campo abierto, tal vez incluso una hoguera. Poco común para un pueblo. ¿La maga otra vez? Podría habernos adelantado…, haber dejado atrás la tormenta.

—No lo creo. El fuego de los magos suele desprender un humo de un tono cobrizo —dije.

—Aliento de trol —maldijo Zach, que bajó la mirada del humo al bosque ralo que nos rodeaba—. Está justo en nuestro camino. Si damos la vuelta, podría suponer otras dos horas más de trayecto, y tenemos que parar para pasar la noche. —Nos miró a Brom y a mí—. Probablemente no sea nada de lo que no pueda encargarme.

—Podrían ser bandidos —señalé.

Zach me dedicó una sonrisa ladeada.

—Como he dicho, nada de lo que no pueda encargarme.

Al recordar su victoria aplastante y total sobre Amias, no podía discutírselo. Puse los ojos en blanco de todos modos.

—Vaya un príncipe pomposo.

Zach se rio a carcajadas y un zumbido de felicidad me atravesó.

El humo creció mientras avanzábamos, como si fueran alimentando las llamas con el triple de la cantidad de madera que tenía al principio. El dulce olor a quemado me hizo cosquillas en la nariz, y en su fragancia detecté el aroma de cerdo y faisán salvaje. Se me hizo la boca agua. Había pasado algún tiempo desde que nos habíamos alojado en el pueblo y degustado el delicioso guiso de Patrice.

Cuando por fin escuchamos voces, el crepitar del fuego y la música distante, Zach nos hizo parar y desmontamos.

—Quedaos aquí. Vuelvo enseguida.

Le agarré la muñeca.

—Ten cuidado, podrían…

Zach colocó dos dedos sobre mis labios.

—Aprecio que te preocupes por mí, pero estaré bien.

Aparté su mano.

—Adelante, entonces —espeté, e ignoré la forma en que se me había acelerado el pulso—. Me muero de hambre.

Zach desapareció en la penumbra de los árboles y Bromley y yo apenas estuvimos esperando más de cinco minutos antes de que Zach volviera, no tan subrepticiamente como antes.

—Es un grupo de artistas, del todo inofensivos.

—Artistas… —Coloqué mi brazo delante de Brom cuando él dio un paso adelante. Miré a Zach y dije en voz baja—: Quieres decir Románticos.

No hubo respuesta. Ninguno de nosotros se movió. Con un suspiro, Zach acabó por decir:

—Son buenas personas, Ivy. No tenemos que decirles que somos Reales.

—Querrás decir que *uno* de nosotros es un Real —le respondí.

La mandíbula de Zach se tensó.

—Son *buena* gente.

La historia sobre su madre volvió a mi cabeza. El dolor en sus ojos al hablar de su pasado y su gente. Estaba claro que no eran *malas* personas. Solo estaban equivocadas. Pero no iba a cometer el error de insultar a Zach de nuevo.

—Nunca he dicho que no lo fueran. Yo solo… Son diferentes. ¿Cómo lo hago para hablar con ellos?

Zach me tomó la mano.

—Como si me estuvieras hablando a mí, solo que menos presumida.

Se me escapó una sonrisa.

—No puedo prometer nada si son incluso la mitad de odiosos que tú.

Zach se echó a reír y me desabrochó la capa, la puso del revés para que el blasón de la Legión ya no fuera visible y luego tiró de mí. Bromley nos siguió con los caballos.

Llegamos a la linde del bosque y tuve que reprimir un jadeo ante la escena que se desarrollaba delante de mí. En lugar de un simple campamento, era prácticamente un festival, lleno de mesas apiladas con comida recién preparada sobre un fuego glorioso, músicos que tocaban flautas y violines y golpeaban pieles estiradas y personajes vestidos de modo extravagante que charlaban, comían y bailaban. Sus carros con toldos azules, rojos y púrpuras estaban aparcados en un círculo alrededor del fuego y sus caballos, incluso algunas cabras, estaban atados en una zona con más hierba, pastando.

Al contemplar la escena festiva, la devota Real que había en mí rezó para que los sacerdotes nunca se enteraran de aquello. Me obligarían a realizar una docena de ritos para librarme de sus gérmenes herejes.

—¿Y qué les has dicho? —le susurré a Zach cuando unos pocos Románticos nos saludaron con la mano: un adolescente y dos hombres mayores.

—Les he contado un cuento sobre que vamos al pueblo a comerciar. —Zach les devolvió el saludo y nos guio hasta allí.

El hombre más mayor, vestido con una túnica de color morado oscuro, pantalones grises y un chaleco tejido con hilos carmesí e índigo, abrió los brazos y sonrió o, al menos, supuse que lo hizo. Era difícil saberlo con esa gran barba negra.

—¡Bienvenidos, viajeros, amigos! Joven doncella. —Con un gesto, me agarró la mano y me plantó un beso rápido y rasposo en los nudillos—. Soy Jiaza, y estos son mi hermano, Pan, y mi hijo, Kiaza. Es un placer teneros en nuestra fiesta. Venid, venid, hay de sobra. Kiaza, llévate a sus caballos y dales agua.

Jiaza, que todavía me agarraba la mano, me llevó hasta las mujeres, que se ocupaban de las gigantes ollas humeantes y los trozos de carne asada ensartados en palos. En poco tiempo, las sonrientes y voluptuosas Románticas nos habían saturado con comida. Brom le hincó el diente a su carne de inmediato y yo hice lo mismo. La sabrosa salsa del faisán, un estallido de raíz de *shassa*, bayas de frezz, pimienta de limón y otras hierbas escondidas, consumió mis sentidos, y me costó un gran esfuerzo no engullirlo mientras seguía de pie.

Jiaza me guio hasta un sitio cercano al fuego y se sentó frente a mí.

—Así que —comenzó mientras se frotaba las manos—, viajáis hacia el norte, ¿eh? ¿De dónde sois vosotros tres?

—De la capital de Myria —respondí antes de darle un buen bocado al faisán.

—Ah, allí son gente buena y honesta, pero ¡no les va mucho la fiesta! Demasiados luchadores. Si me lo preguntas, creo que todo es culpa de la Legión. —Jiaza asintió como si lo supiera bien.

—Nadie te ha preguntado, vejestorio —dijo una voz con un marcado acento desde detrás.

La risa recorrió el pequeño círculo, pero Jiaza los ignoró y me guiñó un ojo.

—Aunque tienen mujeres encantadoras, ¿verdad? Y, bien, ¿con qué queréis comerciar?

Mastiqué más rápido para responder, pero, incluso antes de tragar, una de las mujeres que había servido la comida se sentó a mi lado y me rodeó los hombros con un brazo.

—Calla, Jiaza, los pobres están casi muertos de hambre y se merecen una comida decente. ¡Déjalos comer! Pueden someterse a tu interrogatorio cuando tengan el estómago lleno.

La mujer, que se presentó como Yana, era la esposa de Jiaza e insistió en que repitiéramos. Incluso hizo que Bromley repitiera una tercera vez, principalmente porque era demasiado amable para negarse a ello. Yana era una mujer corpulenta con cabello espeso y castaño oscuro que llevaba trenzado con cuentas e hilos rojos. Su atuendo era más simple que el de sus hijas y sobrinas y tapaba mucho más.

Las jóvenes Románticas usaban sorprendentemente poca ropa para el clima del norte, y brazaletes y metales brillantes adornaban sus muñecas, tobillos y clavículas para que reflejaran la luz del fuego cuando bailaban. Y siempre parecía haber al menos una de ellas bailando. Se movían como pájaros de fuego que se sumergieran en las llamas, extendieran sus brillantes alas de seda y dieran vueltas. Nunca había visto bailes como aquellos. Solo valses Reales en el castillo. Aquella danza Romántica me resultaba desconocida y fascinante.

Podía entender por qué Zach disfrutaba observando a las bailarinas, porque yo también estaba cautivada por ellas.

Sin embargo, no me gustó.

Tampoco me gustó cuando revolotearon a su alrededor y le tocaron los brazos y le susurraron al oído y lo acercaron al fuego para que bailara.

Los ignoré, fingí que no lo veía y que no me importaba. No, no estaba fingiendo, realmente *no* me importaba. ¿Por qué iba a hacerlo? No tenía motivos para estar irritada. Ninguno en absoluto.

—Señorita, ¿qué os preocupa? ¿Queréis bailar?

Un joven con cabello negro rizado y un cristal dorado colgando de su oreja estaba ante mí, con una mano extendida. Sus ojos marrones reflejaban la luz del fuego.

—¿Si quiero...? Ah, no, estoy bien. —Me reí nerviosamente y me alejé del olor a humo que desprendían su pelo y su ropa. No es que fuera un mal olor. Era dulce—. Además, no sé bailar.

—Tonterías. —El hombre me tomó de la mano y tiró de mí—. ¡Todo el mundo sabe bailar!

—Ella no. —Otra mano atrapó la muñeca del hombre y la alejó de mí. Zach sonrió cuando se puso delante de mí y dejó ir la mano del Romántico—. Créeme, te pisará los pies en la pista.

El hombre se encogió de hombros y regresó al anillo de gente alrededor del fuego, aplaudiendo al ritmo de la música.

El aire nocturno era fresco, pero el calor en mis mejillas y mi cuello me calentó todo el cuerpo.

—Te pisaría los pies *a ti* —murmuré mientras nos sentamos juntos en un banco.

—Podrías *intentarlo*. —Se rio—. Pero soy un excelente bailarín. Tal vez te lo demuestre.

—Podría gustarme. Recuérdamelo la próxima vez que no estemos en una misión peligrosa rodeados de maldiciones oscuras.

Jiaza, que había estado apurando su jarra, se detuvo de repente y se inclinó hacia delante.

—¿Os habéis topado con una maldición?

Zach y yo nos miramos el uno al otro. Para mis adentros, me solté un rapapolvo. ¿En qué estaba pensando al hablar de aquello delante de los Románticos?

Pero el hombre barbudo no esperó nuestra respuesta. Sacudió la cabeza y tomó otro trago.

—Más maldiciones. Más criaturas. ¿Cuándo se acabará? —Luego se echó hacia atrás y arrojó su jarra al fuego, lo que provocó que las llamas chisporrotearan con furia.

—¡Jiaza! —Yana pegó a su marido con un trapo para limpiar que colgaba de su cinturón—. ¡Esa jarra era buena!

—¡Bah! ¿De qué sirven las jarras si nos atacan casi todas las semanas? —gruñó Jiaza, claramente borracho.

Yana suspiró y se volvió hacia Zach, Brom y hacia mí.

—Lo siento, queridos. Solo estamos frustrados. Hemos tenido unos días difíciles. Y después de ver el último pueblo maldito...

—¿Pueblo maldito? —pregunté.

—Sí, está justo al norte de aquí. Es una enfermedad terrible causada por la maldición de alguna bruja, sin duda. Las cosas estaban tan mal que ni siquiera nos detuvimos el tiempo suficiente para sacar agua del pozo. Los pobres aldeanos están sufriendo, pero, al estar tan lejos de Myria, los Reales no han hecho nada por ellos.

—¡Reales! —rugió Jiaza de repente, y apretó sus fornidos puños—. ¡Adiós y hasta nunca! ¡Estamos mejor sin ellos!

Me mordí el labio para reprimir una réplica. No es que no supiera cómo nos veían los Románticos.

—Pero los Reales nos ayudan —dijo Brom, que me miró.

No solo los ayudábamos. Luchábamos por ellos. *Moríamos* por ellos. Y, sin embargo, allí estaba ese desagradecido…, *hereje*… Zach me apretó el brazo y volví a centrarme.

Las facciones de Jiaza ahora estaban decaídas, la luz de sus ojos había desaparecido.

—Bueno, claro, ayudan en lo que pueden. Pero, en serio, muchacho, solo están limpiando su propio desastre.

Esa vez, el apretón de Zach no pudo evitar que hablara.

—¿Qué se supone que significa eso?

Yana apretó los labios y se alisó la gastada falda con volantes. Jiaza levantó una tupida ceja.

—¡Anda! El cuento, señorita. *El* Cuento. De la reina Myriana y su hermana, Saevalla.

Me puse rígida. La historia de mis antepasadas no era un relato para contar alrededor de un fuego de campamento y con bebidas en la mano. Era algo para leer, estudiar. No era solo un *cuento*.

Brom se inclinó hacia delante con los ojos muy abiertos.

—¿A qué te refieres con lo de «limpiar su desastre»?

Jiaza se acarició la barba.

—Me sorprende que no lo hayas oído, muchacho. Bueno, entonces, deja que el viejo Jiaza te cuente la historia que los reinos no tienen en sus libros. Verás, no quieren que pienses que es culpa suya. Quieren que creas que la Legión es nuestra salvadora…

—Jiaza, no digas ni una palabra más contra los Reales. Son chicos y chicas jóvenes y honestos que arriesgan sus vidas todos los días. Se merecen nuestro respeto —dijo Yana.

Sentí una oleada de gratitud hacia la mujer, lo cual era bueno, ya que estaba a puntito de pegar a su marido.

—Sí, sí, sí, claro. —Jiaza asintió lentamente y sus ojos parecieron centrarse un poco más, como si estuviera un poco más sobrio—. Sin embargo, nosotros tenemos nuestras historias y ellos tienen las suyas, ¿verdad? Bueno, son bastante similares, claro está. Myriana Holly, de cabello negro como una noche sin estrellas y labios del color de las bayas de acebo...

Jiaza pasó a contar la historia que yo conocía tan bien que podría contar hasta dormida. Me acordé de la joven princesa que había recitado la misma historia en mi clase hacía apenas una semana. Al menos, había *comenzado* de la misma manera...

—... impulsada por los profundos sentimientos que le profesaba a Myriana, la bestia se interpuso entre ella y el hacha del enano y se sacrificó para salvar a su verdadero amor.

Resoplé, pero nadie pareció darse cuenta.

—La bestia cayó con un gran estrépito que se dijo que sacudió el bosque y dejó a los árboles sin hojas. Pero, al igual que su hermana, Saevalla también se había enamorado de Raed y, a través de la ira y el dolor, sacó su daga y la hundió en el corazón del enano...

—¡Saevalla no hizo tal cosa! —exclamé, horrorizada. Todos los ojos se volvieron hacia mí—. Myriana besó a la bestia por gratitud y, con su poder, Raed volvió a convertirse en un humano con suficiente poder para matar al enano.

Jiaza arqueó una ceja y me miró.

—Sí, muchacha, eso es lo que dicen los libros de historia de los Reales. Pero la verdad —sacudió la cabeza—, la verdad es mucho más retorcida.

Frunví los labios, no quería oír ni uno más de aquellos horribles cuentos Románticos, pero Zach no me soltó el brazo.

—La *verdad* es que *ambas* hermanas se habían enamorado de la bestia —dijo Jiaza.

—¡Debía de ser *toda* una bestia! —bromeó un hombre con el pelo corto y perilla.

—Cállate, Tico, deja que cuente la historia —dijo una niña.

—Mientras Saevalla continuaba sobre el cadáver del enano, temblando entre lágrimas —retumbó la voz de Jiaza, que ahogó todas las demás—, Myriana besó a su amado Raed y ese *Beso de Amor Verdadero* convirtió a la bestia otra vez en cazador.

Tico caminó por detrás de nosotros, se acariciaba la perilla y sonreía.

—Myriana y Saevalla estaban encantadas de haber recuperado a su amado —dijo, con una voz profunda para imitar a Jiaza, e hizo una pausa para crear efecto dramático—. Excepto que... él solo amaba a *una* hermana. —Se inclinó entre Zach y yo, sus ojos oscuros me sostuvieron la mirada—. Le pidió a Myriana que se casara con él. Ella aceptó, aunque sabía que su hermana también amaba a aquel hombre. Los celos y el odio de Saevalla se convirtieron en algo oscuro y retorcido.

Jiaza retomó la historia.

—Y, cuando nació la primera hija de Myriana y Raed, Saevalla la secuestró en plena noche.

Esa vez, la chica, la misma chica que había mandado callar a Tico antes, se acercó las rodillas al pecho y continuó:

—Acudió a los seis hermanos del enano a quien ella había matado y les contó una mentira horrible, que había sido el esposo de Myriana, *el hombre al que ella misma amaba*, quien había asesinado a su hermano. Entonces Saevalla entregó a su sobrina a los enanos como ofrenda de paz y en pago por ayudarla a vengarse de su hermana y de Raed.

—Ansiosos por obtener esa misma venganza, los enanos le concedieron más que una maldición. —Tico deslizó su brazo alrededor de los hombros de Zach y de los míos y nos acercó, y bajó la voz hasta que fue un feroz susurro—. Le otorgaron todos sus poderes y sacrificaron sus propias vidas en el proceso para convertirla en algo más malvado que cualquier cosa que este mundo haya visto jamás. Saevalla fue consumida por la oscuridad de sus almas y se convirtió en la Reina Malvada: Ama y Madre de las Fuerzas. Con los poderes de los enanos, hizo que se alzara todo un ejército…, las Fuerzas de la Oscuridad.

—¡No! —grité, y me puse de pie tan repentinamente que Tico casi se cayó hacia atrás. Todos me miraron sorprendidos—. ¡Mentiras! Ninguno de vosotros…

Zach me apretó el brazo y yo me zafé de su agarre y me fui, furiosa. Levanté hojas y tierra mientras prácticamente corría para alejarme del fuego y de los sonidos de la alegría Romántica, de vuelta al bosque.

Sacudí la cabeza violentamente, como si la historia que acababa de escuchar fuera simplemente a caérseme de los oídos. Qué mentiras tan espantosas. Saevalla nunca le habría hecho algo así a su hermana. ¿Y todo había sucedido por Amor? Todos los celos y el odio…, eso no tenía sentido. Por eso los Románticos eran peligrosos. Se centraban demasiado en las emociones y permitían que gobernaran sus pensamientos, sus acciones, sus propias *vidas*. No solo eso, sino que difundían mentiras sobre los verdaderos orígenes de la Legión. Los Tres Reales habían descubierto que eran una raza diferente de mortales. No eran magos, pero, aun así, poseían una magia única. A los Románticos les gustaba creer que eran simples mortales, nada especial. Pero se equivocaban. Habían tenido magia que nunca antes había existido y habían engendrado herederos con la esperanza de que la magia se transmitiera a su linaje. Y así había sido.

Yo era la prueba. Todos los Reales eran la prueba.

El olor a comida y fuego desapareció y fue reemplazado por el aroma crujiente del pino y el brucel. Las ramas se me enganchaban en la ropa y hacían que me picara la piel mientras me adentraba en el bosque a toda prisa, pero el escozor de mis ojos era mucho peor.

¿Por qué me molestaba tanto la versión de Jiaza? ¿Era porque Zach probablemente creía en esa horrible versión retorcida de Myriana y Saevalla? Me hacía pedazos por dentro. ¿Cómo podían los Románticos pensar eso de nosotros? ¿Que los antepasados de los Reales eran la causa de toda aquella oscuridad?

Una mano me agarró del hombro y me di la vuelta. Era Zach, su rostro tenso por la preocupación.

—Ivy...

—Tú, tú también crees esa historia, ¿no? ¿Esa... esa horrible *mentira*? —Aparté su mano de mi hombro con brusquedad.

En su lugar, Zach me atrapó por los antebrazos.

—Ivy, ¿quién sabe qué pasó de verdad? ¡Fue hace quinientos años!

—Me da igual cuánto tiempo haga. ¡Importa! Creen que somos la razón de que estén sufriendo, ¿cómo pueden pensar eso? ¿Y cómo se *atreven* a decir eso sobre Saevalla? Ella era leal a su hermana, ella nunca… —Estaba tan enfadada que apenas podía formar oraciones completas.

Zach deslizó sus manos hacia mis muñecas y entrelazó nuestros dedos. Ante su toque sentí una repentina oleada en mi sangre al recordar la noche anterior, junto al fuego. Me sorprendió y me tranquilizó.

—Ivy. —Su voz era suave—. Es solo una historia…, una leyenda. Solo eso. Y, además, lo que haces, aquello por lo que *luchas*, es mucho más importante que lo que unos pocos artistas crean. —Zach puso las manos en mis mejillas, las yemas de sus dedos me rozaban el pelo—. Piensa en el dragón. Recuerda la destrucción que traerá y perdona sus palabras. Lo que tú y yo creamos… no es importante. Es lo que *hacemos* para ayudar a estas tierras lo que realmente cuenta.

La furiosa tormenta dentro de mí se calmó hasta reducirse a una suave brisa. Lentamente, asentí.

Zach sonrió y llevó las manos hacia mí moño apretado.

—Ahora —murmuró, y con un tirón rápido me quitó la cinta y el pelo me cayó sobre los hombros—. Vamos a divertirnos un poco.

CAPÍTULO DIECINUEVE

DISTRAÍDO

Zach me llevó de vuelta al campamento de los Románticos. De vuelta al fuego y la música y el baile…, de vuelta a las mentiras. Pero Zach tenía razón. Era solo *su* historia. ¿Y qué si creían en algo diferente a lo que yo creía? Yo siempre había estado al tanto de su versión blasfema, pero escucharla…, bueno, no cambiaba nada.

Mientras mi ira desaparecía como el humo que se elevaba hacia las estrellas, dejé que Zach me llevara hacia la luz del fuego. La pequeña banda de músicos tocaba una melodía rápida y optimista y, aunque no me sabía ningún paso real, tenía ganas de unirme.

Al otro lado del fuego, Jiaza estaba con Tico. Levantó su nueva jarra de cerveza, como disculpándose por haberme molestado. Parte de mí estaba tentada de volver y pedir perdón, pero eso significaría abandonar la mano de Zach y el ritmo de la música. No estaba dispuesta a renunciar a esas cosas.

Volví a mirar a Zach y él me estaba mirando a mí. La mitad de su rostro estaba cubierto por sombras y la otra era ámbar y oro.

—No hay nada como el ahora —dijo Zach y, antes de que pudiera preguntarle a qué se refería, me dio la vuelta y me acercó, mi espalda contra su pecho y su brazo alrededor de mi cintura. En aquella posición, podía sentir el ritmo con el que bailaba. Tan rápido como me había atraído hacia él, me dio impulso y me hizo girar.

Mis pies se sincronizaron con las palmadas y, antes de darme cuenta, estaba bailando. Quizás no de manera perfecta o elegante, pero no importaba. Lo único que importaba era la sensación que venía con el baile. Pura euforia. En ese momento, todas las restrictivas normas y expectativas dejaron de tener efecto en mí. El dulce humo del fuego me impregnó el pelo y la túnica y fui arrastrada por su aroma salvaje. Y por el brillo salvaje en los ojos de Zach.

Luego el ritmo cambió y hubo un alegre grito de los Románticos al unísono. Los bailarines comenzaron de repente a intercambiar parejas, se abrían paso alrededor del fuego, unían los brazos y giraban, luego se soltaban y volvían a juntarse.

Un desconocido me agarró del brazo y me empujó hacia delante. Lo único que pude hacer fue procurar no tropezar. Entonces una mujer me agarró el brazo, giró y pasó a mi lado en un borrón. Bailarín tras bailarín, me agarraron de los brazos y tiraron de mí, entretejiendo una figura que parecía un ocho. Sorprendentemente, logré seguir el ritmo y llevar a cabo su baile popular. Fue emocionante, pero era sumamente consciente de la ausencia de Zach.

La música cambió el tempo y el cambio de pareja cesó. Me quedé con un hombre joven con cabello rizado y un pendiente de cristal, el mismo de antes.

Él me guiñó un ojo.

—Parece que después de todo tendré ese baile, ¿eh, señorita?

Cautivada por la atmósfera, me reí.

—Sí, parece que he mejorado.

Aunque no le pisé los pies, no estuve tan elegante como me había sentido con Zach. Tan pronto como el pensamiento cruzó mi mente, surgió la molestia de estar comparándolo todo con él.

Entonces vi a Zach y mi irritación se intensificó. Había una chica colgada de su brazo que le ponía ojitos.

Distraída, me salté un paso y tropecé con mis propios pies. Esperaba trastabillar, incluso caer al suelo, pero, en cambio, unos brazos fuertes me rodearon la cintura y me hicieron dar vueltas.

El joven sonrió mientras su mano viajaba por la parte baja de mi espalda, luego entre mis omóplatos.

—Lo estabais haciendo muy bien.

Traté de alejarme, pero la presión en mi espalda aumentó. Fruncí el ceño, no me gustaba la mirada en sus ojos. Me recordaba a Amias cuando estaba a punto de darle un Beso.

Pero el hombre simplemente sonrió de nuevo.

—¿Me concedéis otro baile, señorita? Podría enseñaros más pasos.

—Tentador —dije mientras forzaba una risa—. Pero debería volver con mis compañeros. Mañana tenemos que irnos temprano.

El Romántico arqueó una ceja y miró por encima de mi hombro de modo significativo.

—Algo me dice que uno de ellos podría quedarse despierto hasta tarde.

Confundida, seguí su mirada.

La chica Romántica tenía las manos sobre las mejillas de Zach, los labios de él presionados contra los de ella.

Observé, la música desvanecida en un zumbido apagado, mientras Zach se apartaba con brusquedad y su mirada conectaba con la mía. Sus ojos de color avellana estaban como platos y su boca se abrió de golpe. Dio un paso hacia delante, pero yo ya me estaba dando la vuelta, mi melena azotó el aire y cayó por mi otro hombro y me recordó que hacía tan solo unos minutos sus dedos habían estado allí. Esa vez, corrí.

Sus pasos resonaban detrás de mí, y les rogué a mis piernas que me adentraran en el bosque, lejos de la música ensordecedora y del humo sofocante.

Había besado a una chica que había conocido durante menos tiempo que a mí. Una chica cuyos labios no creaban magia. Después de toda esa charla sobre que los besos eran especiales, sobre el Amor.

Él era un Romántico y ella también. Tal vez ese fuera motivo suficiente. Puede que él realmente me odiara por lo que era y por lo que *yo* creía. Tal vez esa fuera la verdadera razón por la que no me besaba. Con todo y con eso, creía que los besos significaban más para él que un mero capricho pasajero por una desconocida.

¿Cuándo me había convertido en alguien a quien le costaba diferenciar un beso de un Beso?

La idea casi me dejó sin aliento. Los sentimientos que estaban fuera de mi control no tenían ningún sentido para mi mente, que se conducía por la lógica. Zach podría coquetear, besarse o incluso acostarse con quien le diera la gana. No era asunto mío, no podía juzgarlo ni darle órdenes. Pero, a pesar de ello, el hecho de que hubiera besado tan fácilmente a otra chica, cuando ni siquiera quería besarme para salvar a otros, por un propósito mucho más elevado, me enfurecía demasiado, me dolía y me ponía tan *celosa* que no podía ver con claridad.

—¡Ivy! ¡Por favor! ¡No lo entiendes! —Su voz me llamaba a través de los arbustos con los que chocábamos y las ramas que nos cortaban.

—¡No te acerques a mí!

Un brazo me rodeó la cintura y me atrajo hacia él. Me di la vuelta y lo empujé con fuerza en el pecho. Él tropezó hacia atrás y levantó las manos como si fuera inocente. Pero estaba lejos de serlo.

—Lo que has visto...

Mis manos se cerraron en puños.

—Ahórratelo. No tienes que explicarme nada.

—¡Ivy, no la he besado!

—¿En serio? ¿Y qué ha sido *eso*? ¿Le quitabas una miga de los labios *con los tuyos*? —La ira hizo temblar mi voz, pero, a diferencia de las otras veces en las que me había enfadado con Zach, los sentimientos aquella vez eran diferentes.

En aquel instante, no podía afrontarlos.

—¡*Ella* me ha besado *a mí*!

Me pasé las manos por el pelo salvaje para apartármelo de la cara.

—*Yo* he intentado besarte, Zach. Y me has parado todas las veces.

Zach desvió la mirada.

—Y ahora el príncipe se queda callado. Besas a una desconocida, pero no me besas a mí, que soy tu compañera... para *salvar* a la gente. Pero ¿sabes qué? No pasa nada.

Me giré para volver a marcharme, pero Zach me agarró de la muñeca.

—No ha significado *nada*. Solo ha sido un beso.

Eso me dolió más que cualquier otra cosa que pudiera haber dicho.

—¿Crees que eso mejora la cosa? Zach, nuestros Besos son para *salvar* a la gente, para mantenernos vivos y matar más monstruos. ¿No lo entiendes? Prefieres besarla a ella cuando no significa *nada* que... Es decir, ¿te parezco tan detestable que...? —Me obligué a detenerme antes de que las lágrimas arrasaran con toda su fuerza.

Bajé la mirada al oscuro suelo del bosque, incapaz de mirarlo.

Ahí estaba. El quid de la cuestión. Quizás lo que más temía. No gustarle. En absoluto. Puede que hubiera estado leyendo mal las señales entre nosotros; después de todo, no tenía experiencia propia real en lo que se refería a la Lujuria, pero creía que al menos había habido cierta atracción. Pero si besaba a otra chica tan fácilmente...

Alcé la mano y tiré de las raíces de mi pelo, multitud de pensamientos venenosos daban vueltas a toda velocidad en mi cabeza. «Hermanas misericordiosas, odio esto. Odio sentirme patética. Como un fracaso. Normalmente es solo mi madre quien me hace sentir así.» De repente, las lágrimas fueron reemplazadas por la ira. No dejaría que un hombre me paralizara de aquella manera. Ya era suficiente con que lo hiciera mi madre.

Cuando volví a levantar la mirada, Zach me estaba contemplando con verdadero dolor en sus ojos, como si lo hubiera apuñalado con su propia daga.

—*No*. No, Ivy, ¿cómo puedes pensar eso?

Me abracé a mí misma.

—No me has dado ninguna razón para no hacerlo.

—Estaba distraído... Me ha pillado por sorpresa.

Mi risa fue amarga.

—Aliento de trol, Zachariah, ¿qué puede haber en los campos de Galliore que te haya distraído tanto?

Abrió la boca y luego la cerró.

Nada. Ninguna excusa que dar.

Nos quedamos así un largo rato, solo con la luz de las estrellas lloviendo sobre nosotros. Estábamos en uno de los claros, libre de las imponentes ramas que oscurecían el cielo. Me habría gustado contemplar las estrellas, pero en ese momento, después de eso, la vista parecería contaminada.

Habíamos bailado, reído, hacía tan solo unos minutos. ¿Qué iba mal entre nosotros dos? ¿Por qué no podíamos llevarnos bien? ¿Como auténticos compañeros?

Eso era todo lo que éramos, compañeros. No había nada entre nosotros salvo aquella misión. Aquel dragón.

—Esto no cambia nada. Aún te niegas a besarme. Pero te necesito para matar al dragón. Salgamos de este bosque. Solo quiero dormir. —En un movimiento rápido, me recogí los rizos y los volví a atar. Rocé a Zach y lo oí girar sobre sus talones para seguirme al campamento. Permaneció en silencio, pero podía imaginarme la expresión de su rostro, y era una que quería olvidar.

A la mañana siguiente, me desperté junto a Bromley. No podía recordar mucho después de estar en el bosque bajo las estrellas. Recordaba vagamente haber alejado a Brom de más comida y cuentos Románticos e irnos a dormir, pero, después de eso, los detalles eran confusos.

El sol asomaba por el horizonte, así que el mundo seguía siendo principalmente sombrío. Zach estaba junto a los caballos, los ensillaba y los preparaba para partir. Le toqué el brazo a Brom y él se incorporó hasta quedar sentado, se frotó los ojos y se puso de pie. Yo fui un poco más lenta.

—Adelante, ayúdalo —le dije a Brom mientras señalaba a Zach—. Ahora voy.

Enrollé nuestras mantas y las metí en nuestras bolsas, que luego me eché sobre el hombro. Me detuve brevemente junto a la carreta de Jiaza y Yana. Con una sonrisa soñolienta, Jiaza levantó la mano a modo de despedida.

Aunque todavía no había olvidado su cuento plagado de mentiras, recordé lo que Zach había dicho: «Eran buenas personas». Sonreí y levanté la mano también, en agradecimiento.

El silencio durante el camino no fue tenso, como muchos de nuestros otros silencios posteriores a una pelea, simplemente melancólico e incómodo. Bromley no pareció darse cuenta o, si lo hizo, no hizo nada para demostrarlo. Por otra parte, Brom tenía un don para leer mis emociones, así que lo más probable era que supiera que algo había sucedido. Sin embargo, ni Zach ni yo actuamos de modo grosero el uno con el otro. De hecho, fuimos civilizados. Nos hablábamos cortésmente y usábamos pequeños gestos, como si fuéramos desconocidos que trabajaban juntos.

Lo cual era mucho peor que la hostilidad.

Al mediodía nos detuvimos para comer unas pocas sobras de carne asada que Yana nos había preparado para llevar la noche anterior. Estábamos atravesando una zona boscosa, pero los árboles y sus ramas eran más delgados. Así que en vez de un bosque bañado en sombras resaltadas por manchas de la intrusiva luz del sol, más bien era todo dorado. El sol daba la impresión de estar muy cerca de nosotros, su luz rebotaba en las hojas brillantes y hacía que todo brillara con un tono amarillo brumoso.

Su belleza no me pasó desapercibida, sin embargo, en el fondo de mi mente me sentía desconectada. De Zach, de Brom, de mi misión, de todo a la vez. Pensé en la maga y me pregunté de nuevo si la magia dorada había sido cosa suya. A Zach no parecía importarle mucho, mientras que Brom compartía mi escepticismo.

Estaba tan consumida por mis pensamientos que ni siquiera noté que Zach se iba. Cuando Brom me sorprendió mirando a mi alrededor en su busca, dijo:

—Ha ido a buscar agua.

—Claro —murmuré mientras le acariciaba el cuello a Lorena. Ella resopló y sacudió la cabeza.

—¿Os habéis peleado otra vez? —preguntó Bromley.

Con un suspiro, me giré para mirar a mi amigo y Lorena me dio un golpecito en la espalda con su nariz.

—No lo entiendo, Brom, ¿por qué no podemos llevarnos bien? Se supone que somos compañeros..., pero luego va y... —Dejé escapar un gemido frustrado y volví a mi yegua.

—¿Va y...?

Dudé. No quería involucrar a Brom en aquello, pero, por otro lado, quería contárselo a alguien. Tal vez estuviera buscando un poco de consuelo.

—Anoche, una chica... Bueno, él dejó que pasara algo y dijo que era porque estaba distraído.

Brom se limitó a mirarme y esperó a que continuara.

—Pero... Pero eso es ridículo, ¿verdad? Es decir, venga ya, ¿distraído? Corta en pedazos a las serpientes mientras saltan en el aire. Sus reflejos son mejores que los de un hombre gato. Quiero decir, en serio, ¿qué podría haberlo distraído para bajar tanto la guardia?

Ante aquello, Brom puso los ojos en blanco y volvió a masajear a su montura.

—¿Qué?

—Estoy tentado de dejar que lo descubráis vos misma.

Me sorprendió su insolencia.

—Dímelo. Sabes que el destino de Myria, y posiblemente el de los otros cuatro reinos, depende de esta misión. De nuestro vínculo.

Brom hizo una pausa y apoyó los brazos y la barbilla sobre su silla de montar, y sonrió.

—Sois vos.

—¿Qué?

—*Vos* le distrajisteis.

Sus palabras se apoderaron de mí. Antes de que mi mente pudiera comprenderlas, mis pies ya se movían en dirección al riachuelo.

Todo mi cuerpo resonaba con un extraño zumbido interno, como si la velocidad a la que mis pensamientos volaban realmente creara algún tipo de ruido.

Tenía que saberlo. No podía soportar otro minuto de solo *desear* que Bromley tuviera razón, que a Zach lo hubiera distraído yo. ¿Podía ser que Zach me hubiera estado mirando la noche anterior mientras bailaba con aquel Romántico muy de cerca? Si había estado mirando, tal vez había bajado tanto la guardia que la chica había logrado darle un beso cuando yo no podía...

Zach se hallaba en la orilla del riachuelo cuando me detuve, consciente de lo descuidada que había sido, avanzando por el bosque con semejante estruendo.

—¿Ivy?

—Estabas distraído —dije, luego apreté los labios. Forcé las siguientes palabras—. No pretendías besarla.

Zach miró a su alrededor, como si esperara que alguien más saliera caminando del bosque. Al final dijo:

—Estaba distraído y no *quería* besarla.

—No es que prefieras... —me detuve. No podía terminar.

La confusión de Zach se aclaró y esbozó una suave sonrisa.

—Cuando dije que no significaba nada, no tenía la intención de hacerte daño. Quería que entendieras que yo... beso solo a las chicas que me gustan. Y solo beso por mis propios sentimientos. Nunca como arma. Lo siento, Ivy, simplemente no puedo hacerlo. —Se acercó a mí—. Pero el no besarte no tiene nada que ver con cómo me siento..., quiero decir, con quién eres.

Mi corazón latía con fuerza, acelerado como nunca antes. No como cuando Amias me había besado a la luz de las antorchas. Y ni siquiera como cuando Zach se había quitado la camisa.

—Supongo que te creo —susurré.

Zach extendió la mano y pasó un pulgar por mi mejilla, por encima de mis pecas.

—¿Cómo es que ahora me crees?

—Tengo que creer a mi compañero.

—Sabia decisión. Además, si fuera a besar a alguien, no habría sido así.

No podía moverme. Mi cuerpo pesaba como toneladas de hierro.

—¿Ah, en serio? ¿Y cómo habría sido?

Zach se rio entre dientes.

—Buen intento.

—No, de verdad, no estamos en el campo de batalla. Solo tengo curiosidad.

Me miró por unos segundos y luego dio un paso para acercárseme más. Cuando lo hizo, todos mis sentidos se agudizaron. Despacio, colocó la mano marcada en mi cadera y luego la deslizó hasta mi cintura para a continuación subirla hasta mi caja torácica. Sus dedos se movieron contra la tela de mi túnica, palparon mis costillas y masajearon la piel de debajo. Con la otra mano me agarró la muñeca y curvó los dedos para descansarlos en mi palma. Nuestros pechos prácticamente se tocaban.

—¿Alguna vez te han dado un beso *de verdad*, princesa?

Tragué saliva, incapaz de responder.

La mano de Zach se movió hacia arriba. Sus dedos se posaron en mi nuca y aplicaron la cantidad justa de presión para que yo levantara un poco la cabeza. Su pulgar me rozó la mandíbula y, contra mi voluntad, mis ojos se cerraron.

Él me apretó el costado suavemente. Mis pulmones temblaban por respirar bajo su mano. Cuando sentí su aliento en mis labios, algo dentro de mí se estrelló contra mis huesos, como las olas del mar de Glyll al levantarse sobre las rocas junto al castillo de Freida.

Pero no hubo nada más.

Él dejó caer su cabeza sobre mi hombro. Su frente descansaba sobre mi piel caliente.

Obligué a mis ojos a abrirse mientras él se alejaba lentamente. Su cara, luego su pecho, luego sus brazos, hasta que solo sostuvo las yemas de mis dedos, y entonces también los dejó caer.

Zach no dijo nada, pero sus ojos no traslucían diversión, como pensé que lo harían. Sus labios eran una delgada línea y su mandíbula estaba tensa. Evitó mi mirada mientras pasaba junto a mí, sus pasos golpeaban el suelo con fuerza, como los tambores de los Románticos.

Por lo general, su andar era muy ligero.

Cerré los ojos con fuerza, dejé escapar otro suspiro y me llevé la mano a la mejilla y luego a la frente para masajearme las sienes.

«Bórralo, Ivy. Esto no ha pasado. No lo ha hecho.»

Me había enfrentado a troles, brujas, enanos, duendes, grifos y espectros y había mirado a la Oscuridad a la cara sin temblar, pero allí de pie, en aquel bosque dorado, me sentía realmente conmocionada.

CAPÍTULO VEINTE

UNA CARA FAMILIAR

Necesité salpicarme la cara con agua fría varias veces para despejarme lo suficiente para emprender el camino de vuelta. Mientras lo hacía, intenté alejar los pensamientos que el agua helada no había desterrado. Pero nada en el mundo podría curar lo que sentía en ese momento. Estaba desesperada por actuar de manera normal, como si todo mi ser no hubiera sido arrancado y retorcido en algo que no reconocía.

¿Quién era aquella chica a la que le temblaban las rodillas? ¿Aquella princesa que se desvanecía en los brazos de un hombre? ¿Aquella debilucha que se rendía a la Lujuria?

Nunca habría creído que me doblegaría a la voluntad de la Lujuria con tanta facilidad y que me sometería a emociones tan ruines como los celos, los cuales la Legión me había enseñado severamente a evitar. Me disgustaba que no pudiera tocarlo sin sentir una oleada de placer y sin que me atravesara una sensación de mareo. Y, lo peor de todo, me había quedado allí plantada, dispuesta a recibir un beso fuera del campo de batalla. Un beso por el que había jurado no preocuparme nunca hasta que me enviaran a Freida.

Era dolorosamente evidente que una *mirada* de Zach era más emocionante para mí que cualquier Beso que hubiera compartido con otro príncipe.

Lo cierto que era todo aquello me dio ganas de hacerme una bola y encogerme sobre el suelo del bosque hasta que llegara el invierno y la nieve me escondiera del resto del mundo.

Y, lo que era aún más vergonzoso, me sentía *decepcionada*. Decepcionada de que Zach no hubiera seguido adelante con su beso. ¿Por qué se había echado atrás? ¿Creía que de alguna manera extraería magia de él si lo intentábamos? No tenía que haberse preocupado. No había sido capaz de invocar palabras normales, mucho menos un *hechizo*.

La vergüenza me ardía a través de la pared del estómago. ¿Cómo podía siquiera llamarme princesa de la Legión?

—¡Mi señora!

Bromley corrió hacia mí, la preocupación grabada en sus rasgos. Me pregunté cuánto rato me había estado lavando la cara.

—Lo siento —respondí en un acto reflejo. Zach ya estaba sobre su caballo, su rostro vuelto, con cuidado de no mirarme a los ojos—. Yo... me he perdido un poco.

Bromley no lo puso en duda, pero sus labios fruncidos eran la prueba de que no se tragó aquella mentira tan obvia. Yo solo me alegré de que no dijera nada. No me quedaban fuerzas para mentir de nuevo.

El pueblo que quedaba al norte del bosque era mucho más grande que el otro pueblo por el que habíamos pasado, pero más tranquilo.

Las casas y las tiendas estaban construidas con una madera lijada preciosa, que atestiguaba su comercio y el entorno boscoso. En medio de la plaza había un viejo pozo empedrado muy bonito. Al norte había una gran estructura con muchas ventanas y detalles pintados de rojo, verde y azul. Debía de ser o el Ayuntamiento o tal vez una taberna que servía como área de reunión general para los residentes. Hacia la izquierda y la derecha había tiendas con coloridos carteles de madera y casas cuidadosamente alineadas, cada una con pequeños jardines de especias o algún tipo de huerto.

—Está tranquilo —comentó Zach al enrollar las riendas de su corcel en una mano y escanear los alrededores.

—Apenas ha anochecido. Tendría que haber alguien fuera, ¿verdad? —dijo Brom.

Asentí.

—Ni siquiera se oye a ningún animal. —Entonces lo entendí. Yana había dicho que habían evitado un pueblo asediado por una maldición. Con mi mente en... otras cosas, me había olvidado por completo.

Mi Sentido no servía frente a la maldición de una bruja, solo me provocaba una ligera sensación de náuseas, así que no tenía ni idea de a qué tipo de maldición nos enfrentábamos.

Se abrió una puerta al otro lado de la plaza y apareció una niña pequeña que luego cerró rápidamente la puerta detrás de ella. Tras recogerse las faldas, corrió por el pequeño sendero de la casa y entró en el jardín de especias de delante. Cayó de rodillas y examinó el jardín con rapidez, casi en estado de pánico.

Solté las riendas de Lorena y corrí hacia ella. Como no quería asustarla, disminuí la velocidad a unos veinte pasos de distancia.

—¿Hola? ¿Pequeña?

La niña levantó la vista mientras aferraba un manojo de hierbas contra su pecho. Tenía la cara manchada de suciedad u hollín y llevaba el pelo rubio recogido en un moño, como el mío. Sus ojos estaban bien abiertos por el miedo, y me sentí culpable por asustarla.

—No te voy a hacer daño —dije, y extendí las manos.

Zach apareció detrás de mí, pero seguí centrada en la niñita.

—Solo quiero saber si podemos ayudar.

El labio inferior de la niña tembló, pero se quedó callada.

—¿Puedes decirme qué pasa?

Sus grandes ojos pasaron de mí a Zach.

—¿Por qué este sitio está tan tranquilo? —intenté de nuevo.

La niña hundió las manos en la tierra, arrancó algunas raíces y luego salió corriendo para volver a meterse dentro, tropezando en el camino, y corrió el cerrojo de la puerta.

—Una maldición —dijo Zach suavemente.

—La que mencionó Yana —coincidí.

Zach y yo nos miramos, nuestros ojos se encontraron por primera vez desde aquel momento en el bosque. Ambos pensábamos lo mismo: ¿qué maldición era?

Él señaló con la cabeza hacia la estructura central.

—¿Vamos?

A medida que nuestro pequeño grupo se acercaba, admiré su arquitectura. Se había utilizado la madera más oscura y rica de los árboles más antiguos para aquel edificio. Era impresionante para un pueblo que quedaba a casi una semana de viaje desde las rutas comerciales habituales. Diseños bellamente tallados decoraban los bordes exteriores de las ventanas y las puertas. Encima de las grandes puertas dobles de roble colgaba un cartel que decía LA TABERNA DEL PUEBLO DE PELKEN.

Apreté los puños para prepararme para lo que hubiera más allá de esas puertas.

Zach golpeó la madera con los nudillos y el sonido resonó en la plaza vacía. Permanecimos a la espera. Nada. Me miró y luego volvió a llamar, más fuerte.

Antes del cuarto golpe, la puerta se abrió y una mujer con cabello oscuro y ojos hundidos nos fulminó con la mirada desde detrás de una grieta.

—Te he oído la primera vez —espetó ella con acento del norte—. ¿Crees que es fácil dejar lo que tengo entre manos para responder a quien llama a la puerta? Entrad si tenéis ganas de morir.

Zach bajó la mano con torpeza.

—Mis disculpas, no pretendíamos...

—¿Qué está pasando aquí? —interrumpí.

La mujer abrió la puerta por completo y reveló un vientre ligeramente abultado.

—Viajeros. ¿De muy al sur?

Su vientre embarazado me hizo hacer una pausa, pero rápidamente respondí:

—De la capital.

Sus agudos ojos repasaron mi capa y vieron el escudo de la Legión, lo cual cambió su personalidad al instante. Se llevó una mano al estómago y se apoyó contra el marco de la puerta.

—Montes sagrados de Wu-Hyll, ¿venís del castillo?

Por la brisa. Debería habérmelo pensado mejor. Ahora aquella mujer me dedicaba una mirada que había visto muchas veces, una mirada en la que generalmente me deleitaba, una de esperanza. Ella esperaba que fuéramos Reales capaces de romper la maldición de su pueblo con un Beso.

Había al menos dos problemas con eso: uno, no teníamos mucho tiempo hasta que el huevo del dragón eclosionara y, dos, incluso si nos tomábamos el tiempo de investigar qué tipo de maldición era y qué Beso requería, Zach se negaría.

Aun así, no podría mentirle a aquella mujer y ver cómo la esperanza de sus ojos volaba en pedazos.

—Sí. —Me enderecé—. Mi nombre es Ivy Myriana, princesa de la Legión Real. Este es mi paje, Bromley, y este mi compañero, el príncipe Zachariah. Por favor, cuéntanos qué ha pasado aquí.

La mujer nos hizo señas para que entráramos mientras resollaba y luchaba para contener las lágrimas.

—Gracias a los vientos sagrados. —Se secó una lágrima perdida—. Princesa, estamos bajo una maldición. La gente enferma todos los días. Prácticamente todos están infectados. Ha pasado tanto tiempo desde que un Real de la Legión se aventuró tan lejos que no me había atrevido a tener esperanza. Ella ha sido una bendición para nosotros, por supuesto, pero no es una Real...

—Lo siento —interrumpí cuando Zach, Brom y yo entramos en el cavernoso vestíbulo—. ¿Ella? ¿Quién es ella?

Antes de que la mujer pudiera responder, una voz que provenía de arriba resonó en el vestíbulo.

—Mira quién ha decidido presentarse.

El vestíbulo de entrada se dividía en un ala este y oeste, pero al norte del espacio había una escalera sinuosa, y el piso superior quedaba oculto a primera vista por grandes vigas de madera entrecruzadas sobre el techo alto.

Juntos, Zach y yo caminamos hasta el pie de la escalera y miramos hacia arriba.

Inclinándose sobre la barandilla, con el cabello negro rizado y las mangas de sus ropajes azul celeste enrolladas, estaba la maga.

CAPÍTULO VEINTIUNO

LA MALDICIÓN DE VENERA

En una mano sostenía un trapo húmedo y en la otra tenía en equilibrio una olla humeante, que probablemente contenía un caldo de hierbas medicinales. Nos sonrió como si fuéramos viejos amigos.

Nos mantuvimos en silencio mientras bajaba la escalera. La maga le entregó su caldero a la mujer embarazada.

—Rochet, les he dado esto a todos los enfermos de arriba. Debería ayudar a aliviar su dolor. ¿Puedes dárselo al resto para que pueda informar al príncipe y la princesa sobre qué tipo de enfermedad es esta?

Rochet asintió con la cabeza.

—Por supuesto, gracias, *lady* Millennia.

Agarró la olla y luego cruzó hacia el ala este, sus pasos creaban eco en el suelo de madera.

—Así que te llamas Millennia —le dije.

Su sonrisa desapareció y una mirada escrutadora la reemplazó.

—Supuse que ibais solo un día detrás de mí. Os atrapó la tormenta, ¿verdad?

Casi le pregunté cómo había podido esquivarla cuando ella iba al menos dos horas por detrás de nosotros después de deshacerse de las arpías de gorrión, pero decidí que había cosas más importantes de las que preocuparse.

—¿Dónde está tu maestra? —pregunté por segunda vez.

Ella ignoró la pregunta y continuó:

—Aunque tengo que admitir que solo esperaba *a medias* que pasarais por esta aldea.

—¿Y qué pretendes decir con eso? —pregunté con las manos en las caderas.

—Solo que tú, como todos los demás Reales, querrás curar esta aldea por la vía fácil, con un Beso.

Me enfurecí.

—¿La vía fácil? Un Beso de contramaldición no es *fácil.* Lleva años de estudio dominar los hechizos para cada enfermedad, y una vez administrado... —Me detuve antes de decir el resto: que dejaba a una princesa casi incapacitada. No quería que Zach usara eso como otra excusa para no besarme luego.

Millennia se acercó a Zach mientras entrecerraba sus ojos, de un azul profundo.

—Así que los rumores que había oído no eran ciertos. *No* eres un Romántico, ya que, obviamente, te has aliado con una Real. Supone una gran decepción para mí que hayas aceptado a una compañera.

—Vaya. —Zach parpadeó—. Rezo para que me perdones, mi señora. Al fin y al cabo, todo lo que he hecho en mi miserable vida ha sido para no resultar una *decepción* para ti.

Brom resopló y rápidamente trató de ocultarlo con una tos.

—Qué gracioso —dijo Millennia con el ceño fruncido, luego su mirada pasó a mí—. Esperaba que alguno de nosotros pudiera infiltrarse en su retorcido ejército y seguir manteniendo nuestras creencias, pero parece que estaba equivocada.

—Millennia —dije, sorprendida—. ¿Eres una Romántica? —Ni siquiera sabía que existieran magos Románticos.

Ella puso los ojos en blanco.

—Sí, princesa. ¿Qué harás? ¿Chivarte de mí?

—¿Por eso no tienes maestra? —le pregunté.

—A pesar de lo que tu arrogante Legión te haya hecho creer, *hay* magos Románticos, y *sí* que tengo una maestra, pero no, no está aquí. Por si no lo has notado, soy una superdotada. No necesito un tutor a cada momento de cada día.

Quizás los Románticos les daban a sus magos más manga ancha que los Reales. Aun así, resultaba extraño. Entonces escuché una tos que provenía de arriba y con una punzada de culpa me di cuenta que aquel no era el momento para interrogar a aquella chica sobre sus excentricidades.

—Háblame de la enfermedad. Queremos ayudar.

Millennia dio un paso atrás y se sacudió las mangas. Me miró por un momento y suspiró.

—Seguidme.

Después de mirarnos el uno al otro, seguimos a Millennia hacia el ala este. Era un pasillo ancho que debería de haber olido a cedro, pero olía a descomposición y muerte, y el hedor empeoraba cuanto más caminábamos. Millennia habló por encima del ruido de nuestros pasos.

—Según Rochet, una misteriosa viajera llegó al pueblo hace aproximadamente una semana y pidió una habitación. La viajera ocupó la habitación y desapareció a la mañana siguiente, tras dejar rastros de cenizas de ol'yen.

—Una bruja —dije. La piel de las brujas era seca y escamosa, lo que provocaba que soltaran algo que parecía y olía como ceniza. Entonces recordé que, cuando la habíamos conocido, Millennia había dicho que iba tras una bruja.

—¿Es la bruja que estabas buscando?

Millennia asintió brevemente y mantuvo su ritmo rápido.

—Tiene que serlo. Los aldeanos esperaban que la bruja solo hubiera pasado por el pueblo, dormido en una habitación, comido una comida caliente, bebido agua del pozo y eso fuera todo. No creyeron que hubieran hecho nada que pudiera ofender a la bruja, pero resultó que, un día que estaban cortando leña, encontraron un jardín de hierbas oscuras y lo arrancaron de raíz, preocupados por que atrajera a las bestias.

—El jardín era de la bruja —gemí.

—De modo que, naturalmente, la vieja bruja se vengó. Y la mañana después de que se fuera algunos de los aldeanos comenzaron a desmayarse y les subió mucho la fiebre, luego empezaron a aparecerles grandes manchas moradas en los pies, que los paralizaron.

—Cuando las manchas llegan al pecho, oprimen los pulmones y los hace caer en un sueño profundo —continué—, pero cuando llegan al corazón...

—¿Cuánto tiempo tardan en llegar al corazón? —preguntó Zach.

—Dependiendo de la fuerza de la persona, la maldición puede alargarse un mes entero antes de llegar a los pulmones. Pero, una vez que alcanza los pulmones, solo tienen veinticuatro horas —respondió Millennia cuando llegamos a otro gran conjunto de puertas dobles.

—La maldición de Venera —murmuré. Aunque era una maldición terrible, una parte de mí se sintió aliviada de que no fuera una enfermedad que se transmitiera por el aire. En su caso, la maldición de Venera se propagaba a través de algún tipo de veneno. Era más que probable que estuviera en el suministro de alimentos de los aldeanos o en la ropa que llevaban puesta.

—No es una maldición bonita. Y es muy poderosa. —Millennia abrió las puertas y un terrible hedor nos golpeó. El olor a piel podrida hizo que me lloraran los ojos. Quise contener la respiración, pero sabía que no ayudaría.

Brom se tambaleó hacia atrás y se cubrió la nariz y la boca. Zach hizo una mueca, se llevó un puño a la boca y tosió.

Rochet y algunos aldeanos más iban de cama en cama en la gigantesca sala de reuniones. Basándome en el número de casas de fuera, al menos una quinta parte de los aldeanos yacían en aquella habitación, simplemente a la espera de hallar la dulce liberación de la muerte.

—Estos ni siquiera son los pacientes que peor están. Aquellos a los que la maldición les ha llegado a los pulmones están arriba —dijo Millennia, su voz cargada—. Les he preparado una infusión para aliviarles el dolor, pero mi conocimiento sobre hierbas medicinales no da para más.

Millennia se giró y nos sacó de la sala de reuniones transformada en enfermería.

—Si sabías lo de este pueblo maldito, ¿por qué no nos lo dijiste cuando nos conocimos?

Millennia frunció el ceño y cruzó los brazos dentro de su túnica.

—*No* lo sabía, princesa. Como os dije, estaba siguiendo a una bruja, eso es todo. Puedo quemar a una bruja con mi fuego mágico, pero no puedo quemar un pueblo entero para curar lo que la bruja ha dejado atrás, ¿no?

Fruncí los labios, todavía desconcertada de que una maga fuera tras una bruja sola, pero el hedor de la habitación y la tos me recordaron de nuevo que aquel no era el momento.

Escaneé todo el pasillo.

—¿Cuántos han muerto hasta ahora?

—Diez. Ya han sido incinerados —respondió Millennia.

—¿Estás segura de que los más enfermos están arriba?

—De los que tenemos conocimiento, sí. Muchos puede que se hayan quedado en sus casas e intenten cuidarse a sí mismos porque quieren privacidad mientras se pudren.

Sus palabras sonaban despiadadas, pero decía la verdad: se estaban *pudriendo*.

—Me gustaría ver al peor paciente que haya, evaluarlo yo misma.

Levantó las manos y me miró con indiferencia.

—Lo entiendo, pero te aconsejo, princesa, que seas rápida en lo que sea que decidas. A estas personas no les queda mucho tiempo.

Mi mirada se dirigió a Zach, que estaba contemplando el mar de camas, cada una con una víctima de la maldición de Venera.

Me volví hacia Brom, que se había puesto un poco verde, y le ordené que siguiera a Rochet y que hiciera lo que ella necesitara de él. Entonces Millennia me dijo dónde encontrar a la paciente más crítica: una niña de ocho años al final del pasillo este, arriba, última puerta a la izquierda. Por lo visto, había caído en un sueño profundo el día anterior. Tenía menos de tres horas de vida.

Zach me siguió por la escalera y por el pasillo. ¿Qué diría él cuando viera los verdaderos efectos de la maldición? Sin duda no le cabría la menor duda de que besarme era lo correcto.

Cuando se trataba de una maldición como aquella, no había tiempo para discusiones sobre creencias personales.

Llegamos al final del pasillo y alcanzamos la puerta. Toqué la manilla de latón y sentí el frío metal bajo mis dedos, consciente del calor de la piel febril que pronto tocaría.

La mano de Zach envolvió la mía. Se inclinó hasta que su cuerpo me tocó la espalda, su cara a centímetros de mi oreja.

—Sé lo que estás pensando, Ivy —dijo en voz baja—. Y quiero salvar a esta gente tanto como tú.

—Entonces ya sabes lo que tenemos que hacer.

Silencio detrás de mí.

Miré por encima de mi hombro. Zach todavía miraba fijamente el pomo de la puerta.

—Zach...

Se negó a mirarme a los ojos, y esa negativa fue todo lo que yo necesitaba ver.

Mi corazón y la esperanza que había tenido de que dejara sus creencias a un lado por un bien mayor se rompieron. Sacudí la cabeza y aparté su mano, abrí la puerta y me metí en la habitación. Ignorando el hedor, me acerqué a la cama y me incliné para examinar la cara de la niña. Parecía tener menos de ocho años.

Por eso odiaba las maldiciones. Odiaba la forma en que causaban dolor y sufrimiento hasta el final, hasta que las víctimas prácticamente rogaban por su muerte. Había visto maldiciones, las había examinado y las había roto con mi

Beso, pero siempre las había tratado a todas como un problema que resolver. Un obstáculo que superar. Era mejor verlas con calma, lógicamente, como me habían enseñado. Pero eso era solo una excusa. Una excusa para mi propio pasado traumatizado.

Toqué la frente de la niña con el dorso de la mano. Como había imaginado, estaba ardiendo. Después de bajar las sábanas, le subí la túnica para revelar su pecho maldito. Unas enormes manchas púrpuras, cuya tonalidad variaba, le cubrían el torso. Manchas más oscuras y más ásperas mostraban las zonas donde el deterioro se había apoderado por completo de su piel. Quería taparme la boca y la nariz, pero me forcé a mí misma para confirmar que efectivamente se trataba de la maldición de Venera. Había visto aquella maldición en una ocasión anterior. Había sido muy al sur de la capital, en un pequeño pueblo donde una bruja había lanzado la maldición porque los aldeanos habían matado al grifo que tenía por mascota. Por supuesto, el grifo se había comido a un niño, pero eso a la bruja no le importaba para nada. Habíamos logrado salvar a unos pocos supervivientes, y la princesa que había llevado a cabo el Beso de contramaldición, ya que yo todavía no había aprendido el complicado hechizo para una maldición tan poderosa, había empleado tanta magia que había estado postrada en la cama una semana.

Lo más seguro era que a mí no me afectara tanto. Por un lado, la princesa solo era mitad Real. Como yo era una Real pura, y también una descendiente directa de Myriana, no debería requerirme mucha fuerza. Con suerte.

—Nunca he visto una maldición como esta —dijo Zach por encima de mí mientras contemplaba a la chica con los ojos vacíos y cansados, y su mandíbula se tensó, como si se estuviera preparando.

Volví a ponerle las mantas a la pobre niña y no dije nada.

El silencio se extendió por la habitación. Yo sabía que había una batalla librándose con furia dentro de él, y era una que probablemente iba a ganar, pero no me complacía. A pesar de que mi objetivo había sido que finalmente se rindiera, no me hacía feliz que *aquello* fuera lo que lo convenciera. Había estado tan serio aquella noche frente al fuego... Creía en el Amor Verdadero con todo su corazón.

«¿Alguna vez has querido a alguien tan desesperadamente?»

Zach se arrodilló junto a la cama de la niña y apoyó las manos junto a sus piernas, sus dedos apuntaban sin rumbo a la manta que yacía sobre ella.

—¿Estás segura de que funcionará?

Había algunas ocasiones, aunque raras, en las que un Beso de contramaldición no había tenido éxito. El pueblo quedaba condenado a pudrirse y echarse a perder, y no había absolutamente nada que hacer. Pero esas maldiciones se habían detectado demasiado tarde y los pueblos habían estado condenados desde el principio. Para aquel pueblo había esperanza. Y conmigo..., bueno, estaba segura de que la magia de Myriana funcionaría.

—No tengo ninguna duda —afirmé.

Zach me miró y luego volvió a mirar a la chica.

—Supongo que no has encontrado demasiadas maldiciones en Saevall, ¿no?

Sacudió la cabeza.

—No. Siempre estaba luchando contra monstruos.

Con suavidad, le puse la mano en el hombro y le di un apretón.

—No puedes curar una enfermedad con tu espada.

Contempló mi mano, su mirada trazó las astas del ciervo a lo largo de mi piel. No podía haberme imaginado que alguna vez querría consolarlo por finalmente acceder a besarme, pero la expresión de su rostro transmitía dolor y arrepentimiento, y no era algo que quisiera ver alguna vez en Zach ni en cualquiera.

Pero lo necesitaba. Aquella pequeña lo necesitaba.

Tenía que asegurarme de que iba a ceder.

—Mi primer Beso rompió una maldición de sequía en un pueblo —dije suavemente.

Zach me miró con las cejas juntas.

—Tenía solo nueve años, pero aún recuerdo a los aldeanos hambrientos. Deambulaban por ahí como esqueletos. Una niña, casi un bebé, se había derrumbado a mis pies porque no había comido en casi dos días. —Cerré los ojos, casi veía a esa misma niña delante de mí—. Aquel día lloré. Estaba aterrorizada, no por los aldeanos, no porque su comportamiento me asustara, sino porque temía no poder salvarlos.

Sentía la mirada de Zach sobre mí, pero mantuve los ojos cerrados. Los recuerdos, aunque antiguos, permanecían frescos y volvían a reproducirse en mi mente como un espejo mágico que los hubiera atrapado.

—Mi madre me dio una bofetada cuando comencé a llorar. Me dijo que aquellas personas no tenían tiempo para mi debilidad. Paré de llorar y besé a un príncipe de trece años cuyo nombre ni siquiera recuerdo ya.

En retrospectiva, tal vez debería haber sabido que todo era una prueba. Mi madre podría haber dado el Beso fácilmente, pero el Consejo quería pruebas fehacientes de que yo era la hija de mi padre, ya que se sabía que mi madre dormía con muchos hombres. Podrían haber hecho una prueba de paternidad, pero mi madre había insistido en poner a prueba mi poder, furiosa porque el consejo de Freida no confiaba en ella.

Cuando mi Beso funcionó, mi madre murmuró:

—Esa es mi chica.

Aquel día me había dado cuenta de lo desesperadamente que quería complacer a aquella mujer fuerte pero cruel que me había dicho que aquellas personas no tenían tiempo para la debilidad o el fracaso.

Finalmente, abrí los ojos, transportada del lejano pueblo moribundo de mis recuerdos a otro más.

La mandíbula de Zach estaba tensa, pero pude ver la tristeza en sus ojos: la cara de alguien que cede.

—No se trata de nosotros, Zach —susurré—. Ni de nuestra moral. Ni de nuestras creencias. Se trata de ellos. *Siempre* se ha tratado de protegerlos a ellos.

Gran parte de mi tiempo en la Legión lo dedicaba a la batalla. Victoria. Éxito. Complacer a mi madre. Pero sabía que había más en aquella guerra que solo demostrar que mi madre estaba equivocada. O tener al compañero y el Beso más poderosos. Se trataba de impedir que las Fuerzas destruyeran vidas inocentes, dejaran sus cáscaras huecas y secas o cadáveres andantes.

Zach asintió con rigidez. Su voz estaba ronca cuando dijo:

—De acuerdo. Dime qué debo hacer.

Tanto el alivio como la tristeza ardieron dentro de mí. No había querido que fuera de aquel modo. Él debería haberlo entendido de otra manera. Debería haber creído y confiado en mí, no haber sido coaccionado por una enfermedad como aquella. Me incliné y le agarré las manos.

—Lo siento, pero es la única manera.

—Ejem. —Millennia se aclaró la garganta desde la puerta y Zach y yo nos volvimos hacia ella—. Eso no es cierto —dijo—. Hay otra manera.

CAPÍTULO VEINTIDÓS

SIN TIEMPO

—¿Cómo dices? —pregunté mientras me ponía de pie.

—He dicho que hay otra manera. —Millennia se cruzó de brazos.

—Y yo estoy segura de que te he entendido mal. No hay otra forma de romper este tipo de maldición.

—Sabes que eso no es cierto. Es solo que no quieres que tu precioso príncipe se entere.

Sentí los ojos de Zach clavados en la parte posterior de mi cabeza.

—¿De qué está hablando, Ivy?

Me mordí el labio.

—Ivy.

Emití un sonido entre un gemido y un gruñido con la garganta.

—Lo es y no lo es —murmuré—. Cierto, quiero decir. —Entonces respiré hondo y me giré para mirarlo. Él me estaba mirando fijamente, como si lo acabara de traicionar. Aquella mirada me atravesó, pero me mantuve firme—. Técnicamente, *sí* que hay otra forma de romper la maldición, *pero* no podríamos romperla ni aunque lo intentáramos. Es prácticamente imposible. Tenemos menos de tres horas antes de que esta niña pierda la vida y no quiero perder el tiempo corriendo por ahí en busca de un amuleto.

—¿Amuleto? —preguntó Zach.

«No va a dejarlo pasar.»

—Las maldiciones necesitan un objeto como medio para desarrollarse, algo que una la magia a este mundo. La mayoría de las maldiciones de brujas residen en joyas de algún tipo. La maldición de Venera suele ser transferida a un amuleto.

—Sabías todo eso y no me habías dicho nada. —La ira impregnaba su voz.

Alcé las manos.

—¡No hay nada que hacer! Una bruja maldice el amuleto y lo esconde en el pueblo. Incluso si supiéramos dónde está escondido, hay encantamientos oscuros que lo guardan.

—¿Qué tipo de encantamientos? —preguntó.

Un escalofrío de miedo me recorrió la columna vertebral y me estremecí. Intenté esconderlo pasándome una mano por el pelo, echando hacia atrás algunos mechones que se me habían salido del moño.

Los encantamientos oscuros eran como entrar en el mal mismo. Eran antinaturales y te arrebataban el pensamiento coherente y el sentido de lo correcto y lo incorrecto. Las pocas clases que había tenido sobre ellos, en las que habíamos tenido que experimentar varios tipos de encantamientos, me habían provocado pesadillas.

Al recordar el maldito libro sobre amuletos que había encontrado por accidente al buscar información sobre el Dragón Negro, recité:

—Tres encantamientos, cada uno con una emoción poderosa que te consume. Si te pierdes en la emoción, no hay forma de sacarte: estarás atrapado en el mismo estado y morirás en él. —Me abracé el cuerpo—. ¿No lo ves? Sería un suicidio intentar recuperarlo. Además, ha pasado mucho tiempo desde que alguien rompiera una joya maldita que... Bueno, tal vez ni siquiera funcione. Y no solo eso, podría estar en cualquier lugar. Y es muy peligroso. ¿Quién sabe qué protecciones lo guardan?

—Ivy, tenemos que intentarlo.

—¿Por qué? ¿Tan importantes son tus propias creencias que estás dispuesto a arriesgar la vida de estas personas? ¿De esta niña? —Señalé a la pequeña de la cama. Era muy joven, todavía tenía mucho por delante, y Zach quería arriesgar su vida por sus condenados principios.

Por no mencionar que había estado a segundos de conseguir ese Beso, lo que le habría hecho ver que nuestro poder podría vencer también al Dragón Negro.

Zach se giró hacia Millennia.

—¿Nos das un momento?

Millennia frunció el ceño.

—Deberíamos ir yendo si...

—¿Nosotros?

—Obviamente, yo también iré. Ha sido idea mía. —Millennia me obsequió con una mirada fría—. Puede que yo sea la maga, pero este —señaló a Zach— es el músculo. Una persona no puede hacer esto sola. Yo he estado ayudando a los aldeanos hasta que habéis llegado. No puedo hacer nada más por ellos ahora excepto ir tras el amuleto.

—Ya veo. Entonces nos salvaste en el bosque, viste lo que Zach podía hacer, ¿y decidiste esperar y usarlo más tarde? Bueno, puedes ir olvidándote. Búscate a tu propio príncipe.

—No quiero a cualquier príncipe —espetó Millennia—. Quiero a *tu* príncipe.

Como en el campamento de los Románticos, sentí la repugnante emoción de los celos invadirme la garganta y bajarme por los brazos, lo que hizo temblar mis manos. Deseé que hubiera dicho aquello de otra manera.

—Uno que está dispuesto a ver que hay alternativas a resolverlo todo con un Beso —aclaró—. Encontraremos el amuleto y luego puedes recuperarlo —dijo con un movimiento de la mano.

Luché por no gritar, por no despertar a los otros pacientes enfermos, lo cual provocó que mi voz sonara tensa y áspera.

—Estás loca. ¿No has oído lo que acabo de decir? Incluso si encontrarais ese amuleto, no podríais romper los encantamientos a tiempo.

—Déjame aclararte esto, princesa: me importa menos que la uña del pie de un duende si quieres meterle la lengua hasta la garganta a tu príncipe. Simplemente no uses una maldición como excusa para hacerlo.

Fue como si me hubiera abofeteado. Empecé a avanzar hacia ella, con las manos en puños, pero Zach se colocó frente a mí, me agarró de los hombros y me obligó a retroceder unos pasos. Se giró hacia Millennia.

—Sal.

Millennia me fulminó con la mirada, salió de la habitación y cerró la puerta tras de sí.

En cuanto la puerta se cerró, alejé de un golpe las manos de Zach de mis hombros y gruñí como un animal. ¿Qué me estaba pasando?

Zach miró hacia la puerta.

—Había esperado que, cuando llegara el día en que dos mujeres se pelearan por mí, sería por algo completamente diferente.

—¿Crees que es gracioso?

—No. —Zach me encaró. Sus ojos estaban centrados en mí, pero era casi como si estuviera viendo a través de mí, a la chica tendida en la cama detrás de nosotros.

Luego, sin previo aviso, me abrazó con fuerza.

—Tengo miedo, Ivy —dijo en un susurro, sus labios en mi oreja—. De esta maldición, de todo…, de perder a esta niña de aquí o a cualquier otra vida inocente. Pero… no se trata solo de que yo sea un Romántico. Es más grande que eso.

Mis ojos se abrieron de par en par ante su abrazo. Nunca me había abrazado así antes. En realidad, creo que ninguno de mis compañeros lo había hecho alguna vez. Y, así, mi ira se disolvió. Las palabras de Millennia parecían quedar a toda una vida de distancia. Tiré de la parte de atrás de su camisa con suavidad.

—¿De qué estás hablando?

Se apartó lo suficiente para mirarme a los ojos.

—Hace ya mucho tiempo que un pequeño grupo de Románticos tiene…, bueno, han desarrollado ciertas teorías. Creen que el Beso Real causa más daño que otra cosa.

El calor de sus brazos se desvaneció y yo forcé una risa.

—Eso es ridículo. —Empecé a retroceder, pero Zach me agarró con fuerza de los brazos.

—No voy a mentirte… No tenemos ninguna prueba. Pero déjame preguntarte algo: ¿por qué arde la tierra cuando una criatura muere por la magia de un Beso? ¿Eso no es antinatural? Sin la magia simplemente se desmoronan convertidas en polvo. Cuando se las mata con un Beso, la tierra circundante parece podrida. Muerta.

—¿Y?

—Cuando has levantado una maldición sobre un pueblo, ¿qué le sucede a todo el mundo? ¿Se recuperan todos perfectamente o les quedan cicatrices y desfiguraciones?

—Sobrevivir a una maldición tiene un precio. Tienen suerte de estar vivos.

—Algunos mueren de todos modos, ¿no?

—Así son las cosas. Estás buscando un *milagro*. Y tienes razón, esto no es una prueba. Y no es lo suficientemente bueno para arriesgar sus vidas por una mera posibilidad.

—Pero eso es lo que estaríamos haciendo de todos modos. Incluso si nos besamos, no hay garantía de que esta chica vaya a vivir. Y lo sabes. Solo dame tres horas, Ivy. —Me tomó de las manos y tiró de mí para acercarme y envolverme de nuevo con sus brazos como una cálida capa de lana—. Dijiste que los compañeros deben confiar el uno en el otro.

Me sentí como si mi corazón se estuviera retorciendo en dos.

—Eso no... Eso no es justo —murmuré.

Millennia entró sin llamar. No pareció perturbada porque Zach estuviera abrazándome.

—Tenemos que ponernos en marcha.

Zach asintió y se apartó.

—Ya voy.

Lo agarré de la muñeca.

—Los encantamientos te *matarán*. *Por favor*, no lo hagas.

—Tres horas. —Zach me rozó la mejilla con la parte posterior de sus nudillos—. Concédemelas y te juro que volveré a por ese Beso.

—¿Y si mueres? Entonces, ¿qué? Esto no es un grifo al que puedas matar o un trol al que puedas estrangular —siseé—. Entonces nada podrá salvar a esta aldea ni al resto de los reinos, para el caso.

—¿*Qué* se supone que significa eso? —interrumpió Millennia.

Los dos la ignoramos. Zach me metió un mechón de pelo suelto detrás de la oreja.

—No moriré. Voy a volver.

Solté un suspiro.

—Tienes razón, no lo harás. Voy con vosotros.

Mientras bajábamos la escalera, Rochet se acercó.

—Oh, hemos trasladado vuestras cosas a una de las habitaciones y... ¿Adónde vais?

Le di un apretón fuerte en el hombro.

—Necesito que hagas algunas cosas por mí. —Eché un vistazo a su vientre embarazado—. ¿Estás bien para hacerlas? —La pobre mujer probablemente ya estaba trabajando hasta la extenuación y, además, no debía de faltarle mucho para salir de cuentas.

Ella agitó la mano despectivamente.

—No os preocupéis por mí, alteza.

—Reúne a todas las personas que puedan comenzar a peinar sus casas. Y a la gente que está aquí dile también que busque un amuleto, pero también pídeles que informen si sienten algo extraño.

—¿Extraño en qué sentido?

—En cualquiera. Un estremecimiento, un dolor, un pinchazo agudo en las articulaciones. Si les entra frío repentinamente o se sienten tristes o su cerebro se nubla, quiero saberlo. No, en realidad, que se lo digan a Bromley primero y luego él me informará a mí.

A continuación me giré hacia Millennia.

—¿Cómo de buena es tu magia de la tierra?

Millennia sonrió.

—Es excelente.

—Necesito que levantes tanta tierra como puedas. La bruja podría haberlo enterrado, lo que haría que el poder del amuleto se filtre a las raíces de los jardines.

—¿A cuánta profundidad?

—Probablemente no más de treinta centímetros.

—¿Cómo se propaga la maldición de Venera? —preguntó Zach.

—No es una enfermedad transmitida por el aire. Lo que significa que probablemente esté escondido en algún lugar que la gente frecuente con asiduidad, en algún lugar en el que hayan podido estar en contacto con algo que podría haber absorbido el poder del amuleto —le expliqué.

—Entonces registraré la carnicería. Luego la botica.

Zach me tomó la mano, me dio un apretón y luego se apresuró a seguir los pasos de Millennia.

Me volví hacia Rochet.

—¿Puedes llevarme a la habitación donde se quedó la bruja?

Rochet me llevó al extremo más alejado del ala este de la taberna. Era como cualquier otra habitación, solo que más polvorienta. Tenía el presentimiento de que nadie quería dormir allí después de que lo hubiera hecho una bruja. Rochet vacilaba cerca del umbral mientras yo escaneaba las paredes y los muebles, mi mano rozando la colcha y la madera de cedro del armario.

Mi Sentido no funcionaba con el amuleto (los objetos malditos estaban encantados y encubiertos por las brujas para evitar que los Reales usaran su Sentido para localizarlos), así que, en lugar de eso, me moví lentamente para intentar percibir algún sentimiento extraño: una picazón, un latigazo de dolor, una emoción confusa.

Pero me era difícil separar mis emociones reales de posibles falsas emociones, especialmente cuando la ira y los celos que me provocaba Millennia y la frustración y la decepción por Zach me mantenían tan distraída.

—Me daré prisa y les diré a todos que empiecen a buscar —dijo Rochet.

—Sí, gracias. —De pronto se me ocurrió algo, y la detuve—. Espera, Rochet, ¿has desarrollado algún síntoma?

Ella sacudió la cabeza.

—No, su alteza. Ninguno todavía.

Era extraño. Si ya habían muerto diez personas y la maldición ya había actuado tanto en tanta gente, entonces era probable que comenzara a mostrar *algún* tipo de síntoma.

—¿Hay algún lugar en el que *no* hayas estado? —pregunté.

Rochet frunció el ceño.

—¿En esta última semana? No lo creo. He visitado casi todas las casas y tiendas para entregar el caldo de hierbas de Millennia.

«Qué se le va a hacer, nunca es tan fácil.»

—Ya veo. Gracias.

Después de que se fuera, reanudé mi búsqueda. Todavía confiaba en que nunca encontráramos el amuleto. No quería acercarme a ningún encantamiento oscuro. ¿Acaso ir tras el Dragón Negro no era suficiente?

Un sonido del exterior interrumpió mi búsqueda y me acerqué a la ventana a todo correr. La tierra se agitaba al ser removida, como si unas palas y picos invisibles atacaran el suelo. Millennia estaba de pie en medio de la plaza, con los brazos en alto.

Retomé mi registro de la habitación y, después de otros diez minutos de rebuscar en la habitación y de mover los muebles, tuve que rendirme y admitir que no estaba allí. Si estuviera cerca, me habría deslizado en alguno de sus encantamientos.

Salí corriendo de la habitación y bajé la escalera. Irrumpí a través de las puertas en la sala de reuniones para llamar a Brom.

—¿Hay algo?

Brom levantó la vista desde un lugar cercano a la parte de atrás.

—Nada.

Me pasé la siguiente media hora corriendo por la taberna, intentando con todas mis fuerzas despejar mis emociones y detectar cualquier encantamiento mágico. Tras la última habitación, me dirigí al exterior y me detuve en los escalones para escanear las tiendas que daban a la plaza principal. ¿Adónde iría mucha gente?

Las campanas ubicadas en la parte superior de la capilla, al otro extremo del pueblo, tañeron.

Dos horas.

Aquello podía ser… la capilla. Todos iban a la capilla a rezar.

Aunque la bruja no habría podido entrar en la capilla, podía haber controlado a un aldeano para que este escondiera el amuleto dentro.

Mis pies golpearon con fuerza las piedras mientras corría hacia la capilla y se hicieron eco de los latidos de mi corazón y de los tambores Románticos que todavía resonaban en mi cabeza.

La capilla era pequeña y hecha de madera, tallada de forma ornamentada. Abrí las puertas y corrí, sin aliento, por el pasillo principal, que conducía a la tarima. Estaba cubierto de plantas muertas. Marchitas y marrones.

Me detuve ante dos estatuas de madera de las Hermanas Santas. Sus rostros, una vez maravillosamente tallados y lijados, estaban negros y deformados, como si la madera misma se estuviera muriendo.

Un violento escalofrío me recorrió y dediqué una plegaria a mis antepasadas. «Ayuda a estas personas, Myriana. Y perdóname por lo que estoy a punto de hacer.»

A continuación empecé a arrancar las plantas muertas. Se desmoronaron en mis manos. Me volví hacia los bancos y me moví a través de ellos, dejé de lado toda emoción y aproveché mi entrenamiento de la Legión para sentir… nada.

Las campanas repicaron por encima de mí. Quedaba una hora y media.

Soltando palabrotas, salí de la capilla. Había cubierto cada rincón y no había sentido nada.

Zach salió de la carnicería al otro lado de la plaza y corrió hacia la botica. Millennia detuvo su magia y se secó la frente con la manga, luego pasó a otro parche de tierra y levantó las manos.

Sus esfuerzos eran inútiles. Yo lo sabía y, sin embargo, no pude evitar sentirme terriblemente ansiosa. Fugazmente, me pregunté qué pensaría el maestro Gelloren de mí en aquel momento, trabajando no con uno, sino con *dos* Románticos para romper los encantamientos del amuleto maldito. El método era tan arcaico y arriesgado que casi podía oír los gritos de Gelloren por mi falta de lógica. Casi podía *sentir* la mano de mi madre cruzándome la mejilla por perder un tiempo precioso. La idea de que ella me viera ahora y que estuviera tan horrorizada que se desmayara o me diera de comer a un nido de víboras basilisco era casi divertida.

Pero ella no estaba allí, gracias a la Reina Santa. Sin embargo, incluso si lo estuviera... Mi compañero me había pedido que confiara en él y, si él iba a confiar en mí, entonces yo también debía confiar en él.

Corrí a los establos.

Quedaba una hora. Nada en los establos.

Cuarenta y cinco minutos. Nada en la botica.

Media hora. Nada en las casas de los aldeanos.

Veinte minutos antes de que se nos acabara el tiempo, subí los escalones hasta la habitación de la niña. Le quedaban veinte minutos de vida. Yo disponía de minutos para besar a Zach y llevar a cabo el hechizo para tratar de salvarla a ella y al resto de aquel pueblo maldito. El aroma de la descomposición era abrumador dentro de la habitación de la niña. Las lágrimas acudieron a mis ojos, primero por el hedor y luego por la tristeza. Aquella niña estaba literalmente pudriéndose mientras todavía respiraba.

Recé para que Zach estuviera en camino. Que se hubiera rendido.

—Podría estar en cualquier parte —murmuré. Quizás estaba intentando hacerme sentir mejor a mí misma a pesar de que sabía desde el principio lo infructuosa que sería la búsqueda.

Sí, podría estar en cualquier lugar, ya que la maldición podía ser fácilmente absorbida por casi cualquier cosa con la que el amuleto entrara en contacto. Pero la bruja había estado allí hacía solo una semana, así que para que la maldición afectara a tanta gente en ese corto período de tiempo, casi todos tenían que haber tenido acceso a…

«Los aldeanos esperaban que la bruja solo hubiera pasado por el pueblo, dormido en una habitación, comido una comida caliente, bebido agua del pozo y eso fuera todo.»

Me giré hacia la ventana, mi mirada clavada en la pequeña estructura adoquinada del centro de la plaza.

—El pozo —susurré mientras arrancaba a correr—. ¡Está dentro del pozo!

CAPÍTULO VEINTITRÉS

TRES ENCANTAMIENTOS

Al llegar al pozo, reduje la velocidad a un trote y luego me detuve a diez pasos de distancia. Intenté extender mi Sentido y busqué aferrarme a la Fuerza de la Oscuridad, pero no me llegó nada excepto… calma. La tensión en mis músculos disminuyó, mi cabeza dejó de pensar a un ritmo vertiginoso. Se estaba muy tranquilo allí. Sentí ganas de descansar en el suelo y mirar las nubes pasar sin tener ninguna preocupación en el mundo.

Tenía la cabeza nublada, como si el resto de mí pudiera alejarse a la deriva con una brisa. Contemplé fijamente el pozo que tenía ante mí e intenté recordar lo que había estado pensando. ¿Había tenido sed? «¿Qué estoy haciendo?» Era muy difícil recordarlo. «Tal vez debería rendirme. Simplemente túmbate ahí y échate una siesta.» Caminé hasta el borde del pozo y me apoyé contra él, me deslicé hacia abajo por uno de sus laterales, presioné mi piel contra su superficie de piedra y cerré los ojos. El sol me sentaba maravillosamente bien y la brisa era perfecta. De hecho, todo era perfecto.

—¿Ivy?

Escuché mi nombre desde el otro lado de la plaza y abrí los ojos. Zach estaba en el umbral de la casa de alguna alma desdichada.

Verlo, escuchar su voz, me devolvió a la realidad. Aquel era el primer encantamiento. Me había tranquilizado, me había hecho pensar exactamente lo contrario de lo que había estado pensando: el amuleto estaba allí.

No podía moverme, mi cuerpo estaba relajado por el peso del hechizo, pero tenía que llegar a Zach antes de que mi mente fuera capturada por la serenidad una vez más.

—¡Zach! ¡Está aquí! Está en el…

Un zarcillo negro de agua me envolvió la cabeza y me cubrió la boca. Era como un tentáculo negro viscoso que me congeló las mejillas y los labios mientras me arrojaba por encima de la pared del pozo hacia sus profundidades. Vagamente, oí a Zach gritar mi nombre mientras el viento rugía en mis oídos. Mi espalda se estrelló contra el agua y la conmoción me atravesó la columna y me dejó sin aliento. Me sumergí, mis pesadas ropas me arrastraron como si me estuviera deslizando por un tubo hecho de hielo, tirando de mí. Grité, pero el agua negra me llenó la boca y me atraganté con ella.

Me ahogaba. Estaba ahogándome en aquella agua maldita. Había cobrado vida y me había derribado, ya fuera porque había sentido mi sangre mágica o la amenaza contra su existencia.

Intenté revolverme en el agua y dar patadas para salir a la superficie, pero aquella no era agua normal. Se aferró a mí como si se tratara de miel, espesa y pegajosa, me arrastraba, me sujetaba, me ataba. Cuanto más me resistía y pataleaba, más me aprisionaba.

Grité el nombre de Zach en mi cabeza. Pero, de alguna manera, supe que ya venía a por mí, como había ido a por mí en el bosque con el grifo, como había intervenido cuando mi madre me estaba machacando después de la batalla en la muralla. Él le había dicho que quería ser mi compañero. Justo cuando creía que me estaba ahogando por el dolor y las dudas sobre mí misma, él me había ayudado a ponerme en pie. Así que sabía que en cualquier momento él me sacaría de aquella agua maldita.

«Zach.»

Su nombre me trajo consuelo. El agua a mi alrededor perdió fuerza y se me hizo más fácil moverme. Mi pánico no era tan fuerte, aunque el miedo todavía estaba allí. Me moví despacio, pero no intenté respirar, todavía no.

Me resistí y el agua dio paso a una consistencia más ligera. Mi cabeza salió a la superficie y jadeé, parpadeando.

Ahora que no me estaba ahogando o consumida por el pánico, era capaz de pensar con claridad. Zach no iría a por mí. Él era más inteligente que eso: me sacaría de otra manera.

Entonces escuché un chapoteo a mi lado.

O tal vez no.

Había saltado para salvarme. Aunque no debería haberlo hecho, por lo peligroso y estúpido que era, me alegraba que lo hubiera hecho. Ese pensamiento era increíblemente egoísta e ilógico, pero no pude evitar tenerlo, al igual que no podía evitar que el sol se pusiera.

De inmediato, comenzó a hundirse, y lo empeoraba al resistirse. Se hallaba consumido, como lo había estado yo, por el encantamiento. Liberé mis brazos del agua con un tirón, a pesar de lo mucho que me dolió, y los enganché bajo sus brazos para intentar levantarlo. No pude. El agua maldita lo arrastraba hacia abajo. Así que hice lo impensable: me metí otra vez bajo el agua.

Mis sentidos estaban obstruidos y el hielo se apoderó de mis extremidades y de mi interior. A pesar de ello, me aferré a Zach, sujeté su cabeza contra mi hombro, enterré mi mejilla en su pelo corto. Sus brazos me envolvieron, como si fuera la cosa más natural del mundo, sus palmas descansaban sobre mis omóplatos y sus antebrazos envolvían mis costillas. Juntos, pataleamos, y nuestras cabezas irrumpieron en la superficie.

Jadeamos y tuvimos arcadas, nuestros cuerpos se agitaban y se convulsionaban juntos, pero no nos soltamos en ningún momento.

—¿Dónde está? —jadeó Zach, su voz por encima de mi hombro.

Parpadeé e intenté concentrarme en la luz de arriba. A lo lejos, los gritos de Millennia llegaron hasta nosotros. Pero ella estaba demasiado lejos.

Tosí de nuevo.

—En el agua, tiene que estar al fondo.

El pánico me subió otra vez por la garganta como el agua que me lamía el cuello y la mandíbula. Mientras lo hacía, el agua se apretujó a mi alrededor y tiró de mí hacia abajo.

—Nos vamos a ahogar.

Zach me agarró con más fuerza.

—No. Lo conseguiremos.

Su corazón latía a un ritmo constante contra su pecho y yo alenté a mi pulso a reflejar el suyo. El agua se aflojó una vez más.

Él apoyó la frente en mi hombro, me abrazó y luego miró hacia el agua negra.

—Hay una cuerda alrededor de mi cintura. Tira de ella si me quedo abajo demasiado tiempo. ¿De acuerdo?

Busqué la cuerda en el agua, mis dedos entumecidos la agarraron.

—De acuerdo.

Me miró fijamente y por un momento creí (o deseé) que estaba a punto de besarme, pero luego se zambulló. El agua negra como la tinta me salpicó en la cara mientras comenzaba a contar los segundos.

Pasaron treinta y tiré de la cuerda. Él subió tosiendo y sacudiendo la cabeza.

—Nada.

Antes de que pudiera detenerlo, volvió a hundirse y yo empecé a contar.

Dejé pasar cuarenta segundos y luego tiré con fuerza. Ninguna respuesta. El pánico me inundó y sentí el agua como arcilla cocida al sol. Tiré y tiré.

Nada.

—No... —Contuve el aliento y me zambullí. Como esperaba una oscuridad total, me picaron los ojos por la repentina embestida de una luz verde brillante. Flotando, iluminado por algo pequeño y verde, se hallaba Zach. Sus ojos estaban abiertos y miraban la joya que reposaba al fondo del pozo. Su mano estaba extendida, las yemas de los dedos tocaban la esmeralda maldita, mientras todo su cuerpo estaba encerrado en algún tipo de resplandor verde.

«Tres encantamientos relacionados con tres emociones poderosas.» El primero había sido la paz, el segundo, el pánico, y el tercero... No tenía forma de saberlo hasta que tocara esa joya. Si lo hacía, sería absorbida por el mismo encantamiento contra el que Zach estaba luchando en aquel momento. Si derrotábamos al último encantamiento, como habíamos hecho con el agua al dominar nuestro pánico, romperíamos la maldición.

Antes de extender la mano para tocar la joya, sabiendo que abandonar a Zach allí nunca había sido una posibilidad, lo único que me reconfortó fue que no nos ahogaríamos. La maldición de la joya nos suspendería en el tiempo, nos mantendría allí para siempre. A menos que la derrotáramos.

Pero la niña pequeña no tenía para siempre. Quizá le quedaban diez minutos.

Cerré los ojos con fuerza, alargué los brazos a través del agua pegajosa como el lodo y las yemas de mis dedos rozaron la superficie fría de la esmeralda.

El frío en mis huesos obligó a mis ojos a abrirse y me estremecí. El mundo era negro, pero cada vez más ligero, cambió desde la medianoche hasta el carbón, luego al color del humo brumoso. Parpadeé y me puse a cuatro patas.

¿Dónde estaba?

Al centrarme, mi cerebro se aclaró. Zach y yo estábamos atrapados dentro del encantamiento final. Nuestros cuerpos reales estaban flotando en aquel líquido negro, atrapados. Todo lo que había allí era una proyección, no era real de verdad.

El gris a mi alrededor se había desvanecido en una escena borrosa, como si mirara a través de una ventana empañada.

Estaba en un campo de una tonalidad naranja, como si el mundo estuviera estancado en la temporada de otoño, el suelo se enfriaba bajo mis manos.

—¿Zach? —grité mientras escaneaba el paisaje sombrío, desesperada por encontrarlo.

Ni diez pasos delante de mí había un niño. Respiraba con dificultad, como si acabara de correr un kilómetro. Miró a través de mí, sus ojos color avellana rebosaban terror, su cabello castaño apartado de su frente por una ráfaga de viento.

Luego hubo una gran mancha negra y una salpicadura roja. De repente, una mujer yacía a mi lado, la sangre se vertía sobre la hierba moribunda.

El niño cayó de rodillas, gritando…, gritando.

Bajo los gritos, capté la última palabra de la moribunda:

—Zach.

El desenfoque cambió a mi alrededor y a continuación me encontré dentro de una casa pequeña y sucia. El mismo joven estaba acurrucado en mitad del suelo, temblando.

Mi corazón estaba con él. Aquella emoción me era muy familiar. Una opresión abrumadora que conocía bien de mi propia infancia. Un sentimiento que hacía que incluso con los movimientos más pequeños pareciera que el cielo se estuviera derrumbando.

Soledad.

Contemplé al niño en el suelo sucio, su figura solitaria era pequeña y débil, luego le toqué suavemente la espalda.

—Zach.

El niño dejó de temblar, todavía de espaldas a mí.

Me arrodillé junto a él y recé para encontrar las palabras correctas para salvarlo. En ese momento, ni siquiera estaba pensando en el encantamiento y en cómo romperlo. Todo lo que podía pensar era cómo consolar a un niño cuya madre acababa de morir ante él.

—Sé que duele. —Mi voz apenas era un susurro mientras mis dedos rozaban la fina tela de su túnica. Se había usado y la habían lavado una y otra vez las manos de alguien que lo quería—. Y que te sientes como si no hubiera nadie más en el mundo…

Pensé en todas las veces que yo había tenido que ser lógica. Ser fuerte. ¿Alguna vez ayudaba, o solo enterraba el dolor y lo dejaba supurar?

—Pero no puedes rendirte. —Mis dedos estrujaron su camisa—. Las cosas mejorarán. No será mañana. Pero mejorarán. Lo prometo. Porque pronto estaré contigo.

Con mi última palabra, el mundo a mi alrededor se retorció, pero no antes de que pudiera captar un atisbo de la cara sorprendida del niño mientras echaba un vistazo por encima del hombro y me miraba.

Ahora estaba sentada en un gran escritorio, en una silla demasiado grande para mí, con los pies colgando sobre el suelo. Todo estaba mucho más tostado que antes, como una pintura al óleo recién hecha. Con una punzada de dolor agudo, al reconocer los mapas de la pared y los libros de los estantes, supe que aquello debía de ser *mi* recuerdo. Aquella oficina siempre estaría arraigada en mi mente, por mucho que yo quisiera olvidarla.

Me levanté para mirar los papeles del escritorio de mi madre. Estaba escribiendo las palabras de hechizo, una práctica que la había visto llevar a cabo muchas veces para ayudarla con la memorización. Todas eran largas y complicadas, y me esforzaba por leerlas, pronunciarlas, esperando sentir el cosquilleo de la magia en mi lengua.

Quizá si memorizaba aquel hechizo podría sorprenderla. Estaría orgullosa de mí.

Pero era demasiado pequeña y tuve que ponerme de pie en la silla para ver la parte superior del hechizo. Mientras intentaba inclinarme más, derribé sin querer un frasco de tinta y el negro se derramó a través de la mesa. Solté un chillido de miedo e intenté desesperadamente detener el avance de la tinta por la madera y evitar que cayera sobre la alfombra crema de felpa. Frenética y torpe, usé las manos, pero eso solo lo empeoró. Me apresuré a abrir cajones, tal vez allí hubiera un trapo que pudiera usar.

Pero me quedé helada al ver una preciosa caja de terciopelo blanco dentro del cajón superior. Era muy bonita, mis pequeños dedos no pudieron abstenerse de sacarla y abrirla, y la cubrieron de manchas negras que nunca desaparecerían.

Solo pude ver un precioso anillo de plata dentro de la caja antes de que un grito me dejara clavada en el sitio.

Mi madre estaba de pie en la puerta, temblaba de rabia. Corrió hacia mí, me arrebató la caja de los dedos, juntó con fuerza mis mejillas con una mano y siseó:

—Niña tonta, *inútil* y torpe. Largo.

Me agarró del brazo, me clavó las uñas en la piel y me arrastró hasta la puerta. Yo estaba tan asustada que ya sollozaba con fuerza.

—La única razón por la que estás viva es porque el Consejo me prometió que serías útil. Todavía tienes que demostrar que tienen razón. —Luego casi me tiró al pasillo—. ¡Fuera!

Me arrastré sobre la alfombra para alcanzar la puerta cerrada, la cara furiosa de mi madre roja de ira y sus ojos... ¿sus ojos llenos de lágrimas?

Traté de meter la mano para evitar que me dejara fuera. Que dejara fuera a otra hija que nunca había querido tener. Otra hija que había nacido de una concepción impuesta.

«No la cierres. No me dejes sola.»

Justo antes de que la puerta se cerrara de un portazo, una mano grande apartó la mía de la trayectoria.

—No dejes que te pille los dedos.

Las palabras llegaron como desde una gran distancia, a través de los mares de Glyll, intentando alcanzarme en mi isla de la soledad.

Mi soledad era una madre que veía a sus hijas como herramientas. Armas.

Yo sabía que, para ella, el mundo de los Reales no era más que una plaga de responsabilidades y sacrificios. Ella cumplía con sus deberes, se había quedado embarazada de cada príncipe que el Consejo le había lanzado y arriesgaba su vida luchando contra las Fuerzas como cualquier reina debía hacer. Pero odiaba las murallas del reino y su título, que sentía más como un collarín. Más aún, no podía soportar mirar a sus hijas, los productos de esas noches que se había visto obligada a tolerar.

La única razón por la que yo había nacido había sido para ser un soldado en el ejército de la Legión. En el ejército de mi madre. Si fallaba en algo, ya no sería necesaria. Ella nunca me había querido y ahora nunca me necesitaría.

«No intentes sentir nada y no te harán daño. No esperes nada y no te sentirás decepcionada.»

—Hay gente que te quiere, Ivy. —Una voz interrumpió mi mantra. El mantra que me había ayudado a sobrevivir a años en la Legión—. Simplemente por ser tú.

Era la voz de Zach.

El mundo que nos rodeaba se hizo añicos.

Como la joya esmeralda en el centro del amuleto.

Un destello dorado brillante. Zach y yo estábamos bajo el agua fría, pero ahora cristalina. La joya estaba diseminada en fragmentos, cada trozo de esmeralda brillaba con una luz dorada resplandeciente.

Zach tiró de mi muñeca y pataleamos hacia arriba, nuestras cabezas emergieron en la superficie y nuestras bocas aspiraron el aire glorioso.

Abrí los ojos y no podía creer lo que veía. Una cascada de oro caía a nuestro alrededor como si estuvieran lloviendo fragmentos líquidos de sol. Cayó en el pozo, creando ondas. La lluvia de oro sobre mis mejillas y mi cabello. Aturdida, miré a Zach.

Me estaba sonriendo, chorreaba agua y la luz dorada le iluminaba el rostro mojado.

CAPÍTULO VEINTICUATRO

LA TEORÍA DEL ESPADACHÍN

Todo el pueblo parecía haberse reunido alrededor del pozo mientras nos sacaban a Zach y a mí de sus aguas heladas. Millennia y Bromley fueron los primeros en agarrar nuestras manos mojadas y tirar de nosotros por encima de la repisa de madera. Bromley me apretó la mano con tanta fuerza que creí que me iba a romper los dedos. Zach todavía no me había soltado la parte superior del brazo.

Estaba entumecida.

Mi mente apenas registró la creciente multitud de aldeanos cuando estos salieron de sus hogares, algunos tambaleándose mientras se adaptaban a caminar después de días en la cama. Rochet me abrazó con fuerza, las lágrimas corrían por sus mejillas. Una anciana cayó de rodillas, agarró mi otra mano y me la besó.

Pero yo era ajena a todo excepto a la lluvia de oro que caía del cielo. El brillo me recordaba a la pequeña explosión dorada que había tenido lugar en el bosque tras luchar con el grifo. Y, al igual que con la herida fatal de Zach, que se había curado de repente, allí había sucedido un milagro.

La maldición estaba rota. Los enfermos habían sido curados.

En mi vida había visto levantar once maldiciones en aldeas. En todas esas veces, nunca antes había visto una lluvia dorada después. Cuando una maldición se rompía con un Beso Real, la enfermedad simplemente se iba. Nunca nada elaborado. Simplemente... se detenía y dejaba a los pacientes discapacitados y desfigurados, como había dicho Zach. Nunca se *curaban*, no así.

Cada detalle sobre aquello era diferente. El ambiente era ligero, el aire, limpio, e incluso la gente sana parecía más saludable. Casi como si toda la aldea hubiera renacido.

La diferencia era más que asombrosa..., era increíble.

Mientras la gente se aglomeraba a nuestro alrededor, me incliné hacia Zach y él me rodeó los hombros con el brazo. Se abrió paso a empujones, prácticamente arrastrándome. Bromley y Millennia se apresuraron a ir tras nosotros mientras yo andaba a trompicones.

Zach se mantuvo firme en su andar y claramente no estaba tan anonadado como yo. De hecho, era casi como si... casi como si hubiera *sabido* que aquello podría pasar. Lo cual era ridículo, ¿cómo lo iba a saber? Pero, si lo sabía, aquello explicaría por qué había estado tan desesperado por ir tras el amuleto una vez que supo de su existencia en lugar de besarme.

Zach se desembarazó del desfile de aldeanos y me ayudó a subir la escalera y a llegar a una de las habitaciones que Rochet nos había preparado.

Me bajó hasta tenderme en la cama mientras Bromley se precipitaba hacia delante.

—Mi señora, ¿estáis bien? —preguntó mientras me cubría con una manta. Pero Millennia lo detuvo.

—La princesa necesita ropa seca o se resfriará. Salid, los dos.

Ni Zach ni Brom protestaron. Zach se echó su equipaje sobre el hombro mojado. Tras dirigirme una última mirada, cerró la puerta detrás de él y de Brom.

Millennia se arrodilló y abrió mi bolsa, rebuscó entre mi ropa, luego la alejó de un empujón. Abrió un gran armario y sacó un vestido crema con un patrón desteñido. Era suelto y fino, pero también estaba seco y limpio.

—¿Qué tiene de malo mi r-ropa?

—Huele a humo. —Millennia me ayudó a quitarme la ropa y a ponerme el vestido. Luego se sentó y comenzó a trenzar mi cabello sin decir ni pío.

—Lo siento —dijo mientras sus dedos entraban y salían de mis empapados mechones.

Me puse tensa.

—¿Por qué?

—Por... decir lo que he dicho antes. —Cuando terminó mi trenza, puso una mano sobre mi hombro—. Me equivocaba con vosotros dos. Eres diferente a los otros Reales. Te preocupas de verdad por las personas, y yo... no creo que usaras una maldición como excusa para...

Me aparté, sus palabras anteriores volvieron a mí como el dolor de una vieja herida. Me había consumido tanto encontrar el amuleto, romper los encantamientos y la lluvia dorada que había olvidado lo que había dicho sobre mis motivaciones para besar a Zach.

Lo peor de todo era que había una parte de mí que se preguntaba si lo que ella había dicho era verdad. Y, si fuera así,

¿cómo podría soportar la vergüenza? Usar a monstruos o maldiciones como excusa... era más que deleznable.

No podía permitirme pensar en eso. Si lo hiciera, comenzaría a dudar de todo, y tenía un dragón que vencer. Como mi madre decía, no había tiempo para la duda o la debilidad.

—¿Qué haces aquí? —le pregunté finalmente.

—Te lo dije: estaba buscando a la bruja, y yo...

—No —dije con brusquedad—. No te creo. Tu maestra te deja sola, tú vas detrás de una bruja que lanza una maldición sobre un pueblo. Te encuentras con nosotros, no una, sino dos veces. ¿Qué estás buscando *en realidad*?

Millennia se puso de pie tan rápido que la vieja cama me tiró hacia atrás contra la pared. Se puso a jugar con un rizo que le colgaba alrededor de los hombros, y lo retorcía entre sus dedos pálidos mientras se alejaba de mí y miraba por la ventana.

—Mi maestra puede leer las señales tan bien como cualquiera de tus magos Reales. Hay algo oscuro creciendo en estas montañas, y lo estamos buscando.

Se me aceleró el pulso. ¿Podía ser que Millennia y su maestra también supieran lo del Dragón Negro?

—¿Lo?

Su rostro aún estaba de cara a la ventana, los dedos seguían retorciendo el rizo, y ella dijo:

—Descansa un poco, princesa. Has pasado por todo un calvario.

Antes de que pudiera indagar más, cruzó la habitación hacia la puerta y abrió. Se topó con Zach, que tenía la mano lista para llamar a la puerta. Ambos dieron un paso atrás.

—Lo siento —dijo Zach.

Millennia se frotó la sien.

—Tranquilo. Yo ya me iba. —Se volvió hacia mí y sonrió—. Gracias a los dos por salvar esta aldea. —Hizo una pequeña reverencia, doblándose ligeramente por la cintura, y a continuación se marchó.

Le devolví la sonrisa, pero tomé nota mental de preguntarle al día siguiente más cosas sobre lo que ella y su maestra sabían.

Zach rondaba torpemente alrededor de la puerta, vestido con ropa seca, pero con el pelo todavía mojado.

—¿Dónde está Brom? —pregunté para romper el silencio.

—Consiguiendo algo que te haga entrar en calor. —Zach se sentó junto a mí en la cama.

Había un millón de cosas que quería decir. ¿Qué era la lluvia de oro? ¿Cuál sospechaba que era la verdadera causa? ¿Había visto algo así antes? ¿Estaba relacionada con la explosión dorada de luz de cuando el grifo había muerto?

Quería preguntárselo todo, pero él se me adelantó.

—Esa era tu madre.

Debido al encantamiento, él había visto mis recuerdos de infancia de mi madre. Antes, podía haber sentido vergüenza de que hubiera visto algo tan personal e íntimo, pero, sabiendo que él había pasado por el mismo dolor de la soledad, no la sentí.

—Podría decir lo mismo.

Él hizo una mueca.

—Sí. Pero tú primera. Si quieres hablar, te escucho.

Después de lo que había visto, bien podía escuchar el resto.

—Cuando llegué a la Legión, en Myria, oí muchas historias sobre la gran reina Dahlia. Mi madre era famosa...

por cosas buenas y malas. Por lo visto, fue una joven rebelde cuando estuvo en la Legión. Se saltaba las patrullas, se escapaba del castillo y pasaba noches en las tabernas. Había incluso un rumor de que había ido a un campamento Romántico. Pero era poderosa. Su marca de Myriana hacía a todos sus compañeros prácticamente invencibles, por lo que la Legión la toleraba.

»Cuando llegó el momento de enviarla a Freida, intentó huir con un hombre. Se rumoreaba que era un plebeyo, y el Consejo no le permitiría perder ni tiempo ni hijos con un hombre sin sangre mágica. No llegaron lejos. Un espectro los atacó y mi madre no tenía compañero al que besar. Ningún Real que la ayudara a vencer al espectro. La partida Real que habían enviado tras ella logró salvarla a *ella* justo a tiempo, pero el hombre ya había muerto en sus brazos. Después de eso, todo cambió. Se fue derecha a Freida y, nueve meses después, nació Clover. Ella odiaba la Legión por obligarla a pelear y a dormir con hombres que eran prácticamente desconocidos para ella, pero odiaba más a las Fuerzas. Cada una de las hijas a las que dio a luz era un deber, una obligación, pero también otro soldado para vencer a las Fuerzas. Así que era mucho más dura con nosotras.

»Si yo no era perfecta en todo, me decía que la avergonzaba. Que nunca sería lo suficientemente fuerte para salvar a personas, para destruir a las Fuerzas. Pero yo era solo una niña, no era perfecta. A veces era torpe y me hacía daño, así que lloraba, y ella nunca estaba cerca para darme siquiera un Beso curativo.

Me ardían los ojos. Me picaba la garganta.

—¿Te dejaba de lado a menudo?

—Eso es un eufemismo. De todos modos, ella está obsesionada con encontrar a la Reina Malvada. Es una venganza. Si no fuera por la Reina, no habría Fuerzas. Ni espectros que acabaran con el hombre con el que había intentado fugarse. No habría necesidad de que los Reales continuaran criando como conejos. No habría razón para que mi madre renunciara a su libertad. —Tiré de mi trenza—. Podría ser que simplemente me odie. Ni siquiera que odie lo que represento. Solo... *a mí*... —Me falló la voz. Nunca antes había pronunciado aquellas palabras en voz alta.

Mientras retorcía el delgado vestido en mis manos, recordé lo que Brom me había dicho en Myria. Lo que había dicho después de que yo le dijera que él sabía por qué tenía que pelear.

«No obtendréis su aprobación. Ni siquiera si ganáis.»

En el fondo, sabía que Brom tenía razón. Había demasiada mala sangre entre nosotras para que mi madre realmente estuviera orgullosa de mí. Pero tal vez la cosa cambiara si mataba a aquel dragón. Si mataba a la Reina Malvada y ponía fin a la guerra, dejaría de obsesionarse con la perfección, con ser la descendiente pura de Myriana. Tal vez simplemente me vería... a mí. No como una Real. No como un arma contra las Fuerzas. Sino como yo misma. Como su hija. Era exactamente como Zach había dicho en el pozo. Quería que ella me quisiera sencillamente por ser yo.

Los dedos de Zach rozaron su marca en mi mano, y yo solté la tela y la dejé arrugada. Sus dedos se entrelazaron con los míos y me dieron un apretón.

Tragué saliva y dije suavemente:

—Pero *tu* madre... Lo siento tanto...

—Es agua pasada.

—Estabas corriendo —susurré al recordar el sudor en la piel del niño y su trabajosa respiración. Quizás mis crueles palabras sobre él huyendo de una pelea habían sido demasiado ciertas.

Zach se pasó una mano por el pelo.

—De niño, siempre tuve miedo. Era un cobarde, en realidad. Pero también era el único mestizo Real en nuestra aldea Romántica, así que siempre que había un monstruo oscuro cerca podía sentirlo.

Me mordí el labio.

—El Sentido.

Zach asintió.

—Yo era el único que tenía el Sentido y, cada vez que se asentaba en mi pecho, sentía que no podía respirar. Estaba aterrado. Cuando llegó el grifo, nunca había sentido nada parecido. Así que yo solo… corrí. Salí corriendo de casa sin pensarlo. Mi madre me persiguió y, como yo había salido corriendo, ella fue atacada…

—Apenas tenías seis años. No puedes culparte a ti mismo.

—Solía hacerlo. Y por eso juré que me volvería más fuerte. Me uní a un grupo rebelde de Románticos y entrené con ellos. Fueron quienes me enseñaron que podría haber más de lo que conocemos en la magia de los Reales. Que…

Se detuvo y me lanzó una mirada cautelosa, como si quisiera retirar sus palabras.

Me palpitaba la cabeza, como si me advirtiera de que no quería escuchar lo que tuviera que decir.

—Cuéntamelo todo, Zach.

Sus ojos giraron hacia la puesta de sol que se veía por la ventana. La lluvia mágica había cesado, pero la puesta de sol iluminaba nuestra habitación con una luz dorada. Me recordó a la del bosque aquella mañana, cuando casi me había besado.

Zach me miró y colocó las manos sobre las almohadas y las sábanas a cada lado de mí.

—Recuéstate, princesa. —Se inclinó hacia delante y me atrapó.

Estaba tan cerca, y cada vez más cerca, que mis codos se apoyaron otra vez en las almohadas. Él bajó conmigo, con sus labios presionados contra la piel desnuda de mi hombro.

—Te prometo que te lo contaré todo. Después de que duermas. —La sensación de sus labios al rozar mi hombro era tan abrumadora que me dejé caer sobre las almohadas mientras su amplio pecho permanecía a solo un suspiro del mío.

Antes de que pudiera envolverle con mi brazo, pasó a apoyarse sobre su codo, luego me miró.

—Realmente me has salvado ahí fuera, Ivy.

Le rogué a mi corazón, que latía con fuerza, que ralentizara el ritmo.

—Nada que tú no hubieras hecho por mí.

Bajó la cara hacia la almohada, justo encima de mi hombro.

—Me mantuviste a flote —su voz sonó apagada—, y yo sabía que, de alguna manera, todo iba bien.

Mis manos se movieron hacia su pelo. Al sentir los mechones mojados entre mis dedos, ansié llevar sus labios a los míos.

«Lujuria.»

Zach se incorporó y se tumbó de lado. Me di la vuelta para que estuviéramos cara a cara, nuestras rodillas se tocaban. Él se acercó, unió nuestras manos y nuestras frentes se encontraron.

—A dormir, princesa.

Me acerqué hasta que mi rostro estuvo entre su cuello y las almohadas.

—¿Me despertaré con un beso?

Zach se rio entre dientes y sentí las vibraciones en su garganta y en su pecho.

—Ya veremos.

Me permití relajarme en sus brazos. Solo había estado bromeando *a medias*.

Para mi inmensa decepción, no recibí un beso. Zach estaba durmiendo, sus brazos aún a mi alrededor, cuando desperté durante las primeras horas de la mañana.

Por un instante, consideré despertarlo con un beso como yo había querido, pero luego me lo pensé mejor.

Al final se había convertido en algo que no quería forzar.

La cabeza me dio vueltas al darme cuenta de eso.

Ya fuera un beso de Lujuria o un Beso Real, debía ser algo que él eligiera. Quería que confiara en mí lo suficiente como compañera para creer que nuestro poder podría salvar a las personas.

Si fuera un beso de Lujuria, no tendría que especular más sobre si se sentía atraído por mí. Ya fuera por el coqueteo mientras cabalgábamos, por el baile junto al fuego o por el casi beso del bosque, necesitaba saber de una vez por todas si él quería lo que yo quería.

Pero ¿cómo podría tragarme mi orgullo y simplemente preguntárselo?

Con cuidado, me incliné sobre él para encontrar un plato de estofado frío en el suelo. Bromley debía de haberlo dejado allí. Gruñí, consciente de que nos habría encontrado a Zach y a mí durmiendo prácticamente uno encima del otro. Casi podía imaginar la cara engreída de Brom, como si dijera: «Os lo dije». Cuando recuperé mi posición, Zach se agitó, se estremeció y se sentó, lo que me hizo perder el equilibrio y caer sobre sus rodillas

—Qué narices… —Zach se alisó su pelo rebelde cuando vio la oscuridad matutina del exterior—. No pretendía quedarme dormido.

—Bueno, te dormiste… Ambos lo hicimos. —Me levanté. Con la cabeza despejada, me di cuenta de lo nublada que había estado mi mente la noche anterior y lo mucho que la proximidad de su cuerpo me hacía sentir mareada por el deseo—. Deberíamos ponernos en marcha.

Zach me acarició las pecas de la mejilla.

—Tranquila, alteza. Te prometí que hablaría. ¿No quieres saber?

Quería saberlo todo, pero Zach estaba tan cerca de mí que no podía pensar con claridad. Necesitaba tener la mente despejada cuando me contara lo de la magia dorada.

Sus ojos estaban fijos en los míos. Las yemas de sus dedos rozaron mi mandíbula y el calor escaló por mi cuello.

Me alejé de él y salí de la cama antes de poder cambiar de opinión, no importaba cuánto quisiera ese calor, aquel no era el momento. «Tal vez nunca lo sería.»

Ante ese pensamiento, se me revolvió el estómago.

—Por favor, no. —Me alejé de la cama—. Lo que hiciste en el bosque, lo que estás haciendo ahora, y anoche… Yo no sé qué… —Me coloqué el pelo detrás de las orejas.

¿En qué había estado pensando la noche anterior? Incluso

esa mañana, en sus brazos, rodeada por su calidez y aroma, había estado delirando. No podíamos permitirnos la distracción de la Lujuria. Teníamos un huevo que encontrar y un dragón que matar.

Si tenía que suceder algo entre nosotros, tendría que esperar.

Ante su mirada de confusión, dije:

—No importa. Hay cosas más importantes. Háblame del Efecto Dorado y de la teoría de los Románticos.

—Ivy... —El dolor revoloteó por su rostro, luego desapareció igual de rápido. Apretó la mandíbula—. No te va a gustar.

—Dímelo y ya está.

—El Efecto Dorado, como tú lo llamas, tiene lugar cuando un poder derrota a las Fuerzas, ya sea a un monstruo o a una maldición como la que rompimos ayer.

—¿Qué poder?

Zach ignoró mi interrupción.

—Los Románticos comenzaron a desarrollar esta teoría hace setenta y cinco años, cuando empezaron a reconocer... patrones. Se dieron cuenta de que siempre que un Beso Real levantaba una maldición, tres maldiciones más aparecían en otras aldeas en el lapso de un ciclo lunar.

—Pura coincidencia.

—¿Y si los pueblos estaban uno al lado del otro? Ivy, intenta escucharme. Este Efecto Dorado..., su magia es diez veces más poderosa que cualquier Beso. Si no hubiéramos roto el amuleto, entonces estos aldeanos nunca se habrían curado bien y del todo. Puede que incluso hubieran muerto de otra maldición que habría reemplazado a esta.

Tardé un momento en entender lo que estaba diciendo y, una vez que lo hice, me sentí enferma.

Por un lado, no podía discutir los hechos que había visto con mis propios ojos. Por otro lado, me negaba a admitir que los Besos Reales eran realmente inútiles, porque... porque eso significaría que todo ese tiempo, todos esos años...

Zach estaba sugiriendo que el Beso causaba que aparecieran más maldiciones y monstruos. Que en realidad era malvado.

De ninguna manera. *No*.

—También hubo más casos —continuó Zach—. Cuevas de troles que los Reales habían despejado con su magia convertidas en un nido de crías de serpientes oscuras. De la tierra muerta donde se había matado a enanos surgió un espectro... Hay cientos de ejemplos.

—¿Tienes alguna prueba?

Zach apretó los dientes.

—¿Que pueda mostrarte ahora mismo? Por supuesto que no. Solo te explico cómo surgió nuestra teoría. Cree lo que quieras, como siempre has hecho. Todo lo que sabemos es que, cuando comenzamos a luchar contra monstruos *sin* Reales, éramos capaces de despejar áreas que *permanecían* despejadas.

Se me revolvió el estómago. Me aferré al borde de la cómoda para evitar bambolearme. No le creía. No podría hacerlo de ninguna manera.

—Me has dicho que el oro aparece debido a un poder. ¿Cuál es?

Zach respiró hondo, me miró a los ojos y dijo:

—Amor.

Le di un puñetazo al tocador.

—No tiene gracia.

—¿Acaso me estoy riendo?

—¿Estás diciendo que rompimos la maldición del amuleto mediante el Amor? Zach, eso es…

Se puso de pie y me agarró por los brazos.

—Bajo el agua, cuando tu madre casi te cerró la puerta en las narices y yo sostuve tu mano, ¿qué sentiste?

Lo miré sin habla.

—Te diré lo que sentí yo cuando prometiste que estarías conmigo. Me sentí feliz. No estaba tan solo para sentir que simplemente podría desaparecer. Me sentí quer…

Traté de escapar de su agarre de hierro.

—Superamos los encantamientos. ¡Por eso se rompió la joya!

—¿*Cómo* rompimos los encantamientos?

—Fu… fuerza —tartamudeé.

—Si así es como quieres llamarlo, de acuerdo. Entonces, ¿qué hay del grifo?

—¿Qué *pasa* con el grifo?

—¿Qué poder lo derrotó? ¿Qué causó que se desintegrara en polvo dorado?

—¡No lo sé! —La ansiedad me subió por la garganta, me ahogaba, como si volviera a estar en el agua maldita del pozo otra vez—. Debió de ser magia.

—¿Magia de quién? No había nadie más en ese bosque.

—Eso no lo sabes. Todo fue muy confuso. Saltaste delante de mí y me salvaste, y entonces el grifo estalló en oro.

La mirada de Zach me perforó y me dejó dos agujeros ardientes, me instaba a comprender. Esperaba a que juntara las piezas.

Cuando el grifo había enterrado las garras en su pecho, salvándome pero sacrificándose él, ¿qué poder se había liberado? ¿Qué había desencadenado la magia dorada? ¿Había sido el propio Zach? Tal vez la pregunta fuera *por qué* había saltado delante de las garras del grifo cuando aquello lo mataría seguro.

Porque él…

CAPÍTULO VEINTICINCO

NEGACIÓN

—Tú no me quieres —susurré.

Zach retrocedió y se hundió en la cama. Escondió la cara entre las manos y apoyó los codos en las rodillas.

Estuvimos en silencio mucho rato.

Me lamí los labios y aparté hacia atrás los rizos que se habían escapado de mi trenza. «Respira, Ivy.»

—Zach, tú *no* me quieres.

—¿Crees que no he intentado negarlo? —Se puso de pie, los músculos de su cuello y de los brazos apretados, tensos—. ¿Decirme que solo es Lujuria? De entre todas las chicas de las que podría haberme enamorado... Tenía que ser de la que niega por completo la existencia del Amor. La más Real de todas.

Se acercó a la ventana, levantó un brazo y lo apoyó contra el cristal junto con su frente. Se rio con amargura.

—¿No es hilarante la ironía? La chica de la que estoy enamorada me ruega que la bese todos los días, y yo tengo que negarme. *Tengo* que hacerlo. No solo por mis propias creencias y esta teoría dorada, sino por mi propia cordura. Porque un beso no significaría *nada* para ti, mientras que lo significaría todo para mí.

No podía hablar. Apenas podía respirar.

Yo no creía en el Amor, pero Zach *sí*, y él creía que se había enam…

Por fin, logré decir con voz ronca:

—Pero… pero apenas me conocías.

Sacudió la cabeza, su pelo rozó el cristal.

—Te conocía lo suficiente. Te conocí y eras preciosa con tus pecas y tu charla sobre las fresas. Luego me exigiste ser compañeros e, incluso cuando te dije que no, apareciste en el campo de batalla. Eras feroz y fuerte y valiente, y te admiré por ello. —Se apartó de la ventana. Volvió a la cama y se sentó—. Luego, después de que tu madre te abofeteara y que yo te acompañara de vuelta a tu habitación…, no lo sé. Puede que fuera entonces.

—¿Por qué entonces?

—Te oí llorar —dijo con suavidad, con los ojos fijos en el suelo—. Llorabas como si tu corazón se estuviera rompiendo en dos. Todos los Reales con los que me he topado cortan de raíz toda emoción, pero tú te permites sentir algo. Y luego apareciste en la reunión del Consejo con los ojos un poco rojos, como si nada hubiera pasado. Pero *había* pasado algo y me preocupé por ti. No he parado de preocuparme desde entonces.

Sus palabras me hicieron temblar. «Sagradas Hermanas, ¿qué me está haciendo este príncipe? Me creo cada una de sus ridículas palabras.»

Extendió la mano y la giró lentamente para estudiar la marca de Myriana.

—Me preguntaste por qué no había ido a buscar el dragón yo mismo con mi Sentido. La respuesta es… que no podía dejarte ir sola. O con alguien más. No estarías a salvo con alguien como Amias. Alguien que te quiera solo como arma. Para hacerse más fuerte usándote. —Levantó la vista, luego repitió las mismas palabras del encantamiento—. No te harían sentir querida por ser simplemente tú.

«No digas eso.»

Con su mano marcada tomó la mía y me acercó más, de modo que me quedé de pie entre sus piernas. Zach era lo suficientemente alto para solo tener que inclinar la cara hacia arriba para que quedara a centímetros de la mía.

—Dime que estoy equivocado. Dime que hubieras estado mejor con un compañero diferente.

No pude. Sus manos se enterraron en mi pelo mientras nuestras respiraciones se sincronizaban.

Un golpe en la puerta nos separó. Me di la vuelta y, con las manos todavía temblando, corrí hacia la puerta. Millennia apareció en el umbral, sostenía dos tazas humeantes, y Bromley estaba detrás de ella con una cesta de comida.

Millennia lanzó una mirada a Zach y luego a mí, a continuación entró y me entregó una taza. La acepté e intenté no derramar el té.

Bromley me dedicó una sonrisa, pero se desvaneció rápidamente cuando notó que mis manos temblaban al sostener la taza. Miró a Zach y yo sacudí la cabeza sutilmente.

Millennia tomó un largo sorbo de su té y luego me miró entrecerrando los ojos por encima del borde.

—Y bien, princesa, ¿qué hay en esas montañas?

—Um, ¿qué? —Mi mente todavía estaba demasiado llena con la confesión de Zach para comprender lo que estaba preguntando.

—No creas que no me di cuenta de lo que dijiste ayer, de que el destino de los reinos descansa sobre vuestros hombros. —Millennia nos señaló a ambos con un giro de muñeca—. Buscáis lo que sea que se está gestando en las montañas Wu-Hyll, ¿no?

Zach seguía sentado en la cama y miraba fijamente al suelo. Permanecí en silencio, mi cerebro se movía a paso de tortuga.

Irritada, chasqueó los dedos.

—¿Hola?

Dejé la taza de té en la cómoda, me froté la frente y suspiré para intentar volver a centrarme en nuestra misión. Lo que Millennia había dicho la noche anterior sonaba a que era la verdad. Si tenía una maestra maga que reconocía los signos oscuros como las tormentas mágicas y las arpías de gorrión, no sería difícil descifrar que *algo* estaba creciendo en las montañas Wu-Hyll. Pero, dada la falta de acceso de los magos Románticos a nuestros archivos, tenía sentido por qué no sabían *qué* se estaba gestando. La pregunta era: ¿confiaba en ella lo suficiente para contárselo? Ella nos *había salvado* la vida con las serpientes *y* nos había ayudado a encontrar el amuleto. Puede que fuera una Romántica, pero, como Zach, no era malvada. Y, si realmente nos quisiera muertos, habría tenido muchas oportunidades. Así que se lo conté.

—Grandes briznas en los mares de Glyll —dijo—, un Dragón Negro. Me esperaba algo terrible, pero no… —Respiró para serenarse—. Entonces es eso. Ella de verdad quiere arrasar el mundo con este dragón, ¿cierto?

Sus palabras me tocaron la fibra sensible y por un momento no pude responder. Todo ese tiempo había sabido que el Dragón Negro destruiría a la Legión si lo dejaban suelto, pero, sin la Legión, el resto del mundo seguramente iría detrás. Todo lo que ella tenía que hacer era dar un paso atrás y dejar que su dragón causara estragos y, sin más humanos en su camino, sus monstruos, sus hijos, heredarían el mundo.

Millennia se volvió hacia la puerta.

—Bueno, mejor nos ponemos en marcha.

—¿Qué? —dijimos Brom, Zach y yo al unísono.

Ella parpadeó.

—Voy con vosotros.

La miré boquiabierta.

—Después de lo que te acabo de decir…, ¿quieres unirte a nosotros?

—Por supuesto. Necesitáis mi ayuda. Especialmente dado que el Beso Real no os sirve de nada a ninguno de vosotros.

Me clavé las uñas en las palmas. Me creía que Zach pensara que me quería, y tal vez no podía negar que había *algo* diferente entre el Efecto Dorado y la magia Real, pero descartar por completo el único poder del que disponíamos para derrotar al dragón, no, eso era demasiado peligroso. A pesar de la teoría Romántica, íbamos a seguir empleando un Beso. Esa era la única forma de matarlo con certeza.

—Matar a un Dragón Negro no es como romper un amuleto maldito. Esta vez no hay otra manera. Y la verdad es que lo que suceda entre mi compañero y yo no es asunto tuyo.

Millennia levantó una ceja.

—¿En serio? ¿Y cómo os ha ido con el Beso Real hasta ahora? —Señaló a Zach con uno de sus dedos delgados—. Por lo que se ve, él se ha negado a participar.

Zach ahora miraba por la ventana, todavía callado.

—Quieres ayudar —repetí lentamente.

—Antes creía que erais seguidores estúpidos de la Legión, pero estaba equivocada. —Su tono era suave, similar a cuando me había estado trenzando el pelo la noche anterior—. Lo que dije lo dije de verdad, Ivy.

Zach no estaba más dispuesto a besarme. En todo caso, lo estaba menos. Especialmente ahora que yo sabía todas sus razones para negarse.

Su creencia de que un Beso no debía usarse como arma.

La teoría Romántica de que el Beso de los Reales en realidad no funcionaba.

Y el hecho de que me quería y que yo nunca podría corresponder unos sentimientos que no podían existir.

Así que, aunque yo sabía que el Beso Real, junto con el hechizo que había estado estudiando todo el viaje, era la única oportunidad de destruir el huevo, tuve que afrontar los hechos: Zach no estaba cerca de ceder y habría aún más monstruos violentos en las montañas. Al menos durante la etapa montañosa del viaje, sería útil tener a una maga a nuestro lado.

Con una sensación de hundimiento, me di cuenta de que no solo tenía que convencer a Zach para que me besara, sino que también tenía que convencerlo de que lo que sentía por mí era simplemente Lujuria, no Amor. Eso parecía incluso más imposible que matar al dragón.

—Sí, nos vendrá bien tu ayuda —le dije a Millennia—. Me reuniré con vosotros abajo después de cambiarme.

Satisfecha, Millennia se fue, pero Brom se quedó merodeando, probablemente porque notaba que algo iba mal. Me pregunté si tenía la misma expresión que cuando mi madre me dejaba rota.

—Vete. —Lo empujé del brazo con suavidad al tiempo que le dedicaba una sonrisa tranquilizadora—. Ahora voy.

Brom se dio la vuelta para irse y me miró por encima del hombro con los ojos entrecerrados de una manera que me indicó que culpaba a Zach por mi estado. Bueno, no iba completamente errado.

Zach esperó hasta que Millennia y Brom estuvieron abajo antes de decir:

—¿Seguro que es una buena idea?

—En realidad no, pero ella tiene razón —le dije—. No me besarás, y las cosas solo se volverán más peligrosas. Si quisiera matarnos, podría haber dejado que las víboras basilisco le hicieran el trabajo. Y ¿francamente? Podría venirme bien alguien que no esté en mi contra con cada giro de los acontecimientos.

—No estoy en tu contra.

—Bueno, tampoco estás completamente de mi parte.

—Te acabo de contar por qué —dijo, su voz baja y cansada.

Me mordí el labio inferior.

—Lo siento, Zach, es solo que me cuesta...

—Creerme. Lo entiendo. Si no crees en mis sentimientos por ti, entonces al menos piensa en el Efecto Dorado y el Beso. Solo necesito que pienses en ello, Ivy.

Mis manos temblaron de nuevo y las junté detrás de la espalda.

—Zach, lo que crees que sientes por mí no es...

—*Para*. Por favor, no me digas que lo que siento no es real. No tienes derecho a decirme eso. —Se dio la vuelta, se frotó la nuca y maldijo de forma colorida por lo bajo—. Precisamente por esto no quería decir nada. Pero, si te hace sentir mejor, si es lo que quieres, seguiré intentando deshacerme de estos sentimientos o, como mínimo, ignorarlos.

Con eso, se fue, y sus pasos resonaron en mi cerebro.

Debería haberme sentido aliviada. Pero, en cambio, sentí un vacío extraño en el pecho. Un vacío que no había anticipado.

Me detuve un momento en el umbral de la puerta, todavía pensando en sus palabras. En todas las razones que había dado para quererme. Pecas y fresas y feroz y fuerte... Algo se removió en mi pecho. Casi como una pequeña semilla. Una pequeña flor que florecía y encaraba sus pétalos hacia el sol.

Era cálido y maravilloso y me hizo sentir más ligera que el aire.

Me cambié el vestido prestado y me puse la túnica, el chaleco y los pantalones, que se habían secado durante la noche. La luz del sol entraba baja en aquel momento e hizo relucir algo en mi bolso, lo que creó un destello de luz que me hizo entrecerrar los ojos. Mi espejo mágico.

«¡El maestro Gelloren!»

Me acerqué a toda prisa a mi equipaje y busqué a tientas mientras daba jadeos cortos. ¿Cómo podía haber olvidado aquel tesoro? ¿Aquel enlace que me conectaba con mi Legión? Lo único en el mundo que tenía sentido para mí.

Me hundí en la cama y lo contemplé durante unos momentos, me deleité con su superficie plateada y elegante. Cerré los ojos y pensé en el maestro Gelloren, luego abrí el espejito y la superficie del espejo palpitaba con una suave luz ámbar.

—¿Ivy?

—Maestro Gelloren —respiré aliviada.

Su rostro apareció, y brillaba como pequeños pedazos de luz solidificados juntos.

—¡Ivy! Llevo días intentando contactar contigo. Estaba a punto de enviar a otra partida para encontrarte.

—Lo siento mucho, maestro, no era consciente del tiempo que había pasado —le dije, y apreté el espejito.

—Por los grandes mares, princesa, ¿por qué cosas habéis pasado?

Tal vez fueran la preocupación y la ansiedad patentes en los círculos oscuros bajo mis ojos o tal vez estaba confundido sobre por qué había esperado tanto para ponerme en contacto, un misterio que nunca me atrevería a explicar. ¿Cómo podía decirle que mi atención había sido absorbida por cierto espadachín?

—Después del ataque del grifo, encontramos una horda entera de víboras basilisco, pero una maga llamada Millennia nos salvó. ¿La conocéis?

La barba de Gelloren se torció cuando su boca esbozó una mueca.

—He oído hablar de ella, sí. Es una nueva maga joven con un poder increíble y mucha disciplina. Es de Raed, y se la busca por calumnias contra la Legión. Es una Romántica, Ivy.

—Eso ya lo había deducido. ¿Sabéis algo sobre su maestra?

Gelloren hizo una pausa.

—Se rumorea que tiene una, pero nunca he oído su nombre. Como es obvio, los magos Románticos y los Reales no nos movemos en los mismos círculos.

Aunque era raro, no era insólito que los aprendices se hicieran más conocidos que los mismos maestros, especialmente si alguien era tan joven y talentoso como Millennia. Pero no saber nada de su maestra todavía me inquietaba.

—Debes mantenerte alejada de ella y seguir moviéndote —continuó él.

Casi me reí. Acababa de decirle que podía unirse a nosotros. Reina misericordiosa, ¿qué me había pasado en aquellos últimos días? Yo, descendiente directa de Myriana Holly, viajando con dos Románticos.

—¿Dónde estás? ¿Ya estás en las montañas?

—No, pero no estamos lejos. Estamos en un pueblo al norte del bosque de Galedral.

—Debes apresurarte, Ivy, no te queda mucho tiempo.

—Estamos a punto de irnos, pero nos hemos retrasado. La aldea estaba bajo la maldición de Venera, maestro.

El maestro Gelloren bajó la mirada y suspiró.

—Eso es una tragedia.

—Éramos su única esperanza. Tuvimos que parar y ayudarlos.

—Ivy, lo entiendo. Pero la contramaldición es muy exigente…

—No, no es eso. Es… —Explicar que habíamos roto la maldición al destruir el amuleto podría dar lugar a muchas preguntas que no estaba segura de poder responder. Si admitía que Zach era un Romántico y que se había negado a besarme, Gelloren me diría que volviera a casa de inmediato, y todo, todo nuestro viaje, habría sido en vano.

—Logramos romper la maldición sin el Beso. Con la ayuda de la maga —añadí rápidamente—. Los resultados fueron bastante notables. ¿Alguna vez habéis oído hablar de las lluvias de oro?

El ceño de Gelloren se frunció.

—Solo rumores. Rumores *Románticos*.

Escogí mis palabras con cuidado.

—Puede que no sean solo rumores. —Rápidamente, expliqué los efectos de la lluvia de oro y la teoría Romántica que había detrás.

La imagen de Gelloren parpadeó dentro del espejito compacto. Cuando su rostro volvió a enfocarse, parecía furioso.

—Ivy, dime que no te crees esas tonterías.

Pensé en el grifo, en el aliento de Zach en mi cuello, la mirada en sus ojos al decirme que no estaría a salvo con cualquier otra persona, en los aldeanos llorando de alegría, en la tierra devastada y muerta que quedaba después de que los monstruos murieran bajo el resplandor azul de la espada de Kellian.

—No, por supuesto que no. Tengo curiosidad. Es importante conocer a nuestro enemigo, maestro. Vos me lo enseñasteis.

Los músculos de la cara de Gelloren se relajaron.

—Recuerda, Ivy, tu poder es lo único que puede salvarnos del Dragón Negro. De modo que debes darte prisa.

Asentí de nuevo, con la boca seca.

—Una cosa más, maestro. ¿Recordáis ese pueblo que Kellian y yo curamos con mi Beso hace aproximadamente dos lunas? —La maldición de Jecep había asolado al pobre pueblo y había envenenado los cultivos. Lo único que había hecho falta había sido una planta envenenada. Al arrancarla, sus raíces se habían extendido y multiplicado el veneno—. ¿Cómo está? Es decir, ¿se están recuperando todos adecuadamente?

Gelloren suspiró.

—Lamento decirlo, pero le lanzaron la maldición de Resinda hace unas semanas y llegamos demasiado tarde. Yo…

Cerré el espejito ante las profundas y graves palabras de Gelloren.

«Si no hubiéramos roto el amuleto, estos aldeanos nunca se habrían curado bien y del todo. Puede que incluso hubieran muerto de otra maldición que habría reemplazado a esta.»

Metí el espejo en la bolsa y me puse de pie a la vez que agarraba la taza de té que Millennia me había llevado. Traté de tomar un sorbo para calmarme, pero mis manos temblaban tanto que derramé un poco en la parte delantera de la camisa. Cerré los ojos con fuerza mientras apretaba la taza en la mano.

Luego me di la vuelta y la lancé. La taza se rompió contra la ventana y voló hasta la plaza del pueblo.

El silencio siguió al cristal roto.

Me dirigí hacia la ventana rota y contemplé el sol creciente y el cielo multicolor, donde no hacía ni un día que había caído la lluvia de oro a raudales porque… ¿por qué?

¿Amor?

Revolví la bolsa en busca de un puñado de monedas y las dejé en la mesita de noche, más que suficiente para reemplazar el cristal de la ventana y la taza rota.

CAPÍTULO VEINTISÉIS

UNA BALADA TRAIDORA

Como los caballos eran incapaces de maniobrar en terreno montañoso, decidimos dejarlos en el pueblo y continuar a pie. Me fue difícil decirle adiós a Lorena. Para mí, era más que una simple montura. Ella me había salvado en innumerables batallas y me había ayudado a superar cientos de patrullas. Pero los caballos nos ralentizaban, y Rochet dijo que se encargaría personalmente de ellos, así que le di a Lorena un puñado de cáscaras de naranja y la besé en el hocico mientras murmuraba: «Te veré dentro de poco». Sentí la mirada de Zach sobre mí y recordé cuando había dicho que también le gustaban las naranjas. ¿Podría oler luego los cítricos en mis manos? No es que esperara que pronto estuviera lo suficientemente cerca para olerlos.

Después de un día de caminata, llegamos al final del bosque de Galedral, en el límite de las montañas Wu-Hyll, y alcanzamos la base de las mismísimas monstruosidades. Todavía quedaban algunos árboles aquí y allá, pero la mayor parte del terreno estaba cubierto de piedra. Sin embargo, era precioso, y no pude evitar sentirme asombrada. No solo por lo grandes y lo majestuosas que eran, sino por la idea de que había sido allí donde había comenzado todo para mi antepasada.

Las montañas Wu-Hyll se alzaban donde se decía que habían estado las cuevas de los enanos, donde Myriana, Saevalla y Raed habían librado su batalla contra el enano, donde había nacido el primer Beso. Había sido en esas cuevas donde la primera heredera de Myriana había sido secuestrada y convertida en la Reina Malvada, así que tenía sentido que el huevo del Dragón Negro se encontrara allí. Temblé al pensar que podía estar en el mismo lugar donde Myriana y su hermana se habían encontrado por primera vez con el cazador, Raed.

Aunque nunca había estado en aquellas montañas, muchos de mis antepasados habían viajado a las cuevas para expulsar a los clanes enanos y exterminarlos como hormigas en sus túneles de tierra. Ahora solo duendes, espectros, grifos y troles deambulaban por dichas montañas. Los enanos nunca más se habían acercado allí, probablemente porque les recordaba a la matanza de sus antepasados.

El sonido de agua goteando interrumpió mi reflexión y lo seguí hasta encontrar una corriente fresca. Corría a lo largo del lateral del paso de montaña, así que decidimos acampar allí y emprender de nuevo la marcha a través de las montañas al día siguiente.

Millennia fue muy útil. Con un movimiento de su muñeca, encendió una hoguera. Incluso pudo guiar el agua del arroyo hasta nuestros odres, lo cual era un espectáculo en sí mismo. A Bromley le asombró ver los riachuelos de agua retorcerse y girar en el aire como si fluyeran por un tubo invisible hacia el odre abierto.

Cuando ella se ofreció a hacer la primera guardia, insistí en que la hiciéramos en parejas.

—Hay más peligro en las montañas y podemos asegurarnos de que las dos permanezcamos despiertas —dije mientras me sentaba junto a Millennia.

Pero era tan solo una excusa. No podía olvidar las palabras de Gelloren: «Debes mantenerte alejada de ella». Puesto que ya había accedido a que nos acompañara, al menos podría vigilarla.

Zach levantó una ceja, pero no dijo nada. Las últimas palabras que habíamos intercambiado habían sido cuando él todavía intentaba convencerme de que se había enamorado de mí.

¿Cómo se puede hablar con normalidad después de eso?

Una vez que Brom y Zach estuvieron dormidos, me volví hacia Millennia.

—¿Así que eres de Raed?

Millennia frunció el ceño.

—¿Cómo lo has sabido?

Había olvidado que Gelloren me lo había dicho y ella no lo había mencionado.

—Zach dijo que tu acento sonaba oriental.

—Mmm. Y yo que creía que lo escondía bastante bien. Sí, soy de Raed.

—Mi madre acaba de estar allí. Dijo que había habido un avistamiento de la Reina Malvada.

La luz del fuego proyectaba un brillo extraño en sus ojos y ella frunció aún más el ceño.

—Yo no creería mucho en esos avistamientos.

—¿Por qué? ¿Porque son de la Legión?

Ella no respondió y me pregunté si había tocado un tema sensible.

Dejé pasar unos momentos de silencio antes de intentarlo de nuevo.

—Entiendo por qué no te gusta la Legión, pero de verdad que estamos intentando ganar esta guerra para salvar a *todo el mundo*, incluso a los Románticos. ¿Por qué no confías en nuestros esfuerzos para deshacernos de la Reina Malvada de una vez por todas?

Millennia resopló.

—Nunca confiaré en ellos y nunca podré perdonarlos por lo que hicieron.

Temiéndome lo peor, me arrebujé más en mi capa.

—¿Y qué fue?

Millennia me miró y abrió la boca, luego su mirada se desvió hacia un lado, como si estuviera considerando algo.

—No puedo creer que vaya a contarte esto…

—¿Contarme el qué?

—¿Crees en el Amor Verdadero?

Era extraño que dos personas diferentes me hubieran hecho la misma pregunta en el mismo número de días.

Al recordar la expresión de la cara de Zach, me sentí incapaz de responder.

Por suerte, ella no esperó mucho.

—No pasa nada. No creía que lo hicieses. Pero sé que sientes *algo*. —Le echó un vistazo a la forma dormida de Zach y se me calentó la cara—. Si es o no Amor, no lo sé, pero, *sea lo que sea*, está ahí. —Ella se quedó muy quieta, como si sus músculos se hubieran tensado de repente—. Yo estoy enamorada. Tarren era mi amigo de la infancia. No hay nada que pueda compararse a los besos que compartíamos. El suelo temblaba, las estrellas caían y las olas de los océanos lejanos se estrellaban contra nosotros.

»En Raed, los Románticos y los Reales tenían un... acuerdo, supongo que se podría decir. Ellos disfrutaban de nuestra música e historias. Mi compañía era especialmente popular. Yo no era una artista, pero Tarren sí, y fue invitado al palacio a cantar. Yo no quería que fuera. Me acababa de proponer matrimonio aquel mismo día y estaba preocupada. Pero él me dijo que haría que su canción valiera la pena.

Millennia respiró hondo, se estremeció y levantó la cabeza para contemplar las estrellas.

—Cantó sobre el Amor. Contó la versión Romántica de la historia de Myriana y Saevalla, y el Consejo se enfureció. ¿Una canción blasfema en su castillo sagrado? Lo apresaron y se lo llevaron, probablemente para trabajar en alguna mina lejana. Al día siguiente me dijeron que se lo habían llevado para estar al servicio de la Legión. Intenté entrar en el castillo para buscarlo, pero mi magia de la tierra no era lo suficientemente fuerte, y ahí fue cuando decidí buscar a un maestro. —Apretó el puño—. Para hacerme más fuerte.

—Millennia..., yo... lo siento mucho.

Lo sentía de verdad. Aunque el castigo por herejía era claro en la Legión Real..., era solo una canción.

Recordé la historia de Jiaza y lo mucho que me había enfurecido yo. Ahora no lograba que me importara tanto. Tal vez fuera por toda aquella confusión sobre lo que estaba bien y lo que estaba mal y las creencias y las emociones que no creía que existieran, solo sabía que el dolor en la voz de Millennia me hacía querer ayudarla. Incluso si ese pensamiento era traición.

Millennia sacudió la cabeza.

—No quiero tu lástima, princesa.

—No es lástima, es... arrepentimiento. Me han enseñado que el Amor Verdadero no existe. Puedes rendirte a la Lujuria, puedes cuidar de alguien y desarrollar un vínculo, pero esa cosa todopoderosa llamada Amor no existe. Es decir, no puede existir. Es imposible darle tu corazón a una persona. Nuestras emociones son demasiado frágiles para permanecer constantes. Es por eso que la Legión nos enseña a liderar y tomar decisiones sin ellos. Pero luego... te oigo hablar sobre Tarren y a Zach sobre sus padres y... —Me encogí de hombros. Por no mencionar el hecho de que mi propia madre había querido escapar con un hombre cuyo nombre ni siquiera sabía. Era una historia en la que nunca había pensado mucho antes, pero en aquel momento... Tenía que preguntarme... ¿Podría Dahlia haber pensado que estaba enamorada de aquel hombre?—. Ya no lo sé.

Era la primera vez que lo admitía en voz alta. Que mi fe titubeaba, que, por primera vez en mi vida, me sentía confundida, que sentía curiosidad incluso, sobre esa *ilusión* en la que aquellos Románticos creían tan apasionadamente.

Ella se frotó la frente.

—Mi maestra me dijo que debía adentrarme en las montañas e ir tras la fuente de la Oscuridad, y no me malinterpretes, quiero ayudar. Pero tengo que admitir que esperaba que, al ayudarte, tal vez pudieras liberar a Tarren a cambio. —Millennia miraba con tanto empeño al suelo que me pregunté si estaba intentando derretir la roca con los ojos—. Apenas han pasado dos meses sin él y yo ya siento como... como si me faltara una parte de mí. Como si me faltara un miembro entero.

Durante un rato, me quedé en silencio. Sus palabras eran ilógicas, impulsadas por una emoción tan fuerte que apenas podía comprender lo profunda que era. Pero por fin había sido sincera conmigo. Cualquier otra razón que hubiera tenido, que su maestra quisiera que encontrara al dragón o simplemente ayudar a la gente por el camino, me di cuenta de que *esa* era la verdadera razón por la que quería unirse a nosotros. Al menos no intentaba fingir que su cruzada era solo por algún noble propósito.

Simplemente quería recuperar a su «amor».

Millennia tomó un mechón de su cabello y lo hizo girar una vez entre sus dedos, su mirada al frente.

—Y algunos días... lo echo tanto de menos... que el dolor es tan fuerte que desearía poder deshacerme de él de alguna manera. Si pudiera olvidarme de él o deshacerme de todo esto... —Se soltó el pelo y se abrazó los hombros con un suspiro—. A veces creo que sería más fácil si fuera una Real. Y no sintiera nada, como tú.

No discutí, porque sabía que estaba sufriendo. Pero lo que había dicho no era cierto. *Sí* que sentía cosas. Todo el tiempo. Demasiado a veces. La diferencia era que los Reales, como hacíamos con nuestro Sentido, aprendíamos a enterrarlo. Dejarlo de lado y no permitir que las emociones nos gobernaran.

—Te prometo que haré todo lo que esté en mi mano —dije suavemente mientras le tendía la mano.

Millennia sonrió y me estrechó la mano y apretó con fuerza. Un apretón firme.

Dándole un apretón a una Romántica. Prometiendo liberar a un hereje. Puede que me estuviera volviendo más como ellos a cada minuto que pasaba y menos como la princesa que mi madre quería que fuera. La princesa que había hecho que me embarcara en aquel viaje para demostrar que podía serlo.

—¿En qué dirección? —me preguntó Zach mientras apagaba las llamas de nuestra hoguera a la mañana siguiente.

Me alejé de nuestra pequeña zona en la base de las montañas y extendí mi Sentido, el viento soplaba a mi alrededor mientras cerraba los ojos. Entonces lo sentí, pequeño, pero constante, en el centro de mi estómago, creciendo como una infección, extendiéndose a mi intestino y mis hombros. Señalé en la dirección donde sentía más oscuridad y abrí los ojos. Estaba al oeste, sobre algunos peñascos irregulares.

Millennia se subió la capucha azul y frunció el ceño ante la dirección.

—No debemos alejarnos del camino de la montaña. Podría ser muy peligroso.

—Pero no podemos *no* seguir el instinto de Ivy —respondió Zach—. Nos alejaremos del huevo y tardaremos mucho tiempo en llegar allí.

—Entonces trazaremos nuestro propio camino por algún punto intermedio. Seré capaz de saber si nos alejamos demasiado —dije.

Con nuestros petates a hombros, comenzamos nuestro camino, escogimos nuestra propia ruta, nos movimos entre la sensación fría de mis entrañas y el sendero de montaña tallado en la piedra.

CAPÍTULO VEINTISIETE

DAR EL SALTO

Las montañas de Wu-Hyll eran el epítome de la belleza. En las piedras se arremolinaban el color gris, crema, añil y lavanda. Cuando el sol incidía en las rocas, brillaban como diamantes. Los árboles salpicaban la ladera de la montaña y de vez en cuando nos encontrábamos con ciervos que pastaban en las mesetas antes de saltar grácilmente por las laderas, levantando piedras sueltas.

Me esforcé al máximo para liderar la marcha, con un ojo en el camino de montaña trazado mientras nos desplazábamos más hacia el oeste. Trepamos a los peñascos y saltamos riachuelos estrechos que goteaban sobre rocas lisas erosionadas tras cientos de años recibiendo el pulso constante del agua. Bromley se quedó detrás de mí, mientras que Millennia y Zach formaban la retaguardia.

Nos detuvimos al mediodía y, a pesar del frío aire de montaña, estábamos sudando. Los llevé hasta la suave corriente que habíamos estado siguiendo. Dejé caer mi bolsa a mis pies y escuché un leve sonido de metal contra piedra. Me detuve un momento al recordar el espejito que llevaba en la bolsa y mi última conversación con Gelloren.

La expresión de su rostro cuando había mencionado la teoría Romántica todavía permanecía clara en mi memoria. Como yo, era poco propenso a creer algo que no hubiera visto, especialmente algo que podría contradecir cientos de años de historia Real.

Pero ¿era posible que todo fuera verdad?

La idea me paralizó. Como cuando Zach había mencionado por primera vez la teoría del Efecto Dorado, sentí náuseas otra vez. Así que me quedé allí, contemplando mi bolsa y el espejo mágico que descansaba en los pliegues de su tela, esperando a que la sensación desapareciera.

Una mano me tocó con delicadeza el brazo. Millennia se cernió sobre mí con expresión preocupada, luego hizo un gesto con la cabeza hacia el riachuelo. La seguí hasta allí y dejamos a Brom y Zach descansar a la sombra de un pequeño acantilado.

—Estás haciendo un buen trabajo —dijo Millennia mientras se bajaba la capucha y se recogía su melena negra en la nuca sudorosa.

Me lavé las manos, que estaban cubiertas de polvo de roca, y me encogí de hombros.

—No es tan difícil, y el poder adicional del Sentido de Zach es de gran ayuda. Lo difícil es reprimir el Sentido durante una batalla. Sin un entrenamiento adecuado podría paralizarte. Pero la Legión me enseñó a suprimirlo cuando lo necesito.

Sus hombros se tensaron mientras se inclinaba para salpicarse agua en la cara y frotarse un poco en el cuello.

—Eso es bueno, entonces. —Volvió adonde tenía su equipaje para comer.

Metí las manos en la corriente de nuevo. Aunque sentía que quizás hubiéramos hecho algunos progresos con nuestra conversación de la noche anterior, ella todavía odiaba a la Legión, por lo que no podía confiar completamente en mí. Sin embargo, por su bien y el de su prometido, estaba dispuesta a intentarlo. Aunque yo no entendía la tradición primitiva del matrimonio que practicaban los Románticos, sabía que se lo tomaban muy en serio. Ella debía de creer que amaba a Tarren profundamente para recurrir al enemigo en busca de ayuda.

El enemigo. Por los campos de Galliore, ¿ahora me refería a mi propia gente como el enemigo?

Me puse de pie, pero las rocas estaban resbaladizas y perdí el equilibrio, por lo que caí hacia atrás en el riachuelo. Aunque era poco profundo, el agua helada me hizo recordar el encantamiento del pozo, y el pánico, como si tuviera garras, se apoderó de mi garganta.

Segundos después, me sacaron del agua.

—Aliento de trol —maldijo Zach en mi oído—. ¿Qué hacías?

Aliviada, descansé mi cabeza contra su pecho y respiré profundamente.

—A-aclararme la cabeza.

El latido de su corazón tronó en mi oreja.

—Parecía que estabas intentando ahogarte.

Sorprendida por el temblor de su voz, miré hacia arriba y vi lo pálido que estaba. Como el rayo negro que había fracturado la tierra, la expresión de su rostro me dejó impactada, pues dejaba al descubierto el mismísimo fundamento de quién era yo. Me hizo darme cuenta de que, sintiera lo que sintiera por mí, no lo entendía, pero quería hacerlo.

Ese único pensamiento. Ese horrible y blasfemo pensamiento, querer entender de repente el Amor, hizo que un estremecimiento recorriera todo mi cuerpo.

La noche anterior, sentada junto a Millennia, había admitido que estaba confundida, pero en aquel momento de verdad *quería* entender las enseñanzas herejes sobre el Amor Verdadero. Habría sido lo mismo quemar ya mi capa de legionaria.

«Reina Santa, ¿te he abandonado?»

—Estás temblando. —Zach salió de la corriente poco profunda y se arrodilló en las rocas—. Pero calentarte tiene sus ventajas —dijo con una sonrisa, y me abrazó más fuerte contra su pecho. Luego llamó a Millennia para que encendiera un pequeño fuego.

Apenas sentía el frío en mis huesos, solo la lucha desesperada entre querer volver corriendo a Myria, arrojarme a los pies de mi madre y confesar que realmente no era digna de ser su heredera, que había estado en lo cierto todo el tiempo, o enterrar la cara en el cuello de Zach.

Me rendí ante esto último y apoyé la mejilla contra su clavícula. A pesar de todo, estaba sonriendo.

—Te creo.

—¿Qué? —Zach bajó la cabeza para escucharme por encima del ruido de la corriente y el castañeteo de mis dientes.

—Te creo.

Dudó, y luego:

—¿Sobre qué?

¿Creía en sus sentimientos, en la teoría Romántica o en ambos?

Ni siquiera yo lo sabía en ese momento.

Puse una mano en su mejilla y acerqué su rostro a mis labios. Sorprendentemente, no se apartó. Deposité un beso suave en su mejilla y le dije:

—Gracias, Zach.

Zach parpadeó, luego tiró de sus labios hacia un lado en una media sonrisa. Apoyó su frente contra la mía.

—Un placer, princesa.

Millennia se acercó y creó una pequeña llama alrededor de mi ropa húmeda y dejó que me calentara. Brom me miró con ojos cautelosos. Pero ¿era por mi chapuzón en el riachuelo? ¿O por la forma en la que Zach me había abrazado?

¿Qué pensaría mi mejor amigo si supiera que estaba empezando a creer que el Amor, *quizás*, podía existir de verdad?

—Bueno, ¿vais a decirme qué pasa con vos últimamente? —Brom cargó una flecha que acababa de afilar por décima vez en su ballesta y la levantó para apoyarla encima de la roca detrás de la cual nos escondíamos.

—No estoy segura de por dónde empezar —dije al tiempo que hacía girar una flecha con plumas entre mis dedos. Llevábamos sentados detrás de la roca casi una hora, esperábamos a que pasara un rebaño de pequeños alces de montaña. Habíamos encontrado sus excrementos por la mañana y Zach y yo habíamos acordado que cazar un poco sería una buena idea, teniendo en cuenta que no sabíamos exactamente cuánto tiempo estaríamos atrapados en aquellas montañas, donde las presas escaseaban. Así que habíamos formado parejas, y Brom y yo habíamos seguido un rastro reciente que nos había llevado a una zona de pastoreo en la ladera de la montaña mientras que Zach y Millennia estaban investigando un rastro diferente.

—Hay... muchas cosas —dije al final.

Brom se encogió de hombros y volvió a otear por encima de la roca.

Busqué las palabras correctas para continuar nuestra conversación. Hasta hacía un momento, Brom había guardado silencio mientras esperábamos a los alces. Al principio creía que su silencio se debía a que estaba de mal humor, molesto porque todavía no me había confesado con él. Brom era como mi hermano. Él *siempre* había estado ahí para mí, igual que yo lo estaba para él. Probablemente se sentía herido por no haberle contado nada desde el pueblo maldito. En realidad, no era porque no quisiera contárselo. Era más porque me daba vergüenza poner aquellos pensamientos conflictivos, heréticos, en palabras habladas.

—¿Tiene algo que ver con el alboroto que ha montado Zach por separarnos? —preguntó Brom.

—No. Bueno, puede que un poco.

De repente sentí las palmas húmedas, como si la sola mención de Zach pusiera todo mi cuerpo de los nervios. Zach había querido formar pareja conmigo, pero le había dicho que, de todos nosotros, yo estaría más atenta gracias a mi Sentido. Era lógico que una maga poderosa y un espadachín formaran equipo para vigilar las espaldas del otro. Con un gemido frustrado, había cedido de mala gana.

Me mordí el labio, sin saber cuánto quería que permaneciera secreto. Aunque Zach no lo había hecho público ni había «declarado su amor» por mí frente a Millennia y Brom, me preguntaba cuánto había deducido Brom por sí mismo.

—¿Podemos no hablar de él? —pedí.

Brom alzó las cejas.

—De acuerdo… Entonces, qué tal esto: ¿por qué dejasteis que Millennia se uniera a nosotros?

No me esperaba aquello.

—Ha demostrado ser una maga muy poderosa. Si Zach se sigue negando a usar el Beso, entonces podríamos necesitarla.

—¿Significa eso que os estáis rindiendo? En lo de intentar usar el Beso, me refiero.

Suspiré.

—No lo sé, Brom. He estado estudiando el hechizo que me copiaste casi todas las noches, así que todavía tengo esperanza, pero ¿sinceramente? Después de lo que pasó con el amuleto, Zach no va a ceder. Todo es… Es muy confuso. Es decir, el Beso Real ha funcionado durante quinientos años, ¿por qué debería ponerlo en duda?

Él frunció el ceño.

—¿Qué queréis decir?

Le transmití lo que Zach me había contado sobre el Efecto Dorado.

Brom me miró con los ojos muy abiertos.

—Eso es increíble —susurró.

Le eché una mirada.

—¿Increíble?

Él se giró para mirar por encima de la roca. El rebaño seguía sin estar a la vista.

—Lo lamento, Ivy. Sé que va en contra de todo lo que os han enseñado, pero…

—Pero ¿qué?

—Aunque esto podría cambiarlo todo y significaría que todo este tiempo los Reales han estado equivocados, ¿no significa también que el Amor existe de verdad? Es una idea reconfortante, eso es todo. Que una emoción, una fuerza, pueda ser tan poderosa para detener todo el mal del mundo. Cualquier persona normal podría usarla. No tendrían que ser... Es decir, cualquiera podría proteger a quienquiera que ellos...

Mantuvo la mirada fija en la hierba alta y ondulante.

Entendí lo que estaba diciendo. Era el mismo tema que había surgido la noche de la tormenta en el bosque, cuando él había querido que Zach se quedase y me protegiese porque sabía que él no podía.

Para él, Zach era un poderoso espadachín, yo era una poderosa princesa y Millennia era una poderosa maga. Y él era solo... Bueno, Brom *no* era nada. No para mí.

Lo que él no comprendía era lo mucho que me protegía. Todos los días.

Le envolví los hombros con mi brazo y lo acerqué a mí.

—Bromley, ya sabes que te debo la vida.

Soltó un resoplido de incredulidad, su ballesta se deslizó hacia abajo por la roca cuando se rindió a mi contacto.

—En el fondo del pozo, uno de los encantamientos que tuvimos que vencer era la soledad. Vi mi infancia, mi infancia *antes* de ti. Me salvaste en ese entonces, Brom. Cuando me mandaron de Freida a Myria para comenzar mi entrenamiento, llevaba sufriendo la soledad mucho tiempo. Apenas conocía a mis hermanas. Y mi madre..., bueno, ya conoces a mi madre. Luego te asignaron a mí. En aquel entonces nunca lo habría admitido, pero disfrutaba de tu compañía. Siempre estabas conmigo y nunca más me sentí sola.

Bromley contempló las montañas con los ojos entrecerrados mientras la brisa hacía volar su pelo hacia atrás.

—Me gustaría que no dijeras que no puedes protegerme. Porque lo haces. Siempre lo has hecho. No sabría qué hacer conmigo misma si no estuvieras aquí conmigo.

—Bueno, por supuesto que estoy aquí —dijo Bromley—. Sois mi hermana.

Ante esto, pasé mi otro brazo alrededor de sus hombros y lo abracé con fuerza. Mi pecho brillaba con calidez. Me sentía segura, del mismo modo que cuando Zach me había tomado de la mano en el pozo, cuando había roto el encantamiento. Si Zach afirmaba que el Amor había sido la fuerza que había roto la maldición del amuleto, entonces lo que sentía por Brom... ¿también era Amor?

No era el mismo tipo de Amor que Zach sentía por mí. Según los Románticos, había dos tipos diferentes de Amor: Amor Romántico y Amor Familiar. Yo sabía que lo que sentía por Brom no era romántico. Siempre había creído que aquel sentimiento solo era el vínculo familiar que unía a todas las líneas Reales. Pero ¿qué pasaba si no era solo un vínculo, sino una fuerza? ¿Una fuerza todopoderosa que podría mover montañas?

De nuevo, más pensamientos heréticos. Casi me reí. ¿Qué diría mi madre?

Al apretarlo con fuerza, respiré su aroma a hogar, a madera de brucel y raíz de *shassa*, y deseé estar de vuelta en Myria, donde las cosas eran más simples, donde sabía qué era arriba y qué era abajo.

—Por favor, Ivy, me estáis asfixiando.

Desistí de mi abrazo y me volví hacia el prado.

—¿Crees que los alces volverán antes del anochecer?

—Creo que acabarán por hacerlo. No hay mucha hierba en estas montañas.

Me froté los ojos, me apoyé contra la roca y miré hacia las nubes que pasaban.

—Siento todo esto, Brom. Sé que necesito estar segura de mí misma. Especialmente ahora mismo. Puede que mi madre tuviera razón. Soy demasiado débil para...

Brom me pegó en el hombro.

—Perdonadme por decir esto, mi señora, pero vuestra madre es una vieja bruja.

Me ahogué con una risa. Quizá Zach se lo estaba contagiando.

Mi paje se sonrojó.

—Lo lamento, eso ha estado fuera de lugar. Pero hay que ser una persona fuerte para admitir estar confundido, especialmente si significa cuestionar todo lo que se conoce.

Sonreí ampliamente y le devolví el golpe en el hombro.

—Tienes razón. Es una vieja bruja. Pero sigue siendo mi madre, y quiero complacerla. Incluso después de todo lo que ha hecho.

Brom no dijo nada por un momento, luego:

—Pero *¿por qué?*

—Creo que nunca te he contado esto, pero, cuando llegué a la Legión de Myria, a los seis años, un dragón atacó la muralla exterior. Era diferente a todo lo que había visto, Brom. Era puro bronce, con escamas que brillaban como el topacio. Mi madre me traía a Myria desde Freida para coronarme oficialmente. Cuando el dragón atacó, ella me empujó a los brazos de uno de sus asistentes y me dio un Beso en la frente. Era un Beso de protección. Nunca había hecho algo así antes.

Luego se fue corriendo con su compañero. Yo lo vi todo desde el cobijo de un vagón, encerrada en un escudo protector rojo brillante, mientras ella llevaba a cabo el Beso más poderoso que yo había visto jamás. Su compañero decapitó al dragón de un solo mandoble. Y entonces pensé: «Quiero ser ella». Lo bastante poderosa para vencer a todo un dragón.

»A pesar de lo cruel que es conmigo, lo fría que es, ¿cómo se puede no admirar a alguien tan fuerte? ¿Tan noble? Especialmente cuando ese alguien es tu propia madre.

Brom no dijo nada. Simplemente me tomó de la mano.

—Pero ya no importa lo que ella piense. —Se me retorció el estómago ante la verdad de esas palabras.

—¿De qué habláis? ¿Cómo podría no importar ahora?

—Estoy pensando en darle la espalda a todo lo que ella defiende, Brom. Las enseñanzas de la Legión. Todo. No dejo de obsesionarme con ella, ¿qué pensaría ella de que esté viajando con dos Románticos y quiera entender qué es el Amor? Esa sería la gota que colma el vaso, Brom, me odiaría profundamente. Incluso intentaría denunciarme, deshacerse de mí como descendiente pura.

—Tenéis razón —dijo en voz baja—, lo más probable es que lo hiciera. Pero ¿y si lográis derrotar al dragón *sin* un Beso y descubrir cómo terminar esta guerra? Entonces *vos* seríais la digna de admiración.

Apoyé la cabeza contra la roca y cerré los ojos. «Eso sí que sería un milagro.»

De repente, Brom se giró al oír el ruido de los cascos.

—Se acercan. Por fin. —Me tendió la ballesta, pero yo la empujé hacia él.

—Por favor. Has sido tú quien los ha rastreado.

Brom sonrió y se apoyó sobre los codos, y se colocó en posición justo cuando el rebaño apareció a la vista.

El frío de la tarde se instaló temprano en las montañas. Al atardecer casi había helado, y Brom, Zach y yo tuvimos que recurrir a nuestras capas más gruesas mientras nos movíamos a través de las rocas. Millennia parecía estar perfectamente bien con su gruesa túnica azul. Sin embargo, fue considerada con nuestra ropa, más fina, y conjuró una pequeña llama para que nos siguiera.

Zach le dirigió a la llama una mirada cautelosa.

—Cuando oscurezca, tendrás que extinguirla.

Millennia tiró de su capucha para que le cubriera más el rostro.

—Lo que tú digas, príncipe.

—Una cosa es encender un fuego cuando estamos quietos y vigilamos y otra tener uno cuando viajamos y estamos expuestos —continuó Zach.

—Eh, no estoy discutiendo contigo —dijo Millennia, que miró por encima de su hombro cuando Bromley hizo ruido con una piedra suelta que había golpeado con la bota.

Me subí a una roca particularmente grande y luego me detuve para mirar hacia abajo.

—También podríamos acampar allí. —Cuando los tres estuvieron detrás de mí, señalé la extensión débilmente iluminada que quedaba debajo.

Bromley dejó escapar un silbido bajo.

—Me da la sensación de que lo que hemos atravesado hasta ahora no cuenta como verdadera montaña.

Tenía cierta razón. Debajo de nosotros había una cresta empinada que podríamos bajar, con cuidadosas maniobras, y más allá se extendía un valle de muros de piedra. No eran demasiado empinadas, pero el valle en sí era enorme, puede que un kilómetro entero de rocas.

Como no había otro lugar adonde ir sino hacia abajo, comenzamos nuestro descenso. En su mayor parte pudimos avanzar sin la ayuda de los otros, pero de vez en cuando, cuando Millennia no estaba demasiado exhausta por la escalada, sacudía la mano y las rocas formaban una escalera irregular.

Cuando llegamos al fondo del valle, el sol había desaparecido ya y pudimos ver las primeras señales de las estrellas. Millennia conjuró un pequeño fuego y, sin pronunciar palabra, prácticamente se desmayó en una roca plana, con tan solo un pequeño fardo a modo de almohada y su pesada túnica para cubrirse.

—Yo haré la primera guardia. —Zach se subió a un montón de rocas para tener un buen punto de observación.

Bromley no necesitaba que se lo dijeran dos veces. Desenrolló sus mantas y se cubrió con una capa frente al pequeño fuego parpadeante.

Yo me tomé mi tiempo para buscar dónde ponerme. De vez en cuando, miraba hacia las estrellas y veía cómo el humo de nuestro fuego se deslizaba hacia los cielos como un brumoso río gris. La luna y las estrellas estaban tan cerca que parecía que podía alcanzarlas y arrancarlas del cielo. Cuando al fin escuché la respiración de Bromley volverse profunda y acompasada, coloqué las manos planas sobre la roca fría y las contemplé, pensando mucho.

¿Me atrevería a ir a hablar con Zach ahora?

Aunque todos los músculos de mi cuerpo anhelaban acercarse, el aire frío de la montaña me permitió mantener la calma. «No vayas, Ivy.»

¿Qué pasaría si subía allí arriba?

Aferré con fuerza la hoja de papel con el hechizo que por fin había memorizado. Gelloren me había dicho que me mantuviera alejada de Millennia, una Romántica. Contaban mentiras. Eso me habían enseñado siempre. Pero yo había visto el Efecto Dorado con mis propios ojos, de modo que, ¿cómo podía eso ser una mentira? Sin embargo, no significaba que el Amor fuera el detonante. Entonces, ¿cuál *era* el detonante? ¿Por qué, entonces, el grifo había estallado en una luz dorada cuando Zach se había sacrificado por mí? ¿Había sido el sacrificio en sí mismo o la *razón* por la que lo había hecho?

Arrugué el papel.

Porque me quería.

Aplasté la bola de papel contra la roca e intenté alisarla, con las manos temblorosas. Tenía que dejar de pensar así. No tenía que dejar que él me influenciara. ¿Dónde estaba la princesa que haría cualquier cosa, que besaría a cualquiera para detener a un monstruo? ¿Para ganar?

Yo siempre había sido devota en mis creencias.

Pero también creía en Zach. Le creía cuando decía que me quería. Pero ¿cómo podía creer en ambas cosas? ¿Aquello no era hipocresía?

Las palabras del hechizo del papel se emborraron y apreté los dientes. Lo metí en mi bolsa y me puse de pie.

Estaba cansada de estar confundida y cansada de que tiraran de mí en ambas direcciones. Durante mucho tiempo había podido ignorar a los Románticos y sus creencias porque nunca habían sido parte de mi vida. Pero ahora había uno que parecía estar asumiendo el control de cada uno de mis pensamientos. Quizá le debía a mi compañero intentar entender a qué se refería cuando decía que me quería.

Quizás eso era lo que resultaba tan frustrante de todo aquello. No *sabía* lo suficiente sobre el Amor y los Románticos para tomar una decisión fundamentada sobre lo que realmente creía. En cierto modo, aquello era lo más lógico, lo más Real, que podía hacer. Si reunía toda la información, me sentiría segura en mi elección.

No como en aquel momento, que sentía que me tambaleaba al borde de un gran abismo.

Necesitaba saber qué había allí abajo antes de dar el salto o retroceder a un lugar seguro.

Se levantó brisa y una fuerte ráfaga me soltó el pelo y casi apagó nuestro fuego. Arrojé un poco de madera sobre la pila y caminé hacia Zach, dando un paso hacia el abismo.

Estaba sentado en una roca plana y elevada que le proporcionaba una visión clara de todo el valle. Me vio acercarme, pero no hizo ningún movimiento. Me cerní sobre él, permanecí de pie y contemplé el valle a mis pies, agradecida por la luna y las estrellas que iluminaban el suelo de la montaña.

Me estremecí cuando otra ráfaga sopló entre nosotros.

—¿No te estás congelando?

Zach tenía los brazos cruzados. Todavía no me había mirado.

—Sobreviviré a una noche fría.

Apreté los labios.

—¿Cómo ha ido la caza con Millennia?

Él sonrió, la mirada aún fija en lo que tenía delante.

—¿Celosa de que estuviera a solas con otra mujer?

Lo miré fijamente, luego me senté a su lado y me abracé las rodillas.

—Puede que un poco.

Me miró de repente, los labios entreabiertos por la sorpresa.

Era cierto, aunque solo había sentido una leve punzada de irritación al saber que ella pasaría tiempo con él cuando yo no.

Los labios de Zach esbozaron una sonrisa nerviosa.

—No tienes nada de lo que preocuparte.

En el momento en que dijo esas palabras, me atravesó una oleada como nunca antes había sentido y agaché la cabeza, decidida a no mostrarlo. Sí, me sonrojé, pero fue más que eso. Fue... un *entusiasmo* que comenzó en mi columna vertebral y me hizo sonreír tanto que me dolieron las mejillas. Era felicidad en la forma más extraña.

Cuando me sorprendió sonriendo, me agarró de la barbilla y levantó mi rostro hacia el suyo.

—¿Eso te alegra?

La más pequeña de las sonrisas jugueteó en sus labios mientras esperaba mi respuesta.

—Pu... puede que un poco —repetí.

Era posible que Zach no hubiera esperado la misma respuesta, pero, fuera cual fuera la razón, algo lo había dejado sin palabras. Con sus dedos todavía sujetando mi barbilla, nos miramos fijamente a los ojos hasta que yo ya no pude sostenerle más la mirada y giré la cabeza para alejarme de él.

Me aclaré la garganta.

—¿Habéis hablado tú y Millennia de algo interesante?

Zach no me quitó los ojos de encima.

—No particularmente. Me ha preguntado sobre Saevall. Mi primera misión como miembro de la Legión. Quería saber por qué nunca había aceptado a una compañera antes y —hizo una pausa y finalmente apartó la vista— por qué tú eres la excepción.

Tragué saliva y me recogí el pelo detrás de la oreja.

—¿Y qué le has respondido?

Zach sonrió, una sonrisa en toda regla.

—Que no era de su incumbencia.

Me reí, ahora disfrutando del viento fresco en mis mejillas calientes.

—Para que conste, me alegro de que aceptaras ser mi compañero.

Zach levantó una ceja escéptica.

—Eso es un montón de mierda de grifo.

Era comprensible que no me creyera, apenas me lo creía yo misma, ya que le había gritado por engañarme hacía apenas unos días.

Sonreí y sacudí la cabeza.

—Es verdad.

—Está bien, me trago que quizás ya no me odies. Pero sigo sin querer besarte, y esa es la razón por la que me querías como compañero… Así que desde entonces, ¿qué ha cambiado?

—Yo… —Se me quebró la voz, la vertiginosa felicidad que había experimentado se transformó rápidamente en puro nerviosismo. Cerré los ojos para asegurarme de que no podía verle la cara cuando dije—: Tenías razón.

—¿Sobre qué? —preguntó, su voz cerca.

—Dijiste… «Dime que estoy equivocado». Que estaría mejor con alguien más. Y tú no… *no* te equivocas.

Sin previo aviso, la mano de Zach me rodeó las costillas mientras que la otra se deslizaba por debajo de mi melena y acunaba el lado derecho de mi cuello.

—No estás haciendo esto nada fácil. —Su aliento cálido me hizo cosquillas en el cuello un momento antes de que sus labios entraran en contacto con él.

Inspiré más lentamente que un jadeo con diez veces más tensión en mis pulmones. Mis párpados revolotearon mientras los músculos de mi espalda se contraían. Él se aferró a mí, movía sus labios sobre mi piel con besos profundos y sensuales.

En algún lugar, en el fondo de mi mente, les agradecí a las Hermanas que Zach no pareciera saber que se podía dar un Beso en cualquier lugar, labios contra piel, y la magia aún podía activarse. Pero no me atreví a probar nada. Por un lado, ni siquiera sería capaz de *pensar* en un hechizo, pero, más que nada, porque él nunca me volvería a besar así. Y yo... yo quería que lo hiciera.

Llevé una mano temblorosa hasta su hombro y apreté con los dedos sus fuertes músculos. La mano que tenía en mi cuello se movió suavemente sobre mi piel, la base de su palma descansó sobre mi garganta. Sus besos se desplazaron hacia la esquina de mi mandíbula, justo debajo de mi oreja.

Había oído a otras chicas describir los sentimientos de Lujuria antes: que era como si unas llamas te lamieran el cuerpo. O que los besos Lujuriosos eran como ardientes marcas de quemaduras por todas partes.

Pero no estaba de acuerdo. Los besos de Zach no me quemaron de la manera en que lo haría el fuego. En vez de eso, era como estar en la nieve y entrenar con la espada hasta que tenías las manos entumecidas y luego meterlas en un recipiente con agua tibia calentada por las brasas. En el momento en que tus dedos tocaban el agua caliente, todo lo que querías era sumergir entero tu congelado cuerpo. Te sentías desesperado por sentir el calor extenderse por tu cuerpo y temblar con el placer que proporcionaba.

Cuando sus labios subieron mi garganta y volvieron al borde de mi mandíbula, se me escapó un gemido. Quería más con desesperación. Mis manos buscaron a tientas la parte posterior de su camisa mientras él me inclinaba la cabeza hacia atrás, me besaba en la base de la garganta y avanzaba hacia mi clavícula y más abajo. La mano que descansaba sobre mis temblorosos pulmones recorrió mi cadera y pasó a mi muslo.

No había nada que pudiera mantenerme erguida ya. Bajé, me apoyé sobre los codos y él me siguió, con sus labios besándome el hombro y sus dedos tirando de mi manga para exponer más piel desnuda por la que sus besos pudieran viajar.

Sin pensar, simplemente siguiendo las señales de mi propio cuerpo, me retorcí debajo de él. Ni siquiera tuve que guiarlo, mis manos simplemente rozaron su cuello y su rostro acudió a encontrarse con el mío. Su respiración era profunda, laboriosa y cálida contra mis labios.

Mis dedos se curvaron sobre la tela de su camisa.

Debería haber visto venir su reacción.

Sus ojos se abrieron de golpe, como si por fin se despertara de un trance. Con un gemido, rodó lejos de mí y se alisó el pelo.

—*Aliento de trol*, Ivy. —Se pasó una mano por la cara y se cubrió la boca—. Eres más peligrosa que las víboras.

Por un momento, me quedé estupefacta y todavía estaba disfrutando del resplandor de ese baño cálido y celestial. Entonces sacudí la cabeza para despejarme.

—Yo no he empezado... *esto*. Solo he venido aquí para hablar.

Para intentar entender el Amor, me dije a mí misma. ¿Había sido solo una excusa patética?

—Ivy, no me trates con condescendencia. —Su mirada aterrizó en mi hombro desnudo—. Sabes lo que siento por ti. Tú has venido aquí y me has dicho... ¿Qué *esperabas* que pasara?

No pude responder a eso, no cuando ni yo misma estaba segura.

—Debería irme a la cama.

Me miró con gravedad durante unos momentos y luego volvió a dirigir su mirada al valle de piedra.

—Sí, probablemente deberías.

Me puse de pie, tambaleándome, y bajé de la roca. Estaba a medio camino de la hoguera cuando oí a Zach desenvainar la espada.

El príncipe espadachín debía de tener mejor oído, o su cerebro estaba mucho más despejado que el mío, porque él ya había identificado el movimiento de los guijarros sueltos y el silbido de las lenguas de los duendes.

CAPÍTULO VEINTIOCHO

«GALLEEK OKK AK YAWK»

Me maldije una y otra vez. Por eso me había prometido a mí misma que no me rendiría a la Lujuria. Que me centraría en nuestra misión. Si no hubiera estado tan distraída por… *otros* sentimientos, los habría detectado antes.

Pero no tenía tiempo de pensar en mis errores. Corrí a despertar a Millennia y a Bromley.

—¡Nos atacan! —grité, y mi voz resonó a través del valle rocoso.

Unos duendes, criaturas de noventa centímetros de altura con grandes cabezas y miembros delgados, trepaban por el lateral del risco como arañas. Por lo que parecía, cerca de treinta en total.

En el momento en que mi grito cortó el aire nocturno, los primeros dos duendes saltaron de las rocas hacia Zach. Él levantó su espada y, con un destello de plata, cortó a uno por la mitad, con lo que el polvo voló y desapareció en la oscuridad. Pivotó justo a tiempo de asestarle un codazo en un lado de la cabeza al otro duende. La criatura cayó y rebotó en las rocas.

Bromley se puso en pie de un salto, despierto y sobresaltado. Sin embargo, gracias al cielo, sus reflejos eran rápidos y me lanzó mi espada, luego empezó a cargar su ballesta. Millennia también se había despertado rápidamente, ninguno con los ojos cansados ni asustados. Ella ya dejaba atrás el fuego y corría hacia la batalla.

Zach se enfrentaba a cuatro a la vez. Girando, fintando y cortando, acababa con los duendes. Estos retrocedían, gruñían y murmuraban maldiciones en su lengua en voz baja. A diferencia de troles y enanos, los duendes solo usaban sus garras y maldiciones como armas, lo cual los hacía difíciles de esquivar, pero fáciles de cortar.

—¡No dejes que te echen una maldición! —grité al recordar la silueta comatosa de Kellian yaciendo en una cama en Myria. Otra oleada de criaturas saltó desde las rocas. Zach había despachado a cinco, pero todavía quedaban al menos veinte.

Bromley levantó su ballesta cargada y disparó flechas con suma precisión. Derribó a dos y, con chillidos desgarradores, cayeron al suelo rocoso. Me lancé hacia delante para rematar a cualquiera que hubiera sobrevivido y corté de abajo hacia arriba al primer duende. Tenía una flecha sobresaliéndole del hombro e intentó alejarse de mi mandoble, pero mi golpe fue certero. Mientras mi espada abría el pequeño pecho del duende y su piel gris y arrugada se convertía en polvo, me quedé paralizada. Había algo que me resultaba familiar en la cara de aquel duende.

Antes de que tuviera tiempo de pensar en ello, unas garras afiladas me desgarraron la espalda desde detrás y grité y me di la vuelta, corté hacia abajo y maté a mi atacante. Giré a la derecha, tracé un gran arco con mi espada y corté el brazo delgaducho de otro duende antes de que tuviera tiempo de lanzarle una maldición a Zach. La pequeña bestia gritó algo en lengua duende y me atacó, aunque sus largas uñas solo lograron rasgar la tela de mi túnica.

Con la criatura tan cerca, obtuve un buen plano de su cara torcida y mis músculos quedaron petrificados y el aliento se me congeló en el pecho.

Conocía a aquel duende.

Como todos los duendes, era bajito, calvo, de piel gris arrugada, ojos rojos que parpadeaban como los de una serpiente, lengua bífida y dedos largos en manos y pies. Pero la cara de aquel estaba marcada.

Y yo sabía qué había dejado aquella marca. Porque lo había visto suceder.

Desde su frente, atravesando su ojo y llegando hasta su mandíbula, había un rasguño profundo y largo de color púrpura que hacía que su ojo fuera de un rosa brillante en lugar del carmesí habitual. Gracias a los recuerdos de Minnow, había visto a Kellian hacerle esa misma cicatriz.

Justo antes de que lo matara.

—¡Ivy! —rugió Zach mientras le lanzaba una daga al duende que le acertó en la cabeza justo cuando estaba a punto de abrirme el estómago con sus garras—. ¡Presta atención!

Jadeé y parpadeé y me di la vuelta para afrontar la batalla. «Concéntrate, Ivy. Podría ser un error. Un efecto de la luz. Una coincidencia, incluso.»

A menos de treinta pasos de distancia, un estrecho túnel de viento rodeó a Millennia. Atrapados en el túnel había tres duendes más que chillaban y aullaban. Ella sacudió los brazos hacia arriba y el tornado se arqueó hacia el cielo y se abrió, y los escupió al suelo con un crujido repugnante.

Todavía encaramado a la roca, Zach participaba en una acalorada batalla con cinco nuevos enemigos. Los habría matado a todos en un minuto, tal vez dos, si no hubiera sido por sus maldiciones. Zach podía arremeter únicamente cuando no estaba ocupado esquivando las maldiciones que surgían de sus dedos como rayos.

Brom y Millennia luchaban contra los últimos duendes a ras de suelo mientras yo trepaba por las rocas para ayudar a Zach con los cinco restantes. Al llegar al borde de su círculo de batalla, golpeé a un duende con mi espada. Él se las arregló para alejarse medio danzando de mi espada y luego se giró hacia mí, levantó sus largos dedos y se lamió los labios deformados y arrugados con su lengua bífida.

Cuando mi mirada aterrizó en su cara de reptil, me atraganté.

Era la misma. La misma cara que el otro. La misma cara que el duende de Kellian.

Vi el rayo verde sacudir el cuerpo entero de Kellian otra vez, su grito llenó mi cabeza. ¿Cómo podría olvidar ese último recuerdo de Kellian y su destino? A través de los recuerdos de Minnow, yo había visto cómo lo mataba. Con el poder del Beso, su cuerpo palpitando con magia de batalla azul, Kellian había clavado su espada en el pecho del duende. Se había disipado en humo. Había *muerto*.

Sin embargo, estaba allí. Vivo. A kilómetros de distancia del lugar donde lo había matado, tan solo tres semanas después. Y parecía haber… ¿copias de él?

Me giré para mirar a los duendes contra los que estaba luchando Zach. Aquellos a los que Brom había disparado con sus flechas. Los que Millennia tenía en su túnel de viento.

Así que no me lo había imaginado. ¿Cómo podía haber tantos duendes iguales?

No podía moverme. No podía *respirar*.

El duende se abalanzó sobre mí.

Por fortuna, Millennia me salvó, le acertó con una roca en un lado de su cabeza calva y lo derribó. Rodeé las rocas hasta donde había caído el duende.

La bestia apenas estaba consciente, pero esperé hasta que Millennia y Brom se me unieron.

—Que no se mueva —le dije a la maga.

Tras mirarme de reojo, Millennia levantó la mano y curvó sus dedos. Las rocas a ambos lados del duende se derrumbaron y reordenaron alrededor de sus manos y pies, lo que lo inmovilizó en el suelo. Su cuerpo se retorció y luchó contra sus ataduras de piedra.

Me arrodillé, ignoré el dolor de mis rodillas al clavarme las rocas y saqué mi daga.

—Kellian te mató. —Levanté la hoja sobre su pecho—. Sé que lo hizo.

—*Galleek okk ak yawk* —siseó el duende.

Enfurecida, le hundí la daga en el pecho hasta la empuñadura. El duende ni siquiera tuvo tiempo de gritar antes de desvanecerse. El polvo revoloteó ante mi cara, se me pegó a las mejillas húmedas, se me enganchó en las pestañas y voló hasta mi pelo.

—¿Qué ha dicho? —susurró Brom detrás de mí.

Fue la voz de Millennia la que respondió.

—Sin embargo, vivo de nuevo.

CAPÍTULO VEINTINUEVE

UN NUEVO PLAN

Nos sumergimos en las montañas e hicimos caso omiso de la oscuridad. Si había más criaturas de camino, necesitábamos poner distancia entre ellas y nosotros. Sin embargo, me sentía agradecida por la caminata. Permitió que al menos una parte de mi mente se mantuviera cuerda. La otra parte me aporreaba con los mismos pensamientos horribles, y no importaba cuántas miradas me echaran o si alguien intentaba decir algo, nada penetraba mi coraza exterior.

Los había dejado fuera a todos.

Deseaba hacerme un ovillo y desaparecer para luego reaparecer en mi cama en Myria, con Colette y Robin rogándome que les contara historias de mi aventura.

Pero aquello no era una aventura. Aquello era una pesadilla.

¿Cuántas criaturas habían ayudado a matar mis Besos para luego ser devueltas a la vida?

¿Y, de alguna manera, multiplicadas?

¿Acaso todo lo que había hecho, todo lo que mis compañeros habían sacrificado (pensé en Minnow, Tulia y sus príncipes, y en Telek y Kellian), había sido en vano?

Pasé mucho tiempo contemplando la marca de Zach en mi mano, me daba cuenta con horror de que podía no significar nada. Que mi propia marca tal vez solo fuera una marca de muerte.

Cuando el amanecer se cernió sobre los picos, guie al grupo a un arroyo.

Mis compañeros me dejaron a solas tras haber visto los estragos que la horrible verdad me había causado. No dijeron nada cuando me alejé para sentarme sola y pelar una naranja con las uñas. Les estaba agradecida, porque no tenían ni idea de por lo que estaba pasando.

Mi propia existencia estaba en duda. Mi propio nacimiento había sido innecesario. Parecía que el Beso Real solo empeoraba las cosas o que no estaba ayudando en absoluto. Entonces, ¿qué sentido tenía producir más Reales? ¿De qué servía crear a una poderosa descendiente de Myriana?

Pero era más que eso..., ¿qué significaba para el futuro de la Legión? ¿Significaba que la teoría Romántica era correcta?

¿De verdad el secreto era el Amor?

Clavé las uñas en la naranja y el jugo me goteó por la mano. Lo único que sabía era que el Beso Real no estaba funcionando en absoluto. Ya no podía pensar en las alternativas.

No más magia. No más soluciones que no acababa de entender.

Lancé el resto de la fruta al otro lado del riachuelo, me puse de pie y volví adonde estaban Zach, Millennia y Brom, que estaban tostando pan, carne de alce y queso sobre un pequeño fuego.

Rebusqué en mi bolsillo el pedazo de papel desgastado y arrugado que contenía el hechizo contra el Dragón Negro y a continuación lo arrojé a las llamas.

Los tres se me quedaron mirando.

Me senté para unirme a su círculo.

—De acuerdo. Nada de Besos. ¿Ahora cuál es el nuevo plan?

Tan solo tardaron un par de minutos en procesar lo que había dicho.

Zach me dedicó la sonrisa más grande y tonta que le había visto hasta el momento.

—¿Tiene el huevo alguna debilidad? —preguntó Millennia, sus dedos sobre las llamas para alentarlas a crecer un poco más.

—Solo la cáscara está hecha de una sustancia más fuerte que el hierro. Se dice que no hay hoja, o persona, lo suficientemente fuerte para romperla. —Suspiré—. Ahí es donde entraba el Beso. Por desgracia, mientras el dragón esté en su caparazón, está a salvo.

—Entonces, ¿qué podría romperlo? —preguntó Zach.

—Ese es el problema..., no podemos. Pero... —Dudé, porque iban a pensar que me había vuelto loca de verdad—. Podríamos acelerar la eclosión.

Millennia parpadeó.

—Em, corrígeme si me equivoco, princesa, pero ¿no se basaba toda tu misión en acabar con el Dragón Negro *antes* de que naciera?

—Sé que suena a locura, pero, piénsalo, si no podemos destruir el huevo, entonces tenemos que destruir al monstruo propiamente dicho —contesté—. Aceleramos la eclosión usando magia de fuego para calentarlo y luego lo matamos. No me malinterpretes, incluso fuera del huevo, el dragón será más poderoso que todas las criaturas a las que nos hemos enfrentado alguna vez combinadas, pero es nuestra única oportunidad de matarlo sin usar el Beso.

Millennia y Zach se miraron, luego volvieron a mirarme a mí. Brom se estremeció y se acercó al fuego. Millennia se encogió de hombros.

—No parece que haya otra opción.

Los labios de Zach se torcieron en una pequeña sonrisa.

—Suena al desafío que he estado esperando.

Eché un vistazo a las montañas y me puse una mano en el pecho. Podía sentir cómo la oscuridad brotaba dentro de mí.

—Entonces vamos a incubar un huevo.

Avanzamos a través de las montañas a un ritmo vertiginoso, y yo estaba contenta de sentirme demasiado cansada para pensar en el hecho de que ese nuevo plan era prácticamente suicida. La sensación de malestar en mis hombros y en la parte baja de mis costillas se estaba volviendo exponencialmente más fuerte. Estábamos cerca. Quizás a tan solo un día de viaje.

Pero, para cuando llegó la tarde, estaba mental y físicamente exhausta. Bromley, que había estado viajando a mi lado, me atrapó por los brazos cuando me resbalé en unas rocas y me bajó al suelo.

—Mi señora, ¿estáis bien?

Asentí e intenté ponerme en pie, pero entonces me balanceé peligrosamente hacia un lado. En un instante, me vi arrastrada a los brazos de Zach.

—Estoy bien —dije mansamente. Era patético, la verdad.

—Anoche no dormiste, y hemos estado moviéndonos como ciervos en una estampida. Por hoy es hora de parar.

—Estoy de acuerdo —dijo Millennia—. Mejor parar ahora, antes de entrar en el barranco.

El riachuelo que habíamos estado siguiendo paralelamente alimentaba a un río grande que, con el tiempo, había tallado un barranco gigante en mitad de las montañas. Era empinado y peligroso, pero seguía siendo precioso y estaba quizás medio kilómetro más adelante, casi oculto de la vista por torres de piedra retorcidas y pedruscos que formaban la base de las montañas inclinadas a ambos lados.

Zach cargó conmigo hasta una pequeña cueva tallada en la ladera de la montaña que ofrecía un espacio para refugiarse del tamaño de una cama. A raíz del ataque de los duendes de la noche anterior, no me entusiasmaba la idea de que Millennia y Zach salieran para explorar el área. Pero aquella fue precisamente la razón por la que tuve que dejar que lo hicieran.

Arrebujada en mis mantas, me acurruqué junto a Bromley, descansé la cabeza sobre su hombro y cerré los ojos.

—Mi señora… ¿Estáis segura de esto? —me preguntó Bromley mientras el sueño reclamaba mi conciencia.

—Por supuesto que no —le respondí—. Pero ese duende no debería estar vivo, mucho menos tener treinta dobles. *Vi* a Kellian hacerle ese tajo en el ojo y matarlo antes de que lograra maldecirlo. —Me estremecí y me enterré más profundamente en mi cama improvisada—. ¿Y si matamos al dragón con un Beso y vuelve a la vida más grande y peor, y con diez dragones más a su lado? Nos destruirían a todos, Brom. Desearía poder creer en la Legión y en la historia que me han enseñado toda mi vida, pero no estoy segura de si creo en algo ya.

Llevaba dormida una o dos horas cuando un violento dolor en el pecho me despertó. Fue tan fuerte que no tuve problemas en recordar la sensación. La había sentido una vez antes, en una patrulla. Aquella era la sensación de que un mal absoluto se acercaba, de una criatura que había sido creada a partir de la oscuridad misma, un espectro.

Aparté las mantas y me incorporé sobresaltada. Zach se puso en pie de un salto, debía de haber estado de guardia una vez más, su mano fue a su espada por instinto.

—Un espectro —dije con voz rasgada a través del dolor punzante.

—¿Cómo de cerca? —preguntó Zach. Había círculos oscuros bajo sus ojos.

—Mucho.

Millennia se levantó. Brom, que todavía estaba junto a mí, ya estaba agarrando su ballesta.

—¿Crees que podríamos dejarlo atrás? —preguntó Millennia.

—Merece la pena intentarlo. No quiero pelear contra un espectro —dije mientras recordaba lo que les había hecho a mis compañeros de patrulla. Solo la mitad de nosotros habíamos vuelto ilesos. Un cuarto no había vuelto en absoluto.

Pero, si teníamos que enfrentarnos a él, era posible que tuviéramos una oportunidad. Todas nuestras armas con filo eran de plata pura, el único metal que realmente podía herir a un espectro. Otra razón por la cual los ciervos serbales y sus astas eran tan sagrados.

Nos pusimos en marcha prácticamente corriendo, saltamos por encima de las rocas y llegamos al barranco justo cuando el sol se estaba poniendo. El agua nos salpicaba las botas mientras atravesábamos las resbaladizas piedras. Las sombras se extendían a través del barranco y permitían que algunos rayos de luz solar rebotaran en el agua, lo cual creaba arcoíris.

Una flecha de dolor me atravesó el pecho y tropecé y resbalé sobre las piedras. Brom me recogió de nuevo cuando los arcoíris se convirtieron en sombras y toda la luz fue absorbida por el barranco. Dos formas, tan negras como las profundidades de una cueva, se deslizaron por los empinados lados del barranco como si de cascadas se tratara.

Dos espectros.

Mi cuerpo se entumeció completamente. *Cinco* Reales habían tenido problemas con *uno*.

Nos quedamos paralizados, soltamos nuestros petates y levantamos nuestras armas.

Los espectros se cernieron sobre las laderas rocosas a cada lado del barranco, sus cuerpos eran una masa retorcida de humo negro. Le eché un vistazo al más cercano a nosotros, el del lateral izquierdo del barranco. La cabeza del espectro era simplemente una forma parpadeante de humo amorfo y un cráneo chamuscado y grotesco. Su cuerpo lo formaban zarcillos de oscuridad entretejidos en una capa hecha jirones. Las manos parecían esqueléticas y se desvanecían y aparecían ante el ojo humano.

—Es inmune a la mayoría de la magia elemental, excepto al fuego. Si te toca durante demasiado rato, mueres por sobreexposición al frío. Sus dedos son tan afilados como cuchillos y, por lo general, mata con las manos —dije en voz baja, en caso de que Millennia, Zach o Bromley necesitaran algún recordatorio.

—Yo me encargo de uno, vosotros tres del otro —dijo Zach. La plata de su espada brillaba incluso en la penumbra.

—No seas ridículo —susurré mientras miraba al espectro al otro lado del río—. Este no es el momento de volver a rechazar la ayuda.

—*No* es eso, créeme. He peleado contra uno de estos antes y he sobrevivido. Espero poder hacerlo otra vez.

Muy reconfortante. Me mordí el labio inferior y miré a Millennia y a Bromley. Los tres juntos probablemente no éramos iguales que un solo Zach.

—No hay tiempo para discutir. —Millennia señaló con la cabeza al espectro que estaba junto a nosotros mientras este respiraba, y todo el calor en el aire fue absorbido por su revuelto cuerpo negro.

Esa fue la señal de Zach. Dio unos pasos corriendo y luego saltó por encima del agua con la espada levantada sobre su cabeza. Aterrizó al tiempo que bajaba la espada en un corte veloz y atravesó el aire donde una vez había estado el espectro. Millennia había comparado una vez los movimientos de Zach con los de un espectro. Entendía por qué. Él era increíble. Lo observé, aunque solo fuera por un breve segundo, mientras giraba y cortaba a la criatura sombría, cada contorsión acompañada por un destello plateado en cada movimiento.

El otro espectro nos observó durante unos segundos y luego se lanzó hacia delante. Las flechas de punta plateada de Brom lo atravesaban. Millennia invocó un muro de fuego y el espectro se detuvo ante el ardiente infierno, no temeroso, sino cauteloso. La criatura no podía atravesar el fuego, pero yo sabía que un mago no podía mantener una magia así por mucho tiempo.

Aprovechando cada lección que me habían impartido, atravesé las llamas con mi espada. El espectro era más que rápido, era inteligente, y había anticipado mi ataque. Agarró mi espada y tiró de ella, lo que me hizo avanzar hacia la pared de llamas. Millennia a duras penas tuvo tiempo de hacerla desaparecer antes de que me quemara viva. Al tirar de mí, el espectro me envolvió la muñeca con su mano y me dejó cortes en la piel cuando me apretó con sus dedos como dagas. Grité cuando el frío me invadió el cuerpo y expulsó todo el calor de mi sangre.

Una flecha le atravesó la cabeza y un cuchillo pasó junto a su oreja. El espectro me soltó y chilló, molesto. Me sujeté la muñeca sangrante, que se había vuelto de un azul negruzco por el frío, y recogí mi espada. A mi lado, Millennia conjuró un látigo flamígero y lo hizo girar por encima de su cabeza. Lo blandió contra el espectro y la criatura volvió a gritar, parecía que esa vez era de dolor. Me lo tomé como una apertura, cambié la espada de mano y me lancé hacia delante, corté hacia abajo y le rebané el brazo. El espectro emitió otro alarido de dolor mientras la oscuridad explotaba alrededor de mi espada. Fue como si una tormenta de hielo me impactara en la cara.

La oscuridad giró a mi alrededor y me arrojó contra la pared del barranco. Mi espalda explotó de dolor mientras unos círculos de luz danzaban en mi visión. A duras penas pude colocar los brazos delante de mí para amortiguar la caída. Una vez en el suelo, pasaron unos momentos dolorosamente largos antes de que mi visión se aclarara, pero mis extremidades aún se negaban a moverse. De modo que Bromley tomó el relevo en la pelea.

Brom era muy hábil y merecía más crédito del que yo le había dado. De hecho, fue bastante increíble. Era más pequeño, lo cual le concedía velocidad y agilidad, y esas dos cualidades lo significaban todo contra un espectro. Yo lo había visto usar solo una espada y una ballesta, porque esas eran las armas con las que solíamos entrenar, pero en aquel momento sostenía dos dagas plateadas y las usaba como si fueran una extensión de sus manos. Esquivaba y se agachaba, giraba y arremetía. El espectro se movía más rápido que un parpadeo, pero, si no estaba equivocada, Bromley parecía conseguir hacerle un tajo o dos.

Me puse de pie y alcé mi espada de nuevo. Cuando comencé a avanzar, escuché a Millennia murmurar algo y a continuación mi espada se incendió. Al igual que las dagas de Bromley. El espectro se alejó de las hojas en llamas, siseaba y chillaba. Con una confianza renovada en mi espada ardiente, ataqué al espectro por abajo. Se retorció para alejarse, pero apenas escapó del infierno.

Juntos, Brom y yo atacamos al monstruo y lo forzamos a esquivar no solo la plata, sino también las llamas.

Era una sensación muy natural, la de pelear con Bromley. Habíamos practicado el uno contra el otro tan a menudo que conocíamos nuestros respectivos estilos. Trabajamos como uno solo, y fue genial. Bromley se agachó y le cortó sus dagas realizando un movimiento en arco con los brazos y, al mismo tiempo, yo lo ataqué desde arriba y fui a por la cabeza. Incapaz de esquivarnos a los dos, el espectro chilló, su cuerpo cortado por el fuego y la plata. Se deshizo en polvo.

Cuando el viento se llevó los restos de la criatura, Millennia se derrumbó en una pila de tela azul ondulante. Temblaba visiblemente, sin duda por el frío y la fatiga. Estaba a punto de correr hacia ella cuando vi lo que estaba pasando al otro lado del río.

Zach todavía luchaba contra el otro espectro.

Y estaba perdiendo.

El espadachín era hábil, pero seguía siendo solo humano. Lo más probable era que no hubiera logrado dormir más de unas pocas horas en los últimos dos días, y no conseguía estar a la altura.

Millennia estaba prácticamente inconsciente, inmóvil en el suelo. No sería de ayuda. Corrí hacia el río y estaba a punto de saltar cuando Bromley me detuvo.

—Quedaos atrás —me dijo—, estáis perdiendo demasiada sangre.

Le eché un vistazo a mi muñeca y apenas pude creerme la cantidad de sangre que cubría mi manga. Estaba prácticamente goteando, y reconocí el mareo de la pérdida de sangre.

Entonces, antes de que pudiera detenerlo, Brom saltó y se unió a mi compañero en su lucha contra el espectro. Con la ayuda de Brom, las tornas cambiaron ligeramente y Zach pudo obtener ventaja. Una vez que los dos guerreros tuvieron al espectro contra la pared del barranco, Zach emprendió un valiente ataque. La criatura de sombras chilló y retrocedió cuando Zach le hundió la espada en el costado.

Pero aquel movimiento tuvo un precio. El espectro agarró a Zach del brazo y él gritó. Yo sabía lo que se sentía ante aquella explosión de frío. Zach se tambaleó, y supe que había llegado a su límite. El monstruo también lo vio y fue a dar el golpe final.

Algo estalló en mi pecho. El grito me desgarró el estómago y la garganta. Intenté saltar por encima del río, pero mi coordinación estaba afectada. Caí en el agua helada y esta me tragó entera. Me impulsé en las rocas resbaladizas del fondo y mi cabeza emergió en la superficie justo cuando el espectro se movió. Apuntó al corazón de Zach con cinco dagas disfrazadas de dedos esqueléticos.

Yo llegaba demasiado tarde para detenerlo, pero Brom no.

Él detuvo la mano del espectro con su cuchillo. El sonido de la plata al chocar contra el hueso metálico produjo eco a través del barranco. Con el pecho agitado, Brom se echó hacia atrás con su brazo libre para ir a por la garganta de la criatura. Pero el espectro tuvo la misma idea.

Y fue mucho más rápido.

Esa vez no pude gritar cuando Brom cayó al suelo del barranco, la sangre manaba de las heridas abiertas en su garganta y su clavícula. Todo aliento y todo sonido me abandonaron.

Zach se abalanzó sobre el cuerpo caído de Brom y le lanzó tajos al espectro como un poseso. La oscuridad humeante se diseminó en pedazos por el aire y se transformó en polvo mientras Zach atacaba y cortaba con una furia sin parangón.

Una vez que el espectro no era más que pequeñas partículas de oscuridad, Zach se dio la vuelta y cayó de rodillas junto a Bromley.

Con los miembros entumecidos, salí del agua y gateé, empapada, hasta Bromley. Mis rodillas y manos se toparon con un charco de sangre y, ante el roce del líquido tibio, me derrumbé.

Bromley. *Brom*.

Él sufrió un estremecimiento sobre las piedras frías, con los ojos muy abiertos y alerta y... consciente de lo que se avecinaba.

Intentó hablar, pero la herida de su garganta hizo que solo saliera más sangre.

—Sh... shhhh. —Sollocé, mi voz extraña a mis propios oídos—. No, Brom, por favor, no puedo hacer esto sin ti. *Por favor.*

Con dedos temblorosos, le tomé la mano y la apreté entre mis dedos. Estaba helada, casi sin vida.

Pero podía salvarlo. Todavía tenía el *Beso Real.* ¿Y qué si era malvado? ¿Y qué si creaba más monstruos? Yo pagaría cualquier precio por la vida de Brom, sin importar cuál fuera: mil espectros más que se arrastraran por la tierra si eso era lo que hacía falta.

Alargué la mano hacia Zach por encima del cuerpo tembloroso de Brom mientras intentaba conjurar el hechizo en mi mente. Intentaba pensar desesperadamente con claridad. No podía fallar aquel hechizo.

Zach tomó mi mano entre las suyas y supe que no iba a rechazarme aquella vez. No en aquel momento. No si era por Brom.

Pero no tuvo que hacerlo. Brom lo hizo. Con las fuerzas que le restaban, con los ojos cada vez más drenados de vida, Brom me echó hacia atrás. La sangre se le acumulaba en el cuello. Tenía la boca abierta, pero no emitía sonido alguno. Sutilmente, muy sutilmente, negó con la cabeza.

Yo estaba dispuesta a pagar cualquier precio, pero Brom no.

Mi valiente Brom. *Mi Brom.* No me importaba lo que la Legión dijera: lo que sentía por Bromley era mucho más fuerte que la amistad. Él era mi familia. Mi hermano. «Vínculo» no era una palabra lo bastante potente para lo que sentía por él. Era una fuerza, una magia que desafiaba a toda razón y lógica.

El Amor era lo único lo suficientemente fuerte para describir lo que significaba para mí.

Lo quería con todo mi corazón. Con toda mi alma.

Dejé escapar un gemido estrangulado y me encorvé sobre él para apoyar mi frente contra la suya y sollocé.

Las lágrimas corrieron en riachuelos por mis mejillas y salpicaron la cara de Brom, rodaron por su mejilla y se mezclaron con el flujo constante de sangre.

Entonces… una chispa de oro.

Mientras más lágrimas rodaban por su cuello sobre su herida, hubo un brillo dorado que cubrió el terrible carmesí y lo reemplazó con…

Jadeé y retrocedí. Luz, una luz preciosa, brilló en la oscuridad del barranco, emanaba de Bromley en oleadas. Había chispas y polvo danzando sobre él, giraba a su alrededor en un tornado de oro puro.

Todo todo era oro.

La luz dorada nos salpicó a Zach y a mí y nos bañó con aquella extraña magia. La muñeca me hormigueó y, sin ni siquiera mirar, supe que se me había curado.

El aire brillaba con tanta intensidad que tuve que cerrar los ojos.

Cuando los abrí, Brom me miraba con los ojos muy abiertos a través de la clara niebla dorada. Su cuello estaba completamente curado. Nuestro asombro duró solo un momento antes de que nos abrazáramos con fuerza mientras las lágrimas seguían fluyendo.

Nos sentamos en el frío y húmedo suelo del barranco y nos abrazamos el uno al otro como cuando yo tenía diez años y mi madre había ido a Myria y se había marchado sin pedir verme ni una sola vez. Yo estaba devastada. Bromley me había abrazado fuerte aquel día y yo me había aferrado a él.

Y juntos el mundo había parecido mucho más brillante.

De hecho, había parecido dorado.

CAPÍTULO TREINTA

EL AMOR ES...

Los cuatro nos quedamos en una pequeña cueva al fondo del barranco durante medio día. Mientras Brom y yo nos abrazábamos en el suelo, Zach había cruzado el río y ayudado a Millennia a pasar a nuestra orilla. Seguía bastante ida, así que Zach cargó con ella hasta que encontramos nuestra diminuta cueva. Después de la batalla contra los espectros, daba la sensación de ser un palacio.

Encendimos un fuego a la antigua usanza y le echamos nuestras mantas por encima a Millennia. Aunque Brom me había asegurado que físicamente se sentía bien, el hecho de casi morir le había pasado factura mentalmente, así que lo presioné para que durmiera y, en poco rato, su cabeza estaba en mi regazo y roncaba ligeramente.

Ante sus ronquidos, Zach y yo nos miramos y compartimos una sonrisa.

Zach atizó el fuego con un palo e hizo un gesto hacia Brom.

—Le debo la vida.

—Ponte a la cola —le dije con una suave risa.

—¿Cuál es vuestra historia? —preguntó—. A la mayoría de los Reales no les importan mucho sus pajes.

—Somos familia. Me lo asignaron cuando era muy joven, después de que perdiera a sus padres. Así que puede que él me viera más como una madre en aquel entonces, aunque *técnicamente* se suponía que él debía cuidarme a *mí*. —Le aparté un poco de pelo de la frente y sonreí—. En una de sus primeras noches como mi paje, tuvo una tos fuerte. Fue porque la noche anterior había llorado hasta quedarse dormido. Aquella noche me quedé despierta con él y le di limón con miel. Después de eso, me seguía adonde quiera que fuera. Estaba ahí para mí cuando mi madre nunca quería. Yo... no sé qué habría hecho si él... Fue una tontería dejarlo venir.

—Por lo que parece, dudo que pudieras habérselo impedido.

—Probablemente no. —Me mordí el labio inferior y miré a Zach—. Fue Amor, ¿no?

Él casi sonrió, luego bajó la mirada hacia el fuego.

—Dímelo tú, Ivy Myriana.

Yo no era ni bruja ni maga. Mi única magia provenía de mi Beso. Por lo que sabía, no tenía lágrimas mágicas, porque había llorado lo suficiente para saberlo.

—No sé nada sobre el Amor, Zach, así que dímelo tú.

Él alzó la vista con las cejas levantadas.

—Dijiste que sabías qué era el Amor.

—Solo la versión de la Legión sobre el Amor. Algo me dice que es diferente de la tuya.

Creía que le haría feliz hablar sobre la fuerza en la que él creía tan firmemente. En cambio, parecía incómodo.

—Es complicado.

—Eso estoy empezando a entenderlo, pero, por favor, inténtalo —le pedí con calma mientras pasaba los dedos por el pelo castaño claro de Brom.

—Bueno, existe el Amor entre amigos y familiares, el Amor Familiar. —Inclinó la barbilla para señalar a Brom—. Algunas personas dicen que esa es la mejor forma de Amor. Es universal. Incluso los Reales lo aceptan, aunque sin llamarlo así. Lo entienden, porque ayuda a conservar la fortaleza de los linajes.

Asentí, bastante familiarizada con eso. Era el «vínculo» Real que siempre había creído que compartía con Brom. Ahora sabía que no era lo suficientemente fuerte para describir lo que sentía por él.

—Pero el Amor Romántico... —Zach sacudió la cabeza—. Es total y completamente irracional. No se puede entender y no se puede explicar. No es razonable, lo que probablemente sea la causa de que la Legión no quiera creer que existe. Es enamorarse de alguien incluso cuando sabes que ese alguien no puede corresponderte. —Ante eso, sus ojos se dirigieron a mi cara y yo miré hacia otro lado con el pulso acelerado—. El Amor es sacrificio. Es doloroso. Es desear poder tener un día más juntos, un minuto más, un segundo más juntos, y esperar que dure toda la vida, y luego creer que tal vez podría. —Zach había pasado a susurrar y contemplaba cómo morían las chispas de nuestro exhausto fuego.

—Eso suena terriblemente tonto...

Él frunció el ceño.

—Bueno, tal vez, pero...

—Y absolutamente maravilloso.

Él levantó la vista y abrió mucho los ojos.

No estaba segura de qué tipo de expresión estaba poniendo yo, porque no recordaba haberme sentido así nunca antes. Me llevé las manos a la boca y respiré hondo para contener una marea de emociones. Terror, entusiasmo, tristeza y felicidad, todo a la vez giraba dentro de mí.

Su comisura se levantó en una pequeña media sonrisa, y me miró con lo que solo podía sospechar que era..., bueno, Amor.

—¿Cómo te enamoraste de tu prometido? —le pregunté a Millennia más tarde.

Se detuvo y los escalones de piedra que había estado creando se desmoronaron. Después de un largo descanso tanto para ella como para Zach, por fin podíamos seguir el camino hasta la cima del barranco. Mientras yo intentaba concentrarme en el camino que tenía por delante, mi mente seguía retrocediendo a mi conversación con Zach de unas horas atrás.

Ella entrecerró sus ojos azules.

—¿A qué te refieres con «cómo»?

—De verdad que quiero saberlo. No hablo con muchos Románticos. No sé cómo el Amor... sucede.

Sus hombros se relajaron un poco y miró a lo lejos, como perdida en un recuerdo.

—Ese es el tema. Simplemente lo hace. No hay razón en absoluto. O tal vez sean todas las razones.

Estaba a punto de continuar cuando Zach asomó la cabeza desde lo alto de la pared del barranco que habíamos estado escalando durante la última hora.

—Daos prisa, señoritas, tenéis que ver esto.

Tras echarnos una mirada la una a la otra, Millennia y yo abandonamos nuestra conversación y aceleramos el paso. Ella reconstruyó los escalones de piedra para mí y en poco tiempo estábamos en la cima.

Vi por qué Zach estaba tan emocionado. Estábamos en lo alto de las montañas, pero de repente la piedra había dado paso a la vida. Hierba, árboles y otras vegetaciones decoraban la ladera de la montaña que estábamos atravesando en esos momentos. Fue un cambio agradable ver el verde en lugar del gris, y me sentí agradecida por ello. En unos meses, todo aquello sería nieve. Qué suerte teníamos de estar a finales de la primavera. Al pasar bajo unos pocos árboles, sentí que el dolor en mi pecho y el peso en mis hombros apenas eran tolerables y me apoyé contra un gran tronco para descansar.

Millennia se detuvo a mi lado, comprobó mi expresión y les dijo a Brom y Zach:

—Continuad vosotros. Mirad a ver qué hay por delante. Ya os alcanzaremos. —Se giró hacia mí y me entregó su odre de agua.

—Gracias —le dije, luego engullí el agua. Le devolví el odre—. ¿Qué decías sobre el Amor?

Ella sonrió mientras recuperaba el agua.

—¿Por dónde iba?

—Los motivos —la insté.

Se quedó callada un momento mientras aplastaba la hierba con su bota en un círculo pequeño.

—Te descubres pensando en sus fallos, en los tuyos, comparándolos una y otra vez en tu cabeza hasta que te das cuenta de que simplemente no te importan. Para mí… Tarren y yo crecimos juntos. Éramos amigos de la infancia y simplemente se convirtió en algo más, de manera natural. No es que no fuera difícil a veces. Una vez creí que me estaba engañando y me puse muy celosa.

Hizo una pausa y cerró los ojos con fuerza, como si le doliera rememorar esos recuerdos.

Luego, después de unos minutos, abrió los ojos y continuó.

—Resultó que estaba siendo reservado porque intentaba comprarme un anillo. —Sacudió la cabeza y se echó a reír. Entonces su sonrisa se desmoronó y las lágrimas nadaron en sus ojos azules.

Le tomé las manos.

—Ay, Millennia, lo siento. No quería ponerte triste.

—No, no pasa nada. Es solo que lo echo de menos. —Se limpió las lágrimas a toda prisa, luego me miró tras haber endurecido la mirada y me puso la mano delante de la cara. En su dedo anular había una preciosa banda de plata trenzada. El anillo que le había entregado Tarren—. Pero me obliga a seguir adelante.

No encontré ninguna palabra para responder cuando comenzamos a bajar por el sendero.

Otro dolor agudo me estalló en el costado e hice una mueca, lo cual atrajo la atención de Brom, que dejó de contemplar las grandes montañas que teníamos delante.

—Lo sentís más aquí arriba, ¿no es cierto? —preguntó Brom, que se acercó más a mí.

Fruncí el ceño. Por supuesto que se había dado cuenta. Zach también lo había hecho. Ambos habían estado ralentizando la marcha y haciendo más descansos por mí desde que habíamos abandonado el barranco. Ambos notaban que el dolor en mi pecho se incrementaba e iba a peor. Zach en particular seguía rondando a mi alrededor con la misma expresión de culpa que había puesto al descubrir que le había quitado su Sentido.

—Estoy bien. —Me masajeé el costado y el dolor disminuyó ligeramente—. Estoy cansada de llevar tres horas sentada en la misma posición.

Brom puso los ojos en blanco, cruzó los brazos y los apoyó sobre las rodillas.

—Y, sin embargo, jamás os habéis quejado antes durante una vigilancia.

Lo ignoré y dirigí mi atención al cielo. Las estrellas y la luna ya no eran visibles. En cambio, parecía que una manta oscura como el carbón había sido colocada sobre el mundo.

—El sol ya debería haber salido…

Mi mirada se centró en el horizonte. Un racimo de nubes negras había emergido entre dos picos donde se suponía que debía estar el sol. Con una sacudida de horror, me di cuenta de que no eran nubes negras. Eran arpías de gorrión.

Me puse en pie de un salto, mi corazón se aceleró como si acabara de correr toda la longitud del gran barranco. Aunque las arpías de gorrión solo devoraban a los muertos, nunca había oído hablar de una bandada de aquel tamaño. Una bandada que bloqueaba el sol.

—Arpías de gorrión. Todos arriba. ¡Moveos! —grité.

Millennia y Zach se levantaron en segundos. Recogimos nuestro equipaje y corrimos hacia los afloramientos rocosos en busca de refugio. Brom fue quien encontró la primera cueva. Tenía una entrada pequeña, apenas lo suficientemente grande para que Zach pudiera pasar, pero pasó apretándose entre las rocas justo cuando el zumbido llegó a nuestros oídos. En poco tiempo, el sonido creció hasta alcanzar la magnitud de un aguacero torrencial. Era como si un tornado estuviera azotando las montañas, triturando las mismas piedras.

Por instinto, retrocedimos más al interior de la cueva, nuestras botas nos hacían resbalar sobre los guijarros y piedras sueltas. Millennia creó un pequeño fuego y su luz rebotó alrededor de los muros de piedra e iluminó las estalagmitas y estalactitas que se estiraban una hacia la otra, casi como los dientes de un gran monstruo en los mares de Glyll.

Brom se apoyó contra la pared de la cueva.

—¿Cuánto creéis que tendremos que quedarnos aquí?

—Lo que tarde la bandada en pasar. —Maldije—. Solo espero que se queden en las montañas.

—Pero las arpías de gorrión no se alimentan de los vivos —dijo Millennia.

Sacudí la cabeza.

—Eso no significa que sean inofensivas. No sabemos qué podría hacer una bandada de ese tamaño.

Zach asintió con la cabeza.

—Tenemos que encontrar ese huevo.

Cuando un zumbido particularmente fuerte resonó en nuestra cueva, Brom se deslizó de su posición contra la pared y cayó con un choque sorprendentemente fuerte de… ¿metal?

Confundidos, Zach, Millennia y yo nos acercamos a Bromley. Millennia sostuvo la bola de fuego en su palma e hizo que su luz naranja brillara a los pies de Brom. Esparcidas por el suelo de la cueva había un conjunto de herramientas de minería de aspecto antiguo y un montoncito de pequeñas gemas destellantes. La luz mágica del fuego bailaba sobre las superficies de las joyas y las hacía parecer líquidas.

Me incliné y toqué un pico oxidado y luego hice una mueca cuando la hoja me cortó el dedo. Seguía afilada. Solo las herramientas y las armas de los enanos podían seguir tan afiladas después de todos aquellos años.

—Enanos —susurré por lo bajo, un poco emocionada. Aquella podría haber sido la cueva donde los enanos de la historia habían morado, protegiendo sus joyas y atrayendo a humanos desprevenidos con los que comerciar y a los que traicionar, a veces asesinar. ¿Podría ser aquella la legendaria cueva donde el cazador Raed había sido maldecido y convertido en bestia y desde donde había huido a la cabaña de la doncella Freida? Era una idea descabellada... Había montones de cuevas en aquellas montañas.

—No me sorprende —dijo Millennia, y levantó su bola de fuego más alto para que el brillo se extendiera más por la cueva—. Según la leyenda, estas cuevas estuvieron llenas de ellos hace mucho tiempo.

—Sí, pero también deberían haber sido despejadas por los Reales cientos de años atrás. Después de que los enanos se llevaran a la primera heredera, Myriana y Raed lideraron en persona a un ejército en estas montañas y destrozaron las minas.

Zach se encogió de hombros.

—Debe de haber cientos. Puede que se saltaran una.

No respondí. Sentía... sentía algo extraño allí. Durante los últimos dos días, mi Sentido había tirado de mí en cierta dirección. Había sido fuerte y doloroso, apenas había sido capaz de ignorarlo o silenciarlo. Pero, en el momento en el que había entrado en la cueva, mi Sentido se había visto... amortiguado. Casi como si alguien hubiera colocado una almohada encima. Estaba allí, siempre presente, pero silenciado. Nunca había experimentado algo así antes. Aquello solo me provocó una curiosidad insaciable.

Me adentré más en la cueva y vi por todas partes más reliquias esparcidas que habían superado la prueba del tiempo. La mayoría de ellas eran joyas y herramientas de minería y otras eran tablas con maldiciones enanas talladas en piedra.

De repente, Millennia me agarró del brazo con fuerza. Me giré para mirarla, y sus ojos estaban extrañamente... púrpuras a la luz del fuego.

—No deberíamos alejarnos mucho —dijo, su voz baja y pesada.

Aparté su mano y me adentré más en el túnel. Mi Sentido estaba ya casi completamente sordo y había sido reemplazado por un extraño repiqueteo interno. Fue como cuando estaba en la torre de Myria y sus campanas repicaban sobre el reino y hacían vibrar mis huesos.

Entramos en un espacio mucho más grande y limpio, como si alguien hubiera despejado todas las rocas y piedras sueltas, pero contenía más artículos enanos. Grandes símbolos habían sido tallados en la piedra y contra el otro extremo de la cueva había un espejo de cuerpo entero, con más símbolos que recubrían los bordes, como un marco decorativo.

El espejo estaba polvoriento y empañado, pero supe, sin lugar a dudas, que de allí procedían las vibraciones que percibía dentro de mí. Me moví hacia él sin ni siquiera saber lo que quería hacer, solo sabía que tenía que encontrar la fuente, como las campanas de la torre de casa.

—Ivy.

Me estremecí al escuchar mi nombre y miré por encima de mi hombro para ver a Millennia allí de pie, con ojos salvajes.

Volvían a ser azules, pero se agarró la cabeza como si le hubiera entrado un dolor terrible, como si le hubieran clavado una cuña en el cráneo.

—Ivy, no lo hagas. ¿Qué estás haciendo? —susurró ella.

Su voz era aterradora, de una manera que me hizo sentir miedo de ella y miedo *por* ella. Miré detrás de ella para ver a Zach y a Brom, ambos me miraban, completamente desconcertados.

—Ivy, ¿qué pasa? —preguntó Zach—. Háblame.

—Es un espejo mágico. Tiene que serlo. Y siento algo extraño, como... como campanas o...

Millennia se agarró la cabeza y enterró las manos profundamente en su melena negra como el cuervo, su aliento convertido en jadeos.

Volví a mirar el espejo, lo bastante de cerca para discernir los símbolos claramente, y me di cuenta de que lo que había pensado que eran símbolos enanos en realidad eran las palabras de un hechizo, más específicamente, las palabras para los recuerdos compartidos.

Don'na illye min'na.

—*Ivy* —siseó Millennia—, aléjate.

Zach, Brom y yo la miramos sorprendidos. Su voz era como el silbido de una víbora, antinatural y... y malvada.

Volví a mirar el espejo. ¿Qué era lo que no quería que viera tan desesperadamente?

—Sabes lo que es esto —murmuré al reconocer al fin lo que veía en sus ojos: miedo.

Ella no dijo nada, pero sus hombros estaban tensos, sus manos, apretadas a sus costados. Las llamas que antes sostenía ahora bailaban sobre sus nudillos y convertían sus manos en dos brillantes bolas de fuego. Pero sus largas mangas no se prendían. Puede que fuera un detalle extraño en el que fijarse, pero, al ver la mirada enloquecida en sus ojos, supe que no había forma de que se concentrara completamente, entonces, ¿por qué su fuego estaba tan bajo control?

Como sospechaba desde el principio, Millennia era demasiado hábil para alguien de su edad. Lo había atribuido a un talento natural, pero incluso aquello era inverosímil para su nivel de control. Resultaba demasiado extraño... Imposible, incluso.

Luego estaba el lugar del que había dicho que venía: Raed. Los bosques de Raed. El lugar donde mi madre había dicho que se había visto a la Reina Malvada. Había pedido enviar tropas para investigar el avistamiento.

Era demasiada coincidencia, y todo se reducía a una importante pregunta.

—Millennia —respiré mientras daba un paso atrás, hacia el espejo—. ¿Quién... quién dijiste que era tu maestra?

Ella se lanzó hacia mí, como de alguna manera yo sabía que haría, pero me arrojé al espejo y choqué contra el cristal.

—¡Ivy! —gritó alguien. Zach o Brom, o tal vez ambos. Sonaban muy lejos.

La luz ámbar se derramó a mi alrededor y el mundo del espejo me absorbió.

CAPÍTULO TREINTA Y UNO

RECUERDOS COMPARTIDOS

«El mundo del espejo, hija mía, es un lugar al que jamás deberías entrar. Guarda los recuerdos de sus dueños, incluidos sus pensamientos, esperanzas y sueños. Si pasas demasiado tiempo dentro de los recuerdos compartidos de un espejo mágico, comenzarás a perderte a ti misma y a olvidar que esos recuerdos... no son tuyos.»

Las palabras de Gelloren de una de las lecciones de mi infancia volvieron a mí en el resplandor de la brillante luz ámbar. Me quemó los ojos e hizo que mi cabeza gritara de dolor, como si estuviera a punto de abrírseme. Tan rápido como llegó, el dolor se desvaneció y una escena se desarrolló ante mí.

Reconocí el Salón de los Ancestros, a medio construir, con el techo todavía abierto al sol y las nubes. Los arcos aún no habían sido unidos en mitad del techo ni las caras talladas añadidas a las paredes.

Los detalles del recuerdo eran nítidos, como si la persona a quien pertenecía lo retuviera solo desde aquella misma mañana.

Un hombre apuesto, con cabello castaño oscuro y barba recortada, vestía ropas finas y una capa de un rojo tan intenso que me recordaba a la de Weldan. Estaba de pie en el centro y discutía con un grupo de hombres vestidos de forma sencilla. Él gesticuló con violencia y sacudió la cabeza y al final levantó la voz hacia el techo inexistente.

—No me importa lo que piensen todos. Se acabó la discusión.

—Pero rey Raed…

«Raed. Eso significa que el espejo mágico guarda los recuerdos de…»

La ansiedad fluyó a través de mí mientras observaba cómo Raed, *mi esposo*, discutía con el pueblo.

—He dicho que no. Ahora marchaos. Debo hablar con mi reina. —Su mirada se posó de nuevo en mí.

A medida que la escena se transformaba en sombras de luz ámbar, las personas y la sala a medio construir se retorcieron e intenté aferrarme a quien era. Era Ivy, no la dueña de aquellos recuerdos. Pero ya sentía una insoportable tristeza fluir a través de mí como las aguas blancas de los rápidos, tiraba de mí hasta que no pude separar mi persona de los recuerdos que ahora me rodeaban.

Estaba en un dormitorio, acurrucada entre las sábanas, sollozando, con un charco de sangre entre mis piernas.

—Querida —una voz suave me llamó desde el extremo de la cama—, debes dejar que te limpien. No te preocupes, podemos seguir intentándolo.

Ante la voz de Raed, me senté, me tragué más lágrimas y me preparé para la misma discusión que teníamos desde hacía meses, después del último aborto espontáneo.

—Tenemos que detener esto, Raed. Ya tenemos una hija preciosa. Daisy. —Me envolví el cuerpo con los brazos y tomé otra respiración profunda. Cada una era una lucha—. ¿Por qué no podemos hacer solo el amor como solíamos hacerlo? ¿Por qué tenemos que seguir intentando tener otro bebé? Sabemos que la maldición de los enanos funcionó. No puedo volver a llevar un embarazo a término. Lo *sabemos*.

Pronunciar las palabras en voz alta hizo eco al dolor de haber perdido un bebé otra vez. Perder a otro bebé precioso que podría haber crecido hasta ser tan maravilloso como la niña que ya tenía. Era insoportable. Como cuchilladas que rajaban mi útero inútil. Con cada niño perdido, las puñaladas eran más profundas.

Raed me miró con el estrés y la preocupación en su rostro, que hacían patentes los pliegues alrededor de sus ojos.

—El consejo del pueblo está convencido de que el poder que me permitió volver a ser humano y derrotar al enano fluye por nuestras venas y que debemos producir tantos herederos como sea posible para permitir que el poder se perpetúe. Myri... —Se acercó y me sujetó la cara entre sus manos—. Creen en nosotros. Quieren que los protejamos. Si tenemos ese poder, ¿no deberíamos intentarlo? Lo que quiero decir es que este poder podría ser una bendición del cielo.

Retrocedí ante la palabra «bendición». Había oído que habían comenzado a construirme una capilla en el pueblo para ofrecerme oraciones, como si fuera una diosa viviente. La idea me repugnaba. Yo era tan solo una chica. Una madre primeriza. Nada más.

—No puedo... Ya no puedo hacer esto. Por favor. —Me incliné hacia él, anhelaba un beso que me asegurara que él aún me quería, que creía en nuestro amor, que creía en el poder de estar juntos.

Él giró la cabeza.

—Lo siento, Myriana.

La escena volvió a cambiar, Raed y la cama llena de la sangre de un niño que nunca sería se disiparon como el humo de una vela. Los colores se arremolinaron y por un breve momento se me permitió recuperar mi propia mente y mis propios recuerdos otra vez. Aquel recuerdo era de Myriana. Su vida real. No la historia transcrita de un libro del archivo Real o un cuento alrededor de una hoguera Romántica, sino la verdad. *Su* verdad.

Los colores giratorios se solidificaron en una puerta. Los detalles de aquella puerta me impactaron. Los nudos y los surcos de la madera. Aquella puerta quedaría por siempre arraigada en mi mente (*en la de Myriana*).

Abrí la puerta y vi lo que sabía que iba a ver. Luego la cerré de un portazo y eché a correr.

Mientras corría, luché por convertirme en Ivy de nuevo, por separarme ya de aquel horrible y desgarrador recuerdo.

Una mano fuerte me agarró de la muñeca. Me di la vuelta y miré a mi esposo, disgustada. Ni siquiera había tenido la decencia de acabar de vestirse del todo. Su pecho estaba desnudo y solo llevaba puestos unos pantalones.

—Myri —suspiró.

—Así que ¿esta es tu solución? ¿Engendrar un heredero con mi hermana? —Mi voz estaba tensa por la emoción—. ¿Mi *hermana*?

La cara de Raed se volvió de acero.

—Es la solución que el pueblo está buscando. Saevalla tiene tu misma sangre. Podremos seguir gobernando si producimos herederos con nuestro poder. Myri, esto es para...

—No *quiero* gobernar —grité, y me alejé de él—. Solo quiero estar contigo. Quiero criar a nuestra hija. Quiero olvidar lo que acabo de ver.

El recuerdo goteaba sombras. La cara y la voz de Raed se desvanecieron y me acurruqué en el suelo.

Saevalla. Mi preciosa y tierna hermana. ¿Cómo podía haberme hecho aquello a mí? Lo compartíamos todo. Incluso nuestro amor por Raed, pero aquello... aquello... no.

«No, no soy Myriana. Soy Ivy.»

Luché por mantener la cordura mientras los recuerdos pasaban volando, atacaban tanto mi alma como mi corazón y devoraban todo lo bueno que había en mi interior. Saevalla dando a luz... Saevalla dando a luz por segunda vez..., verlos crecer.

Entonces, una escena quedó tan enfocada que parecía que unas agujas pinchaban cada centímetro de mí.

Me envolví en mi capa negra y me quedé de pie en una enorme cueva donde unos apliques de fuego púrpura recubrían la pared redondeada. Un altar de piedra se erguía ante mí, mojado con la sangre de los animales que los enanos habían sacrificado.

—Quiero que me lo quitéis.

La sonrisa del enano se ensanchó.

—Eso nos habéis dicho, majestad. ¿Y no os importa lo que hagamos con él después?

—¿En qué me concierne eso? Solo haced que pare.

—Entonces, por favor. —El enano hizo un gesto hacia el altar y yo me subí encima y me tumbé, mirando hacia el techo abovedado.

El cántico comenzó. Inquietante y salvaje. Oscuro y retorcido. Resonante y terrible.

El clan enano me rodeó y aquel con el que había hecho el trato se cernió sobre mí, sostenía la preciosa daga que Raed me había dado como regalo de bodas. La hoja estaba envuelta en llamas negras.

Hundió la daga en llamas en mi pecho.

Grité, grité, *grité*. El dolor era demasiado. No viviría. No sobreviviría. Pero me parecía bien. No tendría que vivir más con los celos y el odio hacia mi propia hermana y mi amado, que me habían traicionado. Todo se detendría.

Con ese último pensamiento, el mundo fue arrancado de debajo de mis pies. Era como si estuviera flotando lejos de allí. Vi mi cuerpo, no, el cuerpo de la reina Myriana, sobre el altar.

De nuevo, los recuerdos se convirtieron en sombras ámbar que giraban y se distorsionaban en una escena similar. Los enanos todavía rodeaban la piedra del altar cubierto de sangre seca, cantaban, pero, en lugar de Myriana, una chica nueva yacía sobre la mesa. Era joven y bonita: melena negra como el cuervo y piel blanca como la nieve, como Myriana, pero con diferentes rasgos faciales.

Mis, *no, los ojos de la chica*, se abrieron de golpe.

Eran del color de una amatista oscura: violetas e inquietantes. Y familiares.

El cántico de los enanos alcanzó un poderoso *crescendo* cuando todos y cada uno levantaron un brazo que sostenía una daga reluciente. Entonces se las pasaron por el cuello.

Uno por uno, los enanos cayeron, la sangre de cada uno de ellos fluía en riachuelos constantes hacia el altar donde yo, la chica, yacía. La sangre subió por el altar y se filtró en mi ropa, mi pelo. Su sangre estaba caliente, humeaba contra mi piel.

Sabía qué hacer con aquella sangre.

Levanté las manos y una bola de chisporroteante energía púrpura se formó en la punta de mis dedos, se convulsionó y palpitó con poder. Llamas púrpuras rodaron sobre mi brazo. Extendí la mano y estudié la quemadura.

Era una marca. Mi marca. La marca de Myriana.

Sonreí.

Aquel. Aquel sería mi legado. *Mi maldición Hidra.*

—¡Ivy! —Había una voz que gritaba. Gritaba un nombre. ¿Mi nombre?

Abrí los ojos, aunque sentía los párpados como si me pesaran una tonelada y me encontré apoyada contra el espejo como si nunca me hubiera ido.

En realidad, sabía que no. Como al entrar en el amuleto hechizado, el tiempo era irrelevante en el mundo del espejo. Puede que me hubiera encerrado en el brillo ámbar del espejo durante unos pocos segundos mientras podía experimentar toda una vida dentro del cristal.

Pero en aquel momento el tiempo se movía de nuevo y también Millennia, sus manos se cerraban alrededor de mi garganta y me empujaban contra el espejo con tanta fuerza que el cristal se rompió detrás de mi espalda y se rompió en forma de telaraña.

Zach gritó mi nombre, pero una pared de llamas púrpuras estalló detrás de Millennia y de mí e impidió que Zach y Brom se acercasen.

Sus manos me apretaron la garganta, las uñas se me clavaban en la piel. Jadeando en busca de aire, miré fijamente los familiares ojos de un violeta profundo.

Susurré una palabra. Un nombre.

—*Myriana*.

CAPÍTULO TREINTA Y DOS

EL CORAZÓN DE LA REINA

Era como si hubiera pronunciado un hechizo sagrado. Ante la mención del nombre de la Reina Sagrada, Millennia arrancó sus manos de mi garganta.

—Tú... lo has visto. Lo sabes. —Me miró, sus ojos violetas muy abiertos por el horror.

Me froté la garganta. Zach me gritaba a través del muro de llamas púrpuras. Quería gritarle que corriera, que me abandonara. Porque sabía que quien estaba de pie frente a mí nunca dejaría que ninguno de nosotros saliera vivo de allí.

—Eres Myriana —susurré—. Eres la Reina Malvada.

Aunque lo había visto, no, lo había *experimentado*, no podía creerme mis propias palabras. No podía ser verdad. La Reina Santa, mi hermosa y poderosa antepasada, no podía ser la Reina Malvada. Eso significaría que todo, *todo* era una mentira. La historia de los Reales era incorrecta. No había sido la primera heredera. El cuento de los Románticos también se equivocaba. Tampoco había sido Saevalla.

La Reina Malvada había sido Myriana Holly desde el principio.

Millennia, o Myriana, quienquiera que fuera, se sujetó los lados de la cabeza y tiró de su pelo negro, su rostro retorcido tanto de dolor como de furia.

—*No* soy esa patética debilucha —siseó entre dientes—. Soy la parte de ella con la que no podía vivir.

Mi estómago se retorció de asco al recordar cómo la daga se había hundido en el pecho de Myriana, cómo ella les rogaba a los enanos que se lo quitaran, luego a la joven en el altar con los ojos violetas resplandecientes.

Y lo supe. Supe lo que era ella.

—Eres su Corazón.

Ante mis palabras, Millennia dejó escapar un grito inhumano y sus hombros y brazos ardieron con un fuego púrpura mientras se lanzaba sobre mí. Pero aquella vez estaba preparada. Agarré un fragmento del espejo roto contra el que me había lanzado y, cuando sus brazos ardientes se abalanzaron sobre mí, la apuñalé profundamente con el fragmento en el muslo. Ella pegó otro grito y las llamas que nos separaban de Zach y Brom se debilitaron. Zach corrió y saltó por encima del fuego y se posicionó a mi lado, con la espada desenvainada, en segundos.

—¿*Qué* eres? —le gruñó a Millennia mientras yo desenvainaba con torpeza mi espada.

Ella se presionó los dedos contra las sienes y respiró con dificultad mientras la sangre goteaba del fragmento de espejo alojado en su muslo. A través de una cortina de pelo negro, me miró fijamente, aquella vez con unos ojos de un bonito tono cerúleo.

—No… no puedo… corred. *Corred* —gimió ella.

Millennia todavía estaba allí en algún lugar, luchaba por

mantener a raya a la Reina Malvada. Como la joven sobre el altar de piedra en el mundo del espejo, Millennia no era más que una víctima: una anfitriona para el Corazón de la Reina. Estaba poseída. Pero Zach no tenía ni idea, así que, cuando se lanzó hacia delante con su espada, creyó que estaba atacando a alguien malvado, a una bruja tal vez, pero no a una chica inocente poseída por la Reina Malvada.

Sin pensarlo, me abalancé frente a él para detener su espada con la mía, y nuestras espadas chocaron con un estridente eco metálico.

—¿Qué haces? —me gritó Zach.

¿*Qué* estaba haciendo? Debería dejar que Zach la matara mientras estaba débil, mientras la posesión no se apoderara de ella. Pero entonces… entonces estaríamos matando a una inocente. Alguien a quien habíamos jurado proteger. Alguien que estaba dispuesta a hacer cualquier cosa por el bien de la persona a la que amaba.

Antes de que pudiera responder, Millennia dejó escapar otro aullido de agonía y las llamas violetas de la cueva parpadearon y nos sumieron a todos en la oscuridad.

—¡Brom! —grité.

—¡Estoy aquí! —respondió. Su voz sonó cerca.

—Ese maldito espejo. —Una voz inquietante resonó en la oscuridad, como si el corazón de Myriana estuviera en el aire más que dentro del cuerpo de una chica inocente—. Si mi otro yo no hubiera sido tan débil, si no hubiera estado tan asustada de que su precioso príncipe descubriera qué había hecho, nunca habría eliminado todos sus recuerdos de mí y no los habría encerrado en uno de los espejos de los enanos. —La voz era ronca y trabajosa, como si supusiera un esfuerzo pronunciar cada palabra, y tal vez lo era. No sabía cuánto poder requería una posesión completa de un alma. Por debajo de sus palabras, se oía cómo arrastraba los pies. ¿*Qué* estaba haciendo?

—Ahora ya es demasiado tarde. Habría sido mucho más fácil si mi último cuerpo hubiera sobrevivido a la creación de la maldición de mi hijo, entonces no habría necesitado recorrer estas montañas en su busca.

El horror me atravesó las entrañas y me provocó náuseas. *Su último cuerpo*. Sagradas Hermanas, había estado saltando de un cuerpo a otro. «Posee a chicas inocentes. Pobre Millennia.»

—Por desgracia, lo hecho, hecho está. —Su voz sonaba ahora más lejana—. *Sí* que tenía la esperanza de poder usar tu útil Sentidito para llegar hasta mi hijo y luego mataros a ambos, pero parece que tendré que llevar este cuerpo terco allí por mis propios medios.

Otra oleada de pánico paralizante hizo que mis extremidades dejaran de funcionar. Ella había estado bordeando la pared en la oscuridad para poder salir...

—No importa. Moriréis aquí de todos modos. —Con su última palabra, un gran estruendo sacudió la cueva. Su magia mágica elemental. La Reina Malvada había estado empleando su control sobre la magia de Millennia todo el tiempo, y ahora iba a usarlo para enterrarnos.

Un brazo me atrajo hacia la pared de la cueva y me empujó contra la piedra, y supe sin lugar a dudas que Zach estaba protegiéndome con su propio cuerpo. Llovieron rocas y su impacto hizo temblar el suelo bajo mis pies. Pero Zach todavía me mantenía debajo de él, protegiéndome. Escuché su corazón palpitando en su pecho y sentí su aliento en mi coronilla. Aterrorizada de que pudiera volver a hacerse daño al protegerme, me entraron ganas de apartarlo, pero no me atreví, por si acaso lo empujaba hacia alguna roca que estuviera cayendo. Aquella vez no había magia dorada que fuera a devolvérmelo, aquel no era un monstruo de garras afiladas. No importaba cuánto me quisiera Zach, su sacrificio contra la naturaleza no lo salvaría.

Milagrosamente, una vez que las rocas se asentaron y la montaña dejó de temblar, el pecho de Zach todavía se elevaba y caía encima de mí. Con cautela, levantamos la cabeza y parpadeamos a través del polvo. El desprendimiento de rocas que Millennia o, mejor dicho, Myriana había provocado había creado una abertura en el techo de la cueva que permitía que la luz del sol se vertiera en la cueva. Zach se hizo a un lado cuando salí corriendo de debajo de él con el corazón acelerado.

—¡Brom! —llamé. «No, no, no puedo volver a perderlo.»

—Estoy bien. —Un montón de rocas se movió a nuestra izquierda y Brom emergió de los escombros, escudo en mano. Como el chico inteligente que era, había empleado su escudo contra la cascada de rocas.

Me dirigí hacia él a trompicones y lo abracé fuerte.

—Gracias a las Hermanas —suspiré contra su cabello polvoriento.

—Esto no tiene buena pinta. —La voz de Zach vino de la dirección de la entrada de la cueva y, con un mal presentimiento, adiviné lo que iba a decir.

—Estamos atrapados.

La entrada de la cueva estaba completamente sellada por

rocas enormes, probablemente demasiado grandes y pesadas para que ninguno de nosotros las moviera. Pero eso no impidió que Zach lo intentara. Colocó el hombro contra la pared de escombros y empujó, pero sus botas lo hacían perder agarre y resbalar sobre las rocas sueltas bajo sus pies. Brom y yo nos unimos a él, pero, después de lo que pareció una hora de empujar, retrocedimos, respirando pesadamente. Zach se frotó la nuca con una mano sucia y soltó una retahíla de juramentos que nunca antes le había oído pronunciar.

—Bueno, no se va a mover pronto —dijo cuando por fin agotó todos sus insultos.

Me agarré mis manos para evitar que temblaran y lo intenté de manera relajada, apoyé mi cabeza contra la pared de la cueva y cerré los ojos. Traté de mantener mis pensamientos a raya, pero chocaron contra mí como lo habían hecho las rocas, me aporrearon y me rompieron. Me mordí el labio cuando se me llenaron los ojos de lágrimas.

Todo era inútil.

Todo lo que sabía, todo lo que me habían enseñado, había sido una mentira. Myriana no había sido bendecida. Ella no había encarnado una nueva raza de la humanidad con la capacidad de derrotar a las Fuerzas de la Oscuridad. Solo había sido una chica. Una chica asustada con el peso de todo un reino floreciente sobre sus hombros y, cuando la persona que más quería la había traicionado, la había destrozado. Se había rendido a la oscuridad que se enconaba en su interior y, en lugar de seguir adelante y lidiar con el dolor de su corazón, había acudido a los enanos para que... se lo extirparan.

Tomé aire en ráfagas rápidas mientras resbalaba por la pared hasta quedarme de rodillas. Y, aunque respiraba, no podía conseguir que suficiente aire entrara en mis pulmones. Me estaba ahogando de nuevo, pero, en aquella ocasión, sin agua. Y ese pensamiento solo lo empeoró. Había sido testigo de cómo les sucedía lo mismo a otros pocos Reales jóvenes antes de su primera batalla: un ataque de pánico, lo habían llamado los mayores.

Mi respiración se aceleró, un nuevo tipo de dolor me estrujó el pecho. Era diferente a mi Sentido, me aplastaba todo el torso como si un trol estuviera de pie encima de mí, y no podía respirar porque mis pulmones se estaban colapsando.

Justo cuando pensaba que me ahogaría, sentí unas manos a cada lado de mi cara y la frente de Zach presionada contra la mía, su nariz tocando la mía, sus mejillas tocando las mías, sus labios... flotando sobre los míos. Dejé de respirar, mi corazón se saltó varios latidos, uno después del otro. No me moví, no intenté respirar, solo me deleité en el calor de la respiración de Zach en mis mejillas, en las ásperas puntas de sus dedos al enterrarse en mi cabello. Dejar de respirar por completo lo restableció todo de alguna manera. Inhalé aire correctamente una vez, luego otra, y parpadeé lentamente, nuestras pestañas tan cerca que casi se tocaban.

—Dime lo que has visto, mi amor —susurró con suavidad.

Mi corazón casi saltó a mi garganta ante sus palabras. «Por favor, que esta no sea la última vez que me llama así.»

Se lo conté todo, a él y a Brom, los recuerdos que había visto en el mundo del espejo. A lo largo de toda la historia, Brom y Zach escucharon absortos con mucha atención y, cuando dejé de hablar, cuando sentí la voz ronca por todas las palabras y el polvo de roca, Zach me dio un beso suave en la frente.

—Has descubierto la verdad, Ivy. —Lo dijo de una manera que parecía un elogio y me hizo resplandecer con calidez.

Alcé la vista hacia la entrada bloqueada de la cueva.

—Pero es demasiado tarde. Millennia, bueno, Myriana seguro que hace nacer al Dragón Negro.

—No lo entiendo —dijo Brom, que también contemplaba el derrumbe con el ceño fruncido—, si de verdad es la Reina Malvada, entonces, ¿cómo es que no ha hecho que el dragón eclosione? ¿Por qué estaba viajando con nosotros? ¿No debería saber dónde está?

—Es porque la Reina Malvada está poseyendo el cuerpo de Millennia —le expliqué, recapitulando rápidamente lo que Myriana había dicho sobre que su último cuerpo no había sobrevivido a la maldición que había creado el huevo de Dragón Negro y los recuerdos compartidos del espejo de la primera chica a la que había poseído Myriana.

—¿Queréis decir que no retuvo los recuerdos de la chica anterior? —preguntó Brom.

Sacudí la cabeza.

—Incluso si lo hubiera hecho, esta cordillera es enorme. Podría haberle llevado una eternidad encontrar el huevo sola, y no parece que tenga el mismo Sentido que los Reales.

Zach chasqueó los dedos.

—Tal vez no como Millennia.

—¿Qué quieres decir? —le pregunté.

—Bueno, mira lo débil que estaba. En lugar de intentar matarnos directamente, ha usado su magia de tierra para intentar aplastarnos. ¿Y si la razón por la que estaba tan débil es porque era la primera vez que intentaba apoderarse por completo del cuerpo de su anfitriona? ¿Y si no tiene suficiente poder para controlar tanto la magia de Millennia como su cuerpo todo el tiempo?

—Lo cual significaría... —comencé, mi mente trabajaba a una velocidad vertiginosa— que la Millennia con la que hemos estado viajando seguía siendo la verdadera Millennia. —Ese pensamiento me dio una oleada de fuerza. Millennia seguía ahí. Había estado allí desde el principio, probablemente luchando contra la Reina Malvada todo el tiempo, luchando con otra conciencia que le causaba un dolor insoportable.

—Cierto. Habría sido demasiado difícil controlarla *y* llevarla hasta el Dragón Negro —dijo Zach.

—Pero, ahora que posee a Millennia por completo, será capaz de localizar el huevo —susurré.

—Pero tardará una eternidad en llegar allí. —Brom señaló una mancha oscura en las rocas que parecía sangre seca—. La habéis herido, ¿verdad, Ivy? Si está débil *y* herida, le llevará tiempo.

Zach inspeccionó la luz que entraba por la grieta del techo.

—Todo lo que necesitamos es tiempo. Esa abertura de ahí no está demasiado alta. Brom, ¿crees que puedes pasar por ella?

Brom entrecerró los ojos ante la luz y frunció el ceño.

—Puedo intentarlo —murmuró mientras se ponía de pie y se sacudía los pantalones.

Después de un poco de coordinación y de mover tantas rocas desprendidas como pudimos para formar una plataforma, Zach se subió a las rocas y Brom se subió sobre los hombros de Zach. Yo los miré y recé todo el tiempo, a quién, ya no estaba segura, pero me hizo sentir mejor de todos modos.

Pasaron demasiados segundos llenos de tensión en los que Brom se balanceó y se estiró hasta que pudo alcanzar el borde de la abertura. Me situé junto a Zach y juntos empujamos a Brom de los pies hacia arriba. Con un grito triunfal, Brom introdujo los hombros en la grieta y luego el resto del cuerpo. Tumbado sobre su estómago, nos miró desde arriba.

—Todo despejado. Las arpías de gorrión también se han ido —nos informó—. La grieta es mucho más grande de lo que parece. Creo que ambos podríais pasar por ella.

Zach y yo soltamos un suspiro de alivio. Sonriendo, Zach le indicó que avanzara:

—A ver si puedes encontrar nuestros petates en la parte delantera de la cueva. Llevo una cuerda que puedes tirarnos.

—Entendido. Ahora vuelvo. —La cara de Brom comenzó a alejarse.

—¡Brom! —grité.

Su cara volvió a aparecer.

—¿Sí?

—Por favor, ten cuidado —le rogué.

A su vez, él sonrió.

—Por supuesto, mi señora. —Con eso, desapareció de la vista.

—No le pasará nada, Ivy —dijo Zach, que sabía lo preocupada que estaba. Con espectros y duendes y arpías de gorrión y quién sabía qué más había ahí fuera—. El chico es fuerte y hábil. No habría podido matar a ese espectro sin él.

Sabía que lo era, pero eso no me impidió preocuparme. Nada me lo impediría nunca. Se me doblaron las rodillas y caí al suelo, sobre la pequeña plataforma de piedra que habíamos levantado. Sin pronunciar palabra, Zach se sentó a mi lado y me rodeó los hombros con un brazo.

—Lo sé —fue todo lo que dijo.

Me volví hacia él y enterré mi rostro en su pecho, sus brazos me envolvieron. A pesar de lo preocupada que estaba por Brom, los acontecimientos de la última hora acudieron a mí con toda su fuerza y casi no pude volver a respirar. Clavé los dedos en su camisa, apreté mis palmas contra la tela y deseé estar en cualquier otro lugar que no fuera aquel. Deseé estar de vuelta en el pueblo, en aquella cama, o en el bosque con la luz dorada del sol, o en la hoguera de los Románticos.

—Myriana le quería, Zach —susurré, mi voz amortiguada contra su pecho.

Zach no contestó, solo me pasó las manos arriba y abajo por los brazos.

Me alejé de su pecho para mirarlo.

—Pero él la traicionó. ¿Raed la quería? ¿Quería a Saevalla? ¿O simplemente quería a su nuevo reino? —Presioné las palmas de las manos contra mis ojos—. No entiendo el Amor. No es lógico, no tiene sen...

Las palabras murieron en mi lengua. El Amor no era lógico. Era lo contrario de todo lo que la Legión predicaba. La Legión nos había enseñado a gobernar sin emociones, a basar cada decisión en la razón e impulsar a otros a hacer lo mismo. ¿Podía ser porque el Amor había conducido a las mismas emociones de las que Myriana había caído presa? ¿Ira? ¿Odio? ¿Celos? ¿Venganza? ¿Acaso la Legión nos enseñaba solo la Lujuria porque necesitábamos prevenir las poderosas e irracionales emociones que venían de la mano con el Amor?

Si ese fuera el caso, entonces podría entender *por qué* la

Legión había afirmado que no existía. El Amor era peligroso. Era un riesgo.

—Vale la pena —dijo Zach.

Lo miré, sobresaltada por sus palabras a pesar de que eran suaves, tranquilas.

—¿Qué?

—Sé lo que estás pensando. Pones esa misma mirada cada vez que hablo del Amor. Estás pensando que el Amor es la razón de que el corazón de Myriana se rindiera a todas esas emociones oscuras.

—Bueno, ¿no lo es?

—La Legión cree que abrirle tu corazón a alguien y confiar en esa persona es demasiado arriesgado. Pues bien, yo te digo que vale la pena. —Rozó mi mejilla con sus nudillos y me colocó un rizo detrás de la oreja—. Tú lo vales.

Tragué saliva, mi piel estaba caliente allí donde me había tocado.

—¿Y si te hago daño?

Su mano se movió sobre mi cuello y, con su pulgar contra mi mandíbula, su mirada capturó la mía.

—Incluso si me quemaras hasta convertirme en cenizas, Ivy, valdría la pena. Esa es la belleza de los árboles, ¿recuerdas? Vuelven a crecer.

—No eres un árbol, tonto —le dije.

—Pero ¿no crees que el parecido es notable?

Ante aquello, por fin me reí, y Zach agachó la cabeza para besarme en la mejilla y en la mandíbula.

—Adoro tu risa. Me encanta...

Le tapé la boca con la mano para detener sus preciosas pero confusas palabras.

—No lo hagas.

Le había dicho que le creía y lo había dicho en serio. Yo creía que él me quería. Incluso creía que el Amor existía, pero no podía dejar que me lo dijera de nuevo. No cuando yo no podía decírselo a él. Habría sido fácil, *demasiado* fácil, decirle las palabras que quería escuchar… Pero no podía, no después de que él me dijera lo que realmente era el Amor, lo que realmente significaba.

El Amor no era manipulador. Era honesto, confiado, abierto. ¿Cómo iba a decirle que sentía lo mismo que él cuando no lo entendía del todo?

Sabía que adoraba su sonrisa tonta y su risa fuerte. La manera arrogante en la que se encogía de hombros y sus miradas tiernas.

Sabía que me encantaba la forma en que me sostenía y la forma en que hacía correr sus dedos sobre mi brazo.

Sabía que me encantaba que se hubiera plantado frente a los magos maestros, mi madre y los saevallanos y les hubiera dicho que quería ser mi compañero.

Pero no sabía si *le* quería.

Más que nada, al saber que el Amor había inadvertidamente sido la razón por la que el corazón de Myriana se había vuelto malvado y frío, estaba aterrorizada. Zach decía que valía la pena, valía la pena el peligro, el riesgo, el dolor en el corazón… Pero yo no estaba segura, especialmente cuando todavía no sabía si aquellos sentimientos eran Amor o solo los efectos intensos de la Lujuria.

—No lo digas —supliqué.

Zach me quitó mi mano de la boca y recorrió la marca con sus labios.

—*Quiero* decirlo. Es lo que haces antes de ir a luchar contra reinas malvadas y dragones mortíferos: te confiesas.

Aparté mi mano.

—No, quieres que yo te lo diga. *Por eso* me lo dijiste.

Él apoyó la cabeza contra las rocas.

—¿Puedes culparme por intentarlo?

Mis manos se cerraron en puños sobre mi regazo, mis hombros se encorvaron, como si de alguna manera pudiera hacerme más pequeña.

—Ay, Zach —susurré, y mi voz resonó en los confines de la pequeña cueva.

—Quiero mucho más que tus labios, Ivy. Quiero tu corazón. —Zach se inclinó y me rozó el pelo con sus labios—. Porque te amo... *desesperadamente.*

Desesperadamente. Mis dedos se relajaron mientras recordaba la noche en que me había hablado de sus padres, aquella noche en que me había cautivado con una historia preciosa.

—Zach, yo...

Me interrumpió al besarme debajo de la oreja, y yo me estremecí en respuesta. Me agarró con más fuerza.

—Sé que me deseas, pero ¿me amas? —Su mano se deslizó sobre mi cuello y su pulgar descansó en la base de mi garganta—. Después de todo esto, querré que me respondas. Así que tenemos que sobrevivir.

Una vez que me soltó, eché de menos sus brazos al instante, pero sus palabras me devolvieron a la realidad.

Primero, salir de aquella cueva. Llegar al huevo antes que Myriana. Derrotar al dragón. Sobrevivir. Y luego, más tarde, pensar en todo eso. Eso era todo lo que podía prometerle en aquel momento y, bendito fuera, eso era todo lo que él estaba pidiendo.

—De acuerdo. Más adelante.

Tras lo que parecieron horas después, Brom apareció con la cuerda. Salir de la cueva fue sorprendentemente fácil. Zach se raspó los hombros contra la roca, pero no era nada que el ungüento de raíz de *shassa* no pudiera curar.

Me pregunté, mientras maniobrábamos para sortear las rocas en nuestro camino de vuelta al sendero de la montaña, que si Myriana había sido una chica normal, entonces, ¿por qué su hija y los descendientes de Raed y Saevalla poseían todos el poder del Beso Real? Zach había dicho que los Románticos creían que hacía más daño que bien, pero no podía entender cómo era posible, a menos que fuera similar a la maldición de Jecep, en la que una cosecha envenenada se multiplicaba una vez que se arrancaba de raíz y…

Me tropecé con una piedra y me raspé la palma al intentar mantener el equilibrio, lo que hizo que tanto Brom como Zach detuvieran su ascenso.

—¿Ivy? —preguntó Brom.

Me preguntó algo más, pero no lo oí bien. Mi cerebro estaba reproduciendo a toda velocidad los recuerdos que había visto en el espejo. Lo último que había recordado el corazón de Myriana había sido algo llamado la maldición Hidra. ¿Qué pasaba si esa bola brillante de energía púrpura no había sido solo el poder de la reina al manifestarse?

—¿Y si todos los Reales están malditos? —susurré y miré hacia abajo, a mi mano herida, de la que ahora goteaba sangre. Las gotas corrieron por mi muñeca y colorearon las astas de ciervo de la marca de Zach de carmesí—. Por eso cada vez que usamos nuestro Beso las criaturas a las que derrotamos se multiplican y se propagan más maldiciones. Porque nuestra sangre… nuestra sangre está maldita. —Mi mano comenzó a temblar tan fuerte que me temblaba todo el brazo. Era como la ladera de la montaña desmoronándose bajo mis pies. Como si me estuviera cayendo sin esperanza de llegar a tocar el fondo alguna vez.

Zach intentó tocarme, probablemente para estabilizarme sobre las afiladas rocas, pero retrocedí ante su contacto.

La marca en su mano extendida era exactamente igual a la quemadura de la mano del primer cuerpo poseído por Myriana cuando había tocado la maldición.

Nuestras marcas eran una prueba física de la maldición. Y Zach, con la marca de Myriana, ahora era el más maldito de todos. «Puñeteras Hermanas», las maldije. Mis compañeros, mis Besos, no habían sido nada más que herramientas para esparcir más oscuridad. Quizás la ironía era la peor parte de todo ello.

Brom me agarró la mano y roció agua sobre ella, lo que hizo que el arañazo me escociera. Apenas me estremecí.

Miré a Zach, con la esperanza que me había dado en la cueva apagándose como una vela.

—¿Cómo podemos vencer a alguien que literalmente ha puesto su maldición, su propio poder, en nuestra *sangre*?

Y, si estaba en nuestra sangre, tal vez era así como funcionaba el Sentido. El mal que me llamaba, que resonaba en mi pecho, conectaba con la maldición Hidra que yacía dentro de nosotros.

Me agarré la parte delantera de la túnica como si de alguna manera pudiera arrancarme la oscuridad que manchaba mis pulmones. En cierto modo, yo era una de las criaturas de la Reina, nacida de su maldad. Todos lo éramos.

El viento silbaba en mis oídos y continuaba hacia las montañas mientras nos sacudía el pelo y las capas.

Zach apartó su mirada de mí para contemplar el paisaje gris que se extendía ante nosotros.

—La maldición Hidra solo funciona a través de nuestro Beso. Así que sencillamente… no podemos besarnos.

Ya sabía que no podíamos besarnos, pero no parecía tan simple como Zach hacía que pareciera. Todavía no teníamos ningún plan concreto para derrotarla si llegaba hasta el huevo antes que nosotros.

Ojalá tuviera alguna debilidad. Algo que explotar.

De nuevo, volví a sus recuerdos. ¿Había algo en ellos que me hubiera perdido y que pudiéramos usar? ¿Qué había destrozado tanto su corazón que la había hecho querer arrancárselo?

¿Había sido que Raed se acostara con Saevalla?

No, por sorprendente que pareciera, no creía que fuera eso. Yo había *sido* ella. Sabía lo que me había matado más y habían sido…

Los abortos no planeados. Perder a los bebés, uno tras otro. Sentirlos crecer dentro de mí, luego perder ese segundo latido.

Me había hecho querer arrancarme el mío.

Sentí que Brom me envolvía la mano herida con un vendaje limpio, pero parecía muy lejano. Me sentía desconectada de todo. Por un momento, volví a ser Myriana.

La idea de perder a un bebé la consumía por completo. No había nada más en el mundo que importara, salvo proteger una nueva vida.

—Son los bebés —susurré.

Brom se inclinó para estar más cerca.

—¿Qué?

Miré hacia arriba y me concentré en Zach.

—Esa es su debilidad. Los bebés.

Tan pronto como las palabras salieron de mi boca, me di cuenta de que tenía pruebas. Pruebas sólidas e irrefutables de que la Reina Malvada haría todo lo posible para proteger un feto, como imbuir hechizos en sus criaturas y maldiciones para evitar que dañaran a una mujer embarazada.

—Rochet —dijimos Zach y yo al mismo tiempo.

En el pueblo maldito, Rochet estaba embarazada y era la única que no tenía ningún síntoma de la maldición, aunque había bebido agua del pozo como todos los demás. El poder de una bruja derivaba de las Fuerzas de la Oscuridad de la Reina Malvada, por lo que su maldición de Venera no había afectado a Rochet ni a su niño nonato.

—Patrice también —dije, y agarré el brazo de Zach con fuerza—. El ataque del grifo. Ella estaba embarazada y fue la única superviviente.

—Y la chica embarazada en la casa en llamas, en el ataque a la muralla. Sobrevivió a una casa en llamas que se derrumbó —dijo Zach sin aliento.

No había manera de que todo fueran coincidencias, de que todo fueran milagros.

Zach y yo compartimos una sonrisa sombría. No era un Beso todopoderoso, ni siquiera la magia de un mago. Pero era *algo*. Podíamos trabajar con algo.

Cuando las estrellas comenzaron a dedicarnos guiños, el dolor en mi pecho se acrecentó tanto que tuve que luchar para mantenerme en pie. En un momento dado, me tambaleé hacia delante, y Zach se abalanzó para atraparme.

Pero lo había encontrado.

Mientras Zach me estabilizaba, señalé la cara de la montaña. Parecía una caminata de unas horas hasta una gran cueva. Incluso de noche, la oscuridad que se congregaba en la boca de la cueva era casi tangible. Como si un ejército de espectros pudiera salir de ella en cualquier momento.

Acampamos aproximadamente a un kilómetro de la cueva y nos despertamos bajo un cielo rosa y rojo, como si estuviera prediciendo la sangre que iba a ser derramada.

«No, no pienses así, Ivy.»

Pero resultaba difícil no hacerlo. Pensé en las bandadas de arpías de gorrión, en la horda de dobles de duendes, en los espectros y las devastadoras tormentas mágicas con rayos negros que congelaban la tierra. Y aquellos eran solo los *presagios* del Dragón Negro, no la bestia en sí.

Dejando de lado el hecho de que tendríamos que luchar contra Millennia si había logrado alcanzar el huevo, todavía teníamos que derrotar al dragón sin el Beso. Y ahora sin una maga que nos ayudara. Ni Zach ni yo habíamos hablado de lo que podíamos hacer, porque en el fondo nos dimos cuenta de que no había nada que hacer excepto esperar a que el huevo eclosionara y luego vencer al dragón de alguna manera. Incluso si eso significara derrumbar toda la montaña. Así que ¿cómo podríamos sobrevivir?

Con un terrible retortijón en el estómago, me di cuenta de que lo más probable era que no lo lográramos.

Dos horas después, nos acercamos a la entrada de la cueva. Nos detuvimos y miramos por encima del borde de la pared que habíamos escalado. Desde aquel ángulo pudimos ver la gran distancia que habíamos recorrido en los últimos días: el profundo barranco y el valle de piedra a lo lejos hacia el sur y, en el mismo límite del mundo, los árboles del bosque de Galedral y lo que había más allá. La vista era impresionante. Si no teníamos éxito, todo aquel mundo y toda su gente no serían más que mares de ceniza. Por eso teníamos que ganar. Por eso teníamos que luchar.

CAPÍTULO TREINTA Y TRES

LA GUARIDA DEL DRAGÓN NEGRO

Entrar en la cueva fue como clavarme una espada en el pecho. La oscuridad atacó mi Sentido con tanta fuerza que caí de rodillas, me agarré la camisa y luché por respirar. Nunca había sentido una maldad como aquella. Tangible. Flotaba en el aire y se introducía en mis pulmones con cada respiración.

Zach y Brom cayeron de rodillas a mi lado. Les hice un gesto para que no se acercaran.

—Estoy bien —jadeé.

—Resulta evidente que no —dijo Brom.

Ahora que sabía que la oscuridad de la cueva estaba reaccionando a la oscuridad que portaba en mi sangre, no era pura fuerza de voluntad lo que me permitía resistir al Sentido, era enfado. No iba a dejar que aquella estúpida maldición me frenara. No dejaría que aquella vieja bruja volviera mi propio cuerpo contra mí.

Estrujé mi camisa con la mano, abrí los ojos y me puse de pie.

—Sigamos.

Zach me dio la mano. Lo miré y compartimos una sonrisa.

La cueva estaba húmeda y oscura y giraba hacia la derecha, por lo que el túnel desaparecía en la oscuridad. No importaba si había intrincados sistemas de túneles en la cueva, porque, aun así, podría encontrar el huevo. El problema era volver a salir.

—Planificar con anticipación —dijo Brom, como si me leyera la mente. Sacó unas bayas rojas brillantes que yo ni siquiera había notado que recolectaba por el camino y las estrelló contra las paredes de la cueva, lo que dejó una mancha carmesí.

Encendimos una antorcha, la madera seca estalló en llamas anaranjadas y creó sombras parpadeantes que alcanzaron lo más hondo del túnel. Con una punzada de dolor que no tenía nada que ver con mi Sentido, eché de menos a Millennia. Ella habría podido encenderla con tan solo un gesto de su mano.

Avanzamos durante un rato y a veces llegábamos a bifurcaciones en el túnel. Brom untó más bayas y yo nos conduje por el camino que me provocaba más y más dolor en el pecho.

Mientras caminábamos, veía las sombras bailar a lo largo de las paredes y recordé la forma en que la luz del fuego y el humo nos habían atraído a Zach y a mí en nuestro propio baile místico la noche que habíamos acampado con los Románticos. La forma en que el mismo sentimiento embriagador me había consumido cuando me había besado en el cuello y los hombros en las rocas. Mi corazón latió desbocado con el recuerdo.

¿Cómo podía saber si aquello era Lujuria o Amor? Todo lo que sabía era que no quería soltar su mano nunca. Quería que nuestro tiempo juntos se alargara durante toda la eternidad.

Contuve el aliento.

Brom y Zach se detuvieron.

—¿Qué? —preguntó Brom, su voz tensa por la tensión.

—Nada, es solo el dolor —mentí.

Me limpié la frente con el otro brazo y me concentré en mi respiración. Dentro y fuera. Empujando hacia abajo la Oscuridad. «Concéntrate en lo importante.»

Al final, nos detuvimos cuando no pude parar un ataque de tos. Le solté la mano a Zach, me tapé la boca y tosí y tosí. Nunca antes había tosido tanto en mi vida, carraspeaba como si hubiera algo en mis pulmones que necesitara salir fuera. De repente lo hizo. Aparté las manos de la boca y vi lo que parecía tinta.

Era como si hubiera tosido oscuridad en su forma líquida.

—Por los campos de Galliore —susurró Zach—. Te está matando.

—Es porque estamos aquí. —Brom acercó su antorcha a un saliente en la pared de la cueva y una chispa prendió. A medida que las llamas moradas crecieron, mi estómago dio una sacudida dolorosa al recordar el fuego que había bailado sobre los hombros de Millennia y me había separado de Zach y Brom.

El fuego púrpura se extendió por la cueva y siguió la repisa que rodeaba la gran caverna. Desde donde estábamos, la repisa llameante se extendía hasta el otro lado y envolvía la cavidad en luz púrpura. Sombras siniestras parpadearon en el altísimo techo abovedado. En el centro, reposando sobre una losa redonda de roca como un altar, tallado con símbolos especiales en la lengua de los enanos, estaba el huevo.

—Por los campos de Galliore —repitió Zach.

Era gigantesco, medía unos noventa centímetros de alto. Su caparazón era un remolino de púrpura, negro, azul oscuro y gris y se asemejaba al mármol del Salón de los Ancestros del castillo de Myria. Nos quedamos mirándolo, fascinados por su belleza, pero aterrorizados por el horror que contenía. Entonces mi mirada cayó sobre el altar de piedra y lo que se hallaba delante de él.

Reconocí el altar de inmediato. Era el mismo en el que los enanos habían extirpado el corazón de Myriana, el mismo donde la primera niña había recibido el Corazón. También reconocí el montón de ropa azul en la base del altar.

Millennia.

Empecé a toser de nuevo, el miedo de ver a Myriana, de haber llegado demasiado tarde, aumentaba a medida que tosía y expulsaba más líquido negro. Pero la cáscara del huevo estaba intacta. Si Myriana hubiera liberado a un dragón de cinco toneladas, seguro que ya nos habríamos enterado.

Sacamos nuestras armas lentamente. Brom colocó en su ballesta una flecha y luego desenvainó una daga de plata. Con las espadas preparadas, Zach y yo avanzamos con sigilo.

—¿Millennia? —llamé.

El montón de ropa no se movió. Le eché un vistazo a Zach. Él frunció el ceño y aferró su espada y, ante la fuerza de su agarre, el cuero rechinó.

—¿Millennia? —intenté de nuevo mientras avanzábamos. De vez en cuando echaba un vistazo al huevo gigante con la esperanza de hallar alguna pista, alguna señal de lo que estaba sucediendo.

No había movimiento, ni por parte del huevo ni por parte de Millennia. ¿Era posible que estuviera muerta? Y, si lo estaba,

¿significaba eso que la Reina Malvada también había muerto? ¿O simplemente había saltado a su próxima anfitriona?

Cuando me encontraba a unos veinte pasos de ella, algo brilló a mis pies, algo que atrapaba la parpadeante luz de las antorchas moradas distribuidas a lo largo del perímetro de la sala.

Era un trozo de espejo empapado en sangre.

El fragmento que yo le había clavado en el muslo. Me agaché y lo recogí con dedos temblorosos.

—Esperaba que ese espejo se hubiera perdido en el tiempo.

Asustada, dejé caer el fragmento, que se hizo añicos.

Millennia yacía en el suelo, frente a mí, con la cabeza descansando sobre un puñado de su bonito cabello negro. Tenía los ojos bien abiertos, pero no eran del azul que yo habría querido. Eran violetas.

—Sin embargo, debería haberme asegurado de ello, tal como debería haberme asegurado de que moríais en esa cueva. —Sus labios se movían para formar las palabras, pero su voz no era la de Millennia. Era la de Myriana. Más fuerte. Más profunda.

Lo que fuera que le hubiera pasado entre la cueva anterior y aquella, su posesión había ganado más fuerza. Pero todavía estaba débil para atacarnos. Eso resultaba obvio por el cuerpo tendido retorcido en el suelo.

Miré a Zach y él asintió. Con las espadas desenvainadas, corrimos hacia ella. A mitad de camino, chocamos con un muro invisible y volamos hacia atrás, deslizándonos por el suelo de la cueva. Rocas y guijarros sueltos me rasguñaron la piel. Ambos gemimos y parpadeamos en medio del polvo ante la cúpula de un púrpura brillante que rodeaba el cuerpo de Millennia, ahora visible.

Maldije. Un círculo protector *Illye*.

Ella giró la cabeza hacia el huevo de dragón y se echó a reír.

—Dame tiempo, mi querida descendiente. Muy pronto estaré lista para pelear contigo. Gracias a tu pequeño ataque con el fragmento de espejo, he tenido que curar esta pierna.

Me levanté y Zach también. No me atreví a mirar atrás, pero recé para que Brom no estuviera allí, que nuestra carga no hubiera sido en vano y que Brom hubiera tenido la posibilidad de colocarse en posición.

Ella se sentó con lentitud, los mechones negros caían sobre su rostro como una cortina.

—Maldito sea este cuerpo —gruñó ella—. No tenéis ni idea de lo doloroso que fue escuchar a mi anfitriona animándote a no usar el Beso Real, pero, lo admito, controlar su magia ya era bastante difícil. Y aun así… —Suspiró al tiempo que rotaba los hombros hacia atrás con satisfacción mientras el círculo *Illye* crujía—. Fue muy *fácil* entrar en su corazón.

Cerré los ojos un instante. «Ay, Millennia. Tenías el corazón roto por perder a Tarren. No es tu culpa.» Por triste que fuera, a la Reina Malvada le había sido demasiado fácil hacerse con una chica devastada y furibunda que odiaba a los Reales.

El escudo *Illye* resurgió con energía, un arcoíris púrpura sobre la cúpula del techo que golpeó la pared de la caverna y envió grandes pedazos de roca al suelo.

—No hagas esto, Myriana. No entiendes lo que estás haciendo —le imploré. Las rodillas me temblaban a causa del Sentido, del miedo, de ambos.

Sus ojos violetas brillaron y pasaron a un color tan oscuro que parecía casi completamente negro.

—¿Que no lo *entiendo*? —Sus labios rojos se torcieron en una mueca de puro odio—. No quiero escuchar eso de *ti*. —Levantó la mano y acarició el lenguaje de los enanos tallado en el lateral del altar. Los símbolos palpitaron de color púrpura bajo sus manos, brillaron como amatistas bajo la luz del fuego y el círculo *Illye* burbujeó de poder. Ella estaba obteniendo fuerza del altar, del huevo, del mismo aire cargado de oscuridad.

—Tú —gruñó—, una princesa que *condena las emociones*. Que condena el *Amor*.

Cuando pronunció la última palabra, *Amor*, rezumando desdén, me di cuenta de que la criatura que se hallaba ante mí no era únicamente toda la oscuridad del corazón de Myriana. También era su amor. Aunque había sido retorcido por todas las otras emociones oscuras: el odio, la ira y los celos habían convertido su amor en algo venenoso.

Y de repente lo comprendí. Lo comprendí todo.

—Por eso Myriana estableció la Legión. Porque literalmente se deshizo de todas sus emociones —dije—, se deshizo de *ti*. No le quedaba más que lógica y razón...

—¡Te MATARÉ! —gritó ella. Myriana hizo una floritura con la mano y el escudo *Illye* cayó al mismo tiempo que un zarcillo de oscuridad brotó de repente del cascarón del huevo, lo cual me recordó a cómo el agua encantada del pozo había arremetido contra mí y me había arrastrado a sus profundidades. El zarcillo impactó justo a la izquierda de Zach y de mí como un látigo y creó una grieta en el suelo de la cueva.

Instintivamente, busqué a Brom antes de recordar dónde se suponía que debía estar. «Tú solo busca una buena posición, Brom, y sé paciente.» Me lo imaginé escondiéndose detrás de una roca, ballesta en mano, como cuando le había disparado al alce de montaña.

—¡Myriana! —grité antes de que ella levantara otra mano, lista para atacar de nuevo—. ¡Por favor, para! Escúchame…

Estaba malgastando saliva con ella.

Zach y yo nos separamos mientras los zarcillos impactaban contra el suelo donde habíamos estado de pie. Aterrizamos con fuerza sobre nuestras espaldas, la ola de oscuridad residual nos pasó por encima como una tormenta de arena e hizo que se introdujera más maldad en nuestras narices y gargantas. Yo me di la vuelta y vomité un líquido negro tan espeso como la tinta. Zach también se estaba ahogando.

—¡Deja de llamarme así! —chilló—. *No* soy ese ser debilucho que no pudo matar a Saevalla. La hermana que la *traicionó*. Estuve muy cerca de asfixiarla con una almohada, la misma almohada en la que mi amado dormía cuando estaba con ella.

Su voz era histérica, chillona, las palabras de un corazón torturado por siglos de odio y angustia.

—Pero los mataré a todos, te lo juro, princesa. Mi hijo quemará este mundo hasta los cimientos y yo crearé uno nuevo. Uno sin Besos mágicos. Y sin Reales. Y sin *tontos* que crean que una nueva raza de mortales camina entre ellos.

Los miembros de la ciudad que habían empujado a Raed a producir herederos con Saevalla. No se estaba vengando solo de los Reales. Quería que *todos* pagaran.

—Mis *verdaderos* hijos sobrevivirán. Y nadie tendrá que sufrir jamás el dolor de conocer el amor y la pérdida. Encontrarán la paz en la otra vida…, como yo nunca pude. Como *tú* harás.

Myriana flexionó su muñeca y otro zarcillo de oscuridad arremetió contra nosotros, el escudo *Illye* cayó una vez más. Esa vez nos habría dado, pero Zach fue demasiado rápido. Me agarró y saltó fuera de la trayectoria. La oscuridad golpeó el suelo de piedra con la fuerza de un rayo negro.

Caímos de rodillas, el corazón me latía con fuerza, y vimos con horror que Myriana meneaba los dedos en nuestra dirección.

—Muy cerca. Qué príncipe tan rápido.

Luego levantó ambos brazos y, antes de que otra carga de energía traspasara el círculo *Illye*, grité las palabras que había estado practicando en mi cabeza durante todo un día.

El único hechizo que conocía para detenerla.

—¡Harás daño al bebé!

Myriana se quedó paralizada. Sus ojos violetas se abrieron de sorpresa y… ¿miedo?

—¿Qué? —Su voz estaba ronca a causa de sus gritos.

Me acuné el estómago.

—Por favor, Myriana —le rogué—. Mi bebé. Por favor, perdona a mi hijo —sollocé. A aquellas alturas, no me fue difícil llorar.

Zach me atrajo hacia él protectoramente y me escudó, como lo haría el padre perfecto.

Myriana nos miró a los dos, pasaba de mi cara a la de Zach y luego a mí otra vez. Le temblaban los brazos sobre la cabeza, listos para desatar otro ataque mortal al que ni Zach ni yo podríamos sobrevivir.

Pero nuestro farol había funcionado.

Era la única debilidad que podíamos explotar. Hacerla dudar. Estaba dispuesta a quemar todo el mundo, pero no podía matar a un bebé, lo único que había amado con todo su corazón.

¿Quemar todo el mundo, pero salvar a una mujer embarazada?

No tenía sentido.

Pero el Amor no tenía sentido.

Su rostro se retorció con una mezcla de preocupación, angustia y rabia cuando perdió la concentración y el escudo *Illye* se disolvió con un último crujido de energía.

—Estás mintiendo…

Sus palabras se vieron interrumpidas por el fuerte sonido de una flecha al ser liberada y por su propio grito de dolor. Una flecha se había alojado en su hombro, a nada de su cuello.

El orgullo floreció en mi pecho y seguí la trayectoria de la flecha hasta donde Bromley estaba de pie encima de una piedra caída, apuntando con su ballesta a la Reina Malvada.

—Descansa en paz, bruja —dijo.

CAPÍTULO TREINTA Y CUATRO

POSESIÓN

La idea había surgido de nuestra lucha contra el grifo, solo que esa vez Zach y yo habíamos sido el cebo mientras que Brom había aguardado al momento perfecto, cuando tanto el escudo como su guardia estuvieran bajos.

Millennia sufrió una convulsión, su cuerpo temblaba como si estuviera teniendo una crisis y se intentó extraer la flecha de punta plateada que tenía profundamente clavada en el hombro. La arrancó y la arrojó al suelo. La flecha resonó contra el suelo de piedra, la sangre goteaba por todas partes.

Le dirigió una mirada a Brom y luego se subió al altar de piedra y colocó las manos sobre el huevo.

La oscuridad rodó sobre la herida abierta en su hombro, que ya había empezado a sanar. A continuación fluyó hacia el huevo y se acumuló en sus manos, giraba y crecía como si los poderes de la Reina y el dragón estuvieran convergiendo de alguna manera.

—¡Brom, agáchate! —grité justo antes de que el efecto me golpeara, como si alguien retorciera una espada enterrada en mi pecho. Tosí cuando más líquido negro espeso me subió por la garganta y tropecé en un intento por mantenerme en pie. Zach intentó sujetarme, pero, cuando su mano rozó mi muñeca, la montaña tembló.

La oscuridad se acercó desde cada rincón y se filtró por cada grieta del altar de piedra. Zarcillos negros como las vides se arrastraron a lo largo del cascarón del huevo.

No pude gritar. Apenas podía respirar. La oscuridad estaba absorbiendo todo el oxígeno del aire.

La montaña volvió a temblar y las estalactitas se estremecieron. Grité cuando Brom se cayó de la roca y rodó por el suelo. No se movió y yo recé para que solo estuviera inconsciente y nada peor.

Zach levantó su espada y corrió hacia Millennia. Ella levantó una mano, curvó los dedos como en una garra y luego la movió hacia un lado. Los pies de Zach abandonaron el suelo cuando una fuerza invisible lo estampó contra la pared de la caverna. Grité su nombre e intenté correr, pero mis piernas me resultaron más pesadas que el plomo y me caí al suelo. La oscuridad se derrumbaba sobre mí. Mis pulmones estaban llenos de ella.

Me estaba ahogando de nuevo. Como me había pasado cuando mi madre se había enfurecido conmigo. Como me había pasado en el pozo. Recordé la forma en que el agua maldita había tirado de mi cuerpo, retorciendo mis músculos y haciéndolos gritar de agonía.

¿Qué me había salvado?

«Zach.»

Su nombre vino a mí como lo había hecho entonces. Aquella noche junto al fuego, él había dicho que iba a protegerme. Y le creí con cada onza de esperanza que me quedaba dentro.

Me arrastré hacia él con el suelo de la caverna temblando bajo mis manos y rodillas mientras rezaba a todas las estrellas que conocía para que todavía estuviera vivo. Apenas me di cuenta de que el cascarón del huevo empezaba a resquebrajarse. Cualquiera que fuera la estrella que estaba escuchando, respondió a mi plegaria: Zach se retorció en el suelo, gemía y sacudía la cabeza.

Una oleada de fuerza fluyó a través de mí y logré ponerme de pie. Estaba vivo. Eso... eso era todo lo que importaba. Si estaba vivo, podría ocurrírseme algo. Todavía podíamos derrotar a Myriana. Siempre y cuando él todavía estuviera vivo.

Zach era la fuerza secreta que me había salvado en aquel pozo, de la misma manera en que me estaba salvando en aquel momento al darme la fuerza para seguir resistiendo. Si Zach causaba aquella reacción en mí, ¿qué reacción causaría Tarren en Millennia, su único amor verdadero?

Con un gran esfuerzo, cambié de rumbo y tropecé con los escombros que llenaban los cráteres del suelo. Millennia todavía estaba allí, solo tenía que llegar hasta ella.

Caminé hacia Myriana, consciente de que las grietas en la cáscara del huevo estaban creciendo, de que la montaña temblaba a nuestro alrededor y de que, detrás de mí, Zach luchaba por ponerse de pie.

Me detuve a unos pasos de la Reina Malvada.

—¡Myriana! —grité por encima del estruendo que provenía del huevo.

Myriana se crispó, pero no miró en mi dirección. La oscuridad fluía del aire a su cuerpo y luego entraba en el caparazón a través de sus manos como si fuera una especie de conducto que alimentaba al Dragón Negro con la energía que necesitaba para salir del cascarón.

—¡No les fallaste! —grité.

Me miró por encima del hombro, sus ojos violetas ardían.

Pronuncié las palabras que sabía que en algún lugar, en el fondo, ella necesitaba escuchar. Debajo de todo ese mal. De todo el odio. Era una madre.

—Esos bebés. Los que no pudiste tener, no les fallaste. No fue culpa tuya.

Ella retiró las manos del huevo y se lanzó hacia mí. Sus manos me rodearon el cuello con tanta fuerza que me caí al suelo. Mi espalda colisionó contra la piedra y mis huesos sufrieron una sacudida.

A horcajadas sobre mi estómago, las manos de Myriana comenzaron a apretar y a alejarme de la vida.

—*No hables de ellos*.

Luché por formar palabras. Mi visión se ennegreció.

—Ta... tampoco le fallaste a Tarren.

Las manos de Myriana se congelaron sobre mi cuello.

—Solo porque no pudiste rescatarlo por tu cuenta, no puedes culparte a ti misma, Millennia —susurré con voz ronca—. No fue culpa tuya.

Los ojos de la reina ardieron de un violeta tan profundo que se tornaron índigo.

—No fui lo bastante fuerte.

«Millennia.» Traté de sacudir la cabeza, aunque sus manos todavía se aferraban como tenazas a mi cuello.

—Sí lo eres. Eres muy fuerte. Él te da fuerza, ¿no es así? —Rodeé sus muñecas con mis manos y apreté con suavidad. «Porque es lo que me da Zach a mí.»

El violeta de sus ojos parpadeó y pareció dar paso a un azul profundo. Había algo allí.

—Eso es lo que hace el Amor, ¿verdad? Te hace sentir dolor, pero también te da coraje.

Las manos de Millennia se crisparon, aflojaron un poco su agarre.

—La Legión está equivocada. —Forcé la verdad a salir de mí como si me estuviera cortando mi propia piel y dejándolo todo al descubierto—. Siempre hemos estado equivocados. Ponemos el poder, la sangre y la lógica por encima de todo lo demás cuando deberíamos haber gobernado con nuestros corazones.

Escucharme a mí misma admitir aquello era como hacerme otra incisión en la piel. Pero no podía parar. Tenía que seguir para poder coser la herida. Para que pudiera curarse adecuadamente.

—El Amor *sí* que existe. Lo vi en la forma en que hablaste de él. Todavía lo quieres. Siempre lo harás. Y te hace más fuerte. No eres débil como ella, Millennia. No te arrancaste el corazón ni abandonaste tus sentimientos, los aceptaste. —Le agarré las manos y sentí el anillo de Tarren en su dedo—. Si no, ¿por qué ibas a seguir llevando este anillo? Sé que puedes echarla. Por favor, *por favor*, no la dejes ganar.

Ella parpadeó. Irises azules.

Por encima de todo el ruido, una grieta en el huevo se astilló. El estruendo más fuerte hasta el momento sacudió el suelo cuando los zarcillos negros llegaron a la parte superior del huevo y se filtraron a través de las grietas abiertas.

—Recuerda a Tarren. —Le arranqué las manos temblorosas de mi garganta y la rodeé con mis brazos, y apreté con fuerza—. Vuelve con él, Millennia. Vuelve. —Lloré cuando el huevo tembló de forma ostensible.

Los ojos de Millennia se aclararon y retornaron a su precioso tono azul como el océano cuando Zach nos alcanzó y se detuvo junto a nosotras.

—Tarren… —susurró ella.

Por encima de nuestras cabezas, una gran garra del color y la textura de la obsidiana rompió el caparazón y envió por los aires un fragmento que impactó contra la pared de la cueva y se hizo pedazos.

El Dragón Negro estaba despierto.

La cara de Millennia se retorció de dolor.

—Ivy, no puedo contenerla, Myriana…

Se aferró a mí, se aferró para salvar su vida. Abrí la boca para responder, decirle que se defendiera, que sintiera el amor que le profesaba a Tarren. Para expulsar a la Reina Malvada de su corazón.

—Mátame, Zach. —Las palabras apenas habían salido de su boca y Zach ya tenía la hoja de su daga presionada contra su garganta.

Sorprendida, no pude moverme. La Reina todavía estaba dentro Millennia y, si matábamos a Millennia, entonces mataríamos a la Reina. Aquel había sido siempre el plan, pero…

A nuestro alrededor, la montaña se estaba desmoronando. Rocas y estalactitas caían del techo. La garra de obsidiana raspó contra el caparazón desde el interior, lo que hizo que unos fragmentos se desprendieran y cayeran como rocas gigantes.

—¡Mátame, date prisa! —gritó Millennia, las lágrimas le corrían por sus bonitas mejillas y hacían que le aparecieran manchas rojas en la cara.

La mano de Zach tembló. Miró a Millennia con horror, pero la daga se hundió más profundamente en su cuello. En el filo de la cuchilla se acumularon unas gotas de sangre.

La lógica decía que la matáramos. La *Legión* decía que la matáramos. «Hacemos perecer las emociones y derrotamos las dudas. Predicamos con el ejemplo.»

Lo agarré de la muñeca.

—No, por favor, no lo hagas.

No podía dejar que lo hiciera. ¿Cómo podíamos matar a una chica inocente cuyo único crimen era amar demasiado a alguien?

—Hazlo. No quiero que me use como a un títere. La quiero fuera, incluso si eso implica acabar conmigo misma. —Millennia intentó alejarme.

Yo me mantuve fuerte.

—Entonces échala. Deshazte de los sentimientos que la hacen más fuerte.

—No… no pue… puedo. —Millennia echó la cabeza hacia delante, los sollozos sacudían todo su cuerpo—. Nunca dejaré de odiar a la Legión. No puedo deshacerme de estos sentimientos.

—Entonces cámbialos. —La agarré por los hombros justo cuando el dragón liberaba su garra—. Perdona a la Legión. Perdonar es más difícil que rendirse. No te dejaré rendirte como ella lo hizo, Millennia. Tarren querría que amaras.

Millennia me miró a través de sus lágrimas. Zach alejó su espada, su rostro era una mezcla de duda y angustia. No podía hacerlo y, por primera vez, me sentí muy agradecida por lo que siempre había creído que era su debilidad, su fe en el Amor.

Millennia se derrumbó en mis brazos.

Me aferré a ella hasta que Zach me apartó. Estuve a punto de debatirme contra su agarre, pero luego vi por qué me había alejado. Unas llamas púrpuras florecieron en el pecho de Millennia y se extendieron, danzaban sobre sus hombros y su cuello. Ella miró hacia arriba con las mejillas surcadas de lágrimas, su rostro tranquilo y pacífico.

—Lo siento, mi amor.

Con sus palabras, unos gritos inundaron la caverna y resonaron por encima del estruendo que provocaba el huevo y que sacudió la montaña entera.

Yo ya había escuchado aquellos gritos con anterioridad.

Eran los gritos de Myriana cuando los enanos le habían extraído el corazón.

Mientras los gritos resonaban, el fuego púrpura se elevó de su cuerpo y desapareció en un espeso humo, una masa retorcida de sombras y niebla: el corazón deformado de la reina Myriana. Entonces, tan rápido como se había elevado, estalló en polvo dorado. Era como si el corazón no pudiera resistir el acto puro de amor de Millennia: el perdón.

Millennia se desmayó en mis brazos. ¿Quién podría culparla después de haber tenido un espíritu maligno dentro de ella durante meses?

A unos seis metros de distancia, Bromley se agitó en el suelo entre gemidos. Intenté llamarlo, pero a mis palabras las ahogó un crac tan fuerte como un trueno. Los tres miramos hacia arriba.

Un solo ojo rojo nos contemplaba a través de una rendija en el cascarón.

CAPÍTULO TREINTA Y CINCO

ECLOSIÓN

El retumbar había cesado. Los estallidos habían desaparecido. La montaña volvía a estar entera. Pero eso no significaba que no estuviera a punto de ser hecha pedazos por el dragón.

No estábamos en condiciones de pelear. Yo todavía tosía oscuridad. Zach parpadeó con fuerza y sacudió la cabeza un par de veces, como si luchara para mantenerse consciente con una conmoción cerebral o algo peor. Brom acababa de recuperar el conocimiento y probablemente también había sufrido un traumatismo en la cabeza. Millennia estaba fuera de combate y, además, no le quedaba poder. Y allí estábamos, con el Dragón Negro bebé a punto de romper el cascarón y ser libre.

Myriana tenía razón: aquel sería nuestro fin.

Todavía sujetando a Millennia, miré directamente al ojo rojo. Este parpadeó con lentitud, como si tratara de concentrarse en nosotros. Entonces la garra rasgó el costado del huevo y la mitad de la cáscara cayó con un estruendo que nos obligó a arrodillarnos. Juro que todas las montañas Wu-Hyll temblaron. La mitad de su cuerpo negro escamoso emergió y un ala de la que goteaba una mucosidad negra se contrajo. Con esa contracción, el resto del huevo se hizo añicos y los fragmentos volaron por todas partes.

Zach nos empujó tanto a Millennia como a mí contra el suelo para esquivar un fragmento de caparazón que voló sobre nuestras cabezas.

El Dragón Negro se estiró hacia el techo de la caverna. Medía fácilmente quince metros de altura, incluso siendo una cría. Las escamas de su cara, cuello, hombros y cola sobresalían como pétalos de flor, cada una más afilada que la anterior, brillaban como los huesos de un ciervo serbal. Extendió sus alas negras, todavía cubiertas de baba, y su cuerpo brilló como la obsidiana. Tal como aquel texto antiguo había proclamado que haría.

El texto antiguo... Luché por recordar lo que había leído en la biblioteca aquel día. El día en que había buscado el hechizo para destruirlo con un Beso.

«Su único punto vulnerable es su boca, donde se producen las mismas llamas.»

La cueva tembló cuando el dragón lanzó un rugido y reveló fila tras fila de dientes brillantes y más afilados que la punta de una espada, más fuertes que el acero.

—Tengo una idea, ¿confías en mí? —le dije a Zach.

Zach encontró mi mirada.

—Con todo mi corazón.

A pesar de todo, sonreí. Nunca entendería el hecho de que todavía pudiera hacerme sonreír en una situación como aquella.

Bromley ya se acercaba cojeando hacia nosotros. Lo derribé de un abrazo, luego retrocedí para admirar a mi valiente hermano..., quizás por última vez. Lo que vi en su cara fue amor. Y fe incondicional.

—Brom, si esto falla, si Zach y yo... Si no lo conseguimos, necesito que entregues un mensaje en Myria. Cuéntales lo de la maldición Hidra. Lo de Myriana. Todo. Haz que te crean. Haz lo que tengas que hacer. ¿Podrás hacerlo?

Él contrajo un músculo de la mandíbula. Asintió.

Me incliné hacia delante y lo besé en la frente.

—Encuentra donde ponerte a cubierto y cuida de Millennia. Zach y yo tenemos un dragón que matar.

Brom me agarró la mano, me la besó y susurró:

—Mi señora.

Luego se agachó y alzó a Millennia antes de avanzar cojeando hasta detrás de un enorme fragmento de cascarón, tan grande como una roca.

Luchando contra las lágrimas, dejé que Zach me ayudara a levantarme y juntos nos enfrentamos al dragón, codo con codo.

—¿Cuál es el plan? —dijo Zach mientras el dragón agitaba el cuello de lado a lado para probar su mandíbula. El humo ya escapaba de sus fosas nasales.

Abrí la boca para contárselo justo cuando el dragón decidió que se había hartado de ser ignorado. La gran bestia sacó el resto de su cuerpo fuera del caparazón con una sacudida y la otra mitad se estrelló contra el suelo de la caverna. Solo que, en aquella ocasión, el suelo no soportó su peso. La roca se desmoronó bajo la fuerza de la cáscara de mármol y el suelo cedió y cayó en lo que probablemente fueran pozos de extracción de los enanos.

Zach me agarró por la cintura y los dos nos aferramos a

una estalagmita que logró mantenerse en pie mientras el resto del suelo se inclinaba. Rocas y trozos de mármol rodaron cuesta abajo, hacia el cráter gigante donde antes estaban el altar y el huevo. El dragón era tan gigantesco que apenas notó el derrumbe del suelo. Él sacudió su horrible cuerpo y se puso a cuatro patas mientras sacaba humo por las fosas nasales.

—Tenemos que acercarnos —grité por encima del sonido del deslizamiento de rocas.

Gotas de sudor y sangre rodaban por ambos lados de la cara de Zach mientras él inspeccionaba rápidamente el suelo recién inclinado. Estaba repleto de grietas que se abrían a las cavernas de abajo y de rocas afiladas que podrían ensartarnos tan fácilmente como las garras y los dientes del dragón.

—Veo un camino. —Señaló una gran losa de roca, que me di cuenta de que era el altar destruido, ubicada casi directamente debajo de la barbilla de dragón.

Sería la posición idónea para lo que había planeado.

Zach me agarró la mano con fuerza.

—¿Preparada?

—Sí.

Como si el dragón nos escuchara, levantó su cola puntiaguda y la hizo girar. Zach y yo la esquivamos y la cola chocó contra el sitio donde acabábamos de estar. Más rocas se derrumbaron y cayeron a la negrura del abismo.

Todavía de la mano, avanzamos entre las rocas y ganamos velocidad a medida que la inclinación se hizo más pronunciada.

—¡Zach! —grité mientras corríamos hacia el altar, un gigantesco afloramiento de piedra que sobresalía del suelo. Lo había visto. Zach clavó su daga en una de las muchas grietas que poblaban el suelo de piedra. Saltaron chispas y la hoja se rompió, pero había frenado nuestro descenso lo suficiente para ayudarnos a ponernos de pie y saltar al altar de roca en lugar de estrellarnos contra él.

Descubrimos que el altar estaba cubierto por el líquido negro y espeso del huevo.

Nos estabilizamos el uno al otro y levantamos la vista para descubrir la cabeza del dragón inclinada hacia nosotros, observando nuestro progreso.

—Podría ser un buen momento para darme una pista de ese plan, princesa —murmuró Zach con los ojos fijos en el dragón.

¿Cómo podía decirle lo que había planeado para nosotros? Tragué saliva.

—La parte más vulnerable del dragón está dentro de su boca.

—Ivy, ¿estás sugiriendo que nos dejemos comer?

—Ojalá —susurré mientras la gran bestia arqueaba su cuello hacia Zach y hacia mí. Parecía ligeramente impresionado por el hecho de que dos insignificantes mortales se hallaran ante él sin gritar.

Tomé su rostro en mis manos y lo forcé a alejar la mirada del dragón.

—Las llamas arderán *lentamente*. Si podemos soportar el fuego y entrar en la boca…

Zach separó mis manos de su cara y me apretó los dedos.

—Podremos atravesarlo.

—Va a ser insoportable. Todas las emociones oscuras y malvadas nos carcomerán en medio del dolor físico.

—Vaya, ¿eso es todo? —Me acercó a él y me envolvió la espalda con un brazo fuerte.

—Pero nosotros... —No fui capaz de pronunciar las palabras. Al fondo, podía escuchar la respiración del dragón y cómo preparaba sus llamas.

—No me importa —susurró Zach contra mi sien.

—Zach... —jadeé. No sabía lo que quería decir. Pero no quería que nuestras vidas terminaran de aquella manera. Justo entonces, lo que más lamenté fue que no había podido darle mi respuesta.

—No lo dije de verdad —confesó Zach por encima del retumbar que provenía del largo cuello del dragón.

—¿El qué?

Desenvainó su espada. Puse mi mano sobre la suya en la empuñadura, cubriendo la marca de Myriana, y lo miré a los ojos.

—Mentí cuando dije que intentaría dejar de quererte. No lo intenté ni por un segundo. Y dudo que alguna vez pare de hacerlo.

Como todo lo demás cuando se trataba de Zach, era completamente inesperado e increíblemente inapropiado, dada la situación. Allí estábamos, a punto de ser quemados vivos, y yo estaba feliz. Más que feliz. Feliz más allá de toda razón y lógica.

Y entonces las llamas negras nos rodearon.

No era solo que me estuviera quemando viva, sino que experimenté todas las emociones terribles en las que pudiera haber pensado: ira, dolor, odio, celos, soledad y sufrimiento, mucho sufrimiento.

El sufrimiento de mil almas torturadas que se retorcían para siempre en la oscuridad eterna.

Pero incluso eso era nimio comparado con las emociones feas que estaba sintiendo y con las que conectaba. Dolor que yo experimentaba en la vida real y con el que vivía todos los días.

Temor a enfrentarme a la Reina Malvada y al Dragón Negro. Miedo de no estar preparada para derrotarlos y de condenar al resto de los reinos... multiplicado por diez.

Culpa por sobrevivir mientras Kellian y mis otros compañeros no habían podido... multiplicada por cien.

Vergüenza por las veces en que mi madre se desquitaba conmigo o me pegaba o me miraba con disgusto en sus ojos... multiplicada por mil.

La carne me ardía de calor y de frío al mismo tiempo. Mis entrañas se retorcieron de agonía, como si me estuvieran clavando cientos de agujas en las venas e inoculándome veneno a la fuerza en el torrente sanguíneo. Tanto mi cabeza como mi corazón se dividían en dos, física y emocionalmente: traición, devastación, celos, odio. Emociones tan fuertes que me hicieron querer arrancarme mi propio corazón y dárselo a los enanos, y sellar así mi dolor para que nunca volviera a sentirlo.

Solo para que parara.

Quizás Myriana había tenido razón al subirse al altar rodeado de enanos. «Haced que pare.»

Entonces, algo se crispó bajo mi mano.

«Zach.»

Me concentré en esa sensación. En que todavía tenía a alguien.

Alguien que estaba conmigo, con las manos en una espada, ardiendo entre llamas negras, para salvar todos los reinos.

Alguien que me amaba cuando lloraba.

Alguien que me amaba incluso si le gritaba.

Alguien que amaba mis pecas, mis imperfecciones.

Alguien que *quería* amarme y lo hacía.

No podía usar palabras para darle mi respuesta. Nunca me oiría. Pero podía mostrárselo.

Una vez, solo una vez, antes de que ardiéramos y claváramos la espada en la boca del dragón y probablemente muriéramos, tendría ese beso: el beso que ansiaba desde que el mago maestro había unido nuestras manos... por razones de las que no me había dado cuenta entonces.

Me puse de puntillas. De alguna manera, a través de todo aquel dolor, pude moverme. Le toqué la mejilla. Las llamas lamían nuestros cuerpos, nada podía compararse con aquella agonía. Dientes afilados como cuchillas se cernían sobre nosotros, el corazón mismo del fuego a tan solo unos metros de distancia.

Y lo besé.

Sus labios no eran suaves ni carnosos. Eran ásperos y estaban agrietados. Él olía a humo, sudor y sangre.

Aun así, paró el tiempo. Arrancó el sol del cielo y arrojó las estrellas al mar.

O tal vez todo estuviera en mi cabeza. No importaba. Nada importaba excepto aquel beso.

Zach dejó caer la espada y me envolvió con ambos brazos, tiró de mí más fuerte y me besó a su vez.

Dejé que la espada se escurriera también entre las puntas de mis dedos, perdida en su beso.

Las montañas se movieron. Los enfermos se curaron. Las llamas cesaron.

Las llamas... *¿cesaron?*

Una pequeña parte de mí se dio cuenta de que no estaba en mi cabeza. Era real.

Cuando nuestros labios se separaron brevemente, a unos milímetros el uno del otro, noté vagamente que Zach y yo estábamos envueltos en oro.

Brillábamos, relucíamos, resplandecíamos con una luz dorada pura y preciosa, como si fuéramos hijos del sol.

Cuando Zach movió sus labios contra los míos, cuando hicimos más profundo nuestro beso y dejamos que nuestras respiraciones se mezclaran y convirtieran en una, una cascada gigante de oro, como un maremoto, salió de la cueva y disolvió al dragón en mil orbes de luz solidificada.

Cuando Zach me soltó y me liberó de nuestro beso, por fin levanté la vista y parpadeé para ver a través de toda la luz y el polvo dorado.

El dragón se había ido. Los pedazos del cascarón habían desaparecido. La oscuridad de mi pecho se había desvanecido.

Miré de nuevo a Zach, con la boca abierta, en estado de *shock*.

Claramente igual de sorprendido que yo, él parpadeó y, lentamente, sus labios se extendieron en una sonrisa.

—Parece que ya tengo mi respuesta.

CAPÍTULO TREINTA Y SEIS

PREDICAR CON EL EJEMPLO

Incluso mientras nos abríamos paso a través de los túneles, de vuelta hacia la luz del día, todos nosotros ahora curados gracias al Efecto Dorado o, más bien a la magia del Amor Verdadero, no pude escapar de la petulancia de Zach.

Puede que estuviera enamorada de él.

Y puede que nuestro Beso hubiera matado al dragón y enviado una ola dorada a través de la cueva que podría haber transportado nuestra magia a una distancia desconocida.

Pero no tenía por qué parecer tan pagado de sí mismo.

Pero, por supuesto, yo tampoco pude evitar sonreír durante todo el camino.

Millennia estiró los brazos y suspiró con la cara levantada hacia el sol. Ya no estaba tan pálida, sus mejillas estaban sonrosadas y sus ojos eran menos de un azul profundo y más de un azul grisáceo. Me pregunté cuánto había alterado el espíritu de la reina a Millennia, físicamente y de cualquier otra manera.

—No me he sentido tan ligera en meses —dijo.

—¿Recuerdas cómo te poseyó, Millennia? —preguntó.

Ella frunció el ceño e inclinó la cabeza.

—Recuerdo haber entrado en los bosques de vuelta a casa justo después de intentar salvar a Tarren. Luego, los días siguientes están borrosos... —Sacudió la cabeza—. Solo recuerdo haberme despertado y saber que tenía que marcharme de Raed. Siento como si los últimos meses hubieran sido así. Decidía hacer algo, pero nunca recordaba el proceso de haber tomado la decisión. Pero... todavía era... yo.

Su rostro se nubló mientras hablaba, como si la preocupara haber hecho cosas terribles mientras estaba poseída y de repente estuviera recordándolas todas.

Le puse una mano en el hombro.

—No importa. Ahora eres libre.

Ella me derribó con un abrazo. Me reí y envolví sus hombros con mis brazos.

—Si no hubieras llegado a mí allí atrás —dijo, su voz justo junto a mi oído—, esa vieja bruja malvada habría estado comiéndome el alma por dentro durante toda la eternidad.

Las dos nos separamos.

—Lo hiciste tú. No puedo ni imaginarme cómo has sido capaz de perdonar a la Legión, pero me alegro de que lo hayas hecho.

—He podido perdonarlos solo porque te he conocido a ti, princesa. Cuando me preguntaste sobre Tarren y sobre el amor, me demostraste que los Reales no son crueles. Solo ignorantes. —Me guiñó un ojo.

Yo le apreté las manos.

—Es verdad. Tenemos mucho que aprender. Pero, lo prometo, sacaremos a Tarren de las mazmorras.

Con lágrimas en los ojos, me besó en la mejilla.

—Entonces, ¿sigues pudiendo hacer magia? —preguntó Bromley, quien, sentado con la espalda contra un árbol, también disfrutaba del sol después de la oscuridad de la cueva.

Millennia sacudió la cabeza.

—No lo he intentado. No estoy del todo segura de querer tener algo que ver con ella. Preferiría sentarme y escuchar a Tarren cantar todas las noches.

Zach pasó un brazo alrededor de mis hombros como si fuera la cosa más natural del mundo. Yo intenté frenar mi rubor.

—No es que no crea que pasar todas las noches en un teatro sea algo maravilloso, pero me gustaría que lo reconsideraras. Eres una buena luchadora. Algo me dice que no todo lo de ahí dentro era cosa de la Reina. Nos vendrían bien tus habilidades contra las Fuerzas.

Millennia entrecerró los ojos hacia el cielo azul.

—Lo pensaré. Puede que una vez que Reales y Románticos finalmente se pongan de acuerdo, pero quién sabe cuándo sucederá eso.

—Puede que lleve algo de tiempo, pero *va* a suceder. Tiene que suceder —dijo Zach. Giró la mano y estudió la marca de Myriana, que aún permanecía en su piel—. Tenemos que asumir que, si nuestras marcas todavía siguen aquí, entonces la maldición todavía pesa sobre los Reales. Pero, ahora que sabemos la verdad sobre el Beso, por fin podemos tener ventaja.

Por primera vez desde nuestro beso de hacía solo unas horas, la ansiedad volvió sigilosamente.

—Voy a por un poco de agua —anuncié mientras me desembarazaba del brazo de Zach y me alejaba de la entrada de la cueva hacia la corriente que bajaba por la ladera de la montaña.

Las voces de Millennia y Brom, que charlaban sobre los eventos de la batalla y el dragón, se desvanecieron y pronto fueron reemplazadas por el sonido de las pequeñas corrientes que caían en cascada sobre las rocas. Sumergí los dedos en la corriente helada. Era una sensación maravillosa. Ahuequé las manos para recoger el agua y tomé un sorbo del arroyo cristalino.

Unos pasos suaves aparecieron detrás de mí y no me moví mientras Zach extendía las manos y recogía la refrescante agua.

—Sé lo que estás pensando, Ivy.

—¿Puedes culparme?

—No, pero…

—Es imposible.

—Eso es lo mismo que dijiste del Amor.

Me peiné los mechones de pelo con la mano mojada y dejé un rastro de gotas sobre mi mejilla.

—Son cosas diferentes.

Zach se arrodilló frente a mí y me tomó las mejillas con sus manos. Su pulgar rozó las gotitas de agua.

—No tanto. Conseguir que la Legión crea en el Amor no será tan difícil como crees.

—Es obvio que no conoces a la Legión.

—Y tú vuelves a subestimar el Amor.

Abrí la boca para discutir, pero luego la cerré.

¿De verdad necesitaba un recordatorio de lo poderoso que era el Amor después de lo que acabábamos de vivir? Sonreí.

—Supongo que sí.

—Sin embargo, tienes que ser tú quien se lo cuente. De ninguna manera seré yo quien dé la noticia a esos carcamales obstinados.

—¡Zach! —Me tiré hacia atrás y lo salpiqué.

—¡Está fría! —Se rio, luego me agarró por las muñecas y tiró de mí para acercarme. Su aliento me hizo cosquillas en las mejillas. El agua le chorreaban el flequillo y las pestañas—. ¿Sabes? —dijo en voz baja—. Creo que me gustaría besarte sin un fuego insoportable a nuestro alrededor.

Los nervios me revolvieron el estómago y luego saltaron hasta la garganta, solo para que pudiera tragármelos de nuevo.

—¿Ah, sí?

Una sonrisa tironeó de las comisuras de su boca.

—¿Te parece bien?

—Solo si prometes no usar un hechizo.

Zach se rio entre dientes e inclinó la cabeza para descansarla contra mi frente. Yo también me reí y cerré los ojos, y me abandoné a su roce.

Sus labios cortaron mi risa. Apresó mi boca por completo con la suya y me atrajo más hacia él. Sucumbí a su beso, toda risa desaparecida, y no había nada más que una sensación que me llenó, una sensación de tanta calidez, deseo, placer y pura... *felicidad* que sentí como si fuera a estallar.

A diferencia de todos mis otros besos, en lugar de drenarme la magia, aquel pareció llenarme por completo con la suya.

No quería que se acabara nunca.

Cuando Zach me soltó, ambos respirábamos entrecortadamente.

—Definitivamente, mejor sin el fuego —murmuré mientras su frente todavía descansaba contra la mía.

Él sonrió y me besó de nuevo, con mucha más suavidad que antes.

Todavía sonrojada, le tomé la mano y acaricié su marca de Myriana. Me preguntaba si Zach querría borrársela, ya que nuestras marcas eran los símbolos de la maldición que llevábamos en nuestra sangre. Un recordatorio constante de que podíamos esparcir la oscuridad con un solo Beso equivocado.

—Me gustaría conservarla —dijo Zach. Como de costumbre, parecía saber lo que yo estaba pensando.

—¿Estás seguro? ¿Incluso sabiendo lo que significa?

—Puede significar lo que yo quiera que signifique —dijo—. Y significa que soy tuyo.

Quise enterrar la cara en las manos de la vergüenza, a pesar de que no recordaba haber sido nunca tan feliz.

Zach aprovechó mi timidez para inclinarse y besarme debajo de la oreja, luego en el cuello y luego en la clavícula.

Antes de que pudiera perder *todo* mi raciocinio, lo empujé hacia atrás con manos débiles.

—Está bien, has dejado claro tu punto de vista, pero, aun así, no será fácil —dije— hacer que la Legión crea en el Amor.

—No te preocupes, princesa mía. —Sus labios rozaron mi sien—. Podemos cambiar las cosas.

Alcé una ceja.

—¿Y qué te hace estar tan seguro de que podemos romper quinientos años de tradición y creencias? ¿Una institución entera?

—Bueno —dijo Zach mientras me agarraba de la mano y me besaba el dorso—, he oído que lo mejor es predicar con el ejemplo.

«Durante cinco siglos, la Legión ha gobernado
con toda su buena intención y pasión por proteger
a los débiles e inocentes. Hemos gobernado con lógica
y razón, pero hemos perseguido a aquellos que pensaban de
manera diferente, es decir, aquellos que creían que debemos
liderar no solo con nuestras mentes, sino también con
nuestros corazones. Hoy es el día en que cambiamos.
Hoy aprendemos a amar una vez más.
Hoy nos unimos a los Románticos y afrontamos
la Oscuridad juntos… con Amor para iluminar el camino.»

Fragmento de
La reina Ivy Myriana

EPÍLOGO

TRES AÑOS DESPUÉS...

Una mano pequeña derramó el frasco de tinta sobre la carta para el Consejo de Raed en la que acababa de pasar una hora trabajando y salpicó el papel (y la parte delantera de mi vestido) con grandes manchas negras. Cerré los ojos y dejé que la irritación se evaporara.

Sujeté con suavidad los dedos que deambulaban por mi mesa y miré hacia abajo, a la niña acurrucada en mi regazo.

—¿Qué te he dicho, Tania?

Los brillantes ojos verdes de la niña me miraron fijamente, bien abiertos, con esa mirada de asombro e inocencia que siempre ponían los niños.

—Ayudarte —protestó la pequeña—. Se te acaba.

Subí las piernas a la silla y apreté el cuerpecito de Tania más cerca de mi pecho.

—Gracias, mi pequeña brizna. —Mis besos bailaron, livianos como plumas, sobre sus mejillas.

Ella chilló de alegría y se abrazó a mi cuello.

—Ahí estás. —Una exasperada Millennia apareció en el umbral de mi despacho con las manos en las caderas. Su cabello oscuro estaba recogido con elegancia en la nuca y varias flores silvestres adornaban sus trenzas.

—Tania, ¿qué te he dicho sobre molestar a la reina Ivy?

La niña hizo un mohín en mi regazo. Intentó esconderse detrás de mis rodillas y me miró con una mirada que solo un niño pequeño podía conseguir, inocencia adorable.

—¿Hacerlo?

Me eché a reír cuando su madre la arrancó de mi regazo.

—Lo siento, creía que sabías dónde estaba —le dije mientras echaba la carta arruinada a la papelera.

Tania jugueteó con el pelo de su madre, pero sonrió furtivamente, como si ella y yo compartiéramos un secreto.

Había cumplido mi promesa de liberar a Tarren casi en cuanto regresamos a Myria. Millennia y el amor de su infancia se quedaron en Myria para que Millennia pudiera practicar con el maestro Gelloren. Se estaba volviendo cada vez más experta en la magia elemental. También habían elegido criar a su hija en el castillo, ya que habían desempeñado un papel integral en el esfuerzo de unir a Reales y Románticos.

—Ah, no estaba hablando de esta pequeña rebelde. —Millennia se apoyó a su hija en la cadera—. Estaba hablando sobre ti. ¡Es casi la hora de la boda! ¿Por qué no estás vestida?

—¿De qué estás hablando? Tengo un montón de tiem… —Me detuve, miré mi reloj y luego me llevé una mano a la boca—. Pero le prometí a Brom que verificaría su nueva estrategia de batalla hoy —protesté. ¿Dónde se había ido el tiempo aquella tarde?

—Ivy, creo que podemos tomarnos un descanso de la guerra por esta noche. El comandante lo entenderá. ¿Has olvidado lo importante que es esta boda?

Tenía razón. Era la primera boda entre Reales en Myria y en el último año la guerra había ido notablemente bien. De hecho, apenas era una guerra a aquellas alturas, más bien se trataba de pequeñas escaramuzas en las afueras de los cuatro reinos para acabar de desterrar de los pueblos cualquier residuo de las Fuerzas.

Había costado mucho tiempo y todavía más esfuerzo y muchas vidas que así fuera.

El primer año había sido el peor. Mucha gente había muerto.

Aunque el Beso de Amor Verdadero, el que me había dado con Zach, había destruido a muchas criaturas oscuras en el sector norte de Myria, todavía quedaban innumerables monstruos por derrotar. Tras volver a Myria con noticias de la maldición Hidra, convencerlos había llevado meses. Meses de batallas en las que buscaba pruebas de la verdadera naturaleza y de la esencia traicionera del Beso Real, pero había sido el maestro Gelloren quien finalmente había apoyado mi reclamo. A partir de entonces, la Legión había comenzado a implementar lentamente nuevas tácticas de batalla hasta eliminar completamente el Beso Real y volver a entrenar a las tropas en el arte del combate. A las mujeres se les había enseñado esgrima y todos los aldeanos dispuestos a tomar las armas fueron convocados en el castillo para entrenar.

En las primeras batallas importantes después de la eliminación del Beso Real, demasiados cadáveres habían cubierto los campos de batalla, incluidos los de varios buenos amigos. El día en que encontré a Tulia yaciendo en el suelo con una espada maldita clavada en el estómago, mirando con los ojos en blanco, sin ver, el cielo lleno de arpías de gorrión, fue la primera vez que me planteé si estábamos haciendo lo correcto.

¿Estábamos demasiado ansiosos por deshacernos del Beso? ¿Éramos demasiado débiles para sobrevivir sin él?

Esa noche, Zach me había abrazado y yo había llorado en sus brazos durante horas. Lloraba por Tulia. Lloraba por miedo a llevar a mi gente a sus muertes. Pero, como siempre hacían, los brazos de Zach me habían dado fuerzas y me habían recordado por qué estábamos haciendo aquello en primer lugar.

—Ivy. —Millennia golpeó mi escritorio con la mano y yo dejé atrás el pasado y regresé al presente—. Si no te vistes ya, haré que Tania te peine. Ahora ve.

Escribí una nota y la dejé en mi escritorio para acordarme de reescribir la carta al Consejo de Raed y me levanté.

—Vale, está bien. Por cierto, ¿cómo está la novia?

Millennia frunció el ceño.

—Estaría mucho mejor con su mejor amiga allí.

Hice una mueca.

—Ya has dejado clara tu opinión. Voy.

Después de darles a ambas sendos besos en la mejilla, me apresuré a salir de mi despacho y bajé la escalera de caracol del ala oeste hacia los aposentos de la novia. Arrastré los dedos sobre las decoraciones de preciosas flores silvestres blancas y doradas atadas con cintas y hiedra que colgaban de los muros de piedra. Me trajeron a la memoria las flores de gardenia que habían colgado de las paredes cuando Zach había llegado por primera vez a Myria.

Llamé suavemente a la puerta y un tembloroso «Adelante» sonó en respuesta.

Entré y cerré la puerta detrás de mí para luego girarme a admirar a Minnow en toda su belleza. Llevaba un vestido amarillo pálido con ribete de encaje fino y un velo de seda transparente bordeado con una corona de flores silvestres amarillas. Su rizado cabello dorado estaba recogido en intrincadas trenzas entrelazadas con cintas blancas.

Una criada se hallaba de pie junto a Minnow y le ajustaba la cola del vestido de novia y el velo mientras que Matilda, vestida con un vestido azul claro precioso, estaba sentada al borde de la cama tomando un vaso de vino de jengibre. Me dedicó una mirada de desaprobación.

—Por fin, la reina nos honra con su presencia.

—Lo sé, lo siento —dije mientras le dedicaba a Minnow una sonrisa de disculpa.

No pasaron ni dos minutos antes de que la criada empezara a trabajar en mí. Desenrolló mi cabello grueso de mi habitual moño apretado y retiró algunos mechones para entrelazarlos con cintas de color azul claro mientras yo me quedaba quieta y admiraba a Minnow.

Lo cierto era que era una novia preciosa. Su madre había confeccionado el vestido y había insistido en que fuera amarillo. Cuando le había preguntado el motivo de que el vestido no fuera del blanco de los Románticos, me había respondido lo siguiente:

—A mí me parece que el color del Amor es el dorado, ¿no? Además, a mi Minnow le queda muy bien el color amarillo.

Eso no podía discutírselo.

—Minnow —suspiré—, estás impresionante. Roland no sabrá qué hacer consigo mismo.

Minnow estaba radiante, prácticamente brillaba tanto como el sol con todo ese amarillo.

—Eso espero. Me encanta decirle qué hacer.

Estábamos tan ocupadas riéndonos que ni siquiera escuchamos los golpes hasta que la puerta hizo clic y se abrió. La risa de mis amigas se desvaneció y me di la vuelta para ver quién había entrado.

Mi madre.

Mientras que todos los demás habían elegido colores suaves y agradables para la boda, mi madre lucía sus habituales colores oscuros y llamativos. Llevaba el pelo en un recogido apretado y había joyas reluciendo alrededor de su cuello.

La reina Dahlia entró en la habitación y se detuvo delante de mí. Había habido una época, no mucho tiempo atrás, en la que me habría estremecido el hecho de que ella se acercara tanto. Ya no. Las cosas habían cambiado.

Sus ojos oscuros estaban fijos en mí.

—¿Podemos hablar, Ivy?

Podía adivinar de qué quería hablar. La carta al Consejo de Raed habría incluido *su* estrategia de batalla para las hordas de duendes que escapaban de los campos de Galliore hacia los bosques orientales. Siempre era algo relacionado con la guerra, pero no me importaba. Si así podíamos entendernos la una a la otra, como guerreras, yo estaba conforme.

Cuando mi madre había escuchado nuestra historia sobre la maldición Hidra y la verdad sobre el corazón de Myriana, apenas me había hablado. Pero, en el transcurso de un año, había comenzado a cambiar lentamente.

Había asistido a todas mis reuniones sobre estrategia de batalla y me las había rebatido todas sin piedad, pero luego se había quedado conmigo durante horas estudiando mapas, discutiendo tácticas. No intenté obtener nada más de ella.

Había derrotado al dragón y a la Reina Malvada, había hecho todo lo que creía que haría que ella dijera que estaba orgullosa de mí, y tal vez lo estuviera, en algún rincón profundo de su interior, pero no había sentido la necesidad de decírmelo.

Y yo no había sentido la necesidad de preguntar.

Era suficiente tener su presencia noche tras noche, trabajando conmigo, a mi lado.

—Por supuesto, alteza —le dije con un asentimiento, y luego me volví hacia Minnow. Besé a mi amiga en ambas mejillas, le deseé suerte y me fui con mi madre.

Caminamos en silencio durante un rato, antes de que acabara por impacientarme.

—Si se trata de la carta a Raed, casi la he acabado. Puedo enviarla mañana mismo.

Mi madre se paró, frunció los labios rojos y miró por la ventana.

—No, Ivy, no se trata de la carta. —Metió la mano entre los pliegues de su vestido y sacó una caja de terciopelo blanco cubierta de huellas dactilares de tinta negra.

Me temblaban las manos cuando la agarré. Era la caja de uno de mis recuerdos más tristes y solitarios: la habría reconocido en cualquier parte, incluso quince años después. Abrí la caja y contemplé la simple pero preciosa banda de plata.

Cuando no hice nada más que quedarme mirándola, mi madre la sacó de la caja y la deslizó sobre mi dedo anular.

—Te queda bien —dijo suavemente.

—¿Qué es esto, madre?

—Alguien… alguien muy querido para mí me lo dio. Era un símbolo de… de cuánto se preocupaba por mí.

A pesar de que no lo dijera con palabras, entendí qué era

aquel anillo. Después de trabajar con los Románticos durante tres años, reconocía un anillo de boda cuando lo veía.

—Pero —tragué—, ¿por qué me lo das?

—Porque... —Mi madre respiró profundamente con un temblor—. Porque tú me has devuelto lo que significaba. Y eso... es más valioso para mí que un anillo de plata.

Cubrí la sortija con mi otra mano. Me picaban los ojos.

—Todo lo que he hecho en mi vida ha sido protegerme. Soy una mujer egoísta, Ivy Myriana, y estoy segura de que ya lo sabes. No tenía ganas de sentir el dolor de perder a alguien a quien..., a alguien cercano nunca más.

Si había algo que entendía sobre el Amor a aquellas alturas, era que no tenía sentido. Si mi madre había intentado protegerse a ella misma frente a la pérdida de otro ser querido ante las Fuerzas presionándome constantemente, criticándome, gritándome y distanciándose de mí..., no podía culparla por ello.

Ni lo había hecho nunca.

—Lo entiendo —le aseguré.

Dahlia se dio la vuelta y empezó a andar por el pasillo para volver por donde habíamos venido.

—No te olvides de cambiarte de vestido. No puedes asistir a una boda cubierta de tinta.

Miré hacia abajo e hice una mueca ante las manchas de tinta cortesía de Tania.

Mis nuevos aposentos eran cuatro veces más grandes que los anteriores, con una habitación extra donde «recibía» invitados. Sabía que iba a haber más extravagancia cuando me habían concedido el título de reina, pero no había esperado todo aquel espacio extra. Zach había rechazado el título de rey, un Romántico de los pies a la cabeza, así que todavía residía en una habitación más pequeña, aunque apenas importaba. De todos modos, pasaba la mayor parte de su tiempo en mis habitaciones.

Entré en mis aposentos para encontrar a Zach de pie frente a mi espejo de cuerpo entero, tirando de los puños de su camisa.

—¿Quieres...? No, no. —Zach suspiró y se rascó la nuca mientras refunfuñaba algo. Luego respiró hondo y dijo—: Ivy, ¿me concederías el honor de...? —Se pasó las manos por la cara y gimió—. Ivy, ¿quieres...?

—¿Que si quiero qué? —pregunté.

—¡Aliento de trol! —Zach pegó un bote y se dio la vuelta tan rápido que derribó un jarrón lleno de gardenias que Tania había recogido para mí el día anterior. Siendo el legendario espadachín que era, atrapó el jarrón al vuelo, pero el agua y las flores se derramaron por todas partes.

Me acerqué, reprimí algunas risas y me incliné para ayudarlo a recoger las flores.

—Lo siento, no quería asustarte.

—Creía que ya te habías preparado —dijo, y evitó mi mirada mientras recogía los pétalos desprendidos. La cara de Zach tenía un tono rojo brillante, como una fresa.

Tal vez fuera la idea de él y las fresas o tal vez fuera el aroma de las gardenias, que me recordaban tanto el día en que él había llegado a Myria por primera vez, pero, antes de poder detenerme, lo agarré del cuello de la camisa y lo besé. Resultó ser más brusco de lo que yo pretendía y, además, lo pillé desprevenido, así que ambos caímos hacia atrás, Zach con la espalda plantada firmemente contra el espejo.

Aunque lo había sorprendido, se recuperó enseguida. Sus labios, su respiración y sus manos se movieron a un ritmo familiar que hizo que mi cabeza diera vueltas. Mis manos viajaron desde el cuello de su camisa a sus anchos hombros y mi pulso se aceleró cuando sus manos subieron por mis muslos hasta descansar en mis caderas. Nuestro beso duró unos momentos más antes de que Zach se alejara, o tanto como pudo hacerlo. Su cabeza todavía estaba contra el espejo.

—¿A qué ha venido eso? —preguntó mientras me quitaba las manos de sus hombros y me daba un apretón.

—No necesito una razón. —Sonreí—. Pero, si quieres saberlo, no tengo ni idea.

Zach sonrió y me colocó un mechón detrás de la oreja.

—Puedo vivir con eso.

—Pero probablemente sea porque te quiero —dije, y me deleité momentáneamente con la euforia que me recorría cada vez que usaba esas palabras.

La sonrisa de Zach vaciló y su expresión se tornó un poco más seria que unos momentos antes.

—Escucharte decir eso... cada vez... no hay nada igual en el mundo. —Levantó su rostro hacia el mío y me mostró una sonrisa familiar y taimada.

—¿Qué?

Zach pasó la mano por las pecas de mi mejilla y reveló la marca desvaída de Myriana bajo los puños de su camisa.

—Quiero que seas mi compañera. En el amor esta vez, como mi esposa. Para siempre.

«Quiero que seas mi compañera.» Las mismas palabras que había usado yo una mañana, después de haberlo visto pelear por primera vez, después de darme cuenta de que nuestro Beso podría cambiar el mundo. Había estado en lo cierto. En cierto sentido.

Me incliné para besarlo otra vez y me hice eco de su respuesta de años atrás.

—Creía que ya estaba decidido.

AGRADECIMIENTOS

Nunca olvidaré las palabras de mi compañera de críticas, y una de mis personas favoritas del mundo entero, Melissa Jackson, cuando le conté mi idea para este libro y ella respondió con un: «¿Entonces van a… liarse en un campo de batalla?».

Por loca que fuera la idea, y por imposible de describir sin reírse a carcajadas, Melissa no intentó disuadirme. Al contrario, fue su más acérrima defensora. Gracias, Mel, por leerla, editarla, obsesionarte conmigo y ser un pilar de apoyo mientras me disolvía en lágrimas y mensajes de texto incoherentes a lo largo de mi experiencia con este libro.

Gracias a Judi Weiss por encontrar mi tuit con la reseña de mi libro entre literalmente miles de ideas increíbles y creer en él. Nunca podré agradecértelo lo suficiente. Y, claro, a mi brillante y dulce editora, Lydia Sharp, cuya interminable paciencia, dedicación y experiencia ayudaron a hacer de este libro algo de lo que puedo estar orgullosa. Ni todos los abrazos y *cupcakes* del mundo podrían expresar lo agradecida que me siento.

Para todo el equipo de Entangled Teen, sois todos unas estrellas del *rock* y os merecéis gobernar el mundo.

Un agradecimiento especial a Vicki L. Weavil por su continuo apoyo y comentarios. Tu prosa es tan preciosa que a veces quiero llorar. Gracias por presentarme a mi agente, Frances Black, en el Consejo Literario. Ambas sois mujeres espectaculares.

Una mención especial para mi grupo local de crítica formado por algunos de los mejores escritores de Baton Rouge. Season, Russell, Nick, Lee, Bridget, Andy y Sean, gracias a vosotros espero con ganas los lunes. Paula, gracias por pasarte todos los domingos editando conmigo mientras veías cómo consumía cien *frappés* de té verde y me escuchabas enloquecer con la última ronda de revisiones.

A mi querida Meaghan Mulligan, con quien pasé horas caminando por los pasillos de Barnes & Noble la segunda vez que nos veíamos porque no podíamos dejar de hablar de libros juveniles: eres un tesoro perfecto, maravilloso y precioso. De alguna manera sabías que este libro se publicaría mucho antes de que yo lo hiciera.

Para todos los blogueros de libros, amigos de internet y Twitter, lectores beta, compañeros críticos, a los autores que han ejercido de mentores: todas las lecciones que he aprendido y cada paso que he dado en mi viaje como escritora y hacia la publicación se remontan a vosotros. Hablo por los autores noveles de todas partes cuando digo que no podríamos hacer esto sin todo lo que compartís, tuiteáis, enseñáis y todo vuestro apoyo. La comunidad literaria es verdaderamente mágica.

He contraído con una de mis amigas más antiguas y queridas del mundo, Bridget Clark, una deuda que nunca podré pagarle por ser mi primera compañera de escritura y hacer que me diera cuenta de que *esta* es mi verdadera pasión.

Jason, mi hermano mayor, gracias por iniciarme en el camino para convertirme en una de las frikis más grandes del planeta. Ver dibujos animados, leer novelas gráficas y jugar a videojuegos contigo desde que éramos niños ha cultivado e inspirado la imaginación que tengo hoy en día.

Po último, ¿cómo puedo empezar a dar las gracias a las dos personas de mi vida que me animan día tras día, rechazo tras rechazo, a perseguir mi sueño sin que nada más importe? Gracias, mamá y papá, por todo lo que habéis hecho y todo lo que seguiréis haciendo incluso después de deciros que paréis como un millón de veces.

Y para Mim y Pap, sois la razón de que sepa que el Amor Verdadero existe.

Tu opinión es importante.

Por favor, haznos llegar tus comentarios a través de nuestra web y nuestras redes sociales:

www.plataformaneo.com
www.facebook.com/plataformaneo
@plataformaneo

Plataforma Editorial planta un árbol por cada título publicado.

«Jennifer L. Armentrout es una experta en entretejer realismo desbordante contemporáneo con magia y caos. Sus personajes te robarán el corazón sin remedio. Cada página me dejó con ganas de más.»

Brigid Kemmerer, autora superventas del *New York Times*

¿Cómo puedes ser un modelo para los demás
si en el reflejo del espejo solo adviertes inseguridades?
¿Qué pasa cuando tu felicidad se mide en números?

«Una novela inteligente y adictiva sobre el precio
de la fama. Querrás leer a Ester una y otra vez.»

Andrea Tomé,
autora de *Corazón de mariposa*